l

RUN, RAGNARÖK

OBRA ESCRITA POR CARLOS JAVIER RODRÍGUEZ LÓPEZ
CUARTO CAPÍTULO DE LA SAGA: RUN, LA LEYENDA DE LOS NUEVE MUNDOS

Agradecimientos

Esta saga se la dedico a mi mejor amiga Carmen, cuya amistad se cuajó a través de conocerme al leer mi primer libro. Solo por haberla conocido me alegro de haberlos escrito. Ella es mi Run de carne y hueso.

PRESENTACIÓN

Ésta es la última novela de la saga: "Run, la leyenda de los nueve mundos" y lleva el nombre de "Run, Ragnarök". Esta novela no empieza desde el punto donde se acaba la tercera sino que da un salto en el tiempo retrocediendo un poco en la aventura y explicando más detalladamente los cambios en el mundo que ha supuesto que el vikingo Olafur cumpliera con la misión que le ordenó el dios del engaño. Loki.

SINOPSIS

El mundo del Midgard ha cambiado sin avisar. Mientras que los reinos vikingos se tambalean por su inestabilidad, poderosos imperios han nacido convirtiéndose en el brazo armado del Vaticano. En este marco histórico continua la aventura de la vikinga, quien ahora, aparte de tener que preocuparse por ocultar su naturaleza a la gente común, debe tratar con la llegada de la Inquisición a tierras paganas. ¿Estás preparado para este último episodio?

PRÓLOGO

Pasadas unas horas desde que Run y Hakon hubieron vislumbrado la costa, "La ratonera del diablo acabó atracando en el puerto de Cádiz. A su llegada al puerto, el capitán Al-Thalajara se sentía tan furioso con lo ocurrido que decidió que fuera uno de sus piratas el encargado de guiarles hasta Córdoba para no tener que hablar con ninguno de los invitados a su barco.

El elegido en tener que guiar a los guerreros hasta el jeque fue el pirata Fayet. Él era un hombre joven de raza negra con cuerpo fornido y bien definido. Tenía unos rasgos hermosos y vestía con el atuendo típico de pirata aunque a diferencia de sus compañeros, Fayet parecía ser un hombre mucho más aseado.

Cuando el barco hubo atracado en el puerto, Fayet se dirigió a Run y Hakon, los cuales se estaban conversando con la compañía del perro, el Gran Krig.

—Señores, perdónenme si les molesto pero a partir de aquí, seré yo vuestro guía. El capitán Al-Thalajara me ha pedido personalmente que yo sea el encargado de llevaros hasta el jeque Abdul Rafi.

El conocimiento de la noticia hizo que la vikinga retorciera una feliz sonrisa. La alegría con la que Run se quedó mirando al pirata denotó que él era de su agrado debido a su evidente atractivo.

—Vaya…. sí que está disgustado—dijo Hakon en tono de sorna en referencia al capitán de los piratas.

—Es normal. Es que sois lo peor. Esta vez os habéis pasado…—le reprochó Run a Hakon.

Habiendo hablado a su discípulo, la vikinga añadió dirigiéndose al pirata:

—En fin...Me alegro por disponer de vuestra compañía de igual modo. Os seguimos.

A causa de la sonrisa que apareció en el rostro de la vikinga, Hakon frunció el ceño mostrándose disgustado con el comportamiento de su compañera.

Tras aquella corta conversación, los tres bajaron del barco seguidos por el Gran Krig. En cuanto la vikinga cruzó el puente para llegar al puerto, se cubrió la cabeza con la capucha roja de su capa para protegerse de los rayos del sol.

—¿Hacia dónde nos dirigimos? —preguntó Run

—Ahora debemos movernos en caballo hasta Córdoba—respondió Fayet, mientras caminaban por delante del grupo—Espero que no os moleste viajar a caballo... Os llevaré hasta el establo más próximo para que escojáis cada uno vuestro caballo.

—¿Molestar?—Después de una semana en un barco ya no me molesta nada—respondió Hakon en tono sarcástico.

El pirata soltó una breve carcajada y posteriormente, apostilló:

—Preguntadle a la tripulación qué les ha parecido vuestra presencia.

El comentario del pirata provocó que Run soltara una carcajada y que en el rostro de Hakon apareciera una media sonrisa.

A los pocos pasos de que el grupo anduviera por el puerto, una multitud de viandantes se les vino encima. De lado a lado había todo tipo de personas. Había marineros cargando con la pesca del día, bebiendo ron o simplemente esperando para subirse a su respectivo barco. También habían ladrones, charlatanes, pescadores, artistas circenses y putas.

A medida que el grupo iba avanzando por la multitud, se escuchaban una amplia variedad de lenguas.

—Parece que aquí hay gente de todas las partes del mundo—apuntó Hakon, observando a la gente con gesto asombrado.

—Así es. En Cádiz se comercian mercancías de todas las partes del mundo. Puede decirse que es la puerta de entrada de África al viejo Continente—respondió Fayet.

—Interesante. Había leído sobre este lugar pero jamás había estado aquí—añadió Run en un tono ciertamente petulante.

A raíz del comentario de la vikinga, Hakon bromeó:

—Sí, es una vikinga que sabe leer…

Llegada la noche del desembarco en Cádiz, Fayet y los guerreros se reunieron en la puerta del establo donde por la tarde habían estado comprando los caballos con los que viajarían a Córdoba. El caballo que había elegido Run, era un corcel de pelaje marrón de raza musulmana, destacaba por su musculatura y por su gran tamaño. Los caballos de Hakon y Fayet también eran de la raza musulmana, y su color era el negro y el blanco respectivamente.

Estando a lomos de sendos caballos, Run se dirigió a los dos hombres:

—Ya va siendo hora de que empecemos a marchar, ¿verdad?

—Sí, seguidme. Córdoba está al norte—respondió Fayet, tirando de las riendas de su caballo para hacerlo girar.

Al realizar tal acción, el caballo de Fayet se adelantó a los dos guerreros moviéndose a un trote bastante veloz. Mientras el pirata se alejaba, Run se fijó en la espalda de éste y a continuación, miró a Hakon para dedicarle una sonrisa.

—¿Qué? —preguntó Hakon con gesto malhumorado.

—Nada—rió Run, divertida por el mal genio de su compañero.

Con el eco de la carcajada de la vikinga aún resonando, tiró de las riendas de su caballo iniciando ella también la marcha y luego Hakon, hizo lo propio siguiendo él también al caballo del pirata. De ese modo, los tres tomaron rumbo a Córdoba con la indispensable compañía del Gran Krig, quien les seguía de muy cerca.

Durante las siguientes horas, la noche musulmana y las estrellas fueron los espectadores principales del viaje del grupo de la vikinga por las tierras de Al-Andalus. El paisaje que fueron encontrando se caracterizaba por ser caminos planos con campos verdes llenos de olivos.

En un momento determinado de la travesía a caballo, Hakon se dio cuenta de que por algún motivo Run no dejaba de sonreír.

—¿Por qué sonríes tanto?

Fruto de la curiosa pregunta, a Run se le escapó una risotada.

—Porque me encanta este lugar. Aunque adoro las cimas nevadas de mi tierra, tengo que reconocer que el paisaje del emirato musulmán tiene una gran belleza—respondió Run.

—Además siempre he deseado conocer las tierras musulmanas. Mi hermano era de Córdoba—añadió.

—¿Era?—preguntó Fayet, intrigado.

—Sí. Murió hace años—respondió Run.

—¿Cómo se llamaba? Si no os molesta responderme a mi pregunta—preguntó Fayet mostrándose precavido a la hora de dirigirse a Run sobre ese tema.

—Se llamaba Ghazi Love y era el esposo de la princesa Fadila—respondió Hakon, hablando en lugar de la vikinga.

De repente, Fayet abrió los ojos con expresión de sorpresa.

—Entonces…¿Vos fuiste cuñada de la princesa del Emirato?—preguntó Fayet dirigiéndose a Run.

—Sí, al parecer, si…—respondió Run, soltando una risilla avergonzada.

Interviniendo en la conversación, Hakon comentó a Fayet:

—No te lo creerías si os explicara pero en el árbol genealógico de Run se encuentran varios reyes…

—¿De verdad?, ¿no seréis una princesa o algo así?—preguntó Fayet, sorprendido.

—No, claro que no. Hakon solo os estaba tomando el pelo. Soy una simple guerrera…—respondió Run, tratando de aparentar normalidad.

Con la respuesta de la vikinga, Fayet se mostró más tranquilo y volvió a centrarse en el camino que tenía enfrente. El momento de despiste del pirata lo aprovechó Run para pellizcar a Hakon y reprocharle por sus palabras.

—Tonto, no digas esas cosas de mí. No es bueno que se sepa tanto sobre mí—le recriminó Run a Hakon entre susurros.

Dicho aquello, Run calló y se concentró únicamente en el viaje. En cuanto a Hakon, él se mostró un poco disgustado por el reproche pero se le pasó al poco rato.

CAPÍTULO 1: CÓRDOBA

El viaje a Córdoba desde Cádiz se prolongó durante toda la noche. No fue hasta la mañana siguiente cuando el grupo estuvo lo suficientemente cerca de Córdoba para divisar la ciudad con sus propios ojos. A falta de recorrer el último kilómetro que los distanciaba de la ciudad, Hakon se moría de ganas por darse un baño en algún río. El guerrero cristiano estaba padeciendo de forma severa la alta temperatura que había en esa mañana. Debido al molesto calor, se había quitado la armadura vistiendo únicamente una camisa de lino que llevaba abierta mostrando así su fornido torso. Pese a los trucos del guerrero cristiano por mitigar el calor, seguía teniendo la sensación de estar cocinándose vivo en una sartén gigantesca.

Con una expresión de desesperación, Hakon se pasó una mano por la cabeza notando como sus cabellos estaban tan calientes que parecían estar a punto de salir ardiendo.

—¡Dios santo! ¿Cómo es posible que haga tanto calor. En Cádiz no hacía ni la mitad de calor de la que hace aquí y eso no está tan lejos. —se quejó Hakon con una expresión irritada.

—Estamos en una zona más alejada de la costa, ahora no tenemos una brisa que nos refresque como pasaba en Cádiz—dijo Fayet.

Run ante el lamento de su compañero, le lanzó una cantimplora con agua.

—Aquí tenéis agua. Échatela por encima.

—Gracias—agradeció Hakon, al mismo tiempo que se la rociaba por encima de su cabellera.

El agua al caérsele sobre el pelo le produjo a Hakon una sensación todavía más desagradable ya que el líquido estaba demasiado caliente para ser refrescante.

—Mierda Run, está caliente—se quejó Hakon.

—Lo siento, no lo sabía—se disculpó Run.

Fruto de la molestia acontecida en el guerrero cristiano, Fayet soltó una carcajada burlándose de su pesar.

—Si el pirata Al-Thalajara estuviera aquí, estaría disfrutando con esto. No está siendo nada bueno este calor para vos. ¿Verdad?

Hakon, enfadado por ser el objetivo de las risas, se llevó las manos a la cabeza tirándose de su melena mojada.

—Oooorgg. No aguanto más esta melena. Quizá en los países nórdicos esté bien, pero aquí es de lo más incómoda.

—Pobre, siento que lo estés pasando así de mal—dijo Run, sintiéndose culpable por el malestar de su compañero.

—No te preocupes. Me aguantaré—respondió Hakon con una expresión seria.

—De todos modos, ya estamos llegando a la ciudad. Podréis bañaros en el río si lo deseáis.

—Lo haré.

Antes de cruzar definitivamente la muralla que protegía la ciudad, Fayet se dirigió a Run para hacerle un comentario respecto a su vestimenta de guerrera:

—¿No estaréis pensando en entrar a la ciudad con esos ropajes?— preguntó Fayet, tras mirar a la vikinga de arriba abajo.

—¿Qué le ocurren?—preguntó Run, reaccionando confusa con la pregunta.

—Una armadura no es la mejor prenda que pueda llevar una mujer en Al-Andalus. Si queréis pasar desapercibida os aconsejo que vistáis esto. —dijo Fayet, sacando de su morral un burka de color violeta.

Fayet lanzó el burka a Run, quien lo recogió con cara de sorpresa.

—¿Qué es esto? —preguntó Run.

—Es un burka. Es lo que las mujeres visten aquí. —respondió Fayet.

En sus manos, Run miró la prenda percatándose de la forma que tenía y de cómo se vería con ello puesto.

—¿De verdad tengo que ponerme tal cosa? —preguntó, de nuevo.

—Sí, es lo mejor. —asintió Fayet, provocando las carcajadas de Hakon a costa de la decepción de la vikinga.

Sin tener más remedio que seguir la vestimenta de la cultura musulmana, Run se puso el burka quedando su hermoso físico completamente oculto por la extensa tela.

—Bueno, vayamos a ver al jeque…—dijo Run en un tono molesto.

A las doce en punto de la mañana, Run y su séquito entraron al fin en Córdoba a lomos de sus caballos. La ciudad de Córdoba era una metrópolis para los tiempos de la época. Tenía un tamaño acorde a su condición de capital de reino.

La muralla de tiempos romanos que los musulmanes habían mantenido había quedado en desuso en ciertas puntos llegando a tener un aspecto deplorable. El imparable crecimiento de la población había hecho que las gentes adineradas abandonaran el área que estaba dentro de la vieja muralla, donde había una gran aglomeración de casas construidas con muy poca distancia las unas de las otras, para construir sus lujosas villas en la periferia ampliando así los márgenes de la ciudad.

Por las calles de Córdoba dominaban los colores cálidos como el amarillo, el naranja y el marrón. Aquellos colores eran comunes de los materiales que usaban para construir sus edificios. El ladrillo era usado mucho por su bajo coste. La mampostería, la madera era para los techos, puertas y púlpitos, el estuco y el yeso. La piedra se utilizaba muy poco.

Los edificios eran de poca altura. Eran pocas las casas que tenían una planta superior. En cuanto al estilo arquitectónico, dominaban los arcos de herraduras en puertas y ventanas. Los atauriques, decorado con piñas y venera. Los mocárabes formados por racimos de estalactitas

El trazado de las calles que dominaba en la ciudad era irregular, con viarios laberínticos en los que sólo destacaba la calle principal que conducía a la medina. La ciudad musulmana se componía de dos partes esenciales. La medina, un núcleo central, generalmente amurallado en el que se ubicaban las actividades de mayor importancia: la mezquita mayor, la alcaicería y el palacio del gobernador y su corte. El lugar de la alcaicería estaba donde antes había estado la zona comercial de alto rango. Rodeando a la medina se disponían en forma radial los barrios donde habitaba la población.

El lugar de destino al que el grupo de la vikinga se dirigía en la ciudad, era la mezquita, la cual estaba situada en la zona centro de la ciudad junto al río Guadalquivir.

Centrándonos en el avance del grupo de la vikinga por la ciudad, pese a porque aquel entonces, Run estaba oculta tras un burka, por su tono de voz se la notaba muy sorprendida por lo que estaba viendo.

—Córdoba es una ciudad preciosa. Me encanta. No tiene nada que ver con ningún lugar que haya visitado anteriormente. Es mucho más grande que Kiev o Copenhague—dijo Run.

—Me alegro de que os guste—asintió Fayet.

—Contadme un poco sobre ella—le pidió Run al pirata.

Fayet sonrió rascándose la cabeza con gesto avergonzado.

—Me gustaría poder distraeros con interesantes explicaciones pero lo cierto es que no sé la historia de la ciudad, quizá luego en compañía de Abdul Rafi podías conocer más sobre esta ciudad.

Hakon soltó una carcajada a causa de la respuesta del pirata, la cual hizo que Run frunciera el ceño.

—Lo siento, Run pero tendrás que leerte un libro para saber más sobre Córdoba. —se burló Hakon.

A medida que el grupo de la vikinga fue avanzando, Hakon se percató de que los ciudadanos que se iban cruzando, una vez los pasaban, se volvían en sus andares para dedicarles una mirada de repulsa. Las interminables miradas de los curiosos, acabó por agotar su paciencia.

—¿Por qué nos así? –preguntó Hakon dirigiéndose a Fayet.

—Run ahora va con el burka....—añadió.

—No es por ella. Es por ti—respondió Fayet.

—¿Por mí?

—Eres demasiado blanco para ser musulmán. Tienes pinta de ser cristiano y eso no gusta nada por aquí—añadió Fayet con una sonrisa divertida.

—Ah, es por eso. Entonces que miren lo que quieran —asintió Hakon entre risas, devolviendo su mirada al frente.

—Es verdad, los musulmanes están en guerra con los cristianos de Hispania—comentó Run.

—Sí, así es—asintió Fayet.

—Tengo interés por saber por qué se les tapa a las mujeres en la cultura musulmana—añadió Hakon.

—Es para protegerlas. Aquí se cree que las mujeres son el ser más inocente que hay. Por eso se les cubre para que no enseñen su cuerpo y puedan provocar que un hombre las quiera poseer sin su consentimiento—respondió Fayet.

—Yo creo más bien porque son muy celosos de sus mujeres. Incluso más que los vikingos—intervino Run.

—He oído que a los hombres se les permite tener más de una esposa. —¿Es eso cierto?—preguntó Hakon dirigiéndose al pirata.

—Sí, es cierto. —rió entre carcajadas mientras respondía.

—¿Y vos tenéis más de una esposa, Fayet? —preguntó Run.

—En realidad sí. Tengo cinco esposas y treinta y nueve hijos— respondió Fayet.

—Pobres mujeres…¿Y tenéis contacto con todas ellas?—preguntó Run.

Hakon rió divertido por la pregunta de la vikinga.

—¿Cómo va a tener trato con todas? Es obvio que no las verá nunca…—dijo Hakon en tono de mofa.

—Con razón se dice que los marineros tienen una novia en cada puerto. Pues con más razón en el caso de un pirata musulmán—añadió Hakon.

—Supongo que sí, puede decirse que ese dicho tiene mucho de verdad—dijo Fayet con una sonrisa pícara.

El comentario del pirata hizo que Run pusiera morritos por su disgusto y que Hakon sonriera encantado.

—Hombres…—resopló Run.

Pasados unos minutos de que anduvieran por las calles de la ciudad, Run y sus acompañantes desestimaron la idea de darse un baño en el río para ir directamente a la mezquita, la cual estaba muy cerca del río.

La mezquita de Córdoba era una construcción del siglo VIII con unas dimensiones de 175x125 metros. La mezquita todavía estaba en proceso de ser terminada. Por dicho motivo, alrededor del edificio musulmán había una serie de andamios en los cuales por aquel entonces no había ningún albañil trabajando. En cuanto a los materiales con los que estaba hecha, había piedra, ladrillo, madera y yeso. Exteriormente la mezquita era muy distinta a como era interiormente. Por fuera parecía una muralla, sin fachada principal, salpicada por numerosas puertas de acceso donde sobresalían contrafuertes terminados en almenas.

En las puertas de la mezquita fueron detenidos por un guardia que antepuso su brazo por motivo de la disposición de la vikinga por entrar en la mezquita. Aunque seguía vistiendo el burka musulmán, su condición de mujer le impedía la entrada al templo sagrado.

—Detente—dijo el guardián dirigiéndose a Run en su idioma.

—Ellos pueden. Tú no—sentenció el guardia dirigiéndose al grupo.

—¿Por qué yo no?—preguntó Run en un tono de indignación.

—Las mujeres no pueden entrar a la mezquita. Es la ley—respondió el guardia.

Para tratar de convencer al guardia, Run sacó una carta que llevaba consigo. En dicha carta venía un texto en el que el jeque Abdul Rafi se dirigía a ella para pedirle su ayuda en un asunto. Sin embargo, el guardia al ver el contenido de la carta no hizo ningún gesto por dejarla pasar.

—¿Qué le pasa a este tipo?, ¿acaso no sabe leer?—preguntó Run con sorpresa, después de que el guardia no la dejara pasar.

El pirata, tratando de hacerle entender a Run los motivos del comportamiento del guardia, tomó la palabra para dirigirse a ella:

—En la religión musulmana las mezquitas son un lugar sagrado en el que las mujeres tienen prohibido el acceso. Por mucho que insistas no te dejara pasar. Creo que lo inteligente sería esperar fuera hasta que uno de los guardias le dé el aviso de vuestra presencia al jeque—dijo Fayet.

—¿Y cuánto puede llevar eso? —preguntó Run.

—Varias horas…—respondió Fayet.

La respuesta del pirata cayó en la vikinga como un rayo. De repente, gruñó de rabia.

—Ni hablar de esperarle tanto. El jeque me ha citado en el interior de la mezquita. Si ha pagado tanto oro como adelanto porque viajara hasta aquí, no creo que tenga problema en que entremos a verle—dijo Run dirigiéndose a Fayet.

—Pero…—farfulló Fayet mostrándose incapaz de detener el ímpetu de la vikinga.

—Déjalo, no la conseguirás parar—comentó Hakon en voz baja, sabedor que Run acabaría haciendo lo que le daba la gana.

Acto seguido, Run gruñó furiosa y entonces, tiró del burka que vestía descubriendo su melena rubia y brillante armadura.

El guardia al ver el aspecto de la vikinga quedó muy sorprendido.

—¡Es una mujer y extranjera! —exclamó el guardia.

—Sí, ahora apártate y déjame pasar—asintió Run, mirando al guardia con frialdad.

—Pero eso es imposible. No podéis entrar. Sería un insulto a la fe. Alá no estaría de acuerdo—dijo el guardia mostrándose furioso y desconcertado por las intenciones de Run.

—¿Ah sí?...—dijo Run dirigiéndose al guardián, dando un paso hacia la puerta de entrada de la mezquita.

El guardián al ver cómo una mujer trataba de retarle, sonrió mostrándose muy confiado de vencer en un combate contra ella.

Mientras que la vikinga y el guardia se miraban de manera desafiante el uno al otro, en el patio abierto de la mezquita, una centena de musulmanes se encontraban en plena práctica del rezo.

En la práctica del aquel rezo, los hombres repetían incesantemente las palabras del Corán con sus miradas clavadas sobre sus alfombras cuando entonces fueron sorprendidos por un inesperado grito que les rompió su calma. Aquel grito procedía del interior del edificio y venía de mano de Run. En la zona interior cubierta por hileras de columnas en forma de herrería de colores anaranjados y dorados, Run iba caminando con paso decidido dejando atrás un largo número de guardianes a quienes había dejado noqueados.

En el recorrido del interior de la mezquita, Hakon mostraba una sonrisa divertida, una expresión muy diferente de la que mostraba el pirata. El pirata iba mirando de lado a lado con cara asustada, viendo como Run era capaz de vencer a hombres mucho más corpulentos que ella.

—Es increíble. Del todo increíble—farfulló Fayet mostrándose sorprendido.

—Y eso que no la has visto enfadada. Atrévete a criticarla si le sale mal algún guiso—bromeó Hakon.

A medida que la vikinga y sus acompañantes iban adentrándose por la planta de la mezquita se fueron presentando hasta una docena de guardianes para tratar de evitar el paso de una mujer por el templo. Sin embargo, todos ellos fueron repelidos por Run gracias a su extraordinaria fuerza.

Habiendo dejado atrás a todos aquellos hombres, Run y sus acompañantes llegaron al patio abierto donde fueron recibidos por un centenar de hombres musulmanes entre los cuales estaba el jeque Abdul Rafi.

Los musulmanes cuando vieron a la vikinga acompañada por su séquito, crearon un gran bullicio en contra de su presencia en el interior de la mezquita. Ni Run ni Hakon entendían que se estaba diciendo, pero las caras de enfado de aquellas gentes hablaban por sí solas.

—No parecen muy contentos por verte—dijo Hakon dirigiéndose a Run, con una sonrisa divertida.

El comentario del guerrero cristiano fue respondido por Run con indiferencia. Estaba demasiado enfadada para prestar atención a los comentarios sarcásticos de su compañero.

En aquel momento de tensión, el Imán empezó a dar gritos mostrándose enajenado.

—¿Quién ha permitido a esta mujer infiel entrar a un recinto sagrado? ¡¿Quién?!—preguntó el hombre dirigiéndose a los hombres que había a su alrededor.

A la pregunta, los hombres no supieron qué decir. Simplemente callaron ya que pensaban que toda la mezquita estaba vigilada por lo que la presencia de una mujer occidental les parecía un hecho totalmente inexplicable. La falta de respuestas hizo enfurecer Imán, quien acabó dando órdenes a parte de su grupo:

—¡Inútiles! ¡Echadla de aquí inmediatamente!—ordenó el hombre.

Con la orden del musulmán, tres hombres salieron corriendo hacia Run blandiendo sus espadas con violencia. En cuanto llegaron ante ella, Run sonrió con malicia y acto seguido, le dio un puñetazo al primero de los hombres que enfrentó. El puñetazo tuvo tal fuerza, que lo lanzó hacia atrás haciéndoles chocar en conjunto dejándoles aturdidos al grupo por el impacto.

A pesar de que dicha acción había sucedido en un patio abierto, los rayos del sol en el patio había una larga sombra. Eso explicaba por qué la vikinga había podido todos sus poderes de vampira.

Acontecida la demostración de fuerza, el resto de hombres que quedaban en el patio se quedaron inmóviles a la espera de que alguien con un cargo elevado hablara. Mientras que los musulmanes seguían bajo asombro, Run continuó adentrándose por el patio abierto dejando atrás a sus acompañantes.

Dirigiéndose a todos hombres musulmanes del patio, Run dijo en lengua árabe:

—Fui convocada por Abdul Rafi. ¿Dónde está?…

La pregunta obtuvo nada más que silencio. Un silencio que no le gustó para nada a Run. Enrabietada por el carácter de aquellos hombres, la vikinga mostró sus colmillos y a continuación, insistió con su pregunta:

—¿Donde…

—está…

—¡Abdul Rafi!—gritó Run, golpeando a continuación con su puño contra el suelo.

En consecuencia del puñetazo contra el suelo, en éste se produjo una pequeña brecha que rápidamente pasó a convertirse en gran grieta que se fue alargando hasta aparecer por debajo los pies del Imán.

—¡¿Dónde?!—gritó Run, dando otro puñetazo contra el suelo.

La grieta creada en el suelo hizo que los musulmanes se quedaran mirando a Run con gesto de sorpresa e incredulidad. Finalmente, uno de los hombres se ofreció a hablar por miedo de que la vikinga pudiera causar mayores destrozos en la mezquita.

—Abdul Rafi no está aquí. Se fue hace una hora. Ahora estará en su palacio. En las afueras de la ciudad—comentó el hombre.

—Vaya, ahora a dar más vueltas—se quejó Hakon, recibiendo la noticia con cara de decepción.

—¿Y podrías llevarnos tú hasta su palacio?—preguntó Run al hombre.

—Sí, porque no—asintió el hombre mostrándose ligeramente inseguro.

Ocurrido el conflicto dentro de la mezquita, el guía llevó al grupo de Run fuera de la ciudad por unos caminos secretos con los que esquivaron las gentes del zoco. El camino les llevó al palacio de Abdul Rafi en solo una hora. El palacio estaba situado en una gran explanada con pequeños campos de olivos y fuentes, y se trataba de un edificio de una sola planta de ladrillos pintados de blanco. El edificio estaba formado por un pórtico con alcobas laterales, precediendo a un gran salón basilical de tres naves separadas por arquerías y flanqueado por dos naves colaterales, a modo de alhamíes, separadas por muros.

Al llegar al palacio, el grupo de la vikinga se desmontó de sus caballos y agradeció al guía que les había ayudado a llegar hasta allí dándole una moneda de plata. Una vez hecho eso, prosiguieron su camino encontrando más adelante a un par de guardias custodiando la entrada.

—¿Quién va? —preguntó el guardia.

—Run Ljungberg, la vikinga. —respondió Fayet.

La respuesta sirvió para que los guardias se hicieran a un lado dejándoles pasar por el interior del palacete.

CAPÍTULO 2: REUNIÓN CON ABDUL RAFI

En el interior del palacete el grupo entero fueron atendidos antes del encuentro con el jeque Abdul Rafi por decenas de sirvientas que les prepararon una cuantiosa comida musulmana. En la mesa que les sirvieron los criados del jeque abundaban los mariscos y los pescados. También había platos musulmanes como el Xarab, una mezcla de diferentes frutas, flores, especias y hierbas.

Al término de pegarse el tremendo festín, los criados los llevaron a la zona de baños donde los separaron por sexos. Run fue ayudada a asearse por mujeres mientras que Hakon y Fayet fueron ayudados por hombres.

Una vez que los criados acabaron de agasajarlos con sus mimos, llegó la hora de la reunión con el jeque. Fue llegada la noche, en una gran sala repleta de alfombras por el suelo y las paredes. El lado izquierdo de la sala estaba ocupado por el jeque Abdul Rafi. Él estaba sentado entre un montículo de cojines fumando de una pipa de agua.

En aquellos momentos, el jeque estaba acompañado por sus bellas mujeres. Todas ellas estaban vestidas con un burka, escondiendo así su aspecto a los asistentes de la fiesta.

Para ambientar la noche, además de manjares de la cocina musulmana, había músicos tocando sus instrumentos, criados sirviendo la comida, guardias haciendo la vigilancia y bailarinas de la danza del vientre animando a la gente.

En el rincón izquierdo de la gran sala, Hakon estaba solo esperando la llegada de Run. Por aquel entonces, costaba reconocer al guerrero cristiano sino era porque estaba acompañado por Fayet y por el perro de raza husky.

Hakon no solo vestía totalmente distinto de como vestía habitualmente, vistiendo una túnica blanca y unos extraños zapatos puntiagudos llamados babuchas, sino que además había cambiado su corte de pelo. Las criadas habían cortado su melena hasta dejarle un pelo muy corto. Ahora la longitud de sus cabellos apenas rebasaban los dos centímetros.

Mientras que el guerrero cristiano aguardaba sentado junto al pirata y su perro, las cortinas de hilos de oro que hacían de puertas, se abrieron de repente mostrando un pequeño pie con una sortija en el tobillo. Acto seguido, la dueña de ese pie metió toda su pierna y luego el resto de su escultura cuerpo. Ella era Run. Estaba vestida como una bailarina del vientre y eso la hacía tener un aspecto espectacular. Su vestimenta consistía en un traslúcido y enorme pañuelo de seda que le ocultaba la nariz y la boca, un corpiño de cintas de color rosado y una larga falda, abierta a un lado, lo que dejaba al descubierto gran parte de sus magníficas y musculosas piernas. Además, tenía adornado su cuerpo con numerosas joyas que rodeaban su cintura y su cuello, todas por cortesía del jeque, quien quería agasajar a su hermosa invitada.

Al igual que había pasado con Hakon, a Run también se le había realizado un corte de cabello, por lo que ahora le llegaba a la altura del cuello.

En el momento en el que se produjo la entrada de la vikinga, los músicos vieron oportuno cambiar la canción que estaba tocando, para tocar una melodía todavía más exótica y más musulmana que la anterior. Bajo el canto profundo de un hombre que parecía estar relatando la belleza de la vikinga, Run se adueñó de toda la atención de la sala, bajando lentamente por unos escalones con los brazos extendidos hacia abajo y con las muñecas ligeramente inclinadas hacia atrás. A medida que Run fue caminando por la sala, estando cada vez más cerca de sus compañeros de aventura, Hakon empezó a ponerse más nervioso tragando saliva por la sensualidad que desprendía su compañera, mientras que Fayet fue sonriendo cada vez más. El cuerpo de la vikinga parecía un violín con su abdomen absolutamente prieto y sus cimbreantes caderas.

Situada ante los dos hombres, Run echó una mirada a Hakon de arriba abajo mostrándose muy sorprendida por el cambio de aspecto que había acontecido en él.

—Vuestra melena. Ha desaparecido. ¿Por qué? —preguntó Run mostrándose visiblemente disgustada por el cambio.

—Sí, y lo mismo ha pasado con vos.

—Sí, jeje —asintió Run, avergonzada.

—¿Os gusta? —preguntó Run tocándose los cabellos.

—Estás preciosa —respondió Fayet.

—Sí, me gusta mucho —asintió Hakon.

Run sonrió satisfecha.

—¿Y por qué te has cortado el pelo?

—Pedí a los criados del palacio que me cortaran el pelo. Ya te dije que aquí me molesta mucho el pelo largo. Paso mucho calor—replicó Hakon.

Run apretó los labios en señal de descontento.

—Ahora pareces un niño. Me gustabas más antes…—se quejó Run.

Interviniendo en la conversación, el pirata Fayet cogió la mano de Run y le dio una vuelta para deleitarse con su belleza.

—Venid aquí. Estáis más radiante que el sol, querida Run—dijo Fayet, mirando a Run con cara de asombro.

En reacción a las alabanzas del pirata, Run soltó una carcajada divertida.

—Gracias, Fayet.

Mientras Run hablaba con Fayet, Hakon miró al escote de la vikinga, percatándose de que el colgante con el huevo del fénix no estaba allí.

—¿Dónde está el huevo? No me digas que lo has perdido—le recriminó Hakon.

Run gruñó molesta a consecuencia de la reprimenda y entonces, metió su mano dentro de su escote posando el huevo del fénix entre las joyas que el jeque le había regalado.

—No he perdido nada. Aquí lo tengo. —dijo Run.

Con la visión del huevo sobre el prominente escote de la vikinga, Hakon se sonrojó.

—De acuerdo.

Ignorando la timidez surgida en el guerrero cristiano, Run echó varios vistazos por la sala en busca del jeque árabe.

—¿Dónde está Abdul Rafi? ¿Lo habéis visto?—preguntó Run.

—Sí, es ese de ahí—respondió Fayet, indicando hacia la zona de la sala donde había más gente.

En reacción a la indicación del pirata, Run giró sus caderas para mirar hacia el lugar señalado. En un lado de la sala, Abdul Rafi estaba sobre unos cojines con sus mujeres en torno a él. El jeque era un hombre ligeramente gordo, de piel cobriza, barba negra y dientes blancos. Vestía ropas de color dorado.

Los únicos invitados para conversar con Adbul Rafi eran Hakon y Run, así que el pirata se hizo a un lado mientras ellos estuvieran reunidos con el jeque. Cuando se sucedió la llegada de los dos guerreros a la zona ocupada por Abdul Rafi, éste alzó su mirada contemplando con gesto sorprendido la belleza de la bailarina del vientre que se acercaba hacia él. Run.

—¿Vos sois, Run?, ¿de dónde habéis conseguido a tan bella bailarina?—preguntó Abdul Rafi dirigiéndose a Hakon.

—No, yo no soy Run y ella tampoco es una bailarina. Ella es Run. La mujer a la que habéis contratado—respondió Hakon, señalando a la vikinga.

El impacto de la noticia hizo que el jeque se fijara muy atentamente en el físico de Run, quedando boquiabierto por la belleza de ésta.

—¿Cómo? ¿He contratado a una mujer?…—farfulló Abdul mostrándose incrédulo.

Sin perderle de vista a Run ni por un segundo, Abdul la estuvo mirando hasta que ella se sentó para ocupar su mesa en compañía de Hakon y el Gran Krig.

—No entiendo nada. Las historias que hablaban sobre vos, decían que erais un guerrero extremadamente astuto y poderoso. No esperaba que fuerais una mujer. —dijo Abdul dirigiéndose a Run.

—Hágame caso, señor. Aunque Run sea una mujer, posee una fuerza de otro mundo. Podría rivalizar con los dioses si quisiera—dijo Hakon.

A raíz de las palabras del guerrero cristiano, el jeque levantó una ceja mirando a Run con una expresión de desconfianza.

—Cuesta creer que una criatura tan hermosa como ella pueda hacer daño a alguien…

—Pues lo hace y muy a menudo. —comentó Hakon en un tono jocoso.

El comentario de Hakon provocó que Run le pellizcara en la rodilla por debajo de la mesa.

—Calla, no digas tonterías…—farfulló Run.

En aquel instante en el que los dos guerreros hablaban entre murmullos, el jeque levantó su mano derecha señalando a uno de sus guardias:

—Kashir.

El guardia dio un paso adelante con el llamamiento del jeque.

—Ataca a la bailarina que está sentada ante mí y comprueba si de verdad es tan poderosa como dicen.

El guardia asintió con la orden y entonces blandió su lanza por la espalda de la vikinga. Cuando el guardia todavía estaba realizando el tajo con la lanza, Run se levantó de su asiento moviéndose a una velocidad casi imperceptible. Reapareciendo solo un segundo después, agarró al guardia por el cuello desde su espalda con la ayuda de un solo brazo.

—¡Maravilloso!—exclamó el jeque, levantándose de su asiento con la demostración de la velocidad y fuerza mostrada por la vikinga.

Hakon estaba tan acostumbrado a la fuerza de la vikinga, que ni siquiera prestó atención a lo sucedido.

—Os lo dije. Es muy poderosa—dijo Hakon, tras dar un sorbo de su taza de té.

Habiendo acontecido la enésima demostración de la fuerza protagonizada por la vikinga, Run volvió a sentarse junto al jeque y Hakon, mientras que por detrás de ellos parte de la guardia se llevaban al hombre herido.

—Vuelvo a decir. Genial. Jamás había visto a nadie moverse tan rápido. Sin duda debéis haberos sometido a un entrenamiento muy duro. —dijo Abdul

—Gracias. —musitó Run.

El jeque cogió un pedazo de escabeche bien húmedo y luego lo engulló de un solo bocado.

—Tengo una pregunta. ¿Vos sois también sois una gente del norte como ella? Lucís menos blanquecino que ella...—preguntó Abdul dirigiéndose a Hakon.

—Eso porque soy del hispa... —empezó a decir, Hakon en un tono desafiante.

Reaccionando ante la metedura de pata de su compañero, Run intervino corrigiéndole.

—Es Hakon...Mi mano derecha—respondió Run en un tono nervioso.

Abdul Rafi levantó una ceja mostrándose intrigado.

—¿Y él también posee una fuerza sobrehumana como la de vos?—preguntó Abdul Rafi dirigiéndose a Run, en referencia a Hakon.

—No, pero es un hombre muy fuerte además de un amigo leal—le respondió Run.

—Pues es bienvenido también—celebró Abdul Rafi adoptando una sonrisa por su feo rostro.

Habiendo aclarado ese tema, el jeque se dirigió a Hakon con una sonrisa cómplice:

—Debéis de sentiros muy afortunados por tener a Run tan cercana a vos. Sin duda es una mujer muy bella—comentó Abdul Rafi.

Hakon soltó una carcajada nerviosa como reacción a las palabras del jeque.

—No, no es eso...—farfulló Hakon sin saber qué decir.

Cortando con aquel momento incómodo para ambos, rápidamente, Run tomó la palabra para ayudar a Hakon a salir del apuro.

—Se agradece vuestros cumplidos hacia mi persona, señor, pero ni yo ni mi compañero hemos venido desde tan lejos para este tipo de conversaciones. Por favor, decidme. ¿Cuál es vuestro problema? ¿De qué queréis que nos encarguemos?—preguntó Run.

En aquel instante, el jeque Abdul Rafi torció la expresión de su rostro mostrándose repentinamente serio.

—Una de mis nueve esposas ha sido raptada…

—¿Tiene nueve esposas?—farfulló Hakon con gesto sorprendido.

Ignorando a la cuestión realizada por el guerrero cristiano, el jeque Abdul Rafi se quedó en silencio con gesto apesadumbrado.

—¿Quién lo ha hecho?—preguntó Run.

Tras la pregunta, el jeque Abdul Rafi pareció inseguro pero finalmente dio una respuesta.

—Han sido unos monstruos. Quienes se llevaron a mi esposa no eran humanos. De eso estoy seguro. —respondió Abdul Rafi.

—¿Monstruos?, ¿habéis dicho que fueron unos monstruos quienes secuestraron a vuestra esposa?—preguntó Hakon, intrigado.

—Sí, eso he dicho...—asintió Abdul Rafi.

—¿De qué clase de monstruos está hablando?—preguntó Run.

—Tengo varios testigos que dicen que tenían la piel verdosa y escamada—se lamentó Abdul Rafi.

Con la explicación del jeque Abdul Rafi sobre los presuntos culpables, Run y Hakon se miraron mutuamente.

—¿Piel verdosa y escamada?—preguntó Run dirigiéndose a Hakon.

Inmediatamente, Hakon torció su mirada hacia el jeque Abdul Rafi para dirigirse a él con una cuestión.

—¿Estáis seguro de que no fueron dragones?—preguntó Hakon dirigiéndose al jeque.

—¿Dragones? No, en absoluto. Tenían cuerpo de hombre—le replicó.

Los guerreros se mostraron muy sorprendidos con la respuesta del jeque. Cuanto todavía meditaban sobre qué podía haber sido, el jeque se inclinó hacia delante para suplicarles.

—Por favor, os lo suplico. Traed a mii esposa de vuelta. Ella es mi vida—dijo Abdul Rafi.

—No se preocupe, señor. Nosotros la traeremos de vuelta. Lo prometo—respondió Run con gesto confiado.

—Gracias. Muchas gracias. La joya…mí esposa es muy importante para mí—añadió Abdul Rafi mostrándose nervioso al hablar.

A consecuencia del lapsus mental acaecido en el jeque Abdul Rafi, Run alzó una ceja en un gesto de desconfianza. Hakon por su parte, no gesticuló ya que había ignorado la palabra joya:

—¿Y por dónde podríamos empezar a buscarla?—preguntó Hakon.

—Nos sería de mucha ayuda cualquier información sobre su paradero—dijo Run.

Tras la pregunta del guerrero cristiano, el jeque se llevó las manos a los bolsillos de donde se sacó de éstos un pergamino enrollado. En la mesa lo extendió permitiendo que tanto Run como Hakon observaran qué contenía. Aquel pergamino se trataba de un mapa del mundo en la que veían representados únicamente los continentes de África, Europa y Asia.

—Mi líder religioso dice que los monstruos se llevaron a mi esposa a esta isla—dijo Abdul Rafi, señalando con su dedo la isla española de Tenerife. —"La puerta del infierno". Os aconsejo que sea el primer lugar en el que la busquéis. El líder posee una gran sabiduría y de buen seguro que si dice que estarán allí esos monstruos, así será—sentenció Abdul Rafi.

—¿Estáis aconsejando que vayamos a una isla llamada "La puerta del infierno"?—preguntó Hakon en un tono sarcástico.

Molesta por el tono que su compañero había utilizado para dirigirse al jeque, Run tomó la palabra para hacerles quedar bien.

—Inspeccionaremos cada rincón de esa isla en caso de ser necesario. Os prometo que pronto os la traeremos de vuelta. Somos muy buenos en nuestro trabajo—dijo Run.

—Estoy seguro de ello. Si no es molestia me he permitido el derecho de contratar a tres guerreros que os acompañarán en vuestro trabajo—dijo Abdul, arqueando una sonrisa.

—¿Ah sí?—preguntó Hakon, sorprendido.

—Os los presentaré...—dijo Abdul.

Acto seguido, Abdul Rafi dio dos palmadas que fueron la orden para que tres mercenarios descendieran por las escaleras para adentrarse en la sala. Al igual que ocurrió con la entrada de la vikinga, empezó a sonar una canción distinta. Cuando Run y Hakon vieron pasar a los tres mercenarios se quedaron sorprendidos por lo variado de su aspecto. El primero de ellos tenía una gran corpulencia y vestía un atuendo musulmán. Lo más destacado de él era un enorme turbante que ocultaba sus facciones, y el par de guantes que ocultaban sus manos. Además, no portaba ningún arma.

—El de la izquierda se llama Agazán. Es conocido por estos lares como Agazán "El mago bereber"—dijo Abdul Rafi refiriéndose al hombre que llevaba su rostro oculto.

Tras la presentación del primero de los hombres, el mercenario del rostro oculto dio un paso hacia delante creando en sus manos dos bolas de fuego con las que formó un aro de fuego.

—Sus habilidades son por supuesto la magia. En especial la magia de fuego—dijo Abdul Rafi.

El truco de magia con el fuego ocasionó los aplausos y exclamaciones de asombro por parte de los participantes de aquella fiesta musulmana.

—Espectacular—farfulló Run con los ojos abiertos como platos.

—Sí—asintió Hakon.

Habiendo sido comentadas las habilidades de Agazán, el susodicho dio un paso hacia atrás para situarse de nuevo junto a los otros tres. El segundo de los mercenarios era un hombre de mediana edad con una larguísima barba rizada de color grisáceo. Éste también llevaba un turbante en la cabeza pero en su caso sólo le ocultaba sus cabellos. En cuanto a su vestimenta, lucía túnica de color marrón y unas babuchas. Tampoco llevaba ningún arma, aunque si portaba el libro del Corán en su mano derecha.

—El del centro es un profeta. Se llama Mohamed "El mil lenguas"—dijo Abdul Rafi.

En medio de la sala, Mohamed abrió el Corán y con un brazo extendido hacia la meca, relató un versículo del libro en múltiples idiomas.

—Pagad al trabajador su sueldo antes de que su sudor se seque. —dijo Mohamed, en la lengua árabe.

Las palabras del profeta causaron las risas en los participantes de la fiesta, y sus posteriores aplausos a su persona.

—¿Qué ha dicho?—preguntó Hakon a Run.

—Algo sobre que se pague a los trabajadores…—contestó Run.

Mientras que Mohamed volvía a su posición junto a los otros dos mercenarios, Hakon arrugó la nariz mostrándose disgustado por la condición de aquel mercenario.

—¿De qué nos va a servir alguien así?—preguntó Hakon con una sonrisa divertida.

—Más de lo que creías. Posee unas habilidades muy útiles entre las que destaca el manejo de ciento veinte lenguas y su don para controlar voluntades—respondió Abdul.

—¿Ciento veinte idiomas? Permíteme que lo dude...—dijo Hakon retorciendo por su rostro una sonrisa divertida.

Pese a la desconfianza que le inspiraba el segundo mercenario al guerrero cristiano, el jeque Abdul Rafi prefirió sonreír ignorando tal hecho para seguir con la presentación.

Por último, el tercer mercenario, era un hombre joven de cabello corto negro y rizado. Él estaba vestido con un chaleco roco que dejaba ver fácilmente su piel cobriza. A diferencia de los otros dos mercenarios, éste último sí iba armado. En su torso llevaba dos bandanas repletas de cuchillos.

—El último es un lanzador de cuchillos famoso en el norte de África por su gran destreza. Él es Raschid "El ratón"—dijo Abdul Rafi.

Con el nombramiento del último mercenario, Run sonrió alegre dando un codazo a su compañero.

—Ves, este también es útil. Sabrá luchar.

—Ya lo veremos—refunfuñó Hakon.

En el centro de la sala, para demostrar sus habilidades, el lanzador de cuchillos se puso a hacer malabarismos con cinco dagas sin dejar que ninguna cayera al suelo. Aquella habilidad también recibió los aplausos por parte de los participantes de la fiesta.

Para finalizar el truco, Raschid lanzó las cinco dagas al aire, y como si fuera parte de un baile, dio un giro sobre sí mismo para guardar cada una de las cinco dagas en los respectivos sitios de su vestimenta sin tener que usar sus manos.

Aquel último truco del tirador de cuchillos, acentuó los aplausos en su favor.

—Muy bueno. —dijo Run mientras aplaudía por el espectáculo.

—Sí que es bueno, sí. —asintió Hakon, sorprendido por el truco con el que el mercenario había terminado su presentación.

Hechas las presentaciones de los tres mercenarios en la sala, Abdul Rafi volvió su mirada hacia Run y Hakon con una sonrisa de lado a lado.

—¿Y bien?, ¿queréis que partamos ya a Cádiz? —preguntó Run.

—En absoluto. Por hoy disfrutad de la fiesta. Sois mis invitados de honor—dijo Abdul, alzando sus manos para seguir el ritmo de la música que ahora tocaban sus músicos.

En aquel momento, un grupo de cinco bailarinas del vientre tomaron el centro de la sala para deleitar a todos con sus sensuales movimientos de cadera. Con la llegada de las cinco mujeres, Hakon se quedó asombrado mirándolas como se movían.

—Run, tú también podías bailar con ellas—dijo Hakon en tono burlón.

A su lado, la vikinga le pellizcó como respuesta a la burla.

—Yo soy una guerrera, no sé moverme de esa manera. —le replicó Run con una expresión avergonzada.

Pasadas unas horas de que se iniciara la fiesta, el ambiente que se respiraba en la sala estaba mucho más cargado. El humo de las pipas de agua se había extendido sobre toda la sala sumándose al humo que se desprendía del incienso, por lo que solo estar allí uno ya se sentía mareado. A pesar de eso, a las bailarinas parecía no molestarles en absoluto ya que ellas seguían bailando con la misma intensidad que en el principio de la noche.

En el lado derecho de sala, el lugar donde pasaron a ocupar los mercenarios tras su presentación, ellos mantenían diferentes actitudes frente a la fiesta. Agazán y Mohamed estaban sentados con una actitud muy reservada, mientras que Raschid fumaba y bebía abrazado a un par de bailarinas del vientre. En la cara del tirador de cuchillos se veía una expresión de relajación casi infinita.

Por el lado izquierdo de sala, el ambiente también estaba muy cargado. El jeque yacía sobre los muslos de la vikinga. Esa acción tenía el consentimiento de la vikinga ya que si Raschid estaba colocado, el jeque Abdul Rafi estaba totalmente drogado. Para mayor desconcierto de la escena, el jeque de vez en cuando manoseaba los muslos de la vikinga ante la presencia de sus mujeres sin que éstas dijeran nada al respecto o le recriminaran por su actitud. Es más, le reían las gracias.

Al final tuvo que ser Hakon quien interviniera para que aquel manoseo acabara. El guerrero, molesto por lo que estaba pasando, se acercó a Run y luego tiró de su mano levantándola:

—¿Vienes fuera?

—¿Para qué?—preguntó Run, sorprendida por la petición.

—¿Vienes a fuera o no?—preguntó Hakon, tornando su voz en un tono de molestia.

—Sí, ahora voy—asintió Run, empujando al jeque fuera de sus muslos.

La acción de la vikinga supuso que el jeque cayera boca arriba como un peso muerto. Dejándolo allí tirado, Run se cogió de la mano a Hakon y marchó de la sala esquivando a los borrachos que intentaban tocar alguna parte de su anatomía.

Una vez salieron de la sala, fueron caminando hasta una terraza donde se quedaron a solas.

CAPÍTULO 3: NOCHE EN AL-ANDALUS

En la terraza los dos guerreros fueron recibidos por un viento frío que chocó contra ellos, llevándoles a darse cuenta de lo distinta que era la temperatura en el exterior del edificio.

—Aquí hace frío. —dijo Run, abrazándose a sí misma.

—¿Por qué te abrazas a ti misma?, ¿tienes frío? Eres una vampiresa. En teoría no sientes nada. Ni frío ni calor—dijo Hakon.

—No lo siento. Es un acto reflejo. Estoy acostumbrada a ir más cubierta—dijo Run, mirándose así misma con una sonrisa divertida.

—Sí, lo entiendo. Hoy vas medio desnuda—dijo Hakon entre risas.

—Sí—asintió Run, acompañando a Hakon con sus carcajadas.

Al término de las carcajadas, Run estiró una sonrisa perfecta y a continuación dio un paso hacia delante acercándose a Hakon en aquella terraza del palacete. En el desplazamiento de la vikinga, Hakon le miró por un segundo el escote siendo cazado por ella mientras lo hacía.

Fruto de la mirada poco apropiada que el guerrero cristiano le había lanzado, la vikinga reaccionó indignada.

—¡Has mirado a mis pechos!—dijo Run con cara de sorpresa e incredulidad.

—No lo he hecho. ¡He mirado al huevo!—replicó Hakon, sonrojado por la acusación.

—¿Al huevo?, ¿y un huevo? Estabas mirando mis pechos. Te he visto. —contestó Run.

Debido a la insistencia de la vikinga en mantener su posición, Hakon resopló cansado.

—Es tu palabra contra la mía.

Run se quedó callada mirando a Hakon con atención.

—Que cabezota eres. Podrías reconocer que tienes una maestra de lo más hermosa y eso no sería nada malo para vos. —le reprochó Run.

El comentario de la vikinga provocó que el guerrero cristiano gruñera dándola la espada, una reacción que sorprendió a la muchacha.

—¿Por qué estás tan raro? —preguntó Run.

—No estoy raro. Estoy normal. —respondió Hakon, tratando de disimular su sonrojo.

—Sí que lo estás. Me has sacado de la fiesta como si fuera una cosa tuya. Diría que te molestaba que el jeque me estuviera tocando. —dijo Run.

Run estiró una sonrisa maliciosa y entonces le preguntó en un tono burlón:

—¿Estás enamorado de mí?

Hakon frunció el ceño con la pregunta dando un paso hacia atrás para apartarse de ella:

—Jamás, no me gustan las mujeres tan hombrunas…—dijo Hakon con cierto tono despectivo.

Con la respuesta de Hakon, Run apretó los puños de la rabia y a continuación, se movió a velocidad de vampira apareciendo justo después agarrando a su compañero de sus ropas.

—No soy hombruna. ¡Soy bonita! —le replicó Run en un tono amenazante.

—¿Ves cómo eres hombruna?—preguntó Hakon, mientras estaba siendo zarandeado.

Run resopló molesta y entonces, soltó a Hakon dejándolo en el suelo.

—Jamás tendrás una esposa como yo. Yo soy demasiado para ti—dijo Run con un tono altivo. Acto seguido, Run le dio la espalda para marcharse de vuelta al interior de la sala.

—Tampoco la quiero—le contestó Hakon mientras se alejaba.

Al dar el quinto paso por la terraza, Run se quedó de repente inmóvil y entonces se desmayó para sorpresa de su compañero. Hakon, ante la visión de la vikinga tendida en el suelo, olvidó su enfado con ella tornando su rostro en una expresión de preocupación.

—¡Run! —exclamó Hakon, mientras corría a socorrerla.

Llegado ante la vikinga, la colocó boca arriba y empezó a tocarle la cara para ver si eso la reanimaba.

—Despierta. Despierta.

Los toqueteos en la cara no surtieron ningún efecto en Run así que Hakon empezó a ponerse cada vez más nervioso. Sin perder ni un segundo, Hakon utilizó una daga para hacerse un corte en el brazo y así poder alimentar de ese modo a su compañera.

—Abre la boca. Vamos—dijo Hakon, abriéndole él mismo la boca a la vikinga.

El guerrero cristiano sostuvo la boca a la vikinga, lo suficiente para que cayeran un par de gotas de la sangre por su garganta. La reacción tras la ingiere de la sangre fue instantáneo. Acto seguido, Run se reincorporó doblando medio cuerpo adelante.

—¿Estás bien?—preguntó Hakon mostrándose preocupado.

—Sí, solo ha sido culpa de la sed—farfulló Run con voz cansada.

—Eres idiota. Acabas de darme un susto de muerte. Debes beber más a menudo—le recriminó Hakon, enfadado.

Run agachó la mirada avergonzada por la reprimenda de Hakon.

—No me hables así, soy ocho años mayor que tú—se quejó Run, poniendo morritos.

Hakon estiró una sonrisa divertida.

—Eres mayor que yo, pero a veces tienes cosas de niña. Yo soy más maduro que tú—respondió Hakon en tono de mofa.

—No es verdad. Yo soy mucho más madura—le replicó Run en un tono infantil.

—¿Ves? Siempre tienes que quedar por encima de mí. Una actitud completamente infantil—sentenció Hakon, ofreciendo su mano a Run para ayudar a que se reincorporara.

Run aceptó la ayuda de Hakon, quien la levantó con facilidad.

—Disculpad, señor maduro. Se me había olvidado que ya no sois el niño que se escondía debajo de mi falda. —dijo Run en un tono burlón.

Hakon en represalia por aquella burla, agarró a Run por los muslos y a continuación la alzó entre sus brazos como a una novia en su luna de miel. Run, avergonzada por verse con su cuerpo apresado entre los fuertes brazos del guerrero cristiano, se quejó falsamente sin realizar ningún intento real por liberarse.

—¿Qué haces?, ¿por qué me coges?—preguntó Run, divertida y avergonzada a la vez.

—Porque me da la gana. Hago lo que quiero. Basta ya de que me trates como a un niño cuando soy más hombre que la mayoría de hombres que has conocido nunca—dijo Hakon mostrando una expresión furiosa, mientras Run seguía inmóvil en sus brazos observándolo con una expresión atónita.

"¿Qué le pasa? Parece otro. No parece mi Hakon". Pensó Run, incrédula por el pasional comportamiento que ahora tenía con ella su compañero de aventuras.

Finalizadas las palabras del guerrero cristiano, giró con un movimiento brusco, giró la barbilla de Run encarándola la suya, haciendo así que ambas bocas estuvieran a escasos centímetros la una de la otra. A esa corta distancia, Hakon la miró fijamente con sus ojos castaños. El guerrero cristiano pese a no ser tan hermoso como lo era Thor o el elfo oscuro, provocó en Run una sensación desconocida en ella.

Deseaba comérselo. De repente, no pensaba nada y no le importaba nada. Solo deseaba comérselo. Estando la vikinga al borde de sufrir un infarto a pesar de que no tenía ritmo cardiaco por ser una vampiresa, Hakon se acercó todavía más clavando sus ojos marrones en ella.

—¡Mírame y dime si Thor es más hombre que yo!

El guerrero cristiano al proferir dichas palabras y soltar su aliento tan cerca de la vikinga, llevó a la segunda a inhalar sin intención su aroma hasta que sus pulmones le quedaron llenos. Sentir el aroma de Hakon con tanta fuerza, hizo que Run se bloqueara hasta el punto que sufrió un nuevo desmayo.

En su segundo desmayo, Run quedó postrada entre los brazos de su compañero con la boca medio abierta y con sus colmillos de vampiresa preparados para morder. Hakon cuando vio la expresión estuvo a punto de soltar una carcajada pero luego se reprimió al darse cuenta que esta vez su desmayo no era tan claro que fuera por falta de sangre en sus venas. Aunque tenía los ojos cerrados jadeaba levemente y además se retorcía de placer. Run le estaba invitando a besarla.

Por aquel entonces, la vikinga estaba completamente entregada al hombre que la sostenía. Ahora Hakon no tenía por qué andar con disimulos a la hora de mirarle el escote o el resto de su cuerpo. Ahora podía recrearse con cada detalle de su hermoso físico hasta que se quedara ciego.

Mientras Run mantenía los ojos cerrados esperando a que el guerrero cristiano acabara de decidirse y se lanzara sobre ella para darle un apasionado beso que la devolviera a la vida, Hakon empezó a ponerse de nuevo muy nervioso. Sabía que ese momento era crucial y que quizá jamás nunca se volvería a repetir.

Pasaron los segundos, y Hakon siguió sin actuar. Run, tirando la toalla ante la parsimonia del guerrero cristiano por actuar, echó adelante su cuello para reincorporarse. Poco a poco, Run fue reabriendo los ojos hasta volver a ver nítidamente. Para su sorpresa vio que Hakon todavía más cerca.

Teniendo al guerrero cristiano tan cerca de ella que casi se estaban rozando sus frentes, Run volvió a sentir como su corazón latía con fuerza.

—¿Es que no te das cuenta, Run?—preguntó Hakon, pegándose a Run mientras la hablaba.

—¿Qué?....—

—¿Es que no te das cuenta que estoy loco por ti? —preguntó Hakon con voz iracunda.

—Hakon—farfulló Run.

En ese momento, Hakon tiró de Run pegando sus labios contra los suyos. Aquel beso era muy superior al beso que Run compartió con Thor el día de su boda. Metafóricamente hablando, era como si el beso que se dieron Run y Thor fuera una casita y de repente hubiera llegado un tifón destrozando la casita desde los cimientos hasta no dejar nada. Mientras Run se besaba con Hakon, en la mente de la vikinga, Hakon se acababa de convertir en un gigante que había aplastado a Thor de un pisotón, siendo ahora el dueño de todo lo que era ella.

Habiendo concluido el beso, Run se separó de Hakon mirándolo con una expresión de incredulidad.

"¿Me ha gustado más que el beso que me dio Thor o estoy equivocada?, ¿Cómo es posible que este sentimiento sea más potente? ¿Desde cuándo me gusta Hakon?". Pensó Run.

"¿En qué estará pensando? ¿Por qué estará tan callada? No me irá pegar ahora, ¿no?". Pensó Hakon.

—¿Estás mejor?—preguntó Hakon mirando a Run con una sonrisa avergonzada.

—Sí, tu sangre es muy nutritiva. Eres muy buen amigo.—respondió Run con una expresión avergonzada.

Después de aquella breve conversación en la que los dos prefirieron no hacer ningún comentario referido al intenso momento vivido, Hakon soltó a Run permitiendo que se pusiera en pie. Entre risas avergonzadas de ambos, Run se dirigió a Hakon.

—Voy a ver si los caballos están bien. —dijo Run con la mejillas sonrojadas por la vergüenza.

—¿Quieres que te acompañe?—preguntó Hakon con voz nerviosa.

Run, ante la pregunta del guerrero cristiano y la posterior intención que ello supondría, lo miró fijamente y luego negó con la cabeza.

—Mejor voy sola. —respondió Run entre risas.

Hakon, a sabiendas del porqué de las risas de la vikinga, soltó una carcajada con las mejillas coloradas como un tomate.

—Entonces iré a la fiesta de nuevo. Te veo más tarde—dijo Hakon dirigiéndose de nuevo al interior de la fiesta.

—Te veo más tarde. —dijo Run estirando una radiante sonrisa por su semblante.

Habiéndose despedido, vikinga pasó por delante de Hakon luciendo su impresionante cuerpo, y dejándolo de nuevo boquiabierto debido a sus contorneadas caderas.

—Run…

—¿Qué?—se volvió Run, intrigada por lo que podría decirle su compañero.

—Es verdad lo que te he dicho—farfulló Hakon tímidamente.

Las palabras del guerrero cristiano fueron recibidas por Run con una expresión de sorpresa.

Acto seguido de oír aquello, Run se volvió sin decir nada a Hakon, ni siquiera sonreírle. La reacción fría de la vikinga fue como un cubo de agua fría para el guerrero cristiano, quien se quedó inmóvil viendo como Run continuaba con su camino.

—"Recuerda quien es. Es Hakon, tu amigo. Nunca habrá nada entre tú y él. Y mucho menos sabiendo que eso lo pondría en peligro. Tú eres una vampiresa. "Pensó Run con una expresión apenada.

A la mañana siguiente de la intensa noche en el palacio de Abdul Rafi, el mercenario Raschid dormía abrazado a una cabra en la sala donde se había celebrado la fiesta. La razón por la que estaba abrazado a una cabra, era porque una bailarina del vientre le había dado el cambiazo durante la madrugada para que la cabra ocupara su lugar. Pese a los ronquidos profundos con los que dormía el tirador de cuchillos, a Run no le importó tirarle un cubo de agua fría para despertarlo.

La manera con la que fue despertado enfureció al mercenario pero después de ver que había sido cosa de la guapa vikinga, se calmó dejándolo pasar.

A horas de la mañana, el grupo se desplazaba a Cádiz sufriendo bastante calor. En esta ocasión, de nuevo tanto Run como Hakon habían cambiado sus vestimentas por lo que Run volvía estar equipada con la armadura que había vestido antes de su llegada a tierras cordobesas, y lo mismo ocurría con Hakon.

Sobre un caballo de pelaje negro, Hakon resopló con gesto molesto mientras se secaba una lágrima de sudor.

—El calor es horrible—se quejó Hakon.

A consecuencia del comentario del guerrero cristiano, Raschid "El ratón" rió divertido.

—Cristianos….Siempre tan débiles frente a todo. No me extraña que os hayamos conquistado. Este calor es insignificante—dijo Raschid con una sonrisa desafiante.

—¿Ah sí? —preguntó Hakon.

Después de que Raschid se burlara de la debilidad de Hakon, el primero giró su mirada a Run para mirarla de arriba abajo.

—Si el jeque Abdul me hubiera dicho que gracias a esta misión iba a poder compartir mi tiempo con una mujer tan bella como vos no le hubiera pedido tanto dinero—dijo Raschid dirigiéndose a Run, con una sonrisa juguetona.

Run rió avergonzada.

—Muchas gracias por el cumplido. Vos tampoco estáis mal, Raschid—respondió Run.

La respuesta de la vikinga creó un ceño fruncido en Fayet y Hakon.

—Realmente somos un grupo de lo más heterogéneo…Un tirador de cuchillos, un mago, un profeta, un guerrero cristiano, una vikinga y un pirata—dijo Run, mirando al grupo.

En aquel momento en el que la vikinga estaba hablando, el Gran Krig ladró dos veces para hacerse notar.

—Gua gua—ladró el Gran Krig.

—Ah sí, me olvidaba de él—añadió Run entre risas.

—Sí, tenéis razón—respondió Fayet arqueando una brillante sonrisa en su rostro de ébano.

—¿Qué os ha parecido el jeque?

—No lo sé. Me ha parecido que no era muy de fiar. Mira la fiesta que ha montado y según él está triste porque no tiene a su esposa—respondió Hakon.

—¿Verdad?—asintió Run mostrándose de acuerdo con las impresiones.

—Durante la conversación dijo algo referido a una joya. Quizá sólo sean suposiciones mías, pero pienso que busca que recuperemos algo más que su esposa—añadió Run, adoptando una ancha sonrisa.

Debido a la sonrisa que el pirata le dedicó a Run y el posterior sonrojo que apareció en ella, tanto Raschid como Hakon fruncieron el ceño en señal de celos. Mientras que el guerrero cristiano y el tirador de cuchillos seguían enfurruñados, el profeta aprovechó el silencio que se había creado en el grupo para dirigirse a Run.

—Mi señora…¿Puedo haceros una pregunta? —preguntó Mohamed.

—Sí, ¿Qué quieres saber?—preguntó Run.

—Es mera curiosidad…¿Por qué lleváis dos espadas? Llevo observándoos desde hace rato y se me ha creado esa cuestión que deseo que me resolváis—preguntó Mohamed.

A la pregunta de Mohamed, Run sonrió levemente antes de responderle.

—Eso es porque una espada es para luchar contra humanos y la otra…—dijo Run señalando a su espada larga llamada "Señora".

—La otra espada es para luchar contra monstruos…—añadió Run señalando a su espada "La espada del mediano".

—¿Monstruos?—preguntó Mohamed con una expresión atemorizada.

Interrumpiendo con la conversación, Hakon tomó la palabra de nuevo.

—¿No lo sabias?

—Según Abdul Rafi, su esposa fue raptada por monstruos…—añadió.

Mohamed suspiró preocupado.

—Ahora entiendo porque la recompensa es tan elevada.

Raschid soltó una sonora carcajada.

—¿Monstruos? Ningún problema—dijo Raschid en un tono prepotente,

—Tranquila mi lady, mira estos músculos. Yo me encargaré de aniquilar a esos monstruos y de manteneros a salvo—añadió.

Run rió divertida. "Que tonto es Raschid, es un bufón." Pensó Run. ¿Le gusta Raschid? Pensó Hakon, preocupado.

Respondiendo a las promesas de protección, Run le dijo al mercenario:

—Gracias. Sois muy valeroso, pero sé cuidarme muy bien yo sola. Quizá sea yo quien os acabe salvando en más de una ocasión.

—No creo, soy fuerte. Os lo prometo—dijo Raschid mostrándose un poco confundido por la interpretación de las palabras de Run.

En reacción al comentario de la vikinga, Hakon sonrió divertido.

Al cabo de ocho horas de viaje, llegaron a la ciudad costera en pleno atardecer. El punto donde Run había acordado reunirse con el pirata Al-Thalajara después de su paso por Córdoba, era una taberna en el puerto frecuentada por marineros y prostitutas. Un lugar al que Fayet había visitado en numerosas ocasiones. En cuanto el grupo de la vikinga llegó al mencionado lugar, encontraron en su interior al capitán Al-Thalajara sentado en una gran mesa rodeado por parte de su tripulación y un largo número de hermosas cortesanas.

El capitán cuando vio que el grupo estaba de regreso, torció el gesto de su rostro tonándose en malhumorado por saber que la fiesta se había acabado.

—Que mil rayos me partan, ya están aquí. Y bien, decidnos. ¿Qué rumbo debemos de tomar?—preguntó Al-Thalajara.

—Éste—dijo Run,

A continuación, Run estiró un mapa del continente europeo y entonces, señaló con su dedo índice el punto al que debían ir. El capitán Al-Thalajara al observar qué destino había sido el elegido, de repente realizó una mueca de incredulidad.

—"La puerta del infierno"...—farfulló Al-Thalajara entre dientes.

—¡Ja!. ¿Acaso habéis perdido vuestro sentido común? Esa isla está en el fin del mundo y es como un punto en el pleno océano. Son muy pocos nos marineros que han logrado encontrarla. Si nosotros lo intentamos y nos perdemos será nuestro fin. Moriremos dando tumbos antes de encontrarla...—le reprochó el capitán.

Run levantó una ceja ante las quejas del capitán.

—¿Y qué os parece si os entrego esto?—preguntó Run, depositando sobre la mesa una bolsa cargada de oro.

El peso de la bolsa atrajo la atención del capitán, quien rápidamente echó un vistazo a su interior. Tras comprobar el interior de la bolsa, miró a la vikinga con gesto sorprendido.

—¿Es lo que tendré si os llevo hasta esa isla o esta suma pertenece a todos? —preguntó el capitán Al-Thalajara, dubitativo.

—Esa suma solo pertenece a los piratas de "La ratonera del diablo". —respondió Run.

En reacción a la respuesta de la vikinga, el capitán Al-Thalajara se levantó de su silla mostrándose muy dichoso.

—Jajaja. Espero vikinga que cumpláis con vuestra misión.

—¡Dejad de beber, mis alimañas y preparad "La ratonera del diablo"! Salimos ahora mismo!—añadió Al-Thalajara, dando órdenes a su tripulación.

CAPÍTULO 4: LA PUERTA DEL INFIERNO

En la tarde de aquel mismo día, "La ratonera del diablo" ya se encontraba navegando por mar abierto. En el navío estaba toda la tripulación del capitán Al-Thalajara y además Run y su séquito venido desde Córdoba. Por aquel entonces, el capitán estaba muy metido en sus funciones como capitán del navío.

—¡Soltad las velas!, ¡Navegaremos a todo trapo!. ¡Llevemos a estos hombres a conocer su destino!—gritó el capitán.

Fruto de las órdenes del capitán, su tripulación actuó en consecuencia, haciendo que el navío soltara la vela mayor y que girara hacia el este.

En la zona de la proa, Hakon y Run conversaban en la cubierta:

—Se ve al capitán muy animado—dijo Hakon.

—Sí—asintió Run.

—¿Verdad que esa suma correspondía a todos? —preguntó Hakon.

A la pregunta del guerrero cristiano, Run soltó una carcajada.

—Espero que no se molesten mucho cuando le diga la verdad—añadió.

Mientras el navío seguía surcando los mares, cada uno de los miembros del grupo de la vikinga estaba en un punto de la cubierta distraído en una distinta acción. Por ejemplo, Raschid estaba vomitando sin descanso mareado por el viaje. En otro punto de la cubierta, Mohamed conversaba con la tripulación. La capacidad del profeta para controlar las voluntades ajenas era tan extrema que llegó a hipnotizar a un pirata para que le diera las monedas que llevaba en su bolsa del oro. Por último, Agazán "El mago bereber" permanecía en silencio sin hablar con nadie.

Cuando se hubieron completado tres días de navegación, en la tarde del tercer día, el navío se topó con unas nubes negras que derivaron en una terrible tormenta en altamar. Aquella tormenta vino acompañada con olas gigantes de veinte metros que maltrataban a "La ratonera del diablo", lanzándola de arriba abajo. En la cubierta, las maniobras que se ejecutaban bajo las órdenes del capitán Al-Thalajara denostaban la experiencia y el manejo de situaciones de tamaño riesgo. Agarrado a un poste de la cubierta, el capitán soportaba el aguacero y los bruscos movimientos del navío sin dejar de dar órdenes para solventar la situación.

—¡Arriad las velas y mantened el rumbo! —graznó el capitán, gritando a pleno pulmón.

A pesar de los gritos del capitán, los tripulantes desoían las imperativas llamadas, ya que era tal la lluvia y el viento que los azotaba que tenían suficiente con luchar por mantenerse en pie.

En cuanto al grupo de la vikinga, cada individuo soportaba al terrible temporal de una manera distinta. Raschid era el más cobarde. Se había escondido como una rata en la bodega. Mohamed le rezaba a Alá, arrodillado en la cubierta mientras el agua que caía del cielo a borbotones le empapaba las ropas. Agazán se mantenía inmóvil asido fuertemente a una gruesa soga con una de sus fuertes manos, soportando el aguacero sin inmutarse. Hakon estaba resguardado junto al Gran Krig entre los toneles que se mantenían unidos por cuerdas de cáñamo. Por último, Run estaba sujetando con sus dos brazos el timón para que el rumbo se mantuviera firme.

Bajo la implacable lluvia, el capitán Al-Thalajara, desde el poste al que se abrazaba, se dirigió a Run para pedir su ayuda en las funciones del navío.

—¡Run! ¡Necesitamos tu ayuda!. La cuerda que levanta la vela se ha enredado. Si continuamos navegando con la vela abierta naufragaremos—gritó el capitán dirigiéndose a la vikinga.

Asintiendo a la petición, Run metió su espada "Señora" entre el timón y luego la clavó en la cubierta, bloqueando así el timón. Cuando lo hubo dejado todo listo, saltó a la cubierta y a continuación, fue corriendo hasta la zona del mástil.

—¿Qué hago? —preguntó Run al capitán.

—Arriba, debéis subir y cortar la cuerda—le aconsejó Al-Thalajara, sin soltarse del mástil.

Recibida la orden, asintió de nuevo y entonces, para iniciar la escalada, usó el hombro del capitán como apoyo para coger impulso y subir al mástil velozmente.

Llegado a la cima, se percató del enredo que se había formado entre una de las poleas. Primero, trató de desatar el nudo con sus manos pero al ver que no conseguía nada, usó sus propios dientes para cortar la cuerda. El resultado supuso que la vela se enrollara por si sola y que el viento dejara de castigar el navío con tanta brutalidad.

Después de haber resuelto dicho problema, vio con horror como en la cubierta, Hakon y el Gran Krig eran engullidos por una enorme ola que los entregaba al mar.

—¡Oh no…!—farfulló Run, horrorizada.

Se deslizó a toda velocidad corriendo a lo largo de la envergadura del mástil sin dudarlo. Cuando llegó al flanco en el cual Hakon y su perro habían caído al mar, se lanzó de cabeza con un impecable salto a las oscuras y embravecidas aguas para ir a rescatarlos.

Dentro del mar, buceó buscando a sus amigos, pero sólo vio fragmentos de madera sumergidos de "La ratonera del diablo". En aquellos instantes en que la vikinga se temía lo peor, se giró y entonces, localizó a Hakon manteniéndose a flote con el Gran Krig entre sus brazos. Tanto Hakon y el Gran Krig parecían estar inconscientes. Inmediatamente después de verlos, Run fue nadando hasta ellos, devolviéndolos a la superficie.

Una vez que la vikinga hubo sacado la cabeza del agua, junto al hombre y el leal perro, el guerrero cristiano empezó a toser mostrándose muy desorientado. El can ladraba y miraba de lado a lado preguntándose donde estaba. Run al ver como sus amigos seguían con vida, sonrió feliz por haber conseguido salvarlos.

—Cof cof cof…

—Gra…cias. —farfulló Hakon con problemas para seguir respirando.

—De nada. Agárrate a mí—respondió Run, tratando de que Hakon mantuviera la cabeza fuera del agua.

Mientras la vikinga sujetaba a sus amigos para que se mantuvieran a salvo en la superficie, el capitán Al-Thalajara y su tripulación se acercaron hasta ese flanco del barco para comprobar si la vikinga lo había conseguido. Cuando los piratas se cercioraron de que Run estaba en el agua flotando junto a sus amigos, rieron mostrándose felices.

—Esa vikinga lo ha conseguido. Sin duda es una mujer digna de este barco—dijo un pirata.

—Sí que lo es…—farfulló Al-Thalajara, boquiabierto.

A continuación, el capitán habló a pleno pulmón dirigiéndose a todos sus hombres.

—¡Arriad los botes y rescatad a estos pescados!

Siguiendo las órdenes del pirata, la tripulación arrojó un bote hacia donde estaban los guerreros y el perro. Run tiró de Hakon y el Gran Krig para ayudarlos a subir. Hakon, ya a salvo sobre el bote, reptó escupiendo agua y mostrándose muy cansado. Por su parte, el Gran Krig agitó su pelaje para secarse. Y Run, Run estaba feliz por ver que estaban vivos.

Mientras iban recuperando el aliento, la tripulación empezó a subir el bote trayendo de vuelta a la cuadrilla de la vikinga. En aquel instante en que los piratas estaban ayudando a los guerreros, el tiempo ayudó y entonces empezó a aflojar el temporal terminando con la tormenta que les había hecho pasar tantas penurias por tan elevado peligro.

Eso permitió a que en la cubierta de "La ratonera del diablo", uno de los piratas, Fayet, pudiera ver tierra:

—¡Tierra! ¡Tierra a la vista!—gritó Fayet.

Reaccionando a los gritos del árabe, Run se subió a la cubierta dejando que los piratas se ocuparan de ayudar a Hakon y a su perro. Tal y como había dicho Fayet, cuando Run estuvo de vuelta en la cubierta divisó en la lejanía una sombra de tierra en el horizonte.

—¿Es a esa a la isla a donde nos dirigimos?—preguntó Run dirigiéndose al capitán Al-Thalajara.

—Si no es así, que me aspen…—respondió Al-Thalajara, estirando una sonrisa divertida.

Hakon, al saber que finalmente había llegado a su destino, miró al horizonte con gesto agotado.

—Cof cof—tosió Hakon, sentado en la cubierta.—¡Menos mal! ya empezaba a estar harto de tanta agua—se quejó Hakon con gesto de disgusto.

A su lado, el capitán Al-Thalajara rió divertido al ver el lamentable estado de Hakon, sufriendo las consecuencias del viaje.

—Querido cristiano, como veis, siempre que alguien ofende a un pirata, la mar se encarga de ajustar cuentas—dijo el capitán Al-Thalajara.

Hakon gruñó molesto y entonces, recibió la mano de la vikinga que le ayudó a levantarse.

—Parece que el pirata tiene razón. La mar ha demostrado que no es bueno meterse con esta clase de gente—dijo Run en un tono jocoso.

—Prefiero no hablar sobre eso—dijo Hakon, al mismo tiempo que se reincorporaba.

Run rió divertida y luego se dirigió hacia la proa. Hakon la siguió hasta ese punto del navío. A medida que los guerreros iban andando por la cubierta, Run tomó la palabra:

—Hakon, ¿puedo pedirte un favor? —preguntó Run.

Ante la pregunta Hakon se fijó en los ojos de la vikinga, percatándose de que su color por aquel entonces estaba mutando, rayando el color dorado. Sabedor de que ello suponía un momento de tensión, se dirigió a ella con la mayor de sus sonrisas:

—No os preocupéis por vuestra sed. Podéis morderme tantas veces como queráis. Soy un hombre muy fuerte. Ya lo sabéis—dijo Hakon.

—Me alegro que te hayas dado cuenta y no haya tenido que pedírtelo—respondió con una feliz sonrisa.

Después que Run agradeciera el ofrecimiento, se acercó a él para apoyar su cabeza sobre el hombro del guerrero.

—Me siento muy afortunada—dijo Run.

—¿Por qué?—preguntó Hakon con intriga.

—Por haberte conocido…—respondió Run—Siempre has estado a mi lado. En todo momento. Para lo bueno y para lo malo. Gracias…——añadió emocionada.

Reaccionando a las palabras de agradecimiento, Hakon arqueó una gran sonrisa.

—¿Y esto?, ¿desde cuándo sois una mujer sentimental?, ¿no dice la leyenda que sois la mujer que nunca llora?

Estos comentarios provocaron que Run sonriera de nuevo mientras permanecía con su cabeza apoyada sobre el hombro de su amigo. Entonces, finalmente, le mordió saciando su sed de sangre. Al mismo tiempo que eso sucedía, Raschid llegó a la cubierta mostrando un aspecto de estar muy mareado. Con paso renqueante, fue caminando hacia adelante buscando la presencia de la guapa vikinga por allí, sin embargo, solo se topó con miembros de la tripulación del pirata Al-Thalajara.

—Run, ¿Dónde estás? —preguntó Raschid.

Llegado al centro de la cubierta, el mercenario continuó caminando viendo a lo lejos a Run y Hakon, el uno junto al otro en la zona de la proa. La expresión de emoción que vio en ambos guerreros, provocó que Raschid pusiera una cara de espanto, ignorando que todavía vendría algo peor. A continuación, Run atrajo a Hakon hacia ella y entonces, le dio un apasionado beso.

—¡Nooooooo!—se quejó Raschid, horrorizado por contemplar tal escena.

En otro punto del buque, el capitán Al-Thalajara rió divertido al contemplar el beso entre los guerreros.

—Dejad un poco para luego…

El comentario del capitán creó las risas entre los piratas, y que Run y Hakon se separasen el uno del otro avergonzados. En relación al beso, el guerrero cristiano no podía creer lo que había pasado. Run se había lanzado a darle un beso.

Mientras Hakon trataba de digerir lo sucedido, la vikinga soltó una carcajada y luego, siguió mirando al guerrero cristiano.

—¿Por qué ese beso?—preguntó Hakon con la cara roja de la vergüenza.

—Os lo habéis ganado—respondió Run.

—¿Me lo he ganado?—preguntó Hakon, reaccionando incrédulo.

Acto seguido, Raschid se situó por delante de la vikinga y le preguntó:

—¿Y yo no me he ganado ningún beso?

En respuesta a la pregunta, Run soltó una risotada y a continuación, se marchó de la presencia del mercenario:

—Me lo he ganado—farfulló Hakon, mirando hacia el cielo con una sonrisa.

En todo esto, el navío continuó su rumbo acercándose más y más a las tierras que se divisaban en el horizonte. Para desgracia de los pasajeros del navío, "La puerta del infierno" no era una sola isla sino un conjunto de ellas". Algo que ignoraban y que muy pronto descubrirían.

Horas después de que se hubiera divisado tierra, el navío del capitán Al-Thalajara se acercó lo suficiente a la zona descubriendo con ello, que habían más islas de las que en un principio se pensó. Ver aquello les hizo comprender del problema que se les iba a presentar con la identificación de "La puerta del infierno".

—Interesante. "La puerta del infierno" no es una isla sino mucha. ¿Y ahora qué hacemos?—preguntó el capitán.

—Eso no facilita las cosas…—se quejó Run, al conocer la noticia.

En otro lado de la cubierta, Hakon seguía en estado de shock a causa del beso que había recibido de la vikinga hacía unas horas.

—Me lo he ganado…—farfulló Hakon, loco de alegría.

Con el comentario del guerrero cristiano, Run se giró mirándole con una sonrisa divertida. "Míralo, ha pasado mucho rato y todavía sigue boquiabierto. La verdad es que su boca sabe muy bien. Será mejor que haga como si nada de esto hubiera pasado. Al fin y al cabo él y yo solo somos amigos. Un beso no significa nada. Bueno, ya es el segundo…" Pensó Run.

—¿Y ahora qué vamos a hacer, señor? —preguntó un pirata.

—Atracaremos en la isla más cercana, y los guerreros se encargarán de explorar una a una. Bien, eso es…—respondió Al-Thalajara.

Cortando con las palabras del capitán, de repente, en el horizonte sonó un gran estruendo seguido por una nube negra que procedía de una de las islas. A consecuencia de la sonora explosión, todos los ocupantes del navío se giraron para observar el humo negro que brotaba de aquella isla.

—Que mil rayos me partan si esa isla no es "La puerta del infierno". Mirad el volcán. —farfulló Al-Thalajara, mirando hacia la isla con un gesto de sorpresa.

—Ese es nuestro destino. —sentenció Run.

El conocimiento de la noticia provocó que en la cubierta sonaran hurras y vítores cargados de felicidad por la oportuna señal que había realizado la propia isla para identificarse.

—¡Girad cincuenta grados al sur! ¡Vamos, pandilla de holgazanes!— gritó el capitán, dando órdenes a su tripulación.

Fruto de las nuevas órdenes, la tripulación salió corriendo a sus puestos para ocuparse de llevarlas a cabo. De ese modo, el navío "La ratonera del diablo" giró ochenta grados al sur tomando rumbo directo hacia "La puerta del infierno".

Tres horas después de que emprendiera esa nueva dirección, el navío llegó a una zona situada a medio kilómetro de la isla. Desde allí se podía ver un grandísimo volcán que destacaba en el paisaje verdoso de bosques tropicales. El volcán había entrado en erupción por lo que por aquel entonces despedía una gran cantidad de humo y lava.

—Bien, ahora entiendo porque le llaman "La puerta del infierno". —comentó el capitán.

—Será allí a donde debemos ir. El lugar donde habitan los monstruos. El volcán.—dijo Run, mirando al volcán con una expresión seria.

—Mucha suerte, pues. No me gustaría nada estar en vuestro lugar— dijo el capitán, tras posar su mano en el hombro de la vikinga.

A medida que el navío fue navegando por aquella parte, pasó entre medio de una multitud de restos de barcos que llevaban largo tiempo naufragados. En la tripulación, la visión de aquellos barcos fantasmas dejó un halo de terror en todos los ocupantes del navío.

—No parece un lugar muy amistoso—dijo Fayet.

—¿Qué clase de criaturas vivirán en esta isla para que hayan muerto tantos marineros en sus costas? —preguntó Mohamed con gesto aterrado.

—No lo sé pero vamos a descubrirlo—respondió Hakon.

El capitán Al-Thalajara rió ante los peligros que les amenazaban al grupo de mercenarios.

—¡Jajajaja! Comentadme lo que halléis cuando regreséis. ¿De acuerdo?—dijo el capitán dirigiéndose a la vikinga.

—Tranquilo, eso haré—respondió Run.

Pasados unos minutos, el capitán Al-Thalajara se dirigió a toda su tripulación por motivo de la inminente llegada a tierra firme:

—¡Arrojad el ancla!

A raíz de la orden, una pesada ancla fue lanzada al fondo del mar quedando encallada entre las rocas del fondo. Esa acción provocó que "La ratonera del diablo" se fuera deteniendo lentamente hasta hacerlo totalmente.

Llegado a ese momento, los mercenarios se bajaron del barco a través de un puente de madera que los mismos piratas habían apoyado contra las rocas. Uno tras otro fueron marchando siendo los primeros en abandonar el navío.

—¡Al fin! ¡Al fin hemos llegado—dijo Raschid mostrándose descansado mientras le seguían Agazán y Mohamed.

Siguiendo a los mercenarios, Run, Hakon y el Gran Krig cruzaron también el puente de madera para dejar el navío.

—"La puerta del infierno" ya estamos aquí—dijo Run con una expresión de respeto.

—No me gusta nada el aspecto de esta isla. Tengo un mal presagio....—dijo Hakon con cara de disgusto.

Como estaba acordado en el trato formalizado entre Run y el capitán Al-Thalajara, los piratas solo se encargaban del transporte, así que ahora tocaba al grupo de la vikinga la tarea de hacer su parte. Es decir, rescatar a la esposa del jeque Abdul Rafi para que los piratas pudieran llevarla de nuevo a Córdoba. En ese momento previo a la marcha de los mercenarios, el capitán Al-Thalajara tomó la palabra para dirigirse en nombre de su tripulación a los guerreros que habían viajado con ellos:

—A partir de aquí os dejamos a vuestra suerte. Recordadlo bien, aguardaremos en la costa durante tres días. Ni un día más y ni un día menos. Espero que cuando llegue el tercer día de vuestra marcha regreséis entera y en compañía de la mujer—dijo Al-Thalajara dirigiéndose a Run en la última parte de sus palabras.

—Gracias por traernos hasta aquí. Sois un gran marinero—respondió Run.

El capitán sonrió agradecido.

—Tened cuidado, vikinga. Ni siquiera Alá sabe qué clase de demonios alberga esta isla—añadió Al-Thalajara.

—Lo tendré—asintió Run mostrando una sonrisa.

—Sí, tened mucho cuidado, señorita Run. Deseo veros de vuelta sana y salva—dijo Fayet.

—No os preocupéis. Juro que nos volveremos a ver—respondió Run con una sonrisa amistosa.

Hakon miró a la vikinga con gesto molesto con las palabras que intercambiaron su amiga y Fayet. "¿A qué juega ahora?" Pensó.

Para terminar con la conversación entre Run y los piratas, Hakon tomó la palabra mostrándose muy serio.

—¿Nos vamos ya? No me gustan los sentimentalismos…

—Eso es. Por una vez estoy de acuerdo con el cristiano. Estoy deseando saber qué peligros hay en esta maldita isla—dijo Raschid, sintiéndose también molesto por ser el único que no recibía las sonrisas de la vikinga.

—Está bien. Marchemos de una vez si tanto lo deseáis. Seguidme— dijo Run entre risas dirigiéndose a su grupo.

De ese modo, Run y su séquito compuesto por Hakon, el Gran Krig, Agazán, Mohamed y Raschid, iniciaron la marcha hacia el interior de la isla subiendo por un camino pedregoso que había en la costa. Cuando todavía apenas habían dado un par de pasos, el pirata Fayet se llevó las dos manos a la boca para mandar un último mensaje a la vikinga.

—¡Que la fortuna os acompañe, señorita Run!—dijo Fayet, alzando su voz en grito.

En el grupo de la vikinga, a consecuencia del grito que profirió el pirata de piel morena, Run se detuvo para mirar atrás por una última vez. La excesiva familiaridad del pirata con Run, molestó a Hakon.

—¿Qué le pasa a ese tipo? —Menudo estúpido. ¿Acaso está enamorado de ti?——preguntó Hakon a Run, mirando a Fayet con una cara de enfado.

—¿Y tú? —preguntó Run con una mirada inquisitiva y maliciosa.

Sin saber qué responder a eso, Hakon apartó la vista de ella con un ceño fruncido llevando a Run que se riera con mayor motivo.

—¿Qué pregunta es esa?...

—Una pregunta tan buena como cualquier otra. —le replicó Run.

—No creo eso...—respondió Hakon todavía sonrojado.

Raschid, molesto por el tonteo que llevaban los dos guerreros, decidió hablar de otra cosa para cambiar de tema.

—Vamos, menos parlotear como loros. Quiero acabar con este trabajo pronto. Vayamos al volcán cuanto antes—dijo Raschid, instando a sus compañeros de aventura a continuar adelante y dejar de hablar.

—Sí. Vayamos al volcán—asintió Run, feliz por el ímpetu mostrado por el tirador de cuchillos.

Hakon, percatándose del truco que había usado el tirador de cuchillos para desviar la atención que Run estaba deparando sobre él, sonrió aceptando el desafío por la conquista del corazón de la vikinga.

En el mundo de Asgard, por aquel entonces, todos los dioses Aesir estaban reunidos en la torre de Heimdal. En medio de la veintena de dioses que había situados alrededor de la sala, un pedestal se alzaba cargando sobre él una piedra maravillosa. Odín dio un paso adelante usando su magia y entonces, alzó sus manos lanzando un conjuro contra la piedra que creaba el arcoíris de entrada a Asgard.

—Dioses creadores de Asgard y de todo. Yo, Odín, vuestro heredero. Os invoco para que os presentes aquí en espíritu—invocó Odín, levantando el tono de su voz, al mismo tiempo que seguía lanzando el hechizo contra la piedra.

Con el estruendo de esas palabras, se produjo un repentino relámpago en la sala que se extendió velozmente por toda la sala cegando a los insistentes por la elevada cantidad de energía que se estaba concentrando sobre la piedra.

En medio de aquel inmenso desplegamiento de energía, los dioses comentaron entre ellos:

—¿Qué ha sido eso?—preguntó Loki, sorprendido.

—Están aquí. Los dioses antiguos…—respondió Balder.

A medida que se fue desvaneciendo la energía, quedó únicamente una esfera luminosa que parpadeaba velozmente. Era el último halo de vida que quedaba del espíritu del dios Yahvé.

—¿Quién osa invocarme?—preguntó una voz, desde el interior de la esfera de energía.

—Soy Odín—dijo el rey de los dioses, alzando su voz para responder a tal pregunta.

—Odín. ¿Y cuál ha sido el motivo para esta llamada?

—Queremos saber si una vikinga del Midgard que se llama Run Ljungberg, es digna de que le concederíais a la honorable condición de diosa.

Ante la petición, la esfera calló durante unos segundos buscando en sí mismo la información sobre la individua mencionada. Tras acabar la búsqueda, la esfera tomó la palabra para responder a la petición:

—La elegida es digna de ser propuesta pero la decisión debe reposar. Volved en unos días y si es favorable nacerá una nueva diosa—sentenció la esfera luminosa.

Finalizada la resolución de Yahvé, la energía en la que se había presentado el dios antiguo, se desvaneció hasta acabar desapareciendo. En ese momento, Odín se giró para comentar las palabras del dios a su hijo Thor.

—Ya tienes lo que querías. Está en curso la metamorfosis de Run como nueva diosa de Asgard. ¿Feliz?

—Y tanto. Es justo lo que pedía—respondió Thor, complacido.

Regresando de nuevo a lo que acontecía en la isla a la que había llegado Run y su grupo, al cabo de unos minutos durante los cuales estuvieron escalando el pequeño saliente de un acantilado, llegaron hasta una zona donde había unos desfiladeros muy peligrosos. Por allí el camino era angosto y resbaladizo por lo que el grupo tenía que mantener una fila unipersonal para no tropezar y caer.

En la fila que mantenían el Gran Krig iba por delante de todos. El perro no tenía ningún problema alguno para avanzar por los estrechos caminos del desfiladero. Raschid, al contrario que el Gran Krig sí que tenía más de uno. Sufría de vértigo y además estaba más pendiente del trasero de la vikinga que en otra cosa. Su falta de atención en lo que había debajo de sus pies estuvo a punto de costarle la vida cuando de repente, una roca que había bajo sus pies se soltó llevándolo a él también hacia las rocas. Por suerte para él antes de que se llegara a caer, la propia Run lo agarró de un brazo salvándole la vida en el último instante.

—Te tengo. Te ibas a caer…—dijo Run, agarrando a Raschid por el brazo.

—Gracias—respondió Raschid, estando suspendido en el aire.

Hakon al ver lo que había sucedido, miró al mercenario con altivez y entonces, le dijo.

—¡Ay, musulmán!. Eres un hombre de las arenas, pero de las arenas movedizas ¿no?—dijo Hakon en tono hiriente contra el mercenario.

Raschid, una vez fue ayudado por Run a reincorporarse sobre el camino del desfiladero, sonrió y luego dijo en respuesta para el guerrero cristiano:

—Me he dejado caer a propósito porque sabía que esta hermosa vikinga me iba a salvar.

El comentario de Raschid provocó que a Run se le escapara una carcajada y que Hakon frunciera el ceño.

—El jeque te ha contratado para que nos ayudes, no para que seas una carga. Retoma la marcha y deja de hacer el estúpido. Estamos aquí para encontrar a la mujer del jeque. No para seducir a Run—le recriminó Hakon a Raschid.

El tono de enfado con el que Hakon le habló al mercenario, hizo que Run mirara al primero con una expresión de asombro.

—Haya paz. No quiero peleas—dijo Run dirigiéndose a los dos hombres en un tono alegre y relajado.

Tras la riña a los dos hombres, Hakon gruñó sintiéndose molesto porque Run le hubiera reprochado por su comentario al tirador de cuchillos, y entonces retomó el camino siguiendo al Gran Krig por el desfiladero.

Mientras el guerrero cristiano se alejaba en compañía de su perro, Raschid se volvió hacia Run con cara de no haber roto un plato.

—Es él. La tiene jurada conmigo—se excusó Raschid.

—No hace que os excuséis…solo retomad la marcha—sentenció Run con una expresión de seriedad.

Raschid, dolido por la frialdad con la que Run le había dirigido la palabra, puso una cara de enfado y acto seguido retomó la marcha por el desfiladero marchando el penúltimo por delante de Run.

En los siguientes minutos de aquella discusión, el trayecto por el desfiladero fue muy distinto al acontecido anteriormente. Run, Hakon y Raschid estaban en un tenso silencio, mientras que Mohamed y Agazán estaban evadidos de todo.

Cumplida la primera hora de que se iniciara el viaje hasta el volcán, el grupo llegó al inicio de una zona selvática con plantas exóticas, palmeras y una multitud de clase de animales como monos, loros, camaleones, etc... Aquellos animales se movían de un lado a otro escondidos entre las palmeras y las plantas del suelo, haciendo ruidos extraños que desconcertaban al grupo durante la marcha.

—Qué bosque más extraño. ¿Oyes todo ese ruido?—dijo Hakon, mientras observaba con gesto atónito el conjunto de la selva.

—Sí que lo es. No me imagino la de animales que deben haber aquí.—le replicó Run, al mismo tiempo que iba dando golpes de espada para abrir camino, por la selva.

Raschid soltó una breve carcajada en reacción a la sorpresa que mostraban los dos guerreros.

—Que poco habéis viajado entonces. Este tipo de bosque se le llama selva y es muy común en las zonas calurosas. Los animales que viven aquí son muy diferentes a los que viven en los bosques del norte. Hay arañas muy peligrosas—explicó Raschid, mientras también se iba abriendo paso cortando las ramas.

—Correcto, señor Raschid. Eso es por el clima. Los animales viven en un lugar u otro según al ecosistema al que pertenecen. También ocurre lo mismo con la vegetación—asintió Mohamed, estando de acuerdo con las palabras del tirador de cuchillos.

—¿De dónde habéis sacado tantos conocimientos?—preguntó Hakon a Mohamed, mientras seguía dando espadazos para abrirse el paso.

—Los libros amigo mío. —le respondió Mohamed.

—¿Los libros? ¿Los libros también hablan de los animales?—preguntó Hakon.

—Los libros pueden hablar de cualquier cosa. Solo hay que leerlos—respondió Mohamed, señalando con su mano el Corán que llevaba con él.

Formando una fila de una persona, el grupo siguió abriéndose paso durante las siguientes horas del día hasta la llegada de la noche donde pararon a descansar en una zona limpia de árboles.

En aquel punto de la selva encendieron una hoguera donde colocaron a un par de monos cazados por Raschid y Run. Mientras la carne se iba asando, Run inició una conversación dirigiéndose al tirador de cuchillos.

—¿Cómo preferís que os llamen?, ¿Raschid o por vuestro apodo, "El ratón"?—preguntó Run.

—Me es indiferente. Vos podéis llamarme cómo os plazca. De todos modos os responderé encantado—respondió Raschid, estirando una gran sonrisa por su cara.

Como reacción a la contestación del mercenario, Run sonrió mientras que Hakon mostró un ceño fruncido. "Moro hijo de puta, déjala en paz. Es mía". Pensó Hakon, furioso por los celos.

—¿Y vos Agazán?, ¿Cómo preferís que os llame?—preguntó Run dirigiéndose a Agazán?

—Con mi nombre está bien, mi señora. "El mago bereber" es un apodo con el que no me siento identificado pues no he estado por demasiado tiempo en el desierto—respondió Agazán.

Run asintió al recibir dicha respuesta.

—De acuerdo. Agazán, entonces.

—¿Y vos?—preguntó Run dirigiéndose en esta ocasión al profeta.

—A mi llamadme Mohamed, mi señora. El apodo de "El mil lenguas" es un apodo que me pusieron sin mi consentimiento pues, como dije, domino ciento veinte lenguas y ni una más.—respondió Mohamed.

Con la respuesta de Mohamed, Run asintió mostrándose comprensiva y acto seguido se dirigió al trío de mercenarios.

—Decidme…¿Alguna vez habíais participado juntos en una aventura de esta envergadura?—preguntó Run.

Raschid tomó la palabra para hablar en nombre de sus compañeros.

—No, la verdad es que es la primera vez que trabajamos juntos.

—Sí, es cierto. Nos conocimos en el palacio del jeque.—asintió Mohamed.

Run, en su deseo por seguir conociendo a los tres mercenarios, le preguntó a Raschid:

—¿Qué hacíais vos antes de participar en esta misión?

A la pregunta de la vikinga, Raschid adoptó una feliz sonrisa por su rostro.

—Qué...¿Qué hacía?—preguntó Raschid.

Antes de responder, el mercenario alzó su mirada hacia el cielo deteniéndose por unos segundos para contemplar la noche estrellada.

—Era un ladrón. Me dedicaba a robar todo cuanto tenía valor.

—Un ladrón…Lo sabía. —farfulló Hakon con cara de pocos amigos.

—Nací en una familia muy pobre. Cuando supe que mis padres tenían serios problemas para alimentarme a mí y a mis hermanos, empecé a robar para ayudarles, y poco a poco me convertí en un experto ladrón. No estoy orgulloso de mi pasado, pero si pudiera volver atrás haría lo mismo.—respondió Raschid con su mirada fija en la luna.

Entre los miembros del grupo, Hakon miró a Raschid mientras contaba su triste historia. "Esa es una estratagema para dar pena a Run y acercase a ella. Debo de tener cuidado con este hombre".

—Qué historia tan triste. Debéis de haber sufrido mucho…—comentó Run entre medías de su historia.

—Sí…—asintió Raschid.

—Cuando me enteré de que ofrecían una recompensa por traer de vuelta a la esposa del jeque, no dudé en ofrecerme para esta misión y poder conseguir el dinero que necesito para mi familia. Ellos son lo más importante para mí—añadió.

—Me pregunto si habrá dicho la verdad—dijo Hakon, mirando a Raschid con gesto desconfiado.

—¡Hakon! —se quejó Run por el malintencionado comentario de su compañero.

—Qué raro estás últimamente—añadió.

—Está celoso. Salta a la vista—comentó Raschid, con malicia.

Las palabras del tirador de cuchillos provocaron que Run se pusiera roja de la vergüenza y que Hakon se enfureciera. "¿Celoso?" se preguntó Run. "Será hijo de puta ese moro, quiere dejarme en ridículo delante de Run." Pensó Hakon.

"Es obvio que solo ha sido una estupidez dicha por Raschid. A Hakon no le gusto, si le gustara me trataría bien, como lo hacía Thor cuando estuve con él. Voy a decir algo para cambiar de tema, este viaje empieza a resultar muy incómodo." Pensó Run.

Tras haber hablado el mercenario, Run giró su mirada para dirigirse a Agazán y así acabar con el tenso silencio que se había creado:

:

—¿Y vos? ¿A qué os dedicabais antes de emprender esta misión?

—Siempre he estado viajando de lado a lado, haciendo espectáculos en los que enseñaba a la gente mis diferentes trucos de magia.—respondió Agazán con una expresión seria.

—Qué bien, tu historia es menos triste que la de Raschid.—dijo Run mostrando una sonrisa amistosa.

A continuación, Run se giró de nuevo pero en esta ocasión fue para dirigirse a Mohamed.

—¿Y vos Mohamed?, ¿A qué os dedicabais antes de venir aquí?

—Al igual que Agazán, iba de un lado a otro. Siempre he estado viajando para transmitir la palabra de Alá a quien me quisiera oír.— respondió Mohamed.

—De ahí vuestra habilidad para influir en los demás. —añadió Run.

—Así es. —asintió Mohamed estando de acuerdo con Run.

—Ya me dirás para qué podemos necesitar a alguien como él para rescatar a una mujer de unos monstruos…—comentó Hakon a Run, en referencia al profeta.

—Quizá no sea diestro en la lucha pero eso no significa que no pueda ser un hombre de recursos. ¿No?—le replicó Run.

A consecuencia de la defensa de Mohamed emprendida por la vikinga, Hakon frunció el ceño.

—Seguro que no es capaz de convencerse ni así mismo. —dijo Hakon en tono despectivo en relación al profeta.

Al día siguiente de que el grupo acampara en la selva, fue retomada la marcha a las seis y media de la mañana. Por aquellas horas se veían muchas caras de sueño entre los miembros del grupo. Entre ellos destacaba Raschid quizá el más dormido de todos.

—¿No es una hora demasiada temprana para andar ya en marcha?— preguntó Raschid.

Run soltó una ligera carcajada a causa de la queja del lanzador de cuchillos.

—Sois como un niño…

Mientras el grupo de la vikinga continuaba andando, Hakon tosió, y después le murmuró a Run.

—Va siendo hora de que vuelvas a beber…. —dijo Hakon.

—Eres idiota, no hables de esto en presencia del grupo. No quiero que conozcan mi secreto—le reprochó Run.

—Ya, pero hace más de un día que no has bebido nada y hoy además hace mucho sol. No quiero que te estés desmayando ni tampoco que te den ataques asesinos—le recriminó Hakon.

Con motivo de la discusión, Run resopló asintiendo con cierta resignación ante las palabras del guerrero cristiano, y entonces, se dirigió al resto del grupo para comentarles lo siguiente:

—Continuad andando. Yo tengo que aclarar una cosa con Hakon. Ahora os alcanzaremos.

Raschid debido a la petición de la vikinga se quedó estupefacto, temió que Hakon y Run quisieran quedarse solos para desatar su pasión amatoria.

Ese pensamiento fue distinto en los otros dos mercenarios. Mohamed y Agazán asintieron sin darle importancia al asunto y luego continuaron avanzando por el paraje selvático.

Habiéndoles dejado a solas, Run rugió mostrando sus colmillos y a continuación, le dio un mordisco a su compañero. Pese al rugido inicial, Run se controló para no hacerle daño, así que su mordisco fue mucho más suave de lo que solía ser.

En el momento en el que la vikinga se estaba alimentando, Hakon aprovechó la cercanía que se había creado con ella para abrazarla fuertemente. La cariñosa acción de del guerrero cristiano fue del agrado de Run, quien no hizo gesto alguno para soltarse del abrazo. Una vez que Run terminó de beber, apartó sus colmillos del cuello de Hakon mirándolo con una sonrisa avergonzada.

—Tan bueno como siempre…Sigamos andando. —dijo Run, estirando una radiante sonrisa.

—Sí. —asintió Hakon, sonriente.

Mientras los dos guerreros retomaban la marcha acompañados por el Gran Krig, en el castillo del duque Emilio I situado en el norte de Asturias, se había desatado el caos a causa del ataque que estaba sufriendo por parte de una tropa musulmana. Por aquel entonces todos los guardias cristianos estaban ocupados luchando para acabar con la invasión al castillo. Eso propició que uno de los soldados musulmanes lograra zafarse de la vigilancia de los hombres de Emilio I y acabara llegando hasta la zona de las mazmorras. Allí, para acentuar el caos, fue abriendo una a una todas las celdas que retenían a los prisioneros de los cristianos. Al estar abiertas las celdas, salieron de las mazmorras, soldados musulmanes, ladrones, asesinos, y también el grupo de vikingos encabezado por el medio enano Olafur Mortensen.

Habían pasado solo unas semanas desde que fueron encerrados, pero se les veía famélico y en mal estado. La barba de Olafur además se había vuelto grisácea por culpa del estrés. Respecto al séquito del vikingo también estaban demacrados. Thorlak, Aris y Snorri, ahora tenían un aspecto de delgadez extrema.

Estando en libertad, el grupo de vikingos se reunió en torno a Olafur para decidir cuál sería el siguiente plan a seguir.

—¿Qué está pasando? —preguntó Aris, sorprendido.

—Los musulmanes han tomado el castillo. Debemos huir—dijo Thorlak.

—Sí, salgamos de aquí—asintieron Snorri y Aris, hablando al unísono.

—No, no podemos irnos sin la espada—replicó Olafur.

—Quédate tú con tu maldita espada. Por su culpa fuimos atrapados por los cristianos—le recriminó Thorlak.

A raíz de las palabras del vikingo, Olafur gruñó furioso y a continuación, lo cogió por el cuello.

—Escúchame bien, cucaracha. Aunque hayamos pasado semanas enteras encerrados aquí, yo sigo siendo el jefe. ¿Me entiendes?—amenazó Olafur con voz furiosa.

Thorlak, aterrado por la fiereza del medio enano, asintió con la cabeza.

—Sí…la espada es lo más importante. Vayamos a buscarla—farfulló Thorlak, claudicando así ante Olafur.

En reacción a la acción de sumisión realizada por el vikingo, Olafur estiró una malévola sonrisa en su rostro y a continuación, soltó el cuello de Thorlak, dando media vuelta para dirigirse a la armería del castillo. La armería estaba situada cerca de las mazmorras.

—Mirad en la armería, ahí deben de guardar todas las armas que requisan—dijo Olafur con la voz en alto, dando así la orden a sus secuaces de buscar la espada en dicho lugar.

Pocos segundos después, Olafur y sus secuaces entraron en la armería donde empezaron a rebuscar por todos los rincones. Vieron cientos de espadas pero ninguna de ellas, era "Fuego flagelante". Indignado por ello, Olafur se lamentó por su mala suerte pero aun así no desistió por encontrarla.

—Debe de estar en alguna parte del castillo. No me iré sin encontrarla.

De camino por el castillo, los vikingos se encontraban a cristianos y musulmanes luchando, y además algún que otro cadáver de ambos bandos. Siendo espectadores de aquella barbarie, lograron llegar hasta la sala real del castillo sin tener que enfrentarse a nadie. Cuando llegaron a la sala, encontraron al duque Emilio I apresado y amordazado por un grupo de musulmanes que lo vigilaban. Al fondo de la imagen había un soldado musulmán sosteniendo la espada "Fuego flagelante" sobre el cuello del capitán de la guardia del castillo. El guardia del castillo era el mismo hombre que semanas atrás había encerrado a los vikingos en las mazmorras de Hispania.

Olafur, nada más ver la espada, no pudo reprimirse en salir corriendo hacia el soldado musulmán.

—¡Mi espada!—exclamó Olafur dirigiéndose al soldado.

Ignorando las palabras del vikingo, acto seguido, el soldado musulmán hundió el filo de "Fuego flagelante" contra el cuello del capitán cristiano haciéndole tener una dolorosa muerte. En cuanto los musulmanes se percataron de la presencia de los extraños, un grupo de cuatro hombres los rodeó a los blandiendo sus espadas contra ellos.

—¡Quietos!. ¡No os mováis!—les ordenó uno de los soldados musulmanes, mirando a los vikingos con gesto amenazador.

Fruto de aquella mirada, Aris, Thorlak y Snorri le dedicaron una expresión de decepción a su líder, quien resopló con indignación.

—Ya estamos otra vez…—farfulló Olafur, alzando las manos en señal de rendición.

Pasados unos minutos, cuando Hakon y Run volvían a marchar al mismo paso que los tres mercenarios, Raschid iba lanzando miradas a los dos guerreros tratando de averiguar qué había pasado entre ellos. Para su enfado, a Run se la veía por aquel entonces, mucho más animada y alegre. Hakon, por su parte, también se le veía más contento que antes.

—No quiero saber qué ha pasado pero solo quiero decirte que me has decepcionado—dijo Raschid dirigiéndose a Run.

El comentario del tirador de cuchillos causó las risas en Run y Hakon.

—¿Por qué decís eso? No hemos hecho nada, Hakon y yo…—dijo Run con las mejillas sonrojadas.

El sonrojo en la vikinga no ayudó en nada para que el mercenario la creyera, por lo que acentuó su enfado con ella. En ese instante, de repente se divisó en la lejanía un ser que les hizo parar toda su atención. A lo lejos de donde ellos estaban, un monje estaba de cuclillas recogiendo agua de un riachuelo. El descubrimiento de aquel monje, llevó a que Run y su grupo reaccionara velozmente para ocultarse por detrás de unos arbustos:

—Al suelo, que no nos vea—ordenó Run.

A continuación de la orden de la vikinga, todos la siguieron para esconderse.

—¿Qué has visto? —preguntó Hakon.

—Hay alguien en la selva—respondió Run.

En aquel instante, Run y Hakon asomaron la cabeza por encima de los tallos altos de las plantas.

—¿Lo ves?—preguntó Run.

—Sí, parece un monje—respondió Hakon.

—¿Quieres que lo mate? Puedo lanzarle un cuchillo desde aquí y darle de lleno—dijo Raschid dirigiéndose a Run.

—No, quizá debamos ir a hablar con él. Puede que nos dé información sobre el paradero de la mujer—respondió Run.

—Lo dudo mucho…—respondió Hakon, mientras miraba al monje escondido tras las hierbas.

—No importa. Voy a intentarlo. Vosotros quedaros aquí. No se asustará si voy yo sola—dijo Run dirigiéndose a todo el grupo.

Tras la orden de la vikinga, todo el grupo asintió quedando inmóvil mientras ella se alzaba de entre las hierbas y se dirigía al monje descubriendo de ese modo su presencia ante los ojos del religioso:

—Disculpe, señor…

Inmediatamente después de que Run tratara de hablarle, el hombrecillo salió corriendo en dirección a las profundidades de la selva.

—¡Mierda!, huye…—se lamentó Run.

—¡Está huyendo! ¡Tras él!—gritó Hakon, iniciando una carrera con todo el grupo.

Acto seguido, todo el grupo empezó a correr detrás del huidizo monje.

CAPÍTULO 5: EL MONJE

Al ver cómo el monje salía corriendo despavorido, Run y su séquito se lanzaron a la carrera por el bosque para tratar de detenerlo. Mientras que se desarrollaba la persecución, Run corría a la misma velocidad que el resto de sus compañeros debido a que hacía un día soleado y por ello se encontraba sin la ventaja que le proporcionaban sus poderes de vampiresa. En el desarrollo de la persecución el más rápido de todos era Hakon y el Gran Krig. El guerrero cristiano era tan rápido a consecuencia del duro entrenamiento al que había sido siempre sometido bajo el cargo de la vikinga Run Ljungberg. Sin embargo, no fue él quien detuvo al monje sino que fue Raschid lanzando uno de sus cuchillos.

De un lanzamiento certero, Raschid logró derribar al monje clavándole uno de sus cuchillos en la pierna derecha. El pobre hombre cayó sobre las hierbas retorciéndose de dolor por su herida. Pocos segundos después, Run y su grupo se plantaron ante él.

—¿Por qué has salido corriendo? No queremos hacerte daño…—le dijo Run.

Ignorando a las palabras de la vikinga, el huidizo monje siguió revolcándose, quejándose por tener un cuchillo clavado en la pierna.

—Déjame ver. Voy a ayudarte—dijo Hakon, agachándose enfrente del monje para ayudarle con la pierna.

Hakon, aprovechando un momento en el que el monje se volteó enseñándole el cuchillo, lo agarró y luego lo extrajo rápidamente. Esa acción dejó absortos a todos ya que se descubrió que la sangre que manchaba el filo era de color verde.

—Mirad. Su sangre es verde…

—No puede ser—le replicó Run nada creyente en sus palabras.

Sin embargo, al comprobar que era cierto, se giró inmediatamente para comprobar la naturaleza de aquel monje. Tiró de la capucha que cubría su cabeza y entonces, se supo la verdad. El monje era una criatura humanoide con piel escamosa como un lagarto.

—¿Qué demonios?—preguntaron Hakon y Raschid a la vez.

—Por Alá, ¿Qué es esta criatura?—se preguntó Mohamed, observando al monje con gesto aterrado.

Ante tanta sorpresa por lo inesperado del descubrimiento, el mago Agazán habló tras mucho tiempo de silencio.

—Es un arengan—dijo Agazán con voz rotunda y varonil.

—¿Un arengan?, ¿qué es eso?—preguntó Run.

—Los arengan son una raza de reptiles que evolucionaron hace mucho tiempo hasta poder hablar y caminar erguidos—respondió Agazán.

—¿Lagartos que hablan? Qué cosa más extraña…—dijo Raschid mostrándose incrédulo.

—Fascinante. Alá siempre es capaz de sorprenderme—añadió Mohamed, tocándose la barbilla con una expresión de asombro.

El monje arengan, tras escuchar la conversación que su presencia había iniciado entre los extraños, los miró mostrándose temeroso de perder la vida.

—Por favor no me hagáis daño—dijo el monje en una lengua desconocida.

El grupo de la vikinga al escuchar el habla desconocida del monje reptil, se miraron los unos a los otros quedándose muy sorprendidos de aquel descubrimiento:

—¿Qué ha dicho?—preguntó Hakon dirigiéndose a Mohamed.

Después de que Hakon hubiera realizado tal pregunta al profeta, el cual presumía de hablar mil lenguas, éste se llevó una mano a la barbilla manteniendo una postura pensativa durante unos largos segundos.

—He estudiado idiomas de toda clase y región pero...—dijo Mohamed.

—No he entendido ni una palabra—admitió, mientras se rascaba la nuca con una sonrisa avergonzada.

—Idiota, ¿Para qué nos vales entonces? —gruñó Hakon, indignado.

En aquel instante de tensión entre los miembros del grupo, Agazán se quitó el turbante que ocultaba su rostro mostrando para sorpresa de todos, el rostro de un reptil. Él también era un ser de la raza arengan.

—¿Tú también, amigo Agazán?—preguntó Mohamed.

—Sí, yo también…

—¿Qué?, ¿Cuándo pensabas decírnoslo?—preguntó Hakon con sorpresa, volviendo su mirada para mirar a la vikinga en su reacción ante tan magna noticia.

—Increíble—dijo Run mostrándose atónita al conocer la verdadera naturaleza del mercenario.

Una vez fue destapada la naturaleza de Agazán, éste tomó la palabra para dirigirse al monje reptil en la lengua de los arengans.

—Hemos venido buscando a una mujer que ha sido raptada. Hay humanos en Córdoba que dicen haber visto como uno de vosotros la traía hasta esta isla. ¿Sabes algo al respecto?

—Lo siento, pero no puedo deciros donde está. Ella debe de ser sacrificada por el bien de todas las razas—respondió el monje arengan en la lengua de los arengans.

Habiendo respondido al mago, Run se acercó a éste para obtener información sobre la conversación que se había dado entre ellos.

—Por favor, decidme qué ha dicho.

—Sí, traducid. Al menos vos nos servís para algo. No como otros…—dijo Hakon con su mirada puesta en Mohamed.

El comentario de Hakon hizo que Mohamed agachara su mirada al suelo con una expresión de vergüenza. Mientras que el profeta permanecía cabizbajo, a un lado de él, Agazán tomó la palabra para responder la pregunta de la vikinga:

—Ha dicho que sí. Su pueblo se ha llevado a la mujer, pero dice que no puede decirnos nada del lugar donde la tienen retenida—respondió Agazán.

Hakon, con motivo de la respuesta dada por Agazán, desenvainó "Asesina de maestros" en un gesto de amenaza contra el monje reptil.

—Hay que matarlo entonces…—sentenció Hakon.

En reacción a las intenciones del guerrero cristiano, Run cruzó su brazo por delante de la espada.

—No, lo dejaremos con vida—respondió Run.

—¿Dejarlo con vida y qué más? No quiere ayudarnos. Es más, podría avisar a los suyos y atacarnos. …—dijo Hakon, molesto por la decisión que Run planeaba tomar.

—Yo también estoy a favor de matarlo, señorita Run.—añadió Raschid, dirigiendo a la vikinga.

Ante la suma de dos votos en favor de la muerte del monje, Run miró al mago por conocer su pensamiento.

—Yo también estoy a favor de su muerte. Irá a avisar a su pueblo en cuanto lo dejemos marchar.—dijo Agazán.

Después de haber oído a tres de sus cuatro compañeros, Run miró por último a Mohamed para saber cuál era su opinión en ese tema.

—¿Y vos qué opináis?—preguntó Run.

—¿Yo?, ¿Me preguntas a mí? No tengo ningún mando sobre este grupo a pesar que sea un profeta—se lamentó Mohamed.

Run soltó una carcajada.

—Obviad a Hakon. Por supuesto, vos también sois parte importante del grupo—dijo Run dirigiéndose al profeta.

La conversación de la vikinga con el profeta hizo que Raschid y Hakon se miraran mutuamente con una mueca divertida.

—No se lo cree ni ella—murmuró Raschid.

—Ya te digo…—murmuró Hakon.

Mientras los dos hombres farfullaban, Run volvió a dirigirse al profeta.

—Decidme. ¿Qué harías con él?

—Dejarlo con vida. Si no matamos a nadie de su raza será más fácil para nosotros negociar la recuperación de la mujer—respondió Mohamed.

—Sí, muy buena idea—asintió Run, adoptando por su rostro una gran sonrisa.

El hecho que Run estuviera conforme con la idea de Mohamed plasmó en Hakon y en Raschid una cara de asombro.

—Está bien. Le dejaremos con vida.

—¿Y para eso nos preguntas a todos? Viva la democracia…—se quejó Hakon envainando de nuevo su espada, con una cara de pocos amigos.

Como habían decidido, dejaron al monje con vida y luego retomaron su marcha por la selva. De camino por aquella zona, Raschid se interesó un poco por la naturaleza de Agazán.

—En realidad cuesta acostumbrarse a ver vuestro verdadero aspecto. Me sentiría mucho más cómodo si volvéis a taparos el rostro—dijo Raschid mostrándose incomodo por mirar el aspecto de su compañero.

—Por una vez estoy de acuerdo contigo—añadió Hakon.

—Callaos, no seáis así…—les recriminó Run.

Con la reprimenda de la vikinga a los dos hombres, Agazán la sonrió agradecido por defenderle de aquellos comentarios.

Volviendo al tema de la naturaleza del mago, Raschid volvió a preguntar:

—¿Y cómo es que habláis nuestro idioma?

—Cuando era solo un huevo fui secuestrado por unos marineros que me llevaron hasta el continente. Lo que ocurrió después ya es una larga historia…—respondió Agazán.

Mientras que Raschid y Agazán conversaban, Mohamed, que iba escuchando la conversación de ambos mercenarios se distrajo por un momento, lo que provocó que sin querer activara una trampa. Cuando el pie del profeta tocó la trampa, de repente se activó un mecanismo de poleas que había escondido tras unos arbustos, y entonces una red se alzó del suelo atrapando a todo el grupo en su interior y dejándolos colgados a más de tres metros del suelo.

Debido a la estrechez de la red, el grupo estaba apretado los unos contra los otros, con alguno de ellos con su cuerpo de arriba a abajo. Hakon, al verse metido en aquella red por culpa de la decisión tomada por Run, estalló furioso:

—¿Qué dijiste sobre lo de no matar al monje?—preguntó Hakon dirigiéndose a Run.

—No es el momento de echarme las culpas a la cara—respondió Run con un ceño fruncido.

Hakon dibujó una sonrisa irónica en su rostro y luego se dirigió a ella:

—¿Y qué hacemos aquí todavía colgados?, ¿A qué estás esperando para liberarnos? ¡Usa tu fuerza de vampira!—le ordenó Hakon.

—No puedo ahora. Soy una vampira, Hakon. No puedo usar mis poderes si el sol está en su cénit y sus rayos tocan mi piel. —respondió Run con un ceño fruncido.

—¿Y por qué siempre has podido usar tus poderes y ahora no? —le preguntó Hakon, indignado.

—Porque estábamos en Dinamarca o Rus de Kiev, y allí siempre está nublado o directamente es de noche.

Las palabras de Run desvelaron algo que el grupo de hombres desconocía, al ser partícipes de su secreto reaccionaron muy sorprendidos y aterrados.

—Por Alá, ¿Vos tampoco sois lo que sois?—preguntó Mohamed, incrédulo.

—No me lo puedo creer que estuviera cortejando a una vampiresa…—dijo Raschid, reaccionando muy sorprendido.

—¡Presento el abandono de mi cortejo! —sentenció.

—¡Pues mucho gusto!—le replicó Run, malhumorada.

Mientras el grupo de la vikinga discutía, una veintena de individuos de la raza arengan llegaron procedente del interior de la selva reuniéndose debajo de la red con el monje arengan con el que habían hablado anteriormente.

Los arengans que llegaron, a diferencia del monje, estaban vestidos con armaduras hechas de huesos de grandes animales. Dentro del grupo de los arengans destacaba un individuo con gran corpulencia y que vestía una espectacular armadura. Él era Arkan, el líder de los arengans.

Por aquel entonces, el mencionado Arkan observaba a los cautivos con un ceño fruncido.

—¿Qué tenemos aquí?—dijo Arkan.

—Me atacaron cuando estaba recogiendo frutos. Entre ellos hay uno de los nuestros…—contestó el monje arengan.

—¿Un traidor? ¿Quién es? —preguntó Arkan, retorciendo por su rostro de lagarto una sonrisa.

—No lo sé, señor. Vino con ellos. —respondió el monje de los arengans.

Arkan gruñó mirando con ojos de asco al mercenario de la raza arengan.

—Tú, habla. ¿Qué haces aquí con estos humanos? —preguntó Arkan dirigiéndose a Agazán.

—Hemos venido en busca de la mujer, no queremos problemas. Solo que sea devuelta a donde pertenece—dijo Agazán, hablando en su lengua materna.

Arkan sonrió a causa de la petición.

—Es imposible. La mujer ha sido entregada al dios de fuego en un sacrificio de sangre.

—¡¿Qué?! —preguntó Agazán, reaccionando con gesto sorprendido.

El gesto de sorpresa mostrado en el mercenario llamó la atención del resto de miembros de su grupo.

—¿Qué ocurre, Agazán?—le preguntó Run.

—La mujer ha sido entregada al dios de fuego. Difícilmente estará viva todavía

CAPÍTULO 6: TEIDE

Por órdenes del líder de los arengans, los guerreros que habían llegado con él cortaron la cuerda haciendo que todo el grupo cayera a tierra. Con el golpe, alguno de los miembros del grupo de la vikinga se dolió en el interior de la red.

—Menudo golpe…Alguien ha caído sobre mí brazo—se quejó Raschid.

—Tranquilo, lo que viene ahora es peor—comentó Hakon con ironía.

—¿A dónde nos llevan? —preguntó Mohamed a la vikinga.

—Supongo que a su aldea—respondió Run.

—Así es. Pretenden devorarnos a todos en un gran banquete para la hora del mediodía—dijo Agazán.

—¿Devorarnos? —preguntó Raschid con incredulidad.

—Te lo dije, ¿no? —dijo Hakon, provocando que Run mostrara un ceño fruncido.

Pasados unos minutos, los arengans cargaban con un largo tronco en el que colgaba en el centro la red en la que seguían apresados el grupo de la vikinga. Durante el traslado de los prisioneros a la aldea, éstos seguían echándose las culpas los unos a los otros. En concreto, Hakon a Run:

—Genial, hemos viajado a esta apestosa isla para acabar siendo el banquete para unos reptiles. Y pensar que todos votamos a favor porque se diera muerte al monje—se lamentó Hakon.

—¿Y qué quieres que haga ahora?—preguntó Run, molesta por el comentario del guerrero cristiano.

Hakon resopló indignado.

—Ya te dije que deberíamos haber matado a ese monje. Siempre te pasa lo mismo. Te pasas de buena y luego siempre nos traicionan...—le replicó Hakon a Run.

—¡Serás desagradecido!, ¿Y todas las veces que te has salvado gracias a mí?, ¿De eso no dices nada?—respondió Run mostrándose muy enfadada con Hakon.

—Dejad de discutir, y mirad adelante. Hemos llegado a nuestro destino...—dijo Agazán a la pareja de guerreros, instándoles a detener su discusión.

El toque de atención por parte del mago logró que ambos giraran sus miradas descubriendo con ello, la entrada al poblado de los arengans.

—Oh no, hemos llegado—se lamentó Hakon.

Teide era una aldea muy primitiva rodeada por una muralla construida de troncos afilados y huesos humanos. El trazado urbano era la simple tierra y la hierba del bosque, y las edificaciones, cabañas hechas de pieles y hojas secas. A lo largo de los diferentes caminos de la aldea se podían ver varias esculturas erigidas en honor al dragón Nod, el más antiguo de los dragones habidos nunca.

El origen de los arengans estaba relacionado con ese mismo dragón. Fue en la Baja Edad Media cuando un héroe llamado Richard Arengan terminó con la vida de Nod. Aquel dragón pese a que era una bestia como un dragón, era una criatura benévola. Por ello, los dioses para castigar al héroe por su crimen, le convirtieron a él y a su esposa en unos extraños reptiles que podían hablar y razonar. Los arengans.

Llegado el momento en el que Run y su séquito fueron transportados hasta el interior de la aldea, los encerraron a cada uno de ellos en una jaula individual fabricadas con huesos de dragón. Un material muy resistente que podía ser quebrado por la fuerza de un vampiro aunque por desgracia el intenso sol que había sobre la aldea impedía a Run utilizar sus poderes de vampira.

Después de que Run y su séquito fueran enjaulados, una decena de arengans se acercaron a ellos arrancándoles sus armaduras y sus prendas de ropa desde el exterior de las jaulas. En cuanto eso se sucedió, tanto Run como el resto de sus compañeros reaccionaron muy molestos por verse envueltos en dicha situación.

—¿Pero qué hacéis? ¡Devolvedme los pantalones!—se quejó Raschid, tratando de agarrarse a sus pantalones.

—Mierda, ¿Por qué nos desvisten ahora?—preguntó Hakon, molesto.

—¿Esto es necesario?—preguntó Mohamed mostrándose también indignado.

—¿No lo veis? Nos quieren desnudar para comernos mejor—dijo Run, mientras trataba de retener la armadura que cubría su pierna.

—Así es. Así estaremos más sabrosos—añadió Agazán.

—Pues una mierda—dijo Hakon mostrándose muy enojado.

Tratando de mantener su ropa consigo, Hakon propinó un pisotón en la mano de uno de los arengans que trataban de dejarle desnudo. La respuesta del guerrero cristiano provocó que aquel arengan se apartara de él rugiendo de forma amenazadora contra Hakon.

—Grrr. Maldito humano. Serás el primero el morir.

En reacción a la amenaza de parte del arengan, todo el grupo miró a Run con gesto asustado.

—Dejadlos que os quiten las ropas. No podemos hacer nada por el momento—dijo Run.

Con las palabras de la vikinga, el grupo asintió con la cabeza permitiendo a los arengans que les arrancaran la ropa sin poner impedimento alguno. Una vez fueron desnudados, les sirvieron unas escuetas prendas de piel de leopardo, las cuales al menos ocultaban sus partes más íntimas. Cuando definitivamente el grupo de la vikinga estuvo luciendo aquella mínima vestimenta, el líder de los arengans olisqueó el aroma de Run. Su olor le hizo acercarse a ella para olerla mejor.

—¿Por qué ella huele diferente?. Huele como a ponzoña…—añadió.

—No lo sé, señor. Quizá la hembras de los humanos tengan un olor distinto al que tienen los machos—respondió el monje arengan, aclarando no tener conocimiento sobre ello.

Entrando en la conversación, el cocinero se acercó a su líder afilando unos largos cuchillos:

—No os preocupéis, señor. Si deseáis podemos condimentarla con un poco más de especias para que tenga un mejor sabor—dijo el cocinero de los arengans.

El líder de los arengans se relamió los labios con su lengua bífida mostrándose ansioso por devorar la carne de la vikinga.

—Afílalos bien. Esos cuchillos deben de cortar bien la carne de esos apestosos humanos.—ordenó el líder de los arengans.

—Sí, grrr.—asintió el herrero arengan con un gruñido.

Volviendo a lo que acontecía entre los prisioneros, en la jaula que ocupaba Run y el Gran Krig, por aquel entonces, ella trataba todo el tiempo de romper los huesos con los que estaban hechos los barrotes de su jaula. Sin embargo, pese a que estaba usando toda su fuerza, no podía moverlos ni tan siquiera un poco. La razón por la que no podía quebrarlos se debía al intenso sol que brillaba por aquellas horas sobre su cabeza. Como la vampira que era, el sol la debilitaba haciéndola perder gran parte de su fuerza y su velocidad sobrenatural.

Tras innumerables intentos sin éxito, Run acabó rindiéndose y soltando los barrotes de la jaula con una cara de extenuación.

—Este sol está acabando conmigo. Necesito sangre o lo lamentaré—dijo Run, claudicando en sus esfuerzos con gesto desconsolado.

El Gran Krig en reacción a la expresión apesadumbrada de la vikinga, se pegó a ella lamiéndola en la cara entre gemidos de miedo.

—No te preocupes. Saldremos de aquí—le aseguró Run, mientras acariciaba al animal.

Al mismo tiempo que la vikinga se lamentaba incapaz por doblar los barrotes de su jaula, Raschid se la quedó mirando hipnotizado por la sensual prenda que vestía. La prolongación de su mirada lasciva acabó por molestar a Run haciéndola perder los nervios.

—¡Podrías intentar algo y dejar de mirarme! ¿no?—preguntó Run dirigiéndose a Raschid en un tono muy alterado.

—Es que no puedo evitar miraros. Lucís demasiado bien con esas ropas…—replicó Raschid, mirando a Run con el semblante sonrojado.

Run resopló ante el comentario inoportuno del mercenario.

—Lo siento, pero creo que no es el momento para andar con tonterías como esas—respondió Run.

—¡Disculpa! Soy solo un hombre—se excusó Raschid.

—¡Sois un idiota! —le respondió Run, indignada con el comportamiento del mercenario.

La conversación que habían iniciado Raschid y Run, se vio cortada de repente por el sonido estridente que producían los largos cuchillos del cocinero.

—¡Rash Rash!.

Mientras seguía sonando aquel molesto ruido, Hakon se dirigió al grupo.

—¿Habéis visto eso? ¿Alguien de vosotros tiene algún plan para salir de aquí?—No quiero morir engullido por una de estas bestias—dijo Hakon dirigiéndose a todo el grupo.

Nadie respondió a Hakon. Simplemente bajaron los cabezas sin encontrar ninguna idea en sus cabezas. Dos segundos después de aquello, Raschid reaccionó apresurado dirigiéndose a Agazán, quien por aquel entonces se hallaba con gesto ausente.

—¡Agazán! ¿Podrías hacer algo para ayudarnos a salir de aquí?

—No, aunque sea uno de ellos no me escuchan. Para ellos yo soy tan forastero como vosotros al haber crecido fuera de la isla. Para ellos me he humillado al haber aprendido vuestra lengua—respondió Agazán mostrándose sin ninguna esperanza.

—Joder. Pues sí que estamos bien…—resopló Hakon, dejándose caer en el interior de su jaula.

—No, no debemos perder la esperanza—dijo Run, negándose a rendirse.

—¿Y qué propones? —preguntó Hakon.

—No lo sé. Quizá pronto oscurezca y pueda sacaros de aquí—respondió Run.

El guerrero cristiano alzó su mirada hacia cielo viendo un deslumbrante sol.

—Estamos en pleno mediodía. Pasarán horas hasta que anochezca…—dijo Hakon en un tono apenado.

—Ya…—asintió Run.

—Parece que solo nos queda rezar—sentenció Agazán.

Habiendo llegado a dicha conclusión, todo el grupo apenó el rostro sin tener esperanza alguna por escapar de allí. Mientras los arengans estaban haciendo los últimos preparativos del festín del mediodía, Mohamed se fijó por casualidad en un niño de raza arengan que jugaba cerca de él con una pelota hecha de hojas. El mercenario al ver aquel niño no pudo resistirse en sonreírle y dirigirse a él.

—Eres bueno con la pelota. Yo también jugaba mucho cuando era un niño—dijo Mohamed.

El niño de raza de arengan al escuchar las palabras extranjeras que le había comunicado el mercenario, se detuvo en su juego mirándole con una expresión dubitativa.

—¿Qué has dicho? ¿Hablas sobre la pelota?—preguntó el niño arengan, hablando en su lengua de reptil.

En aquel momento, el niño arengan se acercó hasta la jaula en la que estaba encerrado el profeta entregándole su pelota.

—Gracias—agradeció Mohamed, divertido porque el niño arengan lo hubiera entendido en ese intento de comunicación.

El breve diálogo que mantuvieron el profeta y el cachorro de arengan hizo que el resto del grupo de la vikinga se los quedaran mirando con un gesto de intriga.

—¿Y por qué no usas tu habilidad para convencer a los demás para salvarnos? Podrías convencerles para que no nos comieran. Serías un héroe—dijo Run dirigiéndose a Mohamed.

Antes de que Run terminara de hablar, Hakon soltó una gran carcajada.

—Claro, ¿Por qué no habíamos caído antes? —dijo Hakon en un tono irónico, incrédulo que la intervención del profeta pudiera solventar algo.

Dolido por el comentario de Hakon, Mohamed sacó su orgullo y entonces dijo:

—Podría intentarlo aunque necesitaré la ayuda de Agazán para que me traduzca. —respondió Mohamed.

—Ningún problema. —asintió Agazán.

A sabiendas de que Agazán "El mago bereber" actuaría como traductor de Mohamed en su dialogo con el niño arengan, Mohamed tomó la palabra:

—A ver qué dice este truán—farfulló Hakon desde su jaula.

—Estimado amigo, decid al líder de vuestra tribu que yo, Mohamed "El mil lenguas" tiene una información altamente importante que sin duda le interesará saber—dijo Mohamed.

—¿Por qué?—preguntó el cachorro de arengan, mirando al profeta con gesto confuso.

—Yo soy el dios de los humanos. Si osáis comerme o a cualquiera de mis amigos. La destrucción caerá sobre vuestro poblado. Desde los cielos lloverán rocas en llamas que lo destruirán todo—dijo Mohamed dirigiéndose al cachorro de arengan.

Las palabras dichas por el profeta provocaron que en sus jaulas Hakon y Raschid se miraran mutuamente con un gesto intrigado.

El cachorro de arengan, temeroso por lo que había oído, retrocedió alejándose de los prisioneros.

—¿Sois el mensajero de los dragones?—farfulló el niño.

Acto seguido, uno de los guerreros de la raza arengan que había estado espiando la conversación, salió corriendo para informar a Arkan sobre lo oído. Al poco tiempo de que aquel guerrero marchara a dar el aviso, Arkan se presentó ante sus cautivos para obtener más información al respecto.

—¿Es cierto lo que dice ese reptil de piel blanda?—preguntó Arkan dirigiéndose a Agazán en referencia a Mohamed.

—Es verdad. Lo juro como arengan que soy...—respondió Agazán con rostro serio.

—Si osáis hacerles daño, se levantará en armas contra toda la raza arengan. Será el fin de Teide—añadió Agazán.

En reacción a lo comentado por "El mago bereber", la expresión del rostro de Arkan cambió totalmente para mostrar cierto halo de incertidumbre.

—¿El fin de Teide? Es imposible. Hemos hecho todos los sacrificios posibles al dios de fuego, Surtur—le replicó Arkan con una sonrisa incrédula.

—Nada de eso importa. Él también es un dios. No se le puede tratar como a un mendigo—sentenció Agazán.

—¿Y dónde está su fuerza? ¿Dónde está su gran tamaño?—preguntó Arkan en un tono agresivo.

Agazán guardó un segundo de silencio antes de responder:

—No le es necesario ser grandioso para ser poderoso. Su poder es mágico.

Fruto de aquellas palabras, Arkan quedó enmudecido pareciendo creer lo que decía el mago, pero cuando todo apuntaba a que el líder de los arengans se había tragado el engaño, sorprendió a todos demostrando que no era así. Tras resoplar indignado, abrió su boca llena de colmillos para volver a hablar a Agazán:

—¿Qué clase de líder sería si creyera que estoy ante un dios sin ninguna prueba? ¡Este hombre es solo un impostor!—exclamó Arkan, acusando a Agazán de mentir.

—¿Qué ocurre? ¿Qué ha dicho? —preguntó Hakon, queriendo conocer los derroteros de la conversación.

—No se lo ha creído. Cree que es un truco—le respondió Agazán.

—Mierda...¿Qué hacemos ahora? —preguntó Hakon.

El inesperado cambio de actitud en el líder de los arengans hizo pensar lo peor al grupo de la vikinga sobre su futuro próximo. Temerosos por saber qué vendría a continuación, se miraron los unos a los otros pero entonces, sucedió algo totalmente inesperado. Por detrás de Arkan, el volcán entró en erupción sembrando el terror en la aldea. Arkan, nada más oír la erupción volcánica, se giró velozmente para mirar qué estaba ocurriendo. Ver una nube de humo y fuego propagándose por el aire, le llevó a torcer la expresión de su rostro en un gesto de desconcierto. Habiendo visto el inesperado fenómeno, Arkan se dio la vuelta para mirar de nuevo al profeta. Para su sorpresa, tenía los ojos cerrados y farfullaba palabras en un estado de trance. Verle de aquel modo, llevó a Arkan a cambiar su opinión respecto.

—¿Lo ha hecho él?—preguntó Arkan mostrándose ahora confuso.

—¿De verdad lo ponéis en duda? Sí, ya os había avisado. Debéis liberarnos o sino será el fin de la raza arengan—respondió Agazán, manteniendo su rostro serio en todo momento.

—¿Y qué proponéis? Si os libero, iréis a por la humana y eso hará que la cólera se desate en el dios del fuego...—replicó Arkan, molesto por la situación en la que se encontraba.

Agazán asintió entendiendo las preocupaciones del líder de los arengans.

—No debéis de preocuparos. El dios que viene con nosotros se encargará de enfrentarse al dios de fuego. Él liberara a esta aldea de su sufrimiento. Os lo prometo.

—¿De verdad puedo confiar? —preguntó Arkan.

—Sí. Es más. Debéis.

En aquel momento, Arkan tendió su mano en el interior de la jaula acordando con Agazán la liberación del grupo. Habiendo alcanzado tal trato, Arkan escupió al suelo y luego se dirigió a sus guerreros para darles las siguientes ordenes:

—Liberadlos. No deseo más problemas con los dioses.

Con aquella orden del líder de los arengans, todo el grupo de la vikinga fue liberado de sus jaulas. Cuando los arengans las abrieron, tanto Hakon como Raschid reaccionaron mostrándose muy sorprendidos porque el engaño del profeta hubiera llegado a buen puerto.

—¿Y esto? No me lo puedo creer. Somos libres. Al final nos servirá para algo este hombre.—dijo Hakon, saliendo de la jaula con gesto atónito.

—¿Veís incrédulo como sí que soy un hombre útil?—le reprochó Mohamed a Hakon, estirando por su rostro una expresión orgullosa.

A unos metros de la jaula que habían ocupado Hakon y Mohamed, Raschid salió de la suya con gran alegría en su rostro.

—Me alegro de que hayas venido con nosotros amigo—dijo Raschid, abrazándose con cariño al profeta.

—Ha sido trabajo en equipo entre Mohamed y Agazán. ¡Bien hecho! —les felicitó Run, dándole una palmada en el hombro.

Agazán sonrió por motivo de la felicitación de la vikinga y luego fue a reunirse con todo el grupo. Estando el grupo en libertad, el líder de los arengans se situó ante ellos acompañado por una decena de guerreros de la tribu.

Los guerreros que había tras el líder de los arengans, sostenían en sus garras una serie de extrañas armaduras exactamente iguales a las que vestían ellos mismos. Cuando Hakon se dio cuenta de que los arengans no traían sus armaduras sino otras totalmente distintas a las suyas, frunció el ceño mostrándose disgustado.

—¿Dónde están nuestras cosas?—preguntó Hakon, siendo traducido por Agazán.

—Olvidad vuestras armaduras, si queréis llegar hasta la humana debéis protegeros con estas otras. Son armaduras de huesos de dragón. Son perfectas para luchar en zonas ardientes.

Habiendose producido la presentación de las armaduras por parte de los arengans, éstos entregaron las armaduras al grupo de la vikinga.

—Una armadura de huesos de dragón. Asombroso—farfulló Run.

—¿Deberíamos fiarnos de ellos?—preguntó Hakon a Run.

—¿Por qué no? Nos han liberado. Ya no deberían querer hacernos ningún daño—respondió Run.

—De todos modos...—dijo Hakon mostrándose desconfiado.

—No, ya no hay nada de qué temer. Podemos confiar en ellos.—dijo Agazán.

Mientras que el grupo de la vikinga observaba las armaduras, Arkan siguió hablando:

—Las vuestras no os servirán para nada ante el fuego de los dragones y mucho menos para enfrentaros a Surtur—respondió Arkan, señalando con sus largas garras las armaduras que cargaban los arengans.

—¿El fuego de los dragones? ¿Surtur?—preguntó Mohamed, incrédulo.

—¿Quién es Surtur?—preguntó Run reaccionando con un semblante sorprendido.

—Sí, ¿Quién es Surtur? —preguntó Raschid.

—El dios que vive en la montaña—dijo Arkan, volviendo hacia atrás para señalar al volcán.

—Desde hace siglos hemos ido haciendo sacrificios de humanos con para que Surtur calmara su furia a costa de sus vidas. Eso lo ha mantenido atado al volcán pero si vosotros le arrebatáis a la mujer de tan seguro que tomará represalias contra nosotros...—dijo Arkan.

A raíz de la traducción que hizo Agazán sobre las palabras de Arkan, Run dio un paso al frente y entonces le contestó.

—No os preocupéis. Lucharemos contra Surtur y contra lo que sea que hallemos. Los arengans no vivirán asustados nunca más. Os lo prometo.—dijo Run siendo traducida por Agazán.

A raíz de las palabras cruzadas entre Run y Arkan, el lanzador de cuchillos quedó enmudecido.

—Bueno...es factible—dijo Raschid, atónito por los peligros que empezaban a divisarse en la misión.

Llegado a aquel punto de la conversación, el grupo empezó a vestirse con las armaduras mostrándose muy confusos en cómo se colocaban ciertas partes de las mismas. A medida que Run se colocaba su armadura, Raschid la iba mirando detenidamente con una sonrisa en la boca.

—¿Qué os sucede?—preguntó Run.

—Es una pena que tengáis que vestiros de nuevo con esa fea armadura—respondió Raschid dirigiéndose a Run.

El comentario del lanzador de cuchillos provocó que a Run se le escapara un resoplido acompañado con una risilla.

—Vos estáis siempre igual...—bromeó Run.

—Tranquilizate o si no te dejaremos aquí haciendo compañía a los arengans.—dijo Hakon mientras se vestía con su armadura.

Cuando Run y su séquito terminaron de estar uniformados con sus respectivas armaduras, el líder de los arengans desenvainó una extraña espada de aspecto único:

—Si deseáis llegar hasta el dios de fuego. Deberéis coger esta espada. Será la llave que os lleve ante él.

La espada tenía un filo curvado con un mandoble a dos manos con forma de dragón en la empuñadura. Los dos brazos de la empuñadura representaban las alas de un dragón, y la parte del mango, la cola.

—Es "Garra de dragón" la espada forjada a partir de la garra de Nod, el primero de los dragones. Dentro del volcán la deberéis usar para abrir la puerta que conduce por el reino de las llamas, Muspelheim...—dijo Arkan, al mismo tiempo que sujetaba la espada sobre las palmas de sus manos.

La traducción hecha por el mago sobre las palabras de Arkan, conllevó a que tanto Run como Hakon quedaran hipnotizados por la majestuosidad de la espada.

—Tiene que ser mía.—farfulló Hakon.

Hakon, decidido por hacerse con ella, dio un primer paso para coger la espada, pero en cuanto dio el segundo paso una ráfaga pasó por su lado dejándole sin ella. Para su sorpresa, Run ya sostenía la espada "Garra de dragón". Se le había adelantado por un costado recogiendo en su lugar la espada.

Debido a la acción realizada por la vikinga, Hakon gruñó de rabia mostrándose muy indignado.

—¿Qué haces? Iba a cogerla yo…—se quejó Hakon con una expresión de enfado en su rostro.

—¿Qué? Lo siento. Pensé que no te interesaría.—respondió Run, sacando su lengua de forma burlona a Hakon.

Hakon, molesto por la burla, gruño y acabó marchando de allí.

Al término de aquella breve discusión por la espada, Run se dirigió a Arkan:

—Gracias por la espada. La guardaré como un tesoro—dijo Run, haciendo una reverencia al jefe de la tribu.

A consecuencia de las palabras dichas por la vikinga, el líder de los arengans asintió con la cabeza y a continuación, tomó la palabra:

—Os agradezco eso. Para facilitaros vuestra llegada al reino de Muspelheim, os guiaré personalmente hasta el volcán—dijo Arkan.

—Muchísimas gracias. Nos vendrás de gran ayuda—asintió Run.

Pocos minutos después de que Run hubiera aceptado el ofrecimiento del líder de los arengans, Run y su séquito dejaron atrás la aldea de Teide, siguiendo los pasos del fornido ser por toda la isla.

Aquel viaje se prolongó durante más de dos días, por lo que el grupo se vio obligado a detenerse en varias ocasiones para comer y descansar. Al tercer día de que el grupo hubiera abandonado el pueblo de Teide, llegaron hasta la cima del volcán donde estaba "La puerta del infierno". Detenidos ante el gigantesco cráter, el grupo se miró los unos a los otros a la espera de decidir el siguiente paso.

—Es aquí donde se encuentra la entrada que lleva a Surtur. Encontrad a Surtur y encontraréis a la princesa.—dijo Arkan, siendo traducido por Agazán.

—Surtur…—repitió Hakon con gesto atemorizado.

—¿Y vamos a tener que bajar por el interior de un volcán?—preguntó Mohamed mostrándose temeroso.

—¿Y cómo crees que vamos a hacerlo si no?—preguntó Hakon dirigiéndose a Mohamed con una sonrisa irónica.

Mientras el guerrero cristiano se burlaba del mercenario, Run se dirigió a Agazán en referencia a Arkan.

—¿Él también vendrá con nosotros? Necesitamos sus músculos.—preguntó Run.

Para responder a la pregunta realizada por la vikinga, el líder de los arengans tomó la palabra:

—No, prefiero mantenerme a un lado. No quiero que vuestras acciones afecten al bienestar de mi pueblo.—respondió Arkan.

—Menudo cobarde.—se quejó Hakon, preparando una cuerda para lanzarla al interior del vacío que había en el volcán.

—Hay que entenderlo. No quiere problemas para su gente.—le replicó Run.

En aquel momento, Arkan dio un paso hacia atrás observando como Run daba órdenes a sus compañeros:

—Preparad vuestras cuerdas. Bajaremos a saludar a Surtur.—dijo Run.

CAPÍTULO 7: EL REINO DE MUSPELHEIM

En el centro de Hispania, una caravana musulmana se dirigía hacia al sur montados en dromedarios. Olafur y su séquito eran parte de aquella caravana. Ellos habían sido admitidos por Hassan Arab, el jefe al mando de la tropa musulmana que había asaltado el castillo de Emilio I junto a su pequeña expedición de veinte hombres. Hassan al conocer el origen vikingo de los susodichos les cayó en simpatía el grupo, así que les permitió unirse a su grupo en su viaje hacia el sur.

Por aquel entonces en el viaje, Hassan sostenía "Fuego flagelante" observando la espada con una expresión curiosa.

— ¿Y estáis diciendo que solo vos podéis tenerla?

Olafur asintió.

—Eso es. He podido comprobar a lo largo de los años que trae la mala desgracia a todos los que han tenido. Todos murieron tras poco tiempo de tenerla, todos excepto yo. Soy un elegido, hace años fui encomendado por un dios a llevar esta espada hasta su dueño original. El demonio Surtur del reino de Muspelheim.

—¿Muspelheim? No me suena—preguntó Hassan.

—Lastima, andamos perdidos buscando esa tierra. Si tuviéramos al menos una pista, pero no tenemos nada…—se quejó Olafur.

Hassan se llevó la mano a la barbilla y entonces meditó por unos segundos.

—Si queréis tener alguna pista deberéis ir a Cádiz. Allí hay marineros que han estado en todos los rincones del mundo. Si buscáis una tierra desconocida. Vuestro guía está en Cádiz.

—Cádiz—repitió Olafur.

Pasados unos minutos de que el grupo hubiera llegado hasta la cima del volcán, empezaron a descender por una soga que habían creado a partir de todas las cuerdas que habían traído consigo. Durante el descenso del grupo, el encargado de transportar al Gran Krig fue su dueño. Hakon llevaba a su perro atado a la espalda mientras iba descendiendo por la soga. Pese a que él iba cargado con el animal encima, no era el más lento en bajar. Ese puesto de dudoso honor lo ocupaba el profeta Mohamed.

El mercenario avanzaba terriblemente lento, muy miedoso de caer al vacío.

—Por Alá esto está demasiado alto. —se quejó Mohamed con su mirada puesta en el interminable vacío que había a sus pies.

Muy debajo de la posición de donde se hallaba Mohamed, Run que iba por entonces en un punto más avanzado del descenso, se dirigió al temeroso profeta dándole un consejo.

—¡Vamos Mohamed, tú puedes! Trata de no mirar abajo. Será peor si lo haces.

Mohamed, espoleado por el ánimo de la vikinga, cogió un chorro de aire en sus pulmones y luego prosiguió con el descenso.

De ese modo, el profeta bajó como todos hasta llegar al final. Una vez abajo, Mohamed se unió al grupo para seguir con el avance por el volcán. En aquella nueva parte del recorrido, fueron descendiendo a pie por una ladera que dirigía hacia el interior del cráter.

—Estamos marchando sin saber si encontraremos a Surtur en la vuelta de la esquina…—dijo Mohamed con gesto temeroso.

—Sí, esto ya empieza a dar miedo—añadió Raschid también temeroso.

—Par de cobardes—resopló Hakon con el ceño fruncido.

El comentario del guerrero cristiano hizo reír a la vikinga. Cuando el grupo de aventureros hubo llegado al final de su camino por el cráter, se toparon con un inquietante portón en el cual se divisaban dibujados una serie de símbolos relacionados con el fuego. Además de unos símbolos también había un hueco en el que parecía faltar una espada.

—Aquí debe ser hacia donde nos dirigimos. "La puerta del infierno"…—dijo Run, observando el portón con intriga.

—Qué maravilla. Pensaba que solo eran leyendas pero de verdad existe "La puerta del infierno"…—farfulló Agazán con una expresión de sorpresa.

—¿La puerta del infierno? —se preguntó Hakon a sí mismo.

—¿Lo que nos espera detrás de esta puerta es el infierno?—preguntó Raschid dirigiéndose a Agazán, con una expresión de preocupación.

—¿El musulmán o el cristiano?—preguntó Raschid.

—El musulmán, Raschid. El cristiano no existe. Es una invención de ellos—respondió Mohamed.

Con la respuesta del profeta, Hakon tomó la palabra para dar su opinión en dicho asunto.

—¿Qué pruebas tienes de ello? ¿Acaso has visto alguna montaña moverse como la de Mahoma?—preguntó Hakon.

Molesto por el comentario del guerrero cristiano, Mohamed le replicó mostrándose furioso.

—Idiota, no hables de la religión musulmana sino tienes ni idea.

—¿Cómo que idiota, bastardo barbudo?—preguntó Hakon, iracundo.

Mientras que Hakon discutía con Mohamed, Run se acercó hasta el hueco que había en el portón con forma de espada.

—¿Qué es esta forma?—preguntó Run.

La vikinga después de haber observado dicho hueco desenvainó "Garra de dragón" para situarla en él.

—Creo que esto va aquí—dijo Run mientras colocaba la espada.

A continuación de que la vikinga hubiera depositado la espada en el hueco que había en el portón, éste empezó a brillar intensamente. Al estar ocurriendo aquel mágico suceso todo el grupo se volvió hacia el portón observándolo con sorpresa.

—El portón está brillando...—farfulló Hakon.

—¿Qué pasará ahora?—preguntó Raschid.

—No lo sé...—respondió Run, intrigada.

Pasados unos pocos segundos, el portón desapareció dejando caer la "Garra del dragón" al suelo. Una vez que el portón quedó abierto, Run se adelantó al grupo para recoger la espada del suelo. Teniendo a "Garra de dragón" en su poder, Run se la entregó a Hakon mostrando una sonrisa divertida al hacerlo.

—Ten, aquí tienes tu espada—dijo Run dirigiéndose a Hakon en un tono amistoso.

Hakon al recibir la espada de parte de la vikinga, arqueó una sonrisa cogiéndola y guardándola en su cinto. A continuación avanzó con ella por el camino abierto. Habiéndose adentrado los dos guerreros, Raschid salió corriendo tras ellos siendo seguido también por Mohamed y Agazán.

—Eh, esperadme. Sigámosles—dijo Raschid.

En cuanto el grupo se hubo adentrado por la obertura, divisaron una tierra subterránea de fuego, roca fundida y gases tóxicos. Además de eso, el grupo encontró a sus pies una carretera de roca que los guiaba por una inmensidad repleta de lagos y más lagos de lava.

—Oh, que calor hace aquí.—se quejó Mohamed.

—¿Qué es este lugar tan horrible?—preguntó Hakon.

Molesto por los gases, Raschid tosió fuertemente.

—Cof cof cof.

—Será mejor que nos pongamos los yelmos. Hay gases tóxicos por todas partes—dijo Run.

Siguiendo con el consejo de la vikinga, el grupo de guerreros que la acompañaban se colocaron el yelmo protegiéndose de ese modo la cara.

—¿Ahora hacia dónde vamos?—preguntó Hakon dirigiéndose a Run.

—De momento seguiremos este camino a ver hasta dónde nos lleva…—respondió Run.

A raíz de la respuesta de la vikinga, el grupo inició su marcha por aquella peligrosa tierra. El mundo al que habían llegado era el reino de Muspelheim, el hogar del fuego. Hasta aquel reino solo se podía llegar a través de los volcanes que había a lo largo del Midgard. Ese era el motivo por el que muy pocos habían podido llegar hasta él y por el que aún menos habían podido regresar.

Centrándonos en el avance del grupo por el reino de Muspelheim, a medida que Run y su séquito iban andando se fueron cruzando con todo tipo de obstáculos como cambios de niveles y caminos estrechos.

Tras media hora de caminata, Mohamed se tropezó contra una roca saliente que había en el camino. Cuando el profeta fue ayudado a levantarse, el grupo se percató de la presencia de unos misteriosos huevos. Los huevos tenían un tamaño fuera de lo normal

—¿Qué son estos huevos? ¿Se podrán comer?—preguntó Mohamed con intriga.

—Tienen pinta de ser huevos de dragón o algo así.—respondió Run con una expresión de terror.

—¿Qué? ¿Huevos de dragón?—preguntó Mohamed.

—Sí, son huevos de dragón. Yo de vosotros no los tocaría. Podríais llamar la atención de sus padres.—avisó Agazán.

—Tranquilo, lo último que quiero es encontrarme con uno de sus papis.—dijo Mohamed.

—Por eso. Será mejor que retomemos la marcha. Venga—ordenó Run.

Ante la orden de la vikinga, el grupo retomó la marcha dejando atrás a los misteriosos huevos. Mientras que Run y su séquito caminaban despreocupados, en la zona donde se encontraban los huevos, uno de ellos se quebró por sí solo permitiendo que apareciera un pequeño dragón del interior de su cascaron. El dragón recién nacido al salir fuera de su cascarón rugió débilmente.

—Gruuua…

Aquel rugido pese a lo débil de su sonido rebotó entre los muros de roca del reino de Muspelheim creando un eco que se repitió aumentando el volumen del sonido inicial hasta llegar a los oídos del grupo.

—¿Qué ha sido eso?—preguntó Run, deteniéndose súbitamente en la marcha.

—¿De qué hablas?—preguntó Hakon.

—¿Estás sordo?, ¿No lo has oído?—preguntó Run con un ceño fruncido.

—No…—respondió Hakon.

Cuando los dos guerreros estaban discutiendo sobre aquel rugido, de nuevo se volvió a escuchar el mismo sonido.

—Gruuua…

Esta vez, Hakon sí que lo oyó por lo que dejó de discutir adoptando por su rostro una expresión de temor e incertidumbre. En aquel instante en que Hakon se quedó helado por haber oído el inquietante rugido, Agazán dio un paso al frente para dirigirse a todo el grupo.

—¡Dragones!—avisó Agazán, gritando en voz alta.

Justo después de que Agazán hubiera pronunciado dicha palabra, dos dragones rompieron con sus alas las rocas que les habían tenido encerrados, apareciendo por sorpresa desde el interior de los muros. Inmediatamente de que los dragones se hubieran presentado ante ellos, Run se giró sobre sí misma para dirigirse a todo el grupo:

—¡Preparaos!

A raíz de la orden de la vikinga, todo el grupo se preparó de diferente forma para enfrentar la amenaza de los dragones. Todos salvo Mohamed, el cual carecía de habilidades para la lucha. Por la parte del resto: Hakon desenvainó su espada, Raschid agarró cinco cuchillos por cada mano y Agazán creó dos bolas de energía sobre las palmas de sus manos.

—Mantente a un lado, amigo. No creo que puedas convencer a un dragón de que no te coma.—dijo Hakon dirigiéndose a Mohamed, en un tono burlón.

Mientras el grupo actuaba preparándose para el combate, los dos dragones se pusieron a preparar unas bolas de fuego en el interior de sus gargantas, las cuales terminaron por escupir. Antes de que las llamas llegaran a quemar a todo el grupo, Agazán paró el fuego realizando un hechizo con sus manos con el que consiguió controlar las llamas. Dominado el fuego de los dragones, uno de aquellos dragones se lanzó en picado para atacar a la vikinga. Deseoso por engullirla, el dragón empezó a lanzar dentelladas a Run obligándola a retroceder. Por medio de su escudo y su espada, iba repeliendo los colmillos del dragón sin quitar su ojo de encima a sus compañeros.

—Encargaos vosotros del otro. Éste es mío.—gritó Run.

Cuando todavía estaba hablando la vikinga, el otro dragón aterrizó enfrente del resto del grupo. Ver a la bestia a tan corta distancia les dejó aterrados, pero rápidamente, actuaron con el objetivo de combatirlo. Creando una distracción, Hakon y Raschid salieron corriendo por ambos lados del dragón.

—Yo iré por aquí—gritó Hakon, corriendo hacia el flanco derecho del dragón.

—Yo por el otro lado—le respondió Raschid, corriendo hacia el flanco izquierdo del dragón.

Durante el tiempo en el que el guerrero cristiano y el lanzador de cuchillos corrían para rodear al dragón, Agazán se quedó inmóvil a pesar de que el dragón empezaba a crear una nueva bola de fuego en el interior de su garganta. Una vez que el dragón hubo terminado de crear la nueva bola de fuego, la escupió contra todos. En esta ocasión, las llamas también volvieron a ser controladas por Agazán con suma facilidad. No solo controló el fuego sino que además, retornó las llamas contra el dragón hiriéndole de gravedad en sus alas. Herido por las llamas, el dragón rugió de dolor y entonces, se vio obligado a posar sus garras en tierra. El dragón al estar con sus alas extendidas en las rocas, fue acosado por Hakon y Raschid, quienes empezaron a atacarle de forma repetitiva en la zona de inferior del vientre.

—¡Tomad, maldita bestia!—gritó Hakon, mientras hería al dragón con tajos horizontales.

—¡Estás acabado, lagarto!—gritó Raschid.

Aquel dragón caído, tratando de defender su vida, torció su alargado cuello para matar a Raschid de un mordisco, pero entonces una piedra le golpeó fuertemente en la cabeza provocándole que volviera a torcer su cuello hacia delante.

—¡Griiaaa!—gruñó el dragón.

La piedra que había impactado en la cabeza del dragón había sido lanzada por Mohamed. El profeta aunque decía sobre sí mismo que no era un guerrero, dominaba a la perfección el lanzamiento de piedras con honda.

Acontecida la intervención del profeta en la lucha con el dragón, Hakon terminó por darle el golpe de gracia asestándole una estocada mortal en la cabeza con la espada "Garra de dragón". Después de clavar la espada, de la cabeza del dragón se empezó a derramar un río de sangre alrededor de los guerreros. Mientras eso sucedía, Run seguía enfrentándose al otro dragón. Por aquel entonces estaba esquivando las dentelladas del dragón. Llegado el momento en el que Run se cansó de escapar, saltó encima de la cabeza del dragón donde le clavó "Espada del mediano". Aquella acción realizada por la vikinga hizo que el dragón contra el que estaba luchando, rugiera de dolor y que finalmente cayera en el suelo.

Con el otro dragón asesinado, Run extrajo a "Espada del mediano" de la piel escamosa y entonces, la volvió a envainar en la vaina que cargaba en su espalda.

—Juradme por todos los dioses que nadie volverá a mirar tan si quiera a un huevo o a la cría de cualquier monstruo de este reino—dijo Run entre resoplidos.

CAPÍTULO 8: LLUVÍA DE LLAMAS

En el mundo de Helheim, todos los demonios permanecían en silencio a la espera de que se produjera el importante momento para el futuro de los reinos de la oscuridad. Minrha estaba a punto de dar a luz el que iba a ser el tercer descendiente del nuevo rey del infierno, Loki. El parto se estaba desarrollando en el primer nivel, más concretamente, en una gruta cercana a la playa de Nastrand. Tendida sobre una roca de la gruta, la hechicera jadeaba mientras sus entrañas se abrían para dejar paso a la criatura que durante una semana había llevado dentro de su vientre. El dios del engaño sonreía pletórico de que su nuevo descendiente acabara de ver la oscuridad del reino de la muerte.

—Vamos, cariño. Empuja un poco más. Nuestro hijo está cerca—dijo Loki mostrándose ansioso.

Llegado al cuarto de hora de que se iniciara el parto, el jadeo de Minrha se tornó en un grito de dolor. El bebé había sacado la cabeza fuera de su madre. Cuando el bebé tuvo esa parte de su cuerpo fuera, el resto le siguió con mucha facilidad. Loki lo cogió entre sus manos mirándolo con una expresión de felicidad. El bebé se trataba de una niña de cabello negro y ojos verdes. La niña tenía una anomalía en su piel como la que tenía su madre. La mitad de su cuerpo estaba putrefacta debido a su naturaleza híbrida.

—Es una niña…—dijo Loki, emocionado.
—Es preciosa—añadió Minrha.
—Sí, lo es—asintió Loki, mientras se giraba hacia los demonios que esperaban por ver a la princesa de las tinieblas.

En aquel momento, Loki levantó a la niña mostrándola bien en alto a los demonios.

—Súbditos, aquí está Hela, vuestra futura reina.—gritó Loki dirigiéndose a los demonios.

Como consecuencia de las palabras del rey del infierno, los demonios dieron una ovación a la niña alzando sus armas en alto. Loki sonrió por la celebración de los demonios, y entonces, dio un paso hacia el frente portando a su hija en brazos.

—¡Jormungander!, ¡Fenrir!. —gritó Loki, invocando la presencia de sus monstruosos hijos.

—Venid a contemplar a vuestra hermana.—añadió Loki hablando en voz baja.

Con el llamamiento, los demonios que estaban en torno a la familia real del Helheim se miraron los unos a los otros con gesto atemorizado, y a continuación, salieron corriendo por no encontrarse en medio del camino de los hijos de Loki, una vez éstos llegaran a la gruta. Entonces, sonó un aullido. En lo alto de una montaña del infierno, Fenrir, el lobo más grande que jamás hubiera existido saltó lanzándose desde más de mil metro de altura. Cuando la bestia posó sus garras en la tierra, todo el Helheim se puso a temblar.

—¿Qué es eso?—preguntó un demonio adoptando una cara de terror.

—Fenrir…Mi hijo.—farfulló Loki, estirando una malévola sonrisa.

A unos pocos kilómetros de distancia, un gigantesco lobo corría velozmente hacia el lugar al que se le había invocado. Fenrir era tan grande que con cada zancada de sus cuatro patas recorría kilómetros de distancia en apenas segundos. Volviendo a la gruta donde se hallaban Loki junto a su hija, su esposa y el resto de los demonios, de repente, las aguas se levantaron llegando a formar una montaña de agua. Tras aquella inmensidad de agua, surgió Jormungander, el segundo hijo de Loki. Jormungander era una serpiente gigante con colmillos tan grandes como espadas. La serpiente al mostrarse frente a su padre, se lanzó sobre la masa de demonios, llevándose a un grupo de ellos a su inmensa boca. Jormungander los masticó cercenando a los demonios, y los engulló. Habiendo saciado su hambre, la serpiente reptó fuera del agua hasta situarse a unos centímetros de distancia de su nueva hermana. Fenrir llegó poco después. El lobo a medida que se dirigía hacia su nueva hermana, aplastó a varios demonios bajo sus patas.

Estando reunida la familia al completo, Loki dejó a la niña en medio de los dos monstruos, quienes la olieron y acariciaron de forma amistosa.

De nuevo en el reino de Muspelheim, pasados unas horas de que Run y su séquito se enfrentaran a los dos dragones, se detuvieron en el interior de una cueva para descansar. Allí prepararon una especie de campamento en el que además de llenar el estómago con algo de alimento, pudieron dormir unas pocas horas antes de proseguir con la marcha. Durante las horas en que todos estuvieron durmiendo, Run lo aprovechó para regresar hasta la zona donde estaban los dragones y así, alimentarse de la sangre de ellos.

A las ocho de la mañana del día siguiente, en el reino de Muspelheim, el grupo abandonó la cueva tomando rumbo hacia unos desfiladeros que conducían por un acantilado que había sobre un mar de lava. De camino por dicha zona, Run se dirigió al grupo.

—Creo que deberíamos dividirnos para buscarla cada uno por nuestra cuenta. Este lugar es demasiado grande.

—¿Buscarla por nuestra cuenta? ¿Y qué haría yo si me encuentro con uno de esos dragones?—preguntó Mohamed con gesto aterrado.

En consecuencia de la pregunta realizada por el profeta, Hakon sonrió divertido.

—Ciertamente, cuesta creer que alguien pudiese sobrevivir deambulando solo por un lugar como éste. Lo primero que debemos hacer antes de todo es tratar de mantener nuestra vida, lo demás es secundario.—dijo Hakon.

—Pero...—le replicó Run mostrándose dubitativa

En ese instante, una voz femenina se escuchó en la lejanía.

—¿Hola? ¡Aquí estoy!

Al escuchar aquella voz femenina, el grupo se detuvo en su avance por el acantilado girando sus miradas hacia el lugar de procedencia. Para sorpresa de todos, habían encontrado a la buscada mujer del jeque Abdul Rafi. Ella era la mismísima princesa Fadilla, la viuda de Ghazi Love y por tanto, excuñada de Run.

La princesa del sur como era conocida por Europa, poseía una belleza tan única como una flor en el desierto. Una capa de cobre bañaba su piel sedosa y una larga melena negra le caía como una cascada hasta llegarle a la altura de su trasero. La princesa Fadilla tenía un rostro de facciones redondeadas donde resaltaban unos pómulos marcados y unos ojos negros en forma de almendra. Cada vez que la princesa abría los ojos, sus largas pestañas abanicaban a quienes la miraban como dos mariposas en pleno vuelo.

Por aquel entonces, la princesa Fadilla estaba sentada sobre una estrecha roca que permanecía colgada sobre un gran vacío, a una distancia de treinta metros de donde se hallaba el grupo de la vikinga, los cuales reaccionaron mostrándose muy felices por encontrarse con la princesa.

—¡Princesa Fadila!—exclamó Run, sorprendida.

—¿Fadila? ¿Tu cuñada?—preguntó Hakon con una sonrisa divertida.

—¡La encontramos!—exclamó Raschid secundando la alegría.

Entre la euforia que se repartía por el grupo, Mohamed resopló aliviado.

—Menos mal. Al menos ya nos podremos ir de este mundo.

—En efecto. —asintió Agazán.

En aquel instante, Hakon se pasó una mano por la frente arqueando una sonrisa.

—Quien lo iba a decir. Resulta que la mujer que buscábamos era la cuñada de Run.

Run asintió con el comentario de Hakon y entonces tomó la palabra para dirigirse a la princesa Fadila a voz en grito:

—¡Princesa no se preocupe! ¡Ahora vamos a salvarla!

Debido a las palabras de tranquilidad de la vikinga, la princesa Fadila asintió mostrándose rebosante de alegría.

—Gracias por haber venido a por mí. Os estaré agradecida por siempre—agradeció Fadila desde la distancia.

En otro lado del acantilado, Raschid se le caía la baba ante la belleza de la princesa musulmana:

—¿Agradecida? Es muy guapa…

Mientras el mercenario se moría encantado por los encantos de Fadila, Run continuó hablándola dando gritos desde su lado del acantilado.

—¡Venimos de parte de su esposo! ¡No se preocupe pronto estará a salvo!—dijo Run .

Ante las nuevas palabras de la vikinga, de repente la princesa Fadilla dejó de sonreír mostrando una extraña tristeza por su rostro. Aquel cambio de actitud en el rostro de la princesa pasó por alto para Run, quien acto seguido se giró para dirigirse al grupo y explicar cuál iba a ser su plan de rescate.

—Escuchad todos. Vamos a unir vuestras cuerdas de nuevo para fabricar una que sea lo suficientemente larga para llegar hasta la princesa. ¿Lo habéis entendido? Yo me desplazaré por ella.—dijo Run.

— ¿Estás segura?—No tienes por qué hacer todo lo que sea peligroso. —le comentó Hakon.

La reacción del guerrero cristiano por protegerla hizo que Run se mostrara avergonzada.

—No me pasará nada. Soy más ágil que todos vosotros y además peso menos. No me costará nada llegar hasta el otro lado.—dijo Run.

—Hum. Como quieras…—se quejó Hakon.

Raschid, molesto por la conexión que Run y Hakon parecían tener entre ambos, intervino en la conversación.

—Yo estoy de acuerdo con él. No creo que debas ponerte en peligro. Eso podría hacerlo yo por ejemplo.—dijo Raschid, haciéndose el valiente.

—¿Estás seguro?—preguntó Run, incrédula.

—Claro. Soy Raschid, "El ratón". Para mí desplazarme por una cuerda no es nada—dijo Raschid, tratando de aparentar seguridad.

—Está bien. Si tan confiado te sientes puedes hacerlo tú—dijo Run, desconfiada con Raschid.

Decidido que Raschid sería quien llegase hasta la princesa, al igual que en el descenso por el cráter, juntaron todas las cuerdas que cargaban para empezar a fabricar una sola de gran longitud. Aquella labor llevó al grupo un par de minutos pero finalmente crearon la cuerda del tamaño necesario para crear el camino que los llevara hasta la roca en la que se hallaba la princesa. Con la cuerda ligada a una flecha, Run la disparó con su arco acertando en la roca colgante. Después de haberla clavado en el objetivo, el grupo comprobó que la cuerda estuviera bien anclada en el otro extremo, y al fin llegó el turno de que Raschid entrara en acción. El mercenario para empezar a cruzar el mar de lava, se sentó en el borde del acantilado con las pierdas colgando y luego se dejó caer agarrándose de la cuerda ante la vista de todo el grupo.

—Bien hecho muchacho. Será fácil para ti—dijo Mohamed en relación al mercenario.

—Sí, es pan comido. En un minuto traeré de vuelta a la princesa Fadilla—asintió Raschid, desplazándose por la cuerda.

De forma segura, el lanzador de cuchillos avanzó un poco por la cuerda, al mismo tiempo que el grupo lo miraba atentamente.

—Me da mareo con solo verle ahí colgado—dijo Mohamed con gesto asombrado.

—Hay que reconocer que es muy valiente. Cualquiera no se hubiera atrevido a hacer eso—dijo Agazán observando con esto fascinado

—¿Es muy valiente? En mi opinión es muy estúpido. Lo está siendo solo para agradar a Run—dijo Hakon, mostrando una sonrisa retorcida.

Run rió con el comentario de Hakon. Mientras en aquella zona del acantilado el grupo conversaba sobre lo que estaba pasando, Raschid continuaba avanzando agarrado a la cuerda.

—Ya queda menos—farfulló Raschid con gesto de sufrimiento, a medida que se deslizaba por la cuerda.

En la roca colgante donde permanecía la princesa Fadilla, ella se mostraba muy feliz por ver que Raschid estaba cada vez más cercano a su posición.

—Vamos, mucho ánimo. Lo estás haciendo muy bien—le felicitó Fadilla al mercenario dándole ánimos.

En aquel momento en el que ya apenas distanciaban un par de metros a Raschid de la princesa, se escuchó en el acantilado un inesperado rugido acompañado por un temblor. En reacción a tal suceso, el grupo alzó sus miradas buscando alguna respuesta sobre qué estaba ocurriendo.

—¿Qué pasa? ¿Qué es este temblor?—preguntó Mohamed.

—No lo sé. Serán dragones otra vez—dijo Hakon, nervioso por la situación que se les venía encima.

—No son dragones. Es algo mucho más grande.—dijo Agazán, mirando con nerviosismo hacia los lados.

—¿Más grande?—preguntó Hakon, incrédulo y asustado a la vez.

—¡Es Surtur!—sentenció Agazán, atónito por ver al gigante.

Súbitamente, en la superficie del mar de lava un gigante de fuego se fue alzando, despertando de su letargo. Aquel ser de dimensiones descomunales era Surtur. El rey del reino de Muspelheim.

—¡Surtur! ¡Tal como dijeron, la tenía él!—exclamó Hakon, atónito por el surgimiento del gigante de entre la lava.

—¡Es una criatura inaudita! ¿Qué vamos a hacer?—preguntó Mohamed, asustado.

—¡Dejad de llorar como cobardes y pensar en algo! Raschid está colgado encima de él—dijo Run, preocupada por la vida de su compañero.

Raschid, agarrado de la cuerda, reaccionó totalmente aterrado al visualizar por debajo de él como un gigante estaba naciendo de la lava.

—¿Qué? ¿Por qué a mí?—se quejó Raschid.

Al mismo tiempo que el lanzador de cuchillos se lamentaba por su mala suerte, en la zona del acantilado, el resto del grupo se quedó paralizado observando como el gigante cada vez mostraba mayor parte de su cuerpo fuera de la lava. Fue Run la que primero salió de su asombro para tratar de actuar en ayuda del mercenario:

—¡Date prisa! ¡Corta la cuerda! —le ordenó Run a Raschid.

—Está perdido…—farfulló Hakon, en referencia a Raschid.

Siguiendo el consejo de la vikinga, Raschid soltó una mano de la cuerda para llevarla hacia uno de los cuchillos que cargaba en la bandana. Sin embargo, fruto de los nervios del momento, al meter la mano en la bandana para coger un cuchillo, aflojó la bandana provocando que los cuchillos cayeran al fuego del acantilado.

—¡Noooo!—gritó Raschid, desconsolado.

Raschid, apenado por su torpeza, cogió de nuevo a la cuerda mostrándose cercano al lloro. No veía ninguna solución. El gigante estaba a punto de cogerle.

—Mierda, voy a morir…—farfulló Raschid, descorazonado.

En aquel momento de desesperación para el mercenario, una flecha disparada por Run desde el acantilado, voló sobre él segando la cuerda y con ello, alejando a Raschid del peligroso gigante. La acción de la vikinga solventó el problema más directo que tenía el lanzador de cuchillos pero ni mucho menos lo sacó del peligro. Por culpa del balanceo, el mercenario se vio empujado hacia delante y a continuación, devuelto a la posición del gigante debido a la fuerza del retroceso.

—¡Aaaaarrhggg!—gritó Raschid, aterrado por ver al gigante de tan de cerca.

En la zona del acantilado, el resto del grupo miraba la situación de Raschid con nerviosismo y mucha atención.

—¡Está volviendo hacia el gigante por el balanceo!—exclamó Hakon, incrédulo.

—¡Va a morir!. ¡Va a morir!—gritó Mohamed, poseído por el nerviosismo del momento.

De vuelta a lo que sucedía con respecto al lanzador de cuchillos, en el retroceso del balanceo fue acercándose peligrosamente al gigante, pero pocos metros antes de impactar con él, la cuerda se detuvo para balancearse ahora hacia adelante.

—¡Aaaaarrhggg! ¿Cuándo para esto?—se quejó Raschid entre gritos de desesperación, mientras la cuerda se seguía balanceando como un péndulo.

En el lado del acantilado, Hakon resopló aliviado por ver cómo Raschid todavía seguía con vida.

—Buf. Eso ha estado cerca….

—Debemos ayudarle. Está en muy serio peligro—dijo Mohamed dirigiéndose a todo el grupo en una actitud ansiosa.

—Sí, pero ¿qué podemos hacer?—le replicó Agazán.

En medio de la conversación que se desarrollaba en el grupo, Run dio un paso adelante y entonces le dijo a Raschid a voz en grito:

—¡Trepa ahora! ¡Antes de que te vea! ¡No te quedes ahí!

Raschid, espoleado por el grito de la vikinga y aprovechando que el balanceo iba disminuyendo, empezó a trepar por la cuerda con desesperación.

De vuelta a la posición del grupo, la vikinga se dirigió a Hakon, comentando con felicidad cómo el mercenario había conseguido revertir la situación:

—¡Míralo! ¡Está subiendo! ¡Lo está haciendo!—exclamó Run, dando saltos de alegría.

—¡Bien, lo va a lograr!—festejó Agazán, también emocionado.

—Yo no cantaría victoria tan pronto—le contestó Hakon, desconfiado.

Volviendo a la precaria situación que estaba viviendo el tirador de cuchillos, cuando éste consiguió trepar hasta la base de la roca colgante recibió la ayuda de la princesa Fadilla, quien le facilitó ponerse en pie.

—Tranquilo, ya estás en tierra—dijo Fadilla, dándole un caluroso abrazo.

—Gracias...—dijo Raschid entre jadeos y sudores helados.

Aunque el abrazo hizo olvidar por un segundo a Raschid del peligro que corrían, no tardó ni cinco segundos en entender que no era así. Justo después, la cabeza de Surtur se alzó por su espalda, lo que generó una ola de calor le delatara que la amenaza estaba todavía presente. La aparición del gigante con tanta proximidad provocó que en el rostro de la princesa Fadilla se viera una expresión de terror.

—No, otra vez. No…—dijo Raschid, resignado.

—¡Detrás tuyo!—gritó Fadilla.

Acto seguido de que la princesa gritara despavorida por estar observando al monstruo de fuego, Raschid volvió la cara hacia atrás sucumbiendo también en el terror.

Para fortuna de Raschid y la princesa Fadila, nada más verlo frente a frente, Surtur se dio media vuelta a causa de las flechas que les estaban lanzando Run y Hakon desde el acantilado. Los dos guerreros estaban intentando llamar su atención para alejarlo de Raschid y la princesa.

Surtur al ver a los dos jóvenes blandiendo los arcos en contra de él, frunció el ceño y les dedicó las siguientes palabras con voz de ultratumba:

—¿Quién os ha dado permiso a llegar hasta aquí?

Los ataques que Run y Hakon no hicieron ningún daño al gigante. Solo lo enfurecieron llevándole a propinar un manotazo en la zona donde se hallaban. De un solo manotazo, Surtur quebró el acantilado en el que estaba el grupo obligándoles a salir corriendo para no caer en el mar de fuego.

—¡Corred!—gritó Run dirigiéndose a todo el grupo.

Mientras que el grupo de guerreros corrían perseguidos por el gigante Surtur, decenas de rocas iban cayendo por el acantilado terminando todas ellas derretidas en el interior del mar de lava. Surtur, tratando de acabar con la vida de los guerreros, soltó otro manotazo contra ellos. A raíz del nuevo golpe que Surtur propinó a los guerreros, todos ellos fueron empujados violentamente hasta el límite del acantilado. En consecuencia de ello, Run, Mohamed, Agazán, Hakon y el Gran Krig acabaron enganchados los unos a los otros en forma de cadena humana para no caer a la lava.

En aquella situación, Run ocupaba el primer eslabón de la cadena humana. Con una sola mano aguantaba a todos. Con su mano izquierda, Run sujetaba a Agazán, y él a Hakon quien sujetaba a Mohamed con una mano, y al Gran Krig con la otra.

—¿Estáis todos bien?—preguntó Run.

—Estamos vivos. Todavía…—respondió Hakon con gesto aterrado.

—¡Rezad a los dioses! Tendremos el triple de posibilidades de que nos ayuden—añadió.

—¡Gua gua gua!—ladró el Gran Krig mostrándose temeroso de caer.

—Sí, lo sé. Ahora te ayudo—respondió Hakon.

A continuación, Hakon tiró del Gran Krig hasta posarlo sobre su espalda desde donde el perro fue trepando por los cuerpos de los guerreros hasta llegar arriba del todo. Habiéndose salvado el perro, ladró al grupo esperando a que ellos hicieran lo mismo.

—¡Guagua!—ladró el Gran Krig.

Para salvar a todos, Run trató de levantar a todo el grupo con una sola mano pero al realizar tal gesto, se le cayó el huevo del fénix que llevaba consigo desde su viaje al reino de Alfheim.

—¡No! ¡Mi huevo!—se lamentó Run, viendo como el huevo del fénix caía hacia el mar de fuego desde cientos de metros de altura.

En cuanto el huevo tuvo contacto con el interior de la lava, se quemó hasta quedar disuelto como un cubito de hielo.

—Qué pena...—se lamentó Run.

—¿Qué ha pasado, Run?—preguntó Hakon.

—Se me ha caído el huevo del fénix—respondió Run.

—¡¿Y qué importa ahora eso?!¡Sácanos de aquí!—respondió Hakon mostrándose muy enojado.

—¡Ahora iba a hacerlo pedazo de idiota pero no es tan fácil las rocas son inestables!—le respondió Run, iracunda.

Al mismo tiempo que Run y Hakon discutían en medio de la peliaguda situación, Surtur volvió a soltar un manotazo contra ellos. En esta ocasión la acción del gigante de fuego provocó que la roca a la que Run se agarraba se rompiera en mil pedazos llevándola con todos a caer por el precipicio.

CAPÍTULO 9: SURTUR

Producto de la altísima caída que había hasta llegar al mar de fuego, mientras que el resto del grupo braceaba y gritaba aterrado, Run tuvo tiempo para girarse en el aire y mirar hacia abajo. Para su sorpresa, vio por debajo de ellos, como un enorme fénix desplegaba sus alas doradas desde el interior de la lava y a continuación, salía volando hacia ellos.

—¿Qué? ¡No puede ser!—preguntó Run, reaccionando muy sorprendida.

En el vuelo que prosiguió el gigantesco fénix por el interior del reino de Muspelheim, recogió sobre sus alas a todo el grupo que se desplomaba hacia el mar de lava salvándoles así de la muerte segura. El grupo al chocarse contra las suaves plumas y no contra el fuego, reaccionaron desconcertados y extrañados por el inesperado cambio de los acontecimientos.

—¿Qué...¿Qué es esto?—farfulló Hakon, mirando de lado a lado.

—¡Estamos vivos!—añadió, entre incrédulo y confuso.

A su lado, la vikinga le dijo en un tono eufórico.

—¡Es el fénix! ¡El fénix ha nacido!—gritó Run, soltando unas carcajadas al final de sus palabras.

— ¿Un fénix nos ha salvado? ¡Alabado sea!—exclamó Mohamed, mirando al gigantesco animal que lo transportaba.

—En mi vida llegué a imaginar que pudiera existir un pájaro de tal tamaño…—dijo Agazán con gesto de sorpresa.

Mientras Agazán y Mohamed seguían sin salir de su asombro, Run y Hakon se sentaron sobre el cuello del fénix, para tratar de dirigir el vuelo del mágico animal.

—Qué suerte hemos tenido esta vez—resopló Hakon con gesto aliviado.

—No es suerte. Teníamos fe. Ahora hay que salvar a Raschid y la princesa—le replicó Run.

Acto seguido, Run tiró hacia abajo de las plumas de la nuca, forzando al fénix a levantar todavía más el vuelo para alejarse del mar de lava.

—¡Wuuuju! Vamos pajarito ve a salvar a nuestros amigos—gritó Run mostrándose exultante por la emoción.

Surtur al descubrir la presencia del fénix actuando en beneficio de los intrusos, rugió de rabia deseoso por darle caza. De modo que empezó a perseguirlo lanzando sus garras para detenerlo. Sin embargo, gracias al dominio que la vikinga tenía sobre el fénix a través de las plumas de la cabeza, la gigantesca ave consiguió esquivarlo y recoger en su lomo al Gran Krig, el cual fue abrazado por su dueño nada más ser salvado.

Después de que el fénix hubiera recogido al canino, realizó una nueva pirueta en el aire esquivando por enésima vez un nuevo ataque. En esta ocasión, el gigante de fuego al soltar su mano de nuevo contra el fénix y no hallar nada, acabó golpeando contra las rocas provocando un derrumbamiento.

Mientras que el fénix seguía volando alrededor del gigante haciéndole mirar de lado a lado, Hakon se dirigió a Run sin quitar ojo al gigante.

—¿Cómo lo diriges?—preguntó Hakon a Run.

—Tiro de su cabeza por las plumas. Es como dirigir a un caballo—le contestó Run.

Tras la explicación de la vikinga, Hakon asintió satisfecho observando como proseguía el vuelo del fénix por el reino de Muspelheim. Ahora el fénix estaba siendo dirigido hacia la roca colgante en la que aguardaban Raschid y la princesa Fadilla para ser salvados. A espera de que se produjera el paso del fénix por dicha roca, Raschid y la princesa se pusieron en pie listos para saltar sobre él:

—¡Saltad!—gritó Run dirigiéndose a Raschid y a la princesa.

Pese a que debajo de ellos había un inmenso mar de lava, Raschid y la princesa no dudaron ni un segundo en seguir la orden. En el momento exacto, saltaron de la roca cayendo sobre el fénix, el cual los recogió en plena caída. Raschid y la princesa al subirse en el fénix recibieron la bienvenida de parte del grupo.

—Bienvenidos al fénix—dijo Run.

—¡Bien, estáis con nosotros!—celebró Mohamed.

—Sí, ha ido de un pelo—asintió Fadilla, aliviada.

—Han sido los peores momentos de mi vida—farfulló Raschid, todavía con el pánico en el cuerpo.

—Esto no ha acabado todavía—dijo Hakon, llamando a la atención ante lo que se les venía encima.

Una vez que fueron salvados Raschid y la princesa, el fénix prosiguió con su vuelo dirigiéndose hacia el techo del reino de las llamas en busca de una salida. Mientras el fénix empezaba a coger altura para alcanzar su objetivo, Surtur se dio la vuelta rugiendo furioso por ver como el ave pretendía huir con los intrusos. Ansioso por atrapar al fénix, Surtur empezó a perseguirlo trepando por los muros interiores del reino. Pese a que Surtur había empezado a subir más tarde que el fénix, su tamaño superior al del ave, le hacía subir más rápidamente.

De eso fueron participes los pasajeros. Al ver como el gigante les iba recortando distancia, se quedaron atemorizados implorando porque se produjera cuanto antes la salida del fénix del reino de Muspelheim.

—¡Está cada vez más cerca!—gritó Raschid, atemorizado.

—¡Haz que vuele más rápido!—gritó Hakon dirigiéndose a Run.

—No puedo. Está volando lo más rápido que puede—respondió Run a voz en grito.

Ante el inminente encuentro del gigante con el ave, Hakon farfulló desconsolado:

—Está a punto de alcanzarnos.

Llegado a un punto del trayecto en las alturas del reino de Muspelheim, Surtur, para evitar que el fénix acabara de escapar, alargó su brazo para cortarle el paso.

—¡No escapareis de aquí!—rugió Surtur, tendiendo su brazo hacia delante.

—¡Agarraos fuerte!—gritó Run dirigiéndose a sus compañeros.

—¡Nos va a coger!—gritó Hakon, preso por el pánico.

—¡No, dios mio! —gritó Raschid.

En aquel instante, en el que el brazo de fuego se extendía por alrededor del fénix, Run tiró de las plumas del ave transmitiéndole la señal para realizar una pirueta. En señal de respuesta a la orden de la vikinga, el fénix cantó un sonido altamente agudo.

—¡Piiiiiiiiiiii!

Entonces, el fénix realizó una pirueta en medio de su vuelo con la que logró zafarse de la mano de Surtur. Tras huir de la garra de fuego, una luz blanca y clara empezó a hacerse visible al final del camino.

—¡La salida! ¡Estamos llegando!—festejó Hakon entre carcajadas.

—¡Vamos, pajarito! ¡Un poco más!—gritó Run, abrazándose al cuello del fénix con ternura.

En respuesta de los cariñitos de la vikinga, el fénix cantó haciendo sonar un pitido agudo y entonces voló todavía a mayor velocidad acabando de salir del reino de Muspelheim. La puerta de salida del reino era el cráter del volcán. De allí salió cargando con todo el grupo de la vikinga y sobrevolando la isla. Mientras tanto, en el interior del volcán, Surtur rugió furioso al verse obligado a detenerse en su persecución. Debido a un hechizo, no podía salir del reino de Muspelheim así que a su pesar, se dio por rendido y volvió hacia el interior.

Ya lejos del volcán, los pasajeros que viajaban a bordo del fénix suspiraron finalmente mostrándose muy aliviados por haber conseguido escapar con vida del gigante Surtur.

—Buff. Que mal momento hemos vivido. En mi vida había pasado tanto miedo. Pienso pedirle al jeque todavía mayor recompensa—dijo Raschid, mientras se secaba el sudor de la cara.

—Los dioses han querido que nos salváramos. Debemos estar orgullosos—dijo Agazán estirando una sonrisa.

—Es evidente que Alá está de nuestro lado—dijo Mohamed mostrándose todavía compungido por el peligro vivido.

—Y tanto…—dijo Hakon, sonriendo.

—Lo hemos conseguido y todo ha sido gracias a esta hermosa criatura—añadió Hakon, mientras acariciaba con dulzura la cabeza del fénix.

—¿Y yo qué?—preguntó Run con una sonrisa burlona.

—Tú.....—farfulló Hakon, avergonzado.

Producto del sonrojo que aconteció en el guerrero cristiano, a Run se le escapó una risotada. Habiendo terminado de reír, se giró en su asiento en el fénix para mirar a la princesa Fadilla, la cual permanecía por aquel entonces totalmente bloqueada.

—No ponga esa cara. Pronto estará con su marido—dijo Run con una sonrisa amistosa.

Al cabo de unos minutos del fénix sobrevolando por toda la isla, éste redujo la velocidad de su vuelo hasta aterrizar en el punto donde estaba atracado el navío del pirata Al-Thalajara. En la costa, los piratas quedaron atónitos al ver desde la proa de su navío la llegada del gigantesco pájaro.

—¿De dónde ha salido semejante monstruo?—preguntó Fayet con gesto preocupado.

—Mirad, la vikinga y su grupo van sobre lo alto de esa criatura—dijo uno de los miembros de la tripulación con cara atónita.

En la cubierta, el capitán de los piratas se abrió paso entre su tripulación mirando al gigantesco ave con cara de sorpresa.

—¡Que los mares me lleven!...La princesa Fadilla va con ellos. ¡Run lo ha conseguido!—dijo Al-Thalajara, reaccionando con una gran sonrisa ante la visión de la hermosa mujer.

Cuando el fénix se hubo detenido totalmente, extendió sus alas permitiendo así que sus pasajeros bajaran de él. Mientras que eso ocurría, los piratas se acercaron hasta Run y su séquito para interesarse por ellos.

—¡Lo habéis conseguido!—exclamó Fayet con alegría.

—¿De dónde ha salido esa ave?—preguntó Al-Thalajara, intrigado y sorprendido por ver la fantástica criatura.

—Ha nacido de mí huevo—respondió Run con una sonrisa divertida.

—¿Vuestro huevo?—preguntó Al-Thalajara entre risas.

—En fin, como veo ya habéis conseguido vuestra misión. ¿Volvemos ya para Córdoba?—preguntó Al-Thalajara dirigiéndose al grupo.

—No...—respondió Fadilla.

—No quiero volver—añadió.

La inesperada respuesta de la princesa sorprendió a todos los que la rodeaban. Deseosos por saber el porqué de su negativa le preguntaron:

—¿Por qué dice eso? Su esposo nos ha contratado para que la trajéramos de vuelta. Se le veía muy preocupado por vos—dijo Run con gesto sorprendido.

—Sé que os habrá pagado mucho oro por mi rescate pero yo sé porque me quiere de vuelta. Él desea apoderarse de la joya que han ido heredando las mujeres de mi familia—respondió Fadilla con gesto cabizbajo.

—¿De qué está hablando?—preguntó Hakon dirigiéndose a Run.

—Estoy hablando de esto—dijo Fadilla.

De repente, la princesa musulmana mostró a la vista de todos, una espectacular joya que llevaba unida a un collar. Aquella joya era un diamante llamado "La lágrima del desierto". Dicha joya había sido heredada por las hijas de los emires de generación en generación.

—No puede ser. Es "La lagrima del desierto". ¡La joya de los emires!—exclamó Al-Thalajara con una expresión de asombro.

—Sí, así es—asintió Fadilla, mientras sostenía la joya entre sus dedos.

—¿Qué ocurre con esa joya? ¿Por qué tanto jaleo con una simple roca?—preguntó Hakon, desconcertado.

—Esta joya que veis aquí posee un valor tres veces superior al precio que el jeque nos había pagado para recuperar a su esposa—respondió Fayet.

En reacción a las palabras del pirata, Hakon se giró con gesto sorprendido para dirigirse a Run:

—¿Es eso cierto?

—No tenía ni idea…—respondió Run, encogiéndose de hombros.

Después de que la vikinga diera tal respuesta a su compañero, la princesa Fadilla tomó de nuevo la palabra para dirigirse al grupo de piratas con lágrimas en los ojos:

—Por favor, sé que mi marido os ha prometido mucho dinero si me lleváis de vuelta, pero os suplico que me permitáis elegir mi destino— suplicó Fadilla.

—¿Estáis segura de que queréis dejarlo todo?—preguntó Hakon, reaccionando con sorpresa.

—Sois una princesa. Vuestro padre os estará echando de menos— añadió.

—Callad vos. No tenéis derecho a decidir sobre ella—le recriminó Run a Hakon.

Con las palabras de la vikinga en su defensa, la princesa mostró una sonrisa afable por su rostro.

—Te agradezco tu apoyo—dijo Fadilla.

En aquel momento el capitán Al-Thalajara se llevó la mano derecha a su barba en un gesto pensativo.

—¿Y qué proponéis, princesa? ¿Cuál es vuestra oferta? Los piratas no hacemos nada gratis—dijo Al-Thalajara.

Fadilla se quitó el collar que cargaba "La lágrima del desierto" y entonces dijo:

—¿Os parece bien la "lágrima del desierto" como pago?—preguntó Fadilla dirigiéndose al pirata Al-Thalajara.

El capitán de los piratas al escuchar la propuesta soltó una risotada.

—¿Y desafiar así al emirato de Córdoba?—preguntó Al-Thalajara con ironía.

—Es más, ¿Cómo la dividiría con el resto? Los guerreros que os han salvado no son parte de mi tripulación—dijo Al-Thalajara, señalando a Run y al resto de su grupo.

—¿Ah no?—preguntó Fadilla sin saber qué decir al respecto.

Cortando con la incertidumbre de la princesa, a continuación, Run se acercó a ella con una expresión amable.

—Disculpa, ¿me permites? —preguntó Run en relación a la joya.

La princesa asintió y luego le entregó la joya a Run. Fadila, expectante por saber qué haría Run con ella, se la quedó mirando con atención, viendo para su sorpresa como la vikinga hacía pedazos la joya apretándola simplemente en su puño.

—¡No puede ser! ¡Ha roto la joya!—farfulló Al-Thalajara con gesto sorprendido.

—Esta chica no es normal. ¿Cómo puede tener tanta fuerza?—farfulló Fadilla con gesto sorprendido.

—Sin duda, Run no es una mujer común—dijo Fayet entre carcajadas.

—Ya no tenemos problemas—dijo Run, estirando una sonrisa por su rostro.

—Coged cada uno vuestra parte—añadió.

De ese modo, los piratas se quedaron dos pedazos, tres pedazos los mercenarios, y dos pedazos Run y Hakon.

—¿Os parece bien capitán este reparto?—preguntó Run dirigiéndose a Al-Thalajara.

—Obviamente, preferiría obtener toda la joya pero vista vuestra fuerza prefiero conformarme con esta parte—respondió Al-Thalajara provocando una sonrisa en la vikinga.

—¿Y vosotros, amigos míos? ¿Os parece bien?—preguntó Run dirigiéndose al trío de mercenarios que se habían unido a ella para esta misión.

—¿Un pedazo de diamante a cambio de poner nuestras vidas en peligro? No es un buen trato, pero por suerte el jeque nos pagó previamente, así que lo aceptamos—respondió Raschid, hablando en nombre de Agazán, Mohamed y de él.

—Me alegro por ello.—asintió Run arqueando una sonrisa por su rostro.

Al término de aquel acuerdo, Run caminó por la costa hasta reunirse de nuevo con el fénix. En su encuentro con el mágico animal, el fénix agachó su cabeza para dejarse acariciar por ella.

—¡Piiiiiiiiiiii!—cantó el fénix.

—¿A dónde vais? ¿No queréis que os llevemos de vuelta a vuestras tierras? —preguntó Al-Thalajara, confuso por el acercamiento de la vikinga con el animal.

—Gracias, pero rehuso la invitación. Ha sido un viaje demasiado largo por el sur del Midgard. Prefiero realizar el viaje de vuelta de otro modo—dijo Run, al mismo tiempo que se sentaba sobre el cuello del fénix.

—¿Vienes Hakon? —preguntó Run.

Con el llamado de la vikinga, Hakon soltó una carcajada y entonces caminó hacia el fénix siendo seguido por el Gran Krig.

—No sé si me arrepentiré por esto, pero no me apetece volver a atravesar media Europa en barco—dijo Hakon.

Fruto del comentario del guerrero cristiano, el capitán estiró una sonrisa divertida.

A un lado de donde se hallaba el fénix con Run, Hakon y el perro subidos en él, la tripulación del capitán Al-Thalajara observaba a los guerreros con caras de sorpresa.

—¿Van a ir volando hasta las tierras del norte en este pájaro? ¿No tienen miedo?—preguntó un pirata, incrédulo.

—¿Todavía no conocéis a Run?...—preguntó Al-Thalajara dirigiéndose a su tripulación.

En aquel instante, el fénix batió sus alas en la costa levantando el vuelo obligando a los piratas que rodeaban al animal a apartarse debido al fuerte viento que producían sus alas.

—¡Piiiiiiiiiiii!—cantó el fénix.

—Señor Raschid, ha sido un bonito duelo pero al final Run se va conmigo—dijo Hakon.

El comentario del guerrero cristiano provocó que el mercenario protestara.

—¡Serás cabrón! Si yo la hubiera conocido antes no hubieras tenido ninguna oportunidad. ¡Cristiano blandengue!—replicó Raschid.

Sobre el fénix, Run y Hakon soltaron una carcajada en consecuencia de la respuesta del mercenario. Finalizada aquella carcajada, la vikinga se dio la vuelta mirando a Hakon con una sonrisa y las mejillas sonrojadas.

—¿Desde cuándo soy un trofeo?

Hakon ante tal pregunta, le quitó la mirada de la vergüenza. Volviendo a lo que sucedía por debajo de ellos, los mercenarios y los piratas empezaron a despedirse de los guerreros mientras todavía el fénix acababa por despegar.

—Mucha suerte vikinga. Aquí tenéis un amigo para todo—dijo Al-Thalajara.

—Volved pronto. Os vamos a echar mucho de menos—dijo Fayet.

—Ha sido un honor participar en una misión con la gran Run Ljungberg. Contaré por allí a donde vaya que os conocí y lo grandes que fueron vuestras hazañas—dijo Mohamed.

—Fuerza, señora Run—dijo Agazán.

—¡Run te quiero!—gritó Raschid.

—Gracias Run y a ti también Hakon—dijo Fadila.

Encima del fénix, las palabras de despedida fueron recibidas con una grata sonrisa por parte de ambos guerreros.

—En fin…creo que deberíamos volver ya al norte. ¿No crees?—dijo Hakon dirigiéndose a Run.

—Sí. Ha sido muuuuuuucho tiempo pasando calor—asintió Run con una sonrisa amistosa.

En aquel momento, Run tiró de las plumas transmitiéndole la señal al fénix para que batiera las alas con más fuerza.

—¡Agarraos fuerte, chicos! ¡Nos vamos al norte!. ¡Nos vamos a casa! —exclamó Run en un tono eufórico.

El aviso fue respondido por una acción de Hakon, quien pasó sus brazos enrollándolos en torno a la cintura de avispa de la vikinga. El tacto de las manos del guerrero cristiano apretando su cuerpo, le hizo mostrar una sonrisa avergonzada a Run.

De repente, el fénix cantó iniciando un segundo después, un veloz vuelo con el que empezó a alejarse de la isla.

Durante el tiempo de tres horas, Hakon, Run y el Gran Krig, sobrevolaron el mar Atlántico y toda Hispania, divisando desde lo alto bosques de secano y tierras áridas. Llegado a un punto del viaje, los primeros picos helados aparecieron por debajo de ellos. Aquellas montañas eran los Pirineos. Todavía estaban muy alejados de su destino, aun así, ver tal paisaje les bastó para alegrarse enormemente.

—¿Ves la nieve? ¡Nuestra casa está cerca!—exclamó Run en un tono feliz.

Hakon soltó una risotada.

—Nunca pensé que echaría de menos el continúo color blanco que hay en estos paisajes—dijo Hakon, divertido.

—¿Verdad? Es genial—asintió Run, rebosante de emoción.

—¿Qué haremos a partir de ahora, Run? Ya lo hemos hecho todo—preguntó Hakon.

—¿Y qué?, ¿Te marcharás de mi lado?—le preguntó Run entre carcajadas.

A la pregunta de la vikinga, Hakon reaccionó poniéndose colorado.

—Ya sabes cuál es la respuesta. Te quiero demasiado para poder separarme de ti.

Run dirigió una sonrisa cómplice al guerrero cristiano y entonces, asintió.

—Lo sé.

CAPÍTULO 10: EL TORNEO

Tres meses después en la ciudad de Flandes, Bélgica   .

El público de la grada rugía por el combate que se desarrollaba en la arena. En aquel día, en la ciudad de Flandes se estaba celebrando un torneo de caballería en conmemoración con el aniversario del nacimiento de la ciudad. En la zona presidencial de la grada se hallaba sentado en un trono el conde de Flandes, Balduino II. Él era un hombre calvo y delgado que vestía ropas ostentosas propias de su condición de noble. Mientras se desarrollaba el torneo, el conde observaba desde su trono de finos acabados, los combates que se producían en la arena con gesto de admiración.

El público que había presente en la grada estaba a favor del guerrero local. Él era un tal Jans Van Bulhen. Aquel guerrero lucía una armadura grisácea con un yelmo con forma de cabeza de caballo. Su adversario era un desconocido por parte del público pero a pesar de ello había ganado todos sus combates con suma facilidad desde que se iniciara el torneo de caballería. Aquel temible desconocido era Kaín, el poderoso caballero al que el dios Loki había dado vida después de que hubiera alistado a Sir Loryan de Graves en su ejército del mal.

Su participación en aquel torneo no era casualidad. Loki lo había mandado luchar para enfrentarse en duelo a Run, quien también era parte en el torneo.

Durante los derroteros del combate entre el guerrero local y el caballero negro, Jans Van Bulhen se defendía con duros esfuerzos de las feroces acometidas de su adversario. La estrategia en el combate que Jans estaba llevando a cabo, no le estaba dando buenos resultados. Kaín no solo era más fuerte sino que también era más rápido que él, así que no lograba darle cuando le tocaba atacar y además sufría muchísimo cuando era atacado.

Por motivo de la gran desventaja que tenía en el combate, Jans empezó a retroceder cediendo terreno a Kaín. La continua huida que el caballero local había emprendido ante los ataques del caballero negro, le llevó a tropezarse cuando retrocedía. Un hecho que le acabó dejando indefenso frente a su adversario.

—Por favor, no me mates…—suplicó Jans desde el suelo.

Pese a las súplicas, Kaín puso su pie derecho sobre el esternón de Jans para inmovilizarlo y a continuación le clavó su espada "Noche de gritos", haciendo con ello que sonara un chasquido del metal al romperse la armadura y la carne.

—Clack…

A consecuencia de la grave herida, del pecho de Jans Van Bulhen empezó a brotar sangre cuantiosamente quedando su armadura toda empapada. Mientras la sangre seguía saliendo del malherido caballero, éste trató de levantar su mano para hacer el gesto de abandono, pero cuando su mano estuvo a medio camino de alzarse, Kaín retorció el filo de su espada dándole el toque de gracia en su sufrimiento. La acción del caballero negro provocó que el público se enmudeciera debido al grito de dolor que se produjo justo antes de que Jans diera su último aliento. El grito fue tan desgarrador que incluso un niño rompió a llorar por oírlo.

De las gentes que habían en la grada, los únicos que se mantuvieron sonrientes con respecto a cómo se había dado el resultado del combate fueron dos misteriosos aldeanos. Ellos eran Loki y Minrha. Ambos pasaban totalmente desapercibidos entre la muchedumbre que se aglomeraba en las gradas. La hechicera, quien normalmente lucía su aspecto mitad trol mitad humano, por aquel entonces mostraba un aspecto totalmente humano gracias a que había hecho uso de sus poderes mágicos sobre sí misma.

Finalizado el combate, Kaín tomó el camino para abandonar la arena. Durante su marcha para dejar paso a la siguiente semifinal, cruzó su mirada con un guerrero que aguardaba detrás de una valla de madera. Aquel guerrero se trataba de la vikinga Run Ljungberg. Ella era la siguiente en luchar.

Justo después de que se produjera el cruce de miradas entre Run y Kaín, la vikinga torció la expresión de su rostro en un ceño fruncido.

"¿Quién será?". Se preguntó Run.

Mientras que la vikinga estaba en la esquina esperando para entrar en la arena, en la grada, uno de los consejeros de la corte se acercó al conde Balduino II para hacerle un comentario sobre las siguientes semifinales.

—Fijaos bien, uno de los guerreros que participará es una mujer—dijo el consejero.

—¿Una mujer?—preguntó Balduino II.

—Sí, además de fuerte es muy bella—respondió el consejero.

Deseoso por conocer el aspecto de la mujer mencionada, Balduino II miró al heraldo de la ciudad haciéndole el gesto para que iniciara su trabajo. El heraldo con la señal del conde, tomó la palabra para dirigirse a todo el público asistente que se había reunido en la grada para presenciar el torneo.

—Señores y señoras. Gente del pueblo llano, clero y nobleza. Me complace presentaros la siguiente semifinal entre Run Ljungberg....—dijo el heraldo.

En la grada con el nombramiento de la vikinga el público rugió eufórico. A medida que Run iba caminando por la arena, el público la vitoreaba y le lanzaba rosas a su paso. La vikinga como respuesta al cariño mostrado por el público, fue saludando a todos y lanzando besos.

Regresando al heraldo, éste continuó presentando a los guerreros:

—Y Hakon …

—¿Hombrehermoso?—añadió el heraldo con cara de extrañez.

Cuando fue anunciado el apellido del guerrero cristiano por parte del heraldo, Run se dobló a carcajadas ante lo inesperado de aquel apellido.

—¿Hakon Hombrehermoso?, ¿qué clase de broma es esta?—se preguntó Run mientras observaba con una sonrisa, la llegada de su adversario, quien entró por la arena con paso tranquilo sosteniendo un gran hacha en la espalda.

—¿No crees que cuadra mucho conmigo un apellido así? —comentó Hakon en tono divertido.

—No os cuadra ese apellido. Deberías inventarte otro apellido como Hakon "Tumaestratevaapateareltrasero"—dijo Run con una sonrisa divertida.

—No me convence. Es demasiado largo—respondió Hakon con una sonrisa burlona.

Run soltó una nueva carcajada por el comentario del guerrero cristiano.

En la grada, habiendo sido presentados ambos guerreros por parte del heraldo, el público rugió entregado frente al espectáculo que les aguardaba. Tanto Hakon como Run vestían armaduras que jamás habían vestido antes.

La armadura de la vikinga estaba compuesta por dos piezas. La parte superior era una coraza metálica y lisa que trataba de reflejar su cuerpo femenino. En su brazo izquierdo sostenía un yelmo con el aspecto del rostro de una mujer de cabello corto. En la parte inferior a la cintura vestía una minifalda de tiras de cuero. En cuanto a la zona de los brazos los llevaba revestidos con unas lorigas y en relación a su calzado, vestía unas botas de cuero que le llegaban hasta las rodillas.

Con respecto a la armadura que vestía Hakon, ésta se extendía de pies a cabeza cubriendo todo su cuerpo. En su brazo libre, cargaba con un yelmo con una cresta metálica en la parte superior.

En la arena a la espera de que el conde Balduino II diera la orden para que comenzara el combate, Run y Hakon se quedaron en pie mirándose el uno al otro.

—¿Hacha o espada?—preguntó Run.

—Espada—respondió Hakon.

—Sería demasiado fácil para mí. Eres muy torpe con un hacha—añadió Hakon con una sonrisa burlona.

—Serás…—rió Run, divertida por la altivez de su compañero.

Estando de acuerdo, a continuación, Hakon tiró la pesada hacha dejándola clavada en la arena y luego se colocó el yelmo cubriendo así su rostro. Run hizo lo mismo enfrente de él. Segundos después, el conde se alzó en su trono para dar comienzo al combate.

—Que dé comienzo la segunda semifinal. ¡Luchad!—dijo el conde Balduino II.

A consecuencia de la señal realizada, Hakon estiró una sonrisa divertida y a entonces se lanzó al ataque. Su primer movimiento fue una estocada de abajo a arriba buscando impactar en la cara de la vikinga. Run detuvo ese golpe anteponiendo el escudo que cargaba en el brazo izquierdo. La siguiente en atacar fue Run. Después de que parara el golpe, dio una patada mientras que con el brazo izquierdo acompañaba el ataque con un golpe de escudo. Ambos golpes propinados por Run, fueron detenidos por Hakon con su escudo y espada. Y un tercero también, en el cual la vikinga blandió su espada realizando un tajo de arriba abajo.

En la grada, los reflejos que demostró el guerrero cristiano causaron una sonora ovación.

—Caramba, parece que estoy haciendo disfrutar al público—dijo Hakon con una sonrisa divertida.

—¿Ah sí? Pero si solo estoy calentando…—dijo Run con ironía.

Acto seguido, Run saltó sobre el torso de Hakon, aprovechando su cuerpo para impulsarse y hacer un salto acrobático con el que le sorteó. El público al ver a la vikinga volar con tan suma elegancia sobre su adversario, se levantó de sus asientos atónitos frente a su gran agilidad. Evidentemente, el público no pudo contenerse en aplaudir a la vikinga en cuanto aterrizó de su extraordinaria acrobacia.

—¿Ves?. Esto es espectáculo—dijo Run con una sonrisa divertida.

Con el comentario de la vikinga, Hakon gruñó bajo su yelmo y a continuación, se lanzó al ataque.

—¡Vamos!—gritó Hakon.

En esta ocasión, Hakon realizó un tajo horizontal buscando la cintura de la vikinga, pero antes de que llegara a golpearla, Run saltó en una nueva acrobacia con intención de ganarle la espalda.

—No, ahora no—dijo Hakon en referencia a la acción que estaba llevando a cabo la vikinga.

Rápidamente, el guerrero cristiano se giró lanzando un tajo hacia Run, sin embargo, cuando la vikinga todavía estaba cabeza abajo le lanzó su ataque, creando de ese modo el choque de las dos espadas.

Por obra de la fuerza de la vikinga, Hakon fue impulsado en el choque de las espadas hacia atrás.

En la grada, el conde Balduino II y todos los allí presentes se mostraban impresionados por el espectáculo que estaban dando los dos guerreros.

—¡Sensacional!. Jamás había visto a nadie combatir así. Espero que ninguno de los dos muera—dijo Balduino II a uno de sus consejeros.

Volviendo a la arena, con el paso de los segundos, Run y Hakon cada vez fueron moviéndose más rápido y realizando ataques más y más sorprendentes. Nadie podía poner entredicho que ambos fueran grandes guerreros. Cada ataque que emprendía el uno, lo detenía el otro con un fantástico movimiento. Así pasaron el tiempo hasta llegar a los cinco minutos de combate. En aquel momento, las espadas de ambos quedaron enganchadas de modo que retomaron su conversación.

—Sabía que si decidías no usar tus poderes de vampira, no tendrías opción ante mí. —¡Voy a ganarte!—sentenció Hakon, aplicando más fuerza en el pulso de espadas.

—Es una pena que te lo creas. Pues estoy jugando contigo desde el principio—dijo Run, mientras esbozaba una maléfica sonrisa por su rostro.

El comentario de Run provocó que Hakon gruñera molesto y que por un segundo perdiera la concentración. Esa distracción le bastó a Run para desviar la espada a un lado y poder agarrarle con las manos. Cuando Run tuvo a Hakon, dobló su cuerpo hacia atrás lanzándolo por los aires con una técnica de judo.

En la grada debido a la genial maniobra realizada por parte de la vikinga, el público volvió a rugir muy animado. Habiendo lanzado Run al guerrero cristiano a varios metros de distancia, ésta se puso en pie limpiándose su falda de cuero.

—Que decepción…—dijo Run, mientras miraba a su adversario revolcarse en la arena.

Con un paso calmado, la vikinga fue caminando hasta llegar ante el guerrero cristiano donde saltó sobre él clavándole la rodilla sobre las partes íntimas. Una acción que provocó que a Hakon se le escapara un grito de dolor y que muchos hombres del público torcieran la cara debido a la empatía con el joven.

Pese al dolor que Run estaba profiriendo a Hakon, ella continuó inalterable. Siguió con su rodilla allí clavada, forzando a su rival a rendirse. En la grada, la desagradable táctica de la vikinga no gustó lo más mínimo, por lo que no tardaron en abuchear a Run, exigiéndola que se detuviera.

—¡Eso es juego sucio!. El público te abuchea y todo…—se quejó Hakon.

Run rió divertida al oír la protesta de su compañero de aventuras.

—No me importa el público. Quiero que te rindas. Los dos sabemos que debo ser yo quien se enfrente contra ese tal Kaín—sentenció Run, estirando una sonrisa maliciosa.

Al comentario de la vikinga, Hakon no dijo nada. Se limitó a fruncir el ceño y a seguir haciendo fuerza por levantar el pie de su adversaria.

Durante los siguientes segundos del combate, la situación perduró igual. Hakon seguía tirado en la arena. Todo hacía creer que Run estaba a punto de ganar pero entonces para sorpresa de la vikinga, súbitamente, el guerrero se revolvió en la arena logrando con su movimiento que el tobillo de ella quedara atrapado bajo su cuerpo. La hábil maniobra dejó a Run tirada en la arena con Hakon retorciéndole la pierna, impidiendo así que ella pudiera moverse.

—¡Ríndete!, los dos sabemos que lo mejor es que me enfrente yo contra el tal Kaín—dijo Hakon, repitiendo las mismas palabras que Run le había dicho hacía apenas unos segundos.

La trampa en la que Hakon había hecho caer a la vikinga, hizo que ella estuviera gruñendo furiosa sin parar ante el cambio de acontecimientos que se había producido.

—Puedo romperme la pierna y seguir luchando. Soy una vampiresa. No lo olvides—dijo Run en un tono desafiante.

—¿Así que admites que solo puedes ganarme sin usar tus poderes de vampira?—preguntó Hakon mostrándose divertido.

Aquel comentario del guerrero enfadó todavía más a Run, la cual empezó a gritar de la rabia debido a la impotencia.

—¡Te equivocas! ¡Si fuera humana también podría ganarte! ¡Soy mucho mejor guerrera que tú!—respondió Run con el ceño fruncido.

Hakon soltó una risotada a causa de la respuesta de la vikinga y a continuación, siguió retorciéndole la pierna.

—Ríndete, no seas cabezota o te romperé la pierna.

Run gruñó por enésima vez.

—No pienso rendirme...Capullo.

—¡Run!—le recriminó Hakon, retorciéndole el pie hasta un punto en el que los huesos empezaron a crujir.

Producto de dicha acción, Run soltó un grito desgarrador y a continuación alzó su mano derecha.

—Está bien. Me rindo…—farfulló Run con gesto furioso.

Habiendo aceptado Run su rendición en el combate, Hakon la soltó de la pierna liberándola de su sufrimiento. En la grada, el abandono de la vikinga fue recibido con aplausos para ambos.

—¡Y el ganador es…Hakon Hombrehermoso!—exclamó el heraldo para regocijo del vencedor.

En la arena, nada más producirse la victoria del guerrero cristiano, éste pasó sus brazos por debajo de la vikinga y luego la alzó de la arena para cargarla para sacar de allí. Aquella acción por parte del guerrero cristiano causó el delirio y los aplausos entre el público asistente al torneo y también en los dos guerreros.

—¿Qué haces llevándome en brazos?—se quejó Run, mostrando un falso molestar.

—Te acabo de romper la pierna. Ni siquiera se te ha curado. ¿Vas a salir cojeando?—le preguntó Hakon.

Run gruñó falsamente molesta.

—¡Me estás dejando en ridículo!—se quejó Run.

Hakon la miró con una sonrisa.

—No sabes perder. Eres de lo que no hay…—dijo Hakon.

—Tú ríete pero cuando acabe el torneo te daré una paliza. Te lo prometo—dijo Run, poniendo morritos como una niña pequeña.

CAPÍTULO 11: EL CABALLERO NEGRO

Pasados unos minutos de que hubiera finalizado la segunda semifinal, Run y Hakon se reencontraron en una carpa que habían abierto para los guerreros del torneo. Allí también estaba el Gran Krig. El perro estaba durmiendo bajo los pies de su dueño. En cuanto a Run, ya había sanado su fractura.

—¿Ya se te ha pasado el enfado?—preguntó Hakon al encontrarse con Run.

—No me hables. Eres un tramposo—respondió Run con su ceño todavía fruncido.

—¿Tramposo por qué? —preguntó Hakon entre risas.

Hakon al ver como la vikinga seguía tan malhumorada, rió divertido sin tomarla demasiado en serio. En aquel momento en el que el guerrero cristiano reía a costa de la vikinga, entró en la carpa el caballero negro, Kaín. El súbdito de Loki al entrar en el recinto, causó el silencio en el lugar. De repente, el bullicio que creaban el largo número de guerreros del torneo se disipó ante el miedo que inspiraba la llegada del caballero negro.

A medida que el caballero negro iba caminando por la carpa, su respiración metálica sonaba a través de su casco con mayor intensidad. Su sonido estridente heló la sangre a uno de los guerreros hasta tal punto, que se miccionó en los pantalones.

Al fondo de la carpa, Run al percatarse del acercamiento del maléfico guerrero a la zona que ocupaba con Hakon, se dio la vuelta para recibirle con una expresión desafiante.

Cuando el caballero negro llegó hasta la zona en la que estaban Run y Hakon, se quedó en pie mirando a los dos guerreros. El cruce de miradas fue muy intenso pero apenas duró unos segundos. Acto seguido, se dio media vuelta y sin decir ni una sola palabra abandonó la presencia de los dos guerreros. Mientras el caballero negro se alejaba, Run tomó la palabra para dirigirse a Hakon.

—Ese guerrero tiene algo que no es normal. Fíjate, no se ha quitado el yelmo ni por un segundo desde que empezó el torneo.

—¿A qué te refieres?—preguntó Hakon.

—Para mí no es más que el típico campeón regional que viste una armadura espectacular para intimidar a sus adversarios. Hemos visto a tipos así cientos de veces—añadió.

—No, éste es diferente. No es un campeón.

—¿Qué quieres decir?

—He hablado con algunos de los otros guerreros y dicen que nadie lo conoce. Es la primera vez que lo ven participar en un torneo.

—¿Y qué?

—Eso es muy extraño. Normalmente los grandes guerreros tienen alguna experiencia en torneos cuando son jóvenes. Es la mejor forma de empezar a combatir para un guerrero, pero él ha salido de la nada.—dijo Run.

—¿Y entonces cuáles son tus sospechas?—preguntó Hakon.

—Sospecho que es un demonio…—dijo Run.

—¿Un demonio?—preguntó Hakon con una sonrisa burlona.

—Demoniaca es tu imaginación. Eso sí que lo es—dijo Hakon entre risas.

—Tómatelo a chiste pero ten mucho cuidado—dijo Run con gesto de preocupación.

La expresión que Run había adoptado por su rostro hizo que Hakon arqueara una sonrisa.

—Tranquila, he tenido una gran maestra. Sabré apañármelas para salvar mi culo—respondió Hakon mostrándose confiado.

Una hora después de que se produjera la conversación entre los dos guerreros, en la plaza de Flandes la gente se volvió a congregar para la celebración de la gran final. A un lado estaba Kaín y en el otro lado estaba Hakon.

Para presentar la final, el heraldo tomó la palabra:

——Señores y señoras. Gente del pueblo llano, clero y nobleza. Es un honor para mí anunciar la final del torneo entre Hakon Hombrehermoso….—dijo el heraldo.

Ante el sonido del primer nombre, el público rugió mostrando todo su apoyo en él. En la salida del guerrero cristiano por la arena, Run lo vitoreó con más entusiasmo que nadie.

—Contra Kaín….—sentenció el heraldo entre la pitada del público.

Varias filas por encima de donde estaba sentada Run, estaban Loki y su esposa.

—Ha sido una sorpresa que finalmente Kaín se enfrente al humano en la final—dijo Loki con una sonrisa de descontento en su rostro.

—Quizá Run al fin y al cabo no sea la amenaza que dijiste que era y que vuestra derrota contra ella no sea más que un hecho humillante—añadió.

—Mi rey, esa vikinga no estaba luchando ni al diez por ciento de su potencial. Ella está enamorada del humano. De ahí su derrota—respondió Minrha.

La respuesta de Minrha hizo sonreír a Loki.

—Ay, el amor, es un sentimiento tan puro… Si lo que decís es cierto sobre la vikinga Run Ljungberg, se le romperá el corazón a mi querido hermanito—dijo Loki, mientras estiraba una sonrisa cada vez más cercana a la locura.

De vuelta a lo que sucedía en la arena, los dos guerreros se quedaron en pie observándose mutuamente a la espera de que se produjera la señal de inicio por parte del conde. Por aquel entonces, Hakon sostenía su yelmo en su mano derecha mientras que Kaín ya tenía el suyo ensamblado en su cabeza.

—¿Por qué llevas puesto el yelmo todo el tiempo? ¿Eres tan feo que no quieres mostrar tu cara ni por un segundo?—preguntó Hakon.

Pese a la pregunta del guerrero cristiano, Kaín lo ignoró centrado únicamente en el combate.

Como reacción a la nula respuesta de parte del súbdito de Loki, Hakon soltó una risotada y a continuación se colocó el yelmo.

Segundos después, tal como y se le reclamaba, el conde Balduino II se alzó de su trono y dijo al público:

—Pueblo de Flandes. En este día de conmemoración por la creación de esta gran ciudad. Yo, Balduino II, doy comienzo a la gran final del torneo—dijo el conde Balduino II.

—¡Que venza el mejor!—sentenció el conde Balduino II, dando inicio al combate.

Con la proclama del conde, el público rugió eufórico mientras que los dos guerreros empezaban a repartirse golpes.

—¡Vamos Hakon! ¡Demuestra lo que te he enseñado! ¡Tú puedes!—gritó Run desde la grada.

El Gran Krig se sumó a los ánimos de la vikinga con un par de ladridos.

El primero en atacar fue Kaín. El caballero negro asestó dos golpes a Hakon, uno horizontal y otro vertical. Fueron dos golpes muy duros pero ambos fueron repelidos por el escudo del guerrero cristiano. Habiendo detenido ambos golpes, Hakon corrió hacia un lado provocando que el caballero negro tuviera que girar sobre sí mismo para seguirle.

De forma lenta y pesada, Kaín dio media vuelta y entonces empezó a caminar hacia Hakon. Mientras que el caballero negro caminaba, por su casco de perro demoniaco empezó a sonar su respiración metálica.

—¿Qué clase de respiración es esa?—se preguntó Hakon, intrigado.

Cuando Kaín llegó a la posición del guerrero cristiano, le lanzó tres tajos en diagonal. Hakon de nuevo pudo pararlos con su escudo, pero esta vez fue a costa de perderlo. El tercer golpe de Kaín fue tan fuerte que le devastó el escudo convirtiéndolo en astillas.

En la grada, Run se puso en pie preocupada por el desarrollo del combate.

—Mierda, ha perdido el escudo.

Volviendo a la arena, Hakon tras quedarse sin escudo, lo soltó permitiendo con ello, que su adversario caminara sobre él para dejarlo en peor estado del que ya se encontraba.

En el momento en el que Kaín estuvo pisando los restos del escudo, Hakon sonrió satisfecho y entonces tiró de un hilo invisible que nacía de su muñeca derecha y que estaba conectado con su escudo.

Al realizar dicha acción, lo que quedaba del escudo se deslizó por debajo del caballero negro provocando que perdiera el equilibrio y que cayera de espalda contra la arena. La caída del caballero negro trajo en consecuencia que resurgiera la emoción en la grada siendo Run la más eufórica de entre el público.

—¡Sí, acaba con él!—gritó Run, levantando al Gran Krig por encima de los hombros.

El perro al verse zarandeado por la vikinga jadeó de miedo. Regresando al combate, después de que Kaín diera con su cuerpo en la arena, Hakon se puso ante él blandiendo su espada contra su cuello.

—Ríndete…—le ordenó Hakon.

Acto seguido, Kaín, ignorando dicha orden, agarró la hoja de la espada de Hakon y con fuerza tiró de ella para clavársela a sí mismo.

—¡¿Qué haces?!—preguntó Hakon con sorpresa e incredulidad a la vez.

Después de que el caballero negro se hubiera clavado la espada en el pecho, se la extrajo sin mostrar el más mínimo dolor.

—No eres humano—farfulló Hakon, dando la razón a la vikinga.

Para mayor sorpresa del guerrero cristiano y del público, cuando Kaín se hubo arrancado el filo de la espada, se escapó del pecho un chorro de sangre negra, la cual cayó sobre la arena. La acción realizada por el caballero negro ocasionó que Hakon retrocediera varios pasos con una expresión de incredulidad.

—Estoy jodido…—farfulló Hakon con gesto temeroso.

El distanciamiento que estaba creando Hakon respecto a su oponente, le permitió a éste último reincorporarse en la arena sin tener la molestia de parar ningún ataque. Parado enfrente del caballero negro, Hakon le dijo mirándole con cara de incredulidad:

—Eres un monstruo. ¿Cómo es posible que sigas vivo?
Las palabras del guerrero cristiano no tuvieron respuesta alguna. Kaín únicamente luchaba, no hablaba.

—Habla de una vez. ¡Maldito! —gritó Hakon, enfurecido por el silencio de su oponente.

En la grada, Run se enfadó con la quietud que ahora mostraba su discípulo en el combate.
—¡Idiota, deja de hablarle y ataca!

El grito de la vikinga causó en Hakon una distracción. Por un segundo, el guerrero cristiano apartó su mirada del caballero negro para dirigirla a la grada. Esa distracción produjo que recibiera un golpe en el hombro, el cual arrancó de cuajo la hombrera de metal que había en su armadura.

El violento golpe devolvió la atención de Hakon en el combate pero de igual modo le fue imposible esquivar el siguiente golpe. Kaín le dio un severo manotazo con su mano izquierda con tanta fuerza que tiró a su oponente al suelo.

Con su cuerpo en tierra, Hakon miró al caballero negro con una expresión aterrada.

—Mierda mierda mierda...—dijo Hakon, preocupado por el acercamiento del caballero negro.

Ante él, Kaín alzó su zapato metálico y entonces, empezó a soltar pisotones con intención de pulverizar a su oponente. Hakon, en respuesta a aquello, se revolcó frenéticamente por la arena esquivando cada una de las pisadas.

Habiéndose zafado de los múltiples ataques, Hakon aprovechó la lentitud de los movimientos de su oponente para ponerse en pie. Tras secarse el sudor de la frente, el guerrero cristiano sonrió divertido y entonces murmuró.

—Me he distraído pero no volverá a pasar.

Acto seguido, Hakon se lanzó al ataque dirigiendo continuos tajos hacia el yelmo de su rival. Kaín al recibir la serie de tajos, se fue protegiendo entre su espada y su escudo.

En la grada, debido a la nueva actitud que el guerrero cristiano había tomado en el combate, Run se alzó en su asiento mostrándose eufórica.

—¡Vamos dale fuerte!—gritó Run.

En cuanto al Gran Krig, el perro ladró espoleado por los vítores de la vikinga.

De regreso a la arena, Kaín realizó un tajo dirigido a la laringe de Hakon. El guerrero cristiano, intuyendo el ataque se hizo a un lado esquivando el filo de "Noche de gritos" y entonces sorprendió a Kaín dándole un mandoble en el brazo con el que sostenía el escudo.

A consecuencia de aquel duro impacto, al igual que le había ocurrido a Hakon, Kaín se vio obligado a dejar su escudo en la arena ya que éste había quedado más que inservible.

En la grada, Run le comentó al Gran Krig:

—Eso se lo he enseñado yo.

—¡Gua gua!—le respondió el Gran Krig.

En el nuevo tramo que se había iniciado en el combate, Hakon y Kaín empezaron a chocar sus espadas con mayor asiduidad, producto del conocimiento que habían ido adquiriendo el uno del otro de los movimientos más característicos en ambos combatientes.

Llegado a un punto del combate, Hakon logró herir a su rival en un hombro y en una pierna.

—¡Si fueras un humano ya te habría vencido!—gritó Hakon, mientras seguía lanzando mandobles contra el caballero negro.

Mientras el guerrero cristiano continuaba lanzando tajos, Kaín recordó por un instante un momento vivido en el pasado. En aquel recuerdo aparecía él cuando todavía no se había unido a Loki. Estaba en el patio de armas del castillo de York con Sir Dylan delante. El noble de la Casa Elmet se mantenía impasible sujetando una espada de madera para los entrenamientos. De repente, el joven caballero se adelantó lanzándose velozmente con una estocada dirigida al rostro de su superior. Aquella espada que se dirigía hacia el rostro de Sir Loryan se convirtió entonces en la espada que blandía Hakon, la cual acabó impactando contra el rostro de Kaín.

El impacto de la espada contra el yelmo provocó que éste saltara por los aires volando de la cabeza de Kaín. Al mismo tiempo que el yelmo salía despedido, el hombre que había estado escondido tras el yelmo escupió sangre por la boca y luego cayó sobre la arena.

En la grada, la realización del golpe definitivo derivó distintas reacciones. Run saltó de alegría mientras que Loki y Minrha fruncieron el ceño mostrándose decepcionados con la actuación de su esbirro. Una vez que Hakon hubo derrotado a Kaín, se acercó a él vislumbrando su aspecto por primera vez.

Debajo de aquel aterrador yelmo que había estado llevando el lacayo de Loki, se ocultaba un rostro alargado y hermoso con una larga melena plateada que se extendía más allá de la atura de los hombros. Sus ojos se mostraban cansados y suplicando ayuda ante una situación desesperada.

En la grada la vikinga se alzó mostrándose intrigada por saber cuál iba a ser el desenlace que su amigo estaba pensando para el combate.

—Vamos. ¿A qué estás esperando?—preguntó Run.

Mientras el guerrero cristiano observaba a su rival, éste de repente murmuró:

—Estoy cansado….—farfulló Kaín con voz débil.

—Estoy muy cansado—repitió Kaín.

—Es normal ha sido un duro combate. Ambos hemos sufrido mucho para vencer al otro—contestó Hakon en un tono amistoso.

—No me refería a eso. El combate ha sido muy divertido. Me lo he pasado genial. Estoy cansado de ser visto como el malo. De que me vean como solo eso. Cuando yo lo único que quería era salvar la vida de mi mujer…

Hakon a causa de las palabras del veterano guerrero, arqueó una sonrisa por su rostro.

—Por favor ríndete. No quiero matarte.—dijo Hakon.

En respuesta de la petición del guerrero cristiano, Kaín asintió con la cabeza y luego alzó su brazo.

—Me rindo…—dijo Kaín con una expresión seria.

Las palabras del caballero negro desataron a continuación el júbilo entre el público. Respecto a Loki y Minrha, ambos se marcharon de la grada con un ceño fruncido.

Finalizado el torneo y con Hakon Hombrehermoso como ganador definitivo, en el énfasis de la victoria dos hermosas mujeres saltaron de la grada para marchar a abrazarse a él. El guerrero cristiano al recibir tan caluroso abrazo se puso rojo de la vergüenza.

—¿Chicas pero qué hacéis?

—Ay, qué hombre más guapo y rudo—comentó una de las mujeres mientras se abrazaba a Hakon.

En la grada, a raíz de las muestras de cariño de las dos mujeres con Hakon, Run se alzó de su asiento con una cara de enojo.

—¡Será posible! ¿Quién les ha dado permiso? —se preguntó Run al mismo tiempo que saltaba a la arena hacia Hakon y las dos mujeres.

Llegado al punto en el que se encontraba el guerrero junto a las dos mozas, empezó a tirar del brazo de Hakon hasta llevárselo celosamente de la presencia de aquellas mujeres.

—¡Dejadlo estar!. Es mi socio. Tenemos mucho trabajo por hacer en otras ciudades y llegamos tarde—dijo Run con una expresión malhumorada.

—Pero Run…—farfulló Hakon, incrédulo.

—¿Qué?, ¿acaso quieres quedarte con ellas? —preguntó Run con cara de enfadada.

—No, no…. —respondió Hakon con cara de terror y vergüenza.

CAPÍTULO 12: MANANTIAL

Horas después de que el torneo hubiera terminado, Run, Hakon y el Gran Krig marchaban por un bosque aledaño a la ciudad llevando en su poder el premio encima obtenido por el guerrero cristiano. El premio se trataba de una bolsa con cincuenta monedas de oro. Un premio bastante cuantioso que les iba permitir hospedarse en los mejores establecimientos de la zona.

—Enhorabuena, ha sido una victoria muy merecida. Lo del escudo ha sido una estrategia buenísima. No me lo esperaba para nada—dijo Run con una sonrisa divertida.

—Gracias—respondió Hakon.

—Algún día te enseñaré a luchar como lo hago yo—añadió Hakon entre risas.

—¡Ya estamos!—se quejó Run.

—Eres un chulo….—añadió Run, haciendo a continuación una pedorreta con la boca.

—¿A qué me ganas tú? A nada. Me ganaste porque no quería hacerte daño. Venga, si quieres hagamos una carrera y veamos quién es más rápido—dijo Run retándole a Hakon.

—Run, te ganaría también y lo sabes—le respondió Hakon con una sonrisa burlona.

—Gilipollas…—farfulló Run con una ceja levantada.

Pillando a Hakon por sorpresa, a continuación, Run le empujó haciéndole caer de culo contra la tierra del bosque y luego, salió huyendo entre carcajadas. Mientras que la vikinga se escapaba por el bosque, Hakon alzó la miró desde el suelo con una expresión de enfado.

—¡Que tramposa!

Al mismo tiempo de que se iniciara la carrera entre los dos guerreros, en otra parte del bosque, Kaín deambulaba con gesto inquieto por el temor de a quien se pudiera encontrar. Cuando todo parecía estar en paz, un chorro de sangre cayó ante sus pies denotando lo contrario. Para su sorpresa, la sensual Minrha y Loki le observaban subidos sobre la rama de un árbol. Minrha que por aquel entonces volvía a lucir su aspecto real, en cuanto cruzó su mirada con Kaín, estiró una sonrisa malévola por su rostro y siguiendo con ello, saltó de la rama cayendo ante él.

En el momento en el que Minrha estuvo frente al caballero, éste retrocedió atemorizado.

—Vosotros…—farfulló Kaín temiéndose lo peor.

Fruto del temor que empezaba a adueñarse en el caballero, Minrha soltó una carcajada y a continuación, siguió acercándose, empezando a acariciar el rostro.

—Kaín. Te dimos una oportunidad. Una oportunidad para cambiar de nuevo y rehacer tus errores luchando por un rey verdaderamente poderoso pero tú…

Al mismo tiempo que Minrha acariciaba al caballero, la armadura de metal de color negro vestida por él, se tornó viscosa por razón de recibir en ella el roce de los dedos de la hechicera.

—Has vuelto a fallar como hiciste en el pasado como vikingo y como cristiano.

Desintegrándose en torno la piel del caballero, la armadura acabó por caer al suelo hasta dejar a Kaín desnudo sobre un charco de un líquido negro.

—¿Y ahora qué? ¿Cúal será mi destino? —preguntó Kaín con voz temblorosa.

A consecuencia de la pregunta, Loki saltó de la rama para unirse a la conversación:

—¿Y ahora qué? Buena pregunta.

En aquel momento, Loki puso una cara seria y acto seguido, posó su mano sobre la frente de Kaín. Mientras el dios tocaba la frente del caballero, Minrha sonrió sabedora de las intenciones de su esposo respecto al esbirro. Entonces, Loki usó su magia sobre Kaín haciendo que unas sombras aparecieran envolviendo a Kaín.

—Ya no eres digno de ser mi caballero negro—Has sido relegado de tu puesto—sentenció Loki, infringiendo la muerte a Kaín al aplastarle el cerebro con su mano.

Habiendo sido asesinado el caballero demoniaco en aquel rincón del bosque, Loki se limpió la sangre con la que había sido manchada su mano.

—Pensaba que sería el hombre ideal pero estaba equivocado. Un hombre que siempre traiciona a su bando, no es un traidor, sino un cobarde.

Debemos encontrar un nuevo caballero negro. Nuestro ejército necesitará a un capitán.

A menos de un kilómetro de distancia de por donde merodeaban la pareja de demonios, Run se detuvo al llegar al frente de una cascada como consecuencia de su reto a Hakon. Cuando Run llegó a dicha cascada, Hakon todavía seguía bastante distanciado así que la vikinga aprovechó su soledad para darse un baño.

Enfrente de la cascada, Run se deshizo de sus ropas hasta quedarse totalmente desnuda. Se acercó al filo y saltó al interior de las aguas dando una voltereta por el aire. Al caer dentro de las aguas, Run empezó a bucear mientras que sus cabellos dorados bailaban libremente. Tras haber atravesado el manantial en el que desembocaba la cascada, Run se irguió sobre una roca mostrando su angelical cuerpo desnudo cubierto por una capa de agua. Sentada sobre aquella roca, Run empezó a hacerse una trenza con sus cabellos al mismo tiempo que tarareaba una canción.

En plena realización del peinado, Hakon se presentó por la cascada a la carrera dando voces para encontrar a su compañera.

—¿Run? He llegado. ¿Dónde estás?—preguntó Hakon, buscando con su mirada entre los rincones de la piscina natural.

En cuanto la vikinga escuchó la voz del guerrero cristiano, ésta se escondió entre los yerbajos para quedar oculta de la mirada de Hakon.

—¿Run? ¿Dónde estás? —preguntó Hakon, insistiendo en el paradero de la vikinga.

—Estoy aquí…—respondió Run, alzando una mano por encima de un arbusto.

—Ah…—asintió Hakon con una expresión de confusión. —¿Ya has acabado de bañarte?—preguntó Hakon con rostro decepcionado.

Run, temerosa porque su desnudez pudiera ser descubierta por Hakon, respiró fuertemente antes de responder.

—¡Sí! ¡Ya he acabado!—respondió Run, hablando con Hakon desde su escondite.

—Oh…Vaya…—asintió Hakon, desilusionado. Su tono sonó muy apenado.

En aquel momento se hizo un largo silencio. Preocupada por su compañero, Run le preguntó:

—¿Qué te pasa? ¿Ocurre algo?

De nuevo hubo un largo silencio.

—Hakon…

—No pasa nada Run—respondió Hakon.

—¿En serio? —preguntó Run en un tono incrédulo.

—Si…..

—¿Seguro? —preguntó Run, insistiendo con una sonrisa en el rostro.

—Que sí…—respondió Hakon mostrándose divertido.

Run soltó una carcajada por ello.

—¿A caso pensabas que íbamos a bañarnos juntos?—preguntó Run con una sonrisa burlona.

—No, sólo preguntaba si habías acabado de bañarte—respondió Hakon con una sonrisa relajada y fría.

Aquella actitud mostrada por el guerrero cristiano provocó que Run frunciera el ceño.

—Estúpido—farfulló Run.

—Entonces, con tu permiso me bañaré sólo—dijo Hakon, mientras miraba a las rocas donde se ocultaba la vikinga.

—Bien, haced lo que queráis. Las aguas son todo vuestras—contestó Run, mostrando por su rostro una falsa sonrisa de indiferencia.

A continuación, la vikinga sonrió satisfecha y entonces se dio media vuelta para empezar a vestirse mientras que Hakon en la cima de la cascada hacía justamente lo contrario que ella.

—Por cierto, ¿dónde está tu perro?—preguntó Run, al mismo tiempo que se iba vistiendo.

—El Gran Krig no tardará mucho en llegar—contestó Hakon con una sonrisa divertida, mientras continuaba deshaciéndose de sus ropas.

—Seréis memo. Será mejor que cuidéis mucho mejor de vuestro perro si queréis que continúe vivo. El Gran Krig empieza a ser viejo y ya no puede correr como lo hacía antes—le recriminó Run, permaneciendo de espaldas a Hakon.

—Ya... Sí, tranquila. El gran Krig es viejo pero recuerda que también es mi perro. Es el mejor, como yo—respondió Hakon con una sonrisa chulesca.

El comentario de Hakon alardeando sobre el Gran Krig y él mismo, provocó que Run frunciera el ceño mostrándose muy molesta.

"Será fanfarrón. Siempre está presumiendo por todo". Pensó Run llena de cólera.

Justo después de que Run tuviera dicho pensamiento, se giró airadamente para recriminar a Hakon por su actitud, pero entonces cuando suponía que iba a cantarle las cuarenta, se encontró con algo totalmente inesperado para ella. De repente se topó con un Hakon que andaba completamente desnudo. Durante un largo segundo, Run permaneció incrédula sin dar crédito a lo que estaba viendo, pero finalmente estalló en un sentimiento combinado entre la cólera y la vergüenza.

—¡¿Qué haces? ¡Pervertido!—gritó Run, invadida por una terrible vergüenza.

Las rabiosas voces por parte de la vikinga quisieron amedrentar el comportamiento obsceno de Hakon, sin embargo para mayor enfado de ésta lo único que consiguieron, fue que a él se le escapara una larga risotada a su costa.

—Si no recuerdo bien, la gente se baña desnuda. Yo no te he dicho que te gires y tampoco te he dicho que continúes mirándome—contestó Hakon, adoptando una sonrisa burlona.

Ante aquella nueva burla, Run frunció el ceño y tras darle la espalda de nuevo, dibujó en su rostro una sonrisa traviesa:

—¿Sabéis una cosa?—preguntó Run con una sonrisa traviesa.
—¿Qué? —preguntó Hakon mostrándose intrigado.
—La seguís teniendo igual de pequeña que cuando erais niño—contestó Run, rompiendo a reír a continuación fuertemente.

Las burlas de la vikinga referentes al aparato sexual de su viejo discípulo provocaron en éste un gran sonrojo y rabia a la vez, pero pese a ello rápidamente, se rehízo de la vergüenza dándola una peculiar réplica:

—Eso es por el frío, chica lista. Si te parece pequeña coopera conmigo ya verás que pronto se me pone grande—contestó Hakon con una sonrisa juguetona.

Hakon no había hablado en serio. Solamente le había tomado el pelo a Run, no obstante, eso no fue excusa para que no se desatara el enfado en la vikinga. Sin más dilación, Run desenvainó "Espada del mediano" y en tono de amenaza se dirigió a Hakon:

—¡Como os la toquéis en mi presencia os juro que os la cortaré!—gritó Run con expresión amenazante, mientras mostraba una daga.

En aquel instante de extrema furia de la vikinga, Hakon rió largo y tendido. Justo después de que Hakon se hubiera carcajeado por enésima vez en la cara de su antigua maestra, se lanzó realizando una estilosa entrada al interior de las aguas. El salto acrobático que Hakon realizó para su entrada en las aguas, fue aún más espectacular del realizado por Run. Su salto estuvo combinado con una voltereta hacia atrás finalizada con una entrada perfecta con los brazos hacia delante.

Instantes después de que el guerrero cristiano se hubiera sumergido en las cristalinas aguas del manantial, por la misma cima de la cascada por la cual se había lanzado en modo de trampolín, apareció el Gran Krig para seguirle en su acción.

—¡Ese es mi chico!—exclamó Hakon.

Run rió divertida por la entrada del perro en el agua.

—Los dos sois iguales. Tal para cual—dijo la vikinga, viendo la escena desde su posición.

En el agua, el perro fue nadando al estilo perruno hasta quedar salvaguardado por los musculosos hombros de su dueño, los cuales por aquel entonces eran el objetivo permanente de las miradas de Run.

Por mucho que a Run lo mirara, se mostraba disgustada con él. Odiaba cuanto había cambiado el chico al que siempre había querido como un hermano pequeño y sobretodo odiaba lo que últimamente se producía en su estómago cuando lo miraba. Era un sentimiento que había sentido antes. Concretamente, con Thor.

"¿Qué me pasa últimamente?, ¿Por qué me avergüenzo al mirar a este idiota?, ¿Me gusta? Pero eso es imposible, si lo conozco desde que era un niño. ¿Es deseo lo que siento o sólo admiro su belleza? Seamos realistas, si lo observo desde un punto de vista externo, tengo que reconocer que es hermoso. Sin embargo, hay algo más que me atrae de él. No puedo parar de imaginarme siendo acariciada por esas manos. Y esos brazos…dioses, desearía ser el Gran Krig en este mismo momento y que me rodease con esos tremendos músculos…¡Estúpida! ¡Deja de tener estos pensamientos sobre él! Hakon no va a cortejarme. No me ve como a una mujer sino más bien como a un pariente. Pero me gustaría que me tocara, que me besara y abrazara…No, no debe notarlo. Sé es deseo lo que se ha despertado en mí al mirarlo de este modo". Pensó Run mostrándose frustrada.

"Debo ir a los páramos del norte, quizá allí encuentre a un mago o una bruja que tenga alguna poción para borrar este insano sentimiento. Me siento estúpida por tener esto en mi cabeza. Si él lo supiera, me daría de puñetazos". Pensó Run con una sonrisa avergonzada.

Mientras que Run seguía perdida en sus pensamientos, a su espalda empezó a acercarse Hakon desde el interior de las aguas. Tras varios pasos más a través del interior de la piscina natural, el guerrero delató su presencia a Run. Había andado hasta ponerse justo detrás de ella. Un lugar desde donde extendió sus brazos para abrazarla tierna pero firmemente. La chica, al verse sorprendida por tan cariñoso abrazo, no advirtió que los brazos estuviesen empapados de agua y a continuación esbozó una gran sonrisa, la cual no pudo ver Hakon debido a su posición.

Sin poder evitar el siguiente paso, ella giró su cuello hacia la mandíbula de Hakon, y fue deslizando su cuerpo hasta quedar los dos totalmente de frente, mientras que el guerrero ladeó la cabeza y poco a poco sus bocas fueron acercándose hasta acabar fundiéndose en un beso desesperadamente ardiente.

"Pido perdón a su madre por esto, pero aunque sea una vampiresa tengo mucho de humana". Pensó Run con una placentera sonrisa en su rostro.

Rodeó con sus brazos el cuello del chico, subiendo y bajando con caricias el recorrido de sus brazos, la espalda y el torso. Hakon comenzó a desvestirla, con cuidado al principio y con más y más urgencia a medida que crecía su pasión. Run le empujó violentamente hasta las rocas que bordeaban el manantial, donde el deseo se desató alcanzando mayores cotas.

Completamente descontrolada por la fuerza de lo que hervía en su interior, Run se movió a una velocidad sobrehumana en torno a Hakon, quien trataba de seguirla a duras penas. Con rápidos movimientos, lo sentó en la roca que sobresalía y se sentó a horcajadas sobre él, los dos completamente desnudos y hambrientos del otro. Al guerrero cristiano ni siquiera le dio tiempo a ver como Run se introducía el falo en su preparada vagina, con lo que reaccionó mostrándose muy sorprendido al sentir de repente un dolor en el cuello y un placer en su zona erógena.

La explicación de que Hakon tuviera tales sensaciones era porque Run le mordió en el cuello al mismo tiempo que era penetrada. La combinación de ambas acciones le provocaba a Run un mayor placer. Debido a que ella se movía a una velocidad sobrehumana, en apenas un minuto, le procuró cuatro orgasmos antes de que Hakon culminara una sola vez.

Pasados un par de minutos, Hakon se dejó caer desfallecido sobre las rocas del manantial con su cuerpo repleto de arañazos.

—¿Esto es sexo? Creo que es más cansado que luchar contra un gigante—comentó Hakon dirigiéndose a Run.

Mientras que él trataba de recuperar el aliento, a su lado Run se acercó mimosa, rozando apenas con su mano la piel del joven mientras le prodigaba tiernas caricias y le besaba el cuerpo con dulzura, casi con adoración.

—Pues yo todavía no he acabado…—dijo Run, torciendo en sus labios una sonrisa malévola.

—¿Quieres matarme?—preguntó Hakon, extenuado.

Siguiendo el camino del abdomen del guerrero, Run continuó besándole sensualmente todo el cuerpo hasta que llegó a la zona del aún enhiesto pene, donde se detuvo por largos minutos lamiendo y rozando con los labios toda la magnífica envergadura del miembro. Cuando abrió la boca para metérsela en la boca, en el rostro de Hakon apareció una expresión de terror.

—¿Estás segura de que no me harás daño?—preguntó Hakon mostrándose inseguro.

Con motivo de los temores que acontecían en el guerrero cristiano, Run se detuvo frunciendo el ceño, como muestra de su disgusto con la absurda pregunta.

—¡Claro que no voy a hacerte daño!. En realidad deberías estar agradecido porque una mujer como yo se ofrezca a hacerte algo como esto—dijo ella, mirándole con una expresión avergonzada.

—Tienes razón…perdona, es que a veces no sé cómo actuar contigo—asintió Hakon mostrándose también avergonzado.

Habiendo respondido, Run sonrió abiertamente y a continuación le agarró el pene con su mano, llevándoselo lentamente hacia al interior de su boca y provocándole toda suerte de sensaciones gloriosas al fornido guerrero.

Hakon trataba de no mirarla por la vergüenza que le producía verla en la ejecución de dicha tarea, sin embargo, se sentía terriblemente dichoso por lo que estaba ocurriendo. Después de tanto tiempo profundamente enamorado de ella, finalmente había conseguido que Run cayera entre sus brazos.

—Te quiero…—dijo Hakon, mirando a Run con una sonrisa emocionada.

Run al escuchar aquellas dos palabras se detuvo, y entonces se alzó sobre las aguas hasta situarse enfrente de él.

—¿Qué has dicho?—preguntó Run abriendo los ojos desmesuradamente..

—Te he dicho que te quiero.

—¿Esto no ha sido solo sexo?—preguntó Run, mirando a Hakon con incredulidad.

En aquel instante en que la vikinga hizo tal pregunta, Hakon se quedó inmóvil y dolido.

—No por mi parte…—respondió Hakon, sin dudarlo ni un segundo—Siempre te he querido. Desde que era niño. Siempre…—añadió.

Run le miró fijamente adoptando una sonrisa que mantuvo durante unos segundos.

—¿Me quieres?—preguntó Hakon con su mirada perdida en el infinito bosque.

Ante aquella pregunta, Run vibró como si su corazón hubiera dado un vuelco al reconocer la verdad.

—¿Tú qué crees?—preguntó Run con una sonrisa retorcida.

En reacción a la pregunta realizada por Run, el guerrero cristiano arqueó las cejas en señal de intriga provocando con ello que la vikinga rompiera a reír.

—Te amo, Hakon. Mi cuerpo tiembla de emoción por estar entre tus brazos, y no hay lugar donde quiera estar que no sea aquí, eres el amor de mi vida.

Dicho eso, Run deslizó hasta quedar acurrucada en un dulce abrazo. El guerrero al ser abrazado por ella, la apretó con fuerza sintiéndose extasiado por haber recibido tan sincera respuesta.

—Te amo. Te amo—dijo Hakon mientras besaba a Run.

—Y yo a ti. Y yo a ti—respondió Run mientras besaba a Hakon.

Después de más caricias, miradas y sonrisas, y más besos, Run se adentró en soledad por el bosque mientras que Hakon se acababa de vestir.

De camino por el bosque, iba silbando alegremente sintiéndose como en una nube por lo sucedido con Hakon.

—No me puedo creer lo que ha pasado. Un momento tan mágico. Le amo. Estoy muy enamorada. Jamás pude imaginar que sentiríamos esto. Es de locos—pensó Run con una sonrisa de lado a lado.

A medida que Run iba caminando por el bosque concentrada en sus pensamientos, cruzó entre medio de dos abetos donde de repente fue sorprendida por una voz que se dirigió a ella.

—Run…—dijo aquella voz.

La vikinga al escuchar dicha voz se detuvo mostrándose totalmente en estado de shock. Enfrente de ella estaba el dios Thor. Su querido príncipe de Asgard. Run, al toparse con el dios del trueno, lanzó un quejido seco mientras que por sus mejillas empezaban a correr unas lágrimas de sangre. Incapaz de articular una palabra, Run se llevó las manos a la cabeza sintiéndose súbitamente mareada. La presencia de Thor hizo velozmente que todo lo que ella pensaba perfecto, se convirtiera en un torbellino de preguntas sin responder.

"No. ¿Por qué él ahora? Era feliz…. ¿Por qué se presenta ahora? No es justo". Pensó Run entre lágrimas.

Thor en vistas del sufrimiento que parecía provocar su presencia en la vikinga, continuó detenido sin acercarse a ella observándola en todo momento desde la distancia.

—Hola Run…—dijo Thor, tratando de mostrarle una sonrisa.

—¿Vos que hacéis aquí? ¿Estoy soñando?—preguntó Run entre lágrimas.

—No, no estás soñando. He venido a por ti para llevarte de vuelta al reino de Asgard—respondió Thor.

—¿Qué?—preguntó Run, incrédula por lo que acababa de escuchar.

—Yo soy una vampiresa. Mi alma no puede viajar al reino de Asgard porque ya no tengo alma.

—No, ahora sí podrás volver. Los dioses hemos decidido que tras todas tus batallas contra los demonios mereces convertirte en uno de nosotros. En una diosa.

—¿Yo? ¿Una diosa?—preguntó Run, reaccionando incrédula.

—Así es, una diosa con un poder sin límites.—respondió Thor.

—Pero…—replicó Run, tragando saliva.

Una vez que la vikinga hubo tragado saliva continuó hablando para exponerle sus pensamientos a Thor.

—Yo ahora tengo a Hakon. Nos hemos hecho novios hace nada—dijo Run.

—No puedo dejarle así como así. No se lo merece—añadió.

—Lo sé y no puedo pedirte que lo hagas. Tú eres quien debe elegir. Solo puedo decirte que si me besas retomaremos el beso que nos dimos en el altar del palacio de Glasheim y además tú te convertirás en una diosa como yo.

—El beso en el altar. Nunca he olvidado ese momento—farfulló Run, mirando a Thor con un semblante emocionado.

Thor estiró una sonrisa por su rostro mostrándose satisfecho porque aquel recuerdo hubiera persistido en Run.

—Run…aquel beso también lo fue todo para mí—dijo Thor.

Con el comentario del dios del trueno, Run lo miró fijamente mostrándose muy emocionada y por un instante, su memoria revivió el apasionado beso que se dio con Thor en la celebración de su aciaga boda. Recordó cómo mientras que su cuerpo iba desapareciendo del salón del Valhala, Thor la abrazaba fuertemente en un beso tan sentido como un tornado y un trueno a la vez.

—¿Recuerdas lo que te dije antes de que desaparecieras de mi lado?—preguntó Thor.

Frente a la pregunta realizada por el dios Thor, Run se quedó en silencio mostrándose muy dubitativa. Ella no tenía ni idea de qué hacer. Por una parte, amaba a Hakon con quien se sentía muy unida en cuerpo y mente, sin embargo, por la otra parte también amaba a Thor con quien había sentido más que con ningún otro hombre.

Después de mantener un largo silencio, Run terminó por decidir cuál sería su decisión sobre la propuesta. En aquel instante en que Run se hubo situado enfrente del dios del trueno, dio un paso hacia delante situándose a tan solo unos centímetros de Thor y entonces dijo:

—Sí, lo recuerdo. Nuestro amor será eterno—respondió Run.

Tras decir tales palabras, Run pegó sus labios contra los del dios Thor sellando con ello el trato. Cuando se estaba produciendo el beso entre el dios y la vikinga, Hakon llegó por un rincón del bosque encontrándose para su espanto con la inesperada situación. El guerrero cristiano al estar presenciando el beso, se quedó callado observando como la mujer de la que estaba enamorado se besaba con otro. Ser espectador de aquel beso fue para él como si le hurgaran el corazón con diez mil espadas de filo oxidado.

A los segundos de que la pareja hubieran unido sus labios, quedaron rodeados por una esfera luminosa que empezó a dar vueltas velozmente en torno a ellos haciéndoles desaparecer para mayor desconcierto de Hakon. Una vez que Run y Thor dejaron de estar allí, Hakon siguió igual. Se quedó paralizado. No podía apartar su mirada del lugar en el que apenas unos segundos había visto cómo su amada Run Ljungberg se besaba apasionadamente con el dios Thor.

Aquel comportamiento contenido en el que había caído el guerrero no duró mucho. De repente, Hakon estalló de ira mostrándose enfadado como no lo había estado nunca.

—¡Joooooooooder! ¡Jooooooooooooooooooooooooder!—gritó Hakon desgañitándose.

El Gran Krig al escuchar los gritos de su dueño, se apartó de él con gesto asustado. En el ataque de furia, desenvainó su espada "Asesina de maestros" y entonces empezó a golpear con ella de forma repetida contra un ancho abeto que había cercano a su posición. Producto de los múltiples tajos que estuvo aplicando a dicho tronco, éste acabó cayendo derribado justo a su lado. Ahí no quedó la furia de Hakon. Acto seguido, empezó a golpear con su espada contra el suelo. Su furia sumada a su fuerza casi sobrehumana le llevó a partir el filo de un duro golpe.

—¡Donk! —sonó el metal al quebrarse.

Con la espada partida por la mitad, Hakon alzó su mirada y con cara de loco le gritó al cielo:

—¡Arggg!. ¡Jodidos dioses y vuestra jodida mierda! ¡Os mataría a todos! ¡Comedme los huevos! ¡Hijos de puta!

En medio de los gritos de Hakon se hizo presente por su espalda el dios Loki. La aparición del rey del infierno causó que Hakon se girara descubriendo la nueva compañía. En su mano derecha Loki cargaba el mismo yelmo que había lucido Kaín como caballero negro.

—¿Llego en buen momento?—preguntó Loki estirando por su rostro una sonrisa malévola.

Ante la pregunta del dios Loki a Hakon, el segundo se volvió todavía más loco de la ira, y entonces apretando los dientes se abalanzó contra el dios en un agresivo ataque. El dios Loki al deducir que en esta ocasión no podría engañar a su víctima, dibujó una gran sonrisa por su rostro y luego empezó a retroceder mostrándose divertido. Mientras eso sucedía, Hakon lanzaba tajos con su espada rota con desesperación pero por mucho que se esforzara, el dios era tan veloz que conseguía esquivarle sin gastar energía alguna.

Llegado a un punto de que el guerrero diera inicio a su ataque, finalmente acabó por hundir su espada en el pecho del dios. Sin embargo, justo después de que lo hiciera, éste se desvaneció en el aire como una simple brisa dejando a Hakon con la única compañía de su perro.

Habiendo desaparecido el dios, Hakon respiró agotado de tanto esfuerzo y a continuación, lanzó lo que quedaba de su espada lejos de donde se hallaba.

—Estoy harto…Estoy harto—dijo Hakon entre jadeos.

Debido a su sufrimiento por lo sucedido. Hakon tomó conciencia por primera vez del mundo que le rodeaba. Se percató que su corazón latía tan veloz que llegaba a dolerle. Además sus manos también le dolían al sentirlas frías. Ahora ya no estaba Run para distraer su atención. Ahora se percataba de todo. Acababa de despertar y estaba viendo lo cruel que podía llegar a ser el mundo y eso era algo para lo que no estaba preparado.

"¿Qué camino cogeré ahora?". Se preguntó.

CAPÍTULO 13: LA BODA MÁS LARGA JAMÁS HABIDA

En el reino de Asgard, Run abrió sus ojos mostrando en sus mejillas unas lágrimas comunes. La razón por las que sus lágrimas habían dejado de ser de sangre, se debía a que Run se había convertido en una diosa y por tanto, todo lo relacionado con su maldición vampírica había desaparecido.

Run, al estar mirando hacia al frente, vio ante sí como una esfera de plumas se iba deshaciendo lentamente para mostrarle el lugar al que había llegado. La vikinga no llegó sola hasta aquel mágico lugar. Thor también apareció a su lado agarrándola de la mano.

Justo después de que la pareja hubiera llegado al reino de Asgard, la vikinga giró lentamente sobre sí misma para observar con mayor atención el lugar en el que ahora se encontraba. Ese lugar se trataba de los salones del Valhala. Verse de nuevo en aquel lugar y vistiendo un vestido de novia, la llevó a emocionarse. Además también estaba rodeada por todos sus seres queridos junto a otros invitados al enlace.

—No puede ser…—farfulló Run con lágrimas en los ojos.

A su lado, Thor la apretó la mano con dulzura siendo sabedor del shock que ella se estaba llevando:

—Si te fijas todo está igual que en aquel día. Salvo algunos nuevos invitados de tu familia—farfulló el dios con una expresión avergonzada.

Después de que Run se secara una nueva lágrima, sonrió abiertamente a pesar de que se moría de ganas por llorar.

—¡Casémonos!—exclamó Run.

En el salón la disposición que mostró la vikinga por celebrar la boda, levantó los ánimos de los invitados congregados al enlace. De repente, la gente empezó a festejar mientras que Odín caminaba hacia la pareja entre la multitud.

—Me alegro de tu decisión, Run—dijo Odín, dando aplausos.

Al cabo de unos minutos, cuando la pareja estuvo situada delante del púlpito y tras varios discursos por parte de Odín dirigidos a la alabar los reinos de la luz, él mismo se dirigió a la pareja con una pregunta:

—¿Vos, Thor aceptáis a Run como vuestra esposa para lo bueno y para lo malo? ¿Para la muerte y la vida? ¿Para el día de mañana y la eternidad?

En la antesala de la respuesta, Thor miró a Run con una sonrisa y luego respondió:
—Sí, quiero.
—¿Vos, Run aceptáis a Thor como vuestro esposo para lo bueno y para lo malo? ¿Para la muerte y la vida? ¿Para el día de mañana y la eternidad?—preguntó Odín

En los segundos previos a la respuesta, Run miró del mismo modo a Thor y luego contestó:

—Sí, quiero.

La afirmación de la vikinga hizo que corriera el júbilo entre los invitados. En el púlpito en aquellos instantes de gran alegría, Odín tomó la palabra y con voz rotunda dijo:

—Yo, como padre de todos los dioses, os declaro marido y mujer. Ya puedes ponerle el anillo a la novia, hijo—dijo Odín.

De repente, el terror invadió a Run. Hacía mucho tiempo que Run había vendido el anillo de boda que Thor le regaló:

—¡El anillo ya no lo tengo, lo vendí por unas medicinas cuando Hakon era pequeño y estaba enfermo!—farfulló Run con una expresión aterrada.

Inmediatamente, para cortar los temores de la vikinga, Thor abrió su enorme mano mostrando en ella el anillo de boda. El anillo de matrimonio era otro que el de la primera vez, pero lucía exactamente igual.
—Lo tienes. ¿Cómo lo conseguiste?—preguntó Run.

Thor rió divertido y entonces cogió la mano de Run para colocarle el anillo:

—Soy un dios, ¿recuerdas? Conseguir un anillo no me requiere mucho esfuerzo—dijo Thor en tono burlón.

Con el comentario del dios del trueno, Run sonrió abiertamente y a continuación se acercó lentamente a él:
—¿Quién me iba a decir a mí que al final iba a cumplir mi sueño?—preguntó Run.
Thor esbozó una sonrisa y entonces dijo:

—Pues si lo has alcanzado ¿A qué esperas a abrazarlo?...

Tomando la palabra del dios del trueno, Run acabó por pegarse a él y finalmente ambos se besaron apasionadamente.

Mientras la pareja se besaba, en el salón del Valhala, todos los invitados aplaudían en especial el padre de la novia, Rúrik, quien además lloraba a moco tendido.

—Mi niña, ya es una mujer—dijo Rúrik con lágrimas en los ojos.

A su lado, Vilborg rió divertida a raíz de la emotiva reacción de su esposo.

Finalizada la ceremonia del casamiento, los invitados salieron a los jardines del palacio de Gladsheim donde las valquirias habían preparado un gran festín para todos los invitados. En aquella parte de la boda, Run lucía un vestido diferente que consistía en una especie de túnica de color hueso que llevaba entallada con un cinturón de flores. La prenda era bastante corta por lo que mostraba sus muslos fibrosos.

En un ambiente de absoluta alegría, los diferentes invitados comían y bebían inmiscuidos en distintas conversaciones. En una zona del jardín, Run conversaba con Balder y otros hermanos en compañía de Thor. Entre ellos había miembros de la familia Aesir como: Balder, Hermodr, Hord, Bragi, Váli, Tyr o Vidar y la Vanir, Freya.

Freya, la diosa del amor, tenía el aspecto de una joven muchacha de diecisiete años de edad. Tenía una frondosa melena de cabellos rosados y ondulados. El rostro de Freya era increíblemente hermoso. Era de forma triangular. Tenía unos ojos grandes y alegres de color gris con gotas de oro en el iris, una nariz muy levantada, unos pómulos grandes y unos labios gruesos. Su vestimenta era un vestido largo de color rojo con un gran escote que creaba un camino hasta el vientre.

El dios de la guerra, Tyr, era el hijo mayor del matrimonio compuesto entre Odín y Frig. Tenía el aspecto de un guerrero barbudo y manco. Sus ojos eran de un color gris metálico, y su melena y su barba eran de color blanco grisáceo. Aquellos rasgos de vejez se contraponían con el resto del físico del dios, ya que debido a su gran musculatura, parecía poseer un cuerpo más propio de un hombre joven. Por encima de sus finas ropas, el dios Tyr vestía una ligera armadura acompañada por una reluciente espada y un martillo en su cinto.

Balder, el dios de la luz, la belleza y la inocencia, era el tercer hijo del matrimonio formado por Odín y Frig. Balder tenía el aspecto de un hombre hermoso de una edad en torno a los veinticuatro años. En su cabeza llevaba una media melena de cabellos de un dorado tostado. En su rostro lucía una barba fina y bien afeitada que enmarcaba unos rasgos del agrado de cualquier mujer. En su rostro tenía una mirada seductora, unos adorables hoyuelos en sus mejillas y una boca carnosa en la que se retorcía una expresión traviesa.

Hord, el dios ciego. El dios Hord era el hijo menor del matrimonio formado entre Odín y Frig. Hord era el gemelo de Balder, así que físicamente se parecía muchísimo a su gemelo, aunque Hord no era tan apuesto como lo era Balder. Por así decirlo, Hord era la versión derruida de su hermoso gemelo. Sus ojos estaban en blanco y tenían la mirada perdida en el horizonte. Su cabello lo llevaba más revuelto y andrajoso, y la barba la llevaba tan tupida que sus hermosos hoyuelos quedaban ocultos en ella.

Bragi, el dios de la poesía y los Bardos. Bragi era hijo de Odín y de la giganta Gunlod. Tenía el aspecto de un anciano con barba blanca y oblicua. El dios de los poetas iba vestido con una túnica blanca que le llegaba hasta los pies. En su mano izquierda sujetaba un pergamino y en su mano derecha, una pluma con la que escribir.

Al lado de aquel dios, le acompañaba una mujer de aspecto mucho más joven que él. Su esposa, Idun. Idun era una chica joven de larga melena rubia y trenzas. Tenía la piel tersa y blanquecina, y las mejillas de un intenso bermellón. Para la boda, Idun se había vestido con una túnica de color verde que dejaba ver sus hombros y su escote. Ella era una de las diosas más importantes de Asgard. Sus manzanas tenían el poder de mantener jóvenes a los Aesir. Unos dioses que a diferencia del resto de dioses eran mortales.

Vidar, el dios del silencio, era hijo de Odín y la giganta Gridr. Tenía el aspecto de un adolescente de quince años de cuerpo enjuto y larga melena rubia y rizada. Su rostro casi tan hermoso y delicado como el de Run, estaba cubierto de pecas en la parte de la nariz. Los ojos de Vidar eran grandes y castaños. Aunque el dios Vidar daba con su físico la impresión de ser delicado, su mirada fiera y su vestimenta dejaban claro que no era así. Vidar por encima de su jubón de color dorado que vestía, estaba ataviado con una armadura. En su cinto colgaba una fabulosa espada casi tan larga como él mismo.

El dios de los arqueros y de la luz eterna, Váli, era hijo de Odín y la giganta Rind. Tenía el aspecto de un hombre joven de cuerpo enjuto y rasgos inteligentes. Tenía la forma de la cara triangular con un mentón alargado. Su peinado era una melena de pelo negro y rizado. En su cara tenía una barba fina y unos ojos de color marrón. Aquel dios iba vestido con jubón de color azul marino, calzón largo de color verde y botas de color negro. En su espalda cargaba un carcaj lleno de flechas y un arco.

Hermodr, el dios del viento, era el segundo hijo del matrimonio formado por Odín y Frig. Tenía el aspecto de un hombre de unos treinta años de edad, enjuto y afeminado. Hermodr tenía una larga melena de cabellos de color arenoso. La forma de su cara era triangular. Tenía la frente ancha, la nariz fina y alargada, la boca fina y pequeña, y el mentón alargado y acabado en punta. Con respecto a sus ropas, Hermodr vestía con jubón naranja con detalles dorados, calzón largo de color amarillo y botas negras.

En el grupo que se había creado entre los Aesir y Run, Balder tenía su brazo apoyado por encima del hombro de la vikinga mientras conversaba feliz con su hermano Thor:

—Así que finalmente esta es tu esposa ¿no?—dijo Balder a Thor.

Run rió mostrándose divertida.

—A ver cuando os casáis vos. Ya es hora—respondió Thor dirigiéndose a Balder.

—¿Casarme yo? Soy demasiado joven. ¿Qué son tres mil años?—preguntó Balder provocando con su comentario que todos rieran.

—Sí, sois todavía un adolescente—bromeó Váli.

El comentario del dios Váli hizo que de nuevo todos rieran a carcajada limpia. En aquel ambiente de risas y celebración, apareció Rúrik vistiendo para la ocasión una vestimenta similar a la de un noble de alta cuna. En la parte superior de su cuerpo vestía un jubón de colores verdosos, y de cintura para abajo un pantalón largo y unas botas. El poderoso guerrero vikingo al presentarse ante los dioses tendió su mano a Thor quien la recogió con una sonrisa amistosa.

—Te dejo a mi hija. Espero que cuides de ella y no le rompas el corazón porque si no…—le avisó Thor.

—Lo cojo—asintió Thor mientras estrechaba la mano de su suegro.

Run, debido a la amenaza que acababa de oír de parte de su padre, se giró velozmente hacia él reprochándole por lo rudo que había sido con su esposo:

—Papa aunque sigas viéndome igual que antes ahora tengo veintiocho años. No puedes hablar de mí como si fuera una niña—se quejó Run.

A pesar de las voces de la vikinga, Rúrik esbozó una sonrisa y luego se separó de aquel grupo para unirse a otro grupo de invitados.

—Miradlo, se va sin decir nada más. No ha cambiado nada. Sigue siendo igual de gruñón. Padres…—refunfuñó Run.

Mientras que Run hablaba de su padre en esos términos, Thor soltó una risotada la cual motivó a que su esposa le prestara toda su atención:

—¿Por qué te ríes?—preguntó Run.

—Por nada. ¿Vienes conmigo a dar una vuelta? Ya me he cansado de hablar con los invitados—dijo Thor a Run.

—Sí, creo que ya he lucido suficiente este vestido—comentó Run provocando las risas en el dios del trueno.

De ese modo, mientras todo el mundo seguía festejando por la boda, Run y Thor aprovecharon para huir de la fiesta tomando uno de los caminos de piedra que había en el jardín. Paseando por aquella nueva zona ambos cogidos de la mano, Run le preguntó a Thor:

—¿Cuánto tiempo ha pasado desde que estuve aquí?

—Doce años.—respondió Thor.

Run arrugó la frente.

—No, ese es el tiempo que ha pasado en el reino del Midgard. Me refiero a cuánto tiempo ha pasado aquí. En Asgard—dijo Run.

—Ugh, es difícil responder a esa pregunta. El tiempo en Asgard no se puede medir de la misma forma que en el Midgard. Digamos que para mí fue una eternidad...—respondió Thor.

Run se detuvo junto a Thor.

—Una eternidad...—dijo Run, mostrando una sonrisa avergonzada.

—Sí, una eternidad—añadió.

Thor se acercó a Run y con dulzura le acarició los cabellos de su melena terminando la acción con un beso. Ese beso fue más corto que los otros pero de nuevo consiguió que a Run le temblaran las piernas. Una vez que Thor se apartó de la vikinga, reabrió los ojos sonriendo de lado a lado:

—Ahora es el momento de retomar la vida que pudimos tener y no tuvimos—dijo Thor.

En reacción del comentario del dios Thor, Run le preguntó velozmente mostrándose muy interesada:

—¿Qué propones?

Thor dibujó una gran sonrisa en su rostro y a continuación tiró de Run con gran fuerza marchando lejos de los jardines del palacio de Gladsheim. Inmediatamente después de que Thor hubiera realizado tal acción, Run y él aparecieron flotando sobre los cielos de Asgard sin ninguna clase de ayuda salvo la de su propia magia. En lo alto de aquel punto del cielo, ambos estaban disfrutando de unas impresionantes vistas del reino de las almas y los dioses benévolos. Desde allí podían ver a vista de halcón la atalaya de Heimdal, los puentes de cristal que conectaban los distintos palacios, las sierras donde vivían los pegasos y demás lugares.

—¿Qué te parecen tus nuevos poderes? Ahora eres una diosa—preguntó Thor mostrando una sonrisa divertida.

—Es increíble. No puedo creerlo. ¡Estoy volando!—dijo Run con gesto sorprendido.

—Pero tengo que decir que marea bastante…—añadió Run mientras miraba hacia abajo.

Thor rió con el comentario.

—Es normal. Se puede decir que eres una novata con tus poderes. Tardarás siglos en dominar solo una décima parte de ellos—dijo Thor.

—¿Ah sí? Pues cógeme si puedes—dijo Run.

Acto seguido, Run salió volando hacia delante provocando con tal acción que Thor riera a carcajadas. A mitad de aquella carcajada, Thor se preguntó a sí mismo.

—¿Acaso no sabes que soy el dios más rápido de Asgard?

Después de aquella reflexión, Thor salió volando detrás de Run. En la carrera que ambos dioses habían iniciado por los cielos de Asgard, se desplazaban a tal velocidad que no se les podía ver a simple vista. Pese a que los superpoderes de diosa eran nuevos para Run, no le tenía ningún miedo a volar a una velocidad desorbitada. Es más disfrutaba con ello. Estaba volando tan rápido o más que Thor, quien la observaba desde la distancia con gesto temeroso por lo que la pudiera llegar a pasar.

—Ve más despacio. Todavía no tienes suficiente práctica con el vuelo—gritó Thor, tratando de que su recién estrenada esposa entrara en razón.

La petición del dios llegó a unos metros de distancia por delante, causando una carcajada en Run, quien después de oirla aumentó su velocidad de vuelo.

—Ni lo sueñes, no te dejaré ganar—respondió Run con una sonrisa divertida.

—Hablo en serio, Run. Vas demasiado deprisa…—gritó Thor en un tono más serio.

Aunque Thor le había prevenido para que fuera más despacio, Run no dejó de acelerar su velocidad para alejarse lo máximo posible de Thor pero entonces perdió el control y acabó chocando contra dos torres que había en la ciudad.

—¡CROOOOOOOOONKKKKK!—sonaron las torres al romperse.

El choque de la vikinga fue tan impresionante que la primera torre la atravesó como un misil de pared a pared y luego siguió volando deteniéndose definitivamente en la segunda torre, la cual quedó totalmente destrozada en los pisos superiores. Habiéndose producido el accidente, Thor aterrizó segundos después en la segunda torre donde encontró a Run rodeada de escombros. Pese a la dureza del impacto, su naturaleza de diosa la hacía capaz de resistir toda clase de daños así que se la veía perfectamente de salud excepto por la suciedad de los escombros.

Thor al reunirse con ella la sonrió mostrándose muy divertido por lo sucedido.

—Llevas unos minutos aquí y ya has causado destrozos. Eres muy peligrosa—dijo Thor entre risas.

Run, avergonzada por el lío que había causado, se llevó la mano para rascarse la nuca quitándose el polvo del pelo y a continuación echó a reír fuertemente para alegría de Thor. Tras el término de aquella carcajada, Run se reincorporó y entonces le preguntó a Thor con una sonrisa juguetona:

—¿Hacemos la revancha?

A unos kilómetros de distancia de donde se ubicaban la pareja de dioses, concretamente, en un rincón de los jardines del palacio de Gladsheim, un grupo compuesto únicamente por los Aesir y Freya, observaban lo que sucedía entre los susodichos a través de las aguas mágicas de Mimir. A consecuencia de lo visto en las aguas, a Balder se le escapó una sonora carcajada en presencia de los allí presentes.

—Parece que juntos se lo están pasando en grande, ¿no?—dijo Balder.

Odín rió mostrándose de acuerdo con su hijo.

—Sí, creo que ha sido una gran decisión conceder a Run la posibilidad de unirse a nosotros. Además nosotros también necesitábamos un poco de aire fresco—dijo Odín.

Tyr gruñó molesto.

—Pero sí solo lleva dos minutos en Asgard y ya ha causado severos destrozos. Si se junta con Thor pueden llegar a convertirse en un serio peligro para los nueve reinos. Son demasiado incontrolables. Deberíamos decirles algo o sino no solo molestarán a las almas que habitan en el reino sino que además tendremos problemas con los otros reinos—dijo Tyr.

Balder rompió a reír.

—Tranquilidad, hermano. Te preocupas demasiado. Thor y Run no son ningún peligro para la paz de los nueve reinos. Aunque a Thor le guste viajar a Jotunheim para matar a gigantes de nieve y Run sea algo agitada, eso no quiere decir que juntos lleguen a sembrar el caos—respondió Balder.

—¿Algo agitada solo?—bromeó Freya.

—Balder tiene razón. Dejadlos que disfruten. Son jóvenes—dijo Hermodr, sumando al pensamiento del dios de la belleza.

—Sí, son jóvenes. Es normal que se metan en líos. A mí me parecen una pareja de lo más agradable—añadió Váli.

En reacción de los comentarios realizados por los diferentes hijos de Odín, Freya frunció el ceño.

—Estoy con Tyr en este asunto. A mí me parece una mujer muy peligrosa y poco previsible. Traerá problemas...—dijo Freya mostrando una sonrisa en su rostro.

En cuanto la diosa Vanir dio su opinión, Balder sonrió abiertamente.

—¿Seguro que no lo dices por tus celos, querida?—preguntó Balder a Freya.

A raíz de dicha pregunta los demás dioses rieron mientras que Freya negaba con la cabeza mostrando en ella un considerable enojo. En aquel momento en que las risas sonaban en exceso, Odín tomó la palabra creando con su voz el silencio en el resto:

—Sabría que la transformación de Run en diosa crearía ciertas dudas al principio pero al fin y al cabo es algo totalmente necesario más allá que por su relación con Thor. Los nueve mundos corren serio peligro y necesitamos a alguien como ella en nuestro ejército para defender a Asgard. He visto el futuro y sé que Loki y un esbirro suyo están a punto de desatar el Ragnarök. Necesitamos su fuerza—dijo Odín con una expresión seria.

En reacción al último comentario del dios Odín, Balder se dirigió a su padre en un tono iracundo:

—¿Por eso diste el permiso a nuestro hermano de traer a Run? ¿Para qué ella luchara de nuestro lado y no porque Thor la amara desde siempre?

La pregunta de Balder quedó sin respuesta ya que Odín prefirió no hablar hasta que su hijo estuviera más calmado. En aquellos instantes de alta tensión en el seno de la familia Aesir, inmediatamente, Váli y Vidar le pusieron la mano en el hombro a Balder para tratar de calmarle.

—Tranquilízate Balder, padre solo intenta que Asgard esté preparada para la guerra del Ragnarök. Míralo por el lado bueno. Sea por una razón u otra, finalmente Thor se ha reencontrado con Run y ahora está feliz—dijo Váli.

La voz sosegada del dios de los arqueros y de la luz causó en Balder un bálsamo que fue rebajando su furia hasta devolverle a su comportamiento alegre y dicharachero que tenía habitualmente. Estando Balder de nuevo mucho más calmado, cogió una de las copas de vino que había cerca de él por motivo de la boda y entonces, resopló dirigiéndose al grupo en un tono resignado:

—Brindo por esta boda y por la famia Aesir…—sentenció Balder.

Con el brindis iniciado por el dios de la belleza, los dioses que le acompañaban alzaron sus copas excepto Odín, quien continuó mirando detenidamente las aguas de Mimir.

CAPÍTULO 14: LO PROMETIDO ES DEUDA

En la costa de la isla "La puerta del infierno", un cadáver de un guerrero arengan se hallaba tendido con varios cortes de hacha en el cráneo y en el torso. Ante ese cadáver se acercó Arkan, quien había venido en compañía de una guardia de cinco guerreros.

—¿Qué habrá pasado con el guardia?—preguntó un guerrero arengan.

Tras la pregunta, Arkan gruñó produciendo un sonido sordo y aterrador. Se asomó al precipicio y miró abajo. En las aguas un navío vikingo permanecía atracado a la espera del retorno de sus tripulantes.

—Humanos…—farfulló Arkan, frunciendo el ceño.

—¿A qué habrán venido esta vez?

—Les dimos a la princesa…—preguntó un guerrero arengan.

Arkan arrugó el ceño, preocupado.

—No lo sé pero no me gusta—dijo Arkan.

Mientras tanto en un punto lejos de la costa, para ser más exactos, en el interior del reino de Muspelheim, un grupo de aventureros compuesto por siete hombres avanzaba por un sendero de roca caliza. Aquel grupo tenía como líder a Olafur Mortensen, el vikingo que había hecho tratos con Loki para que éste llevara la espada de Surtur hasta su portador a cambio de riquezas y el amor de Run.

Al grupo que comprendían los esbirros del codicioso medio enano se le habían añadido recientemente los mercenarios con los que Run y Hakon habían rescatado a la princesa Fadila del gigante Surtur. Mohamed "El Mil lenguas", Raschid "El Raton" y Agazán "El Mago Bereber".

Olafur les conoció en una taberna de Cádiz. Cuando estaba bebiendo escuchó una conversación en la que tenían el trío de mercenarios fanfarroneaban de haber pisado el reino de Muspelheim. El medio enano al enterarse de lo que contaban les ofreció una cuantiosa cantidad de dinero a cambio de que lo guiaran hasta el reino de Muspelheim.

Situándonos en lo que sucedía por aquel entonces, producto del venenoso humo que se escapaba procedente de las piedras humeantes, el grupo liderado por Olafur llevaba un pañuelo ligado a la boca que les libraba de respirar el aire infectado de muerte.

—¿Qué es esto, Olafur?

—Nos prometiste oro y mujeres pero nos llevas a la boca del Nilfheim…—se quejó Thorlak, dirigiendo su pesar al vikingo medio enano.

—¿Cúanto resistiremos respirando esto?—preguntó Snorri a sus compañeros.

Después de que Olafur oyera las quejas de sus esbirros, arrugó el entrecejo enrabietado.

—¡Callad y seguid andando!—les ordenó Olafur.

En reacción a la orden, Raschid rió divertido provocando con ello que Thorlak se enfadara.

—Calmaos amigos vikingos. El gigante Surtur está cerca—dijo Raschid.

—Más te vale, ladrón de muertos… —le contestó Thorlak con cara de loco.

En ese instante, los vikingos Aris y Snorri se acercaron en torno a Olafur para susurrarle sus pensamientos sobre el trío de mercenarios.

—Estos mercenarios….No me gustan nada—dijo Snorri dirigiéndose a Olafur.

—Ni a mí. No os confiéis, mi señor—añadió Aris.

Pese a las opiniones de los dos vikingos, Olafur se mantuvo callado y prosiguió con la marcha como si no hubiera oído nada.

Al cabo de unas horas de incesante caminata, uno de los lacayos de Olafur, Aris Guntag, empezó a sentirse sensiblemente cansado. Tenía dolores en las piernas y se sentía la garganta tan seca como la arena del desierto.

—Estoy desfallecido. No puedo continuar andando. Empiezo a pensar que venir hasta aquí fue una mala idea. Este lugar es espantoso.—se quejó Aris con voz jadeante.

A su lado, su amigo y compañero Snorri Sorensen, le animó:

—Aguanta, amigo mío. Aguanta…

—Calla y continúa andando o si no te tiraré a las llamas—ordenó Olafur dirigiéndose a Aris.

Con la amenaza de Olafur, Aris cogió aire temeroso por el castigo que le pudiera imponer y entonces, continuó avanzando sobre la roca caliente que pisaban sus pies.

—Así es. Camina. Muy bien—le felicitó Snorri.

Regresando a Thor y Run, en aquellos momentos ellos se habían detenido en el puente de cristal que unía la atalaya de Heimdal con los palacios de Asgard para disfrutar de las vistas que se podían ver desde allí. El reino de Asgard se trataba de una roca flotante de tamaño casi infinito situado por encima del mundo de los hombres, del sol y de las estrellas. La composición de su paisaje se distinguía por tener grandes extensiones de prados, montañas y ríos. En medio de aquella vegetación se hallaba una enorme ciudad casi infinita. En el centro de la ciudad se alzaba una gigantesca montaña casi tan grande como la propia ciudad. Aquella montaña era llamada con el nombre de Godhigher y era muy famosa entre los habitantes de Asgard porque era allí donde habitaban los dioses.

En la cima del Godhigher se hallaba el palacio del Gladsheim, una espectacular edificación con forma de espada, levantada en torno a vastos jardines y grandes lagos. En cada amanecer, los rayos del sol provocaban que las paredes del Gladsheim, brillaran produciendo constantes destellos al igual que ocurría con el filo de una espada.

Al norte de la ciudad, se alzaban un conjunto de sierras que servían como muro para los habitantes de Asgard. Aquellas colinas eran tan extensas que ningún habitante de Asgard podía atravesarlas. Por aquella zona, era donde estaba situado el hogar de los pegasos y el palacio de Vingolf, residencia de las valquirias.

Mientras que la pareja de dioses observaban las características de la geología del reino desde las alturas, Run le preguntó a Thor.

—¿Alguna vez sueles caminar por los barrios del reino?

—No, la verdad es que no. Al menos no sin un disfraz—respondió Thor.

—¿Un disfraz? ¿A qué te refieres?—preguntó Run, intrigada.

—Nosotros, los dioses somos como los reyes para los habitantes del reino de Midgard. Somos muy aclamados y todos desean tocarnos. Cuando avisamos que vamos a dar un anuncio sobre algún acontecimiento, se crea un gran alboroto por las calles para vernos con mayor cercanía. A veces te sientes mal por ellos pero son tantos que no puedes atenderlos a todos— respondió Thor.

Run rió divertida.

—Oh, pobre. ¿Demasiado famoso para pasear por los barrios del populacho?—preguntó Run en un tono burlón.

El comentario de la vikinga provocó que Thor riera divertido.

—¿Alguna vez te han rodeado miles de personas pidiéndote toda clase de milagros? Cuando te ocurra ya me dirás como se siente—dijo Thor con una sonrisa divertida.

—Y dime...¿Has realizado algún milagro por ellos?—preguntó Run.

—No. Padre nos dice que nunca debemos favorecer a ningún humano porque o sino romperíamos su libre albedrio. Esa fue la razón por la que he tardado tanto en ir a buscarte—dijo Thor.

Run sonrió mostrándose avergonzada.

—¿Estás contenta de haberme elegido?—preguntó Thor.

Ante la pregunta realizada por Thor, Run se quedó en silencio durante unos largos segundos y finalmente respondió con una sonrisa.

—Sí.

El asentimiento de la vikinga provocó que Thor rompiera a reír.

—¿De qué os reís?—preguntó Run, avergonzada.

—De nada...—respondió Thor.

—¿Quieres poner una mano en mi martillo mágico?—preguntó Thor.

Acto seguido de dicha pregunta, Run llevó su mano derecha hacia la entrepierna de su esposo, la cual agarró con fuerza para sorpresa de éste. Inmediatamente después de que la vikinga hubiera agarrado a Thor de sus partes nobles, el segundo se apartó de ella reaccionando muy avergonzado y divertido a la vez.

—¿Pero que hacéis de repente?—preguntó Thor, avergonzado.

—¿No me acabáis de ofrecer vuestro martillo? Yo lo cojo con mucho gusto—respondió Run con una sonrisa pícara.

Thor rió divertido.

—No me refería a ese martillo. Hablaba de Mjornir—aclaró Thor tras unas carcajadas.

—¡Jope!, me agradaba más la idea de coger el otro—bromeó Run.

—Por los nueve reinos, que chiste más malo—bromeó Thor, provocando una risilla avergonzada en Run.

Habiendo realizado aquel comentario, Thor tendió su brazo derecho hacia delante y a continuación, invocó a su martillo:

—¡Mjornir, ven a mí!

Justo después de que Thor pronunciara tales palabras, el mágico martillo apareció entre sus dedos.

—Aquí está—dijo Thor.

Run se acercó al martillo con cara de estar poco sorprendida.

—No parece nada especial—comentó Run con cara de decepción.

—Pues lo es y mucho. Multiplica por diez el poder de quien lo posee. Es un arma que si cayera en malas manos los nueve reinos tendrían grandes problemas—dijo Thor, observando el martillo Mjornir con una expresión de seriedad.

—¿En serio? ¿Tan poderoso es eso?—preguntó Run, intrigada.

—Sí, sí que lo es—asintió Thor.

—¿Puede cogerlo?—preguntó Run mostrándose ansiosa.

—¿Qué pasa? ¿Ahora si quieres coger este martillo?—preguntó Thor mostrando una sonrisa divertida a costa de la vikinga.

—No, quiero coger el otro martillo pero si no me dejas algún martillo cogeré, ¿no?—respondió Run, rápidamente provocando el sonrojo en el dios del trueno.

Thor, tratando de ocultar su sonrojo, extendió su brazo entregando Mjolnir a Run.

—Tomad. Creo que mi padre y los demás deben de estar asustados con nosotros dos…—dijo Thor con una sonrisa divertida.

Al mismo tiempo que Run agarraba a Mjolnir, le preguntó a Thor:

—¿Por qué dices eso?

La pregunta que la vikinga realizó a Thor, quedó en tierra de nadie debido a que de repente se produjo una tremenda explosión de luz a causa de estar tocando el martillo de los dioses. El estallido luminoso se disipó por todo el reino expandiendo un halo de luz del que fue espectador toda la población.

Acaecido tal fenómeno, Run apareció luciendo una brillante armadura muy similar a la que vestía Thor.

—¿Y esta ropa?. Voy como tú pero en chica—dijo Run entre risas.

—Ahora sí que hacemos una buena pareja—comentó Thor mostrándose divertido.

Mientras que Thor reía, Run seguía fijándose en cada detalle de su armadura y la capa roja que caía por su espalda.

—¿Qué miras tanto? ¿Te hubiera gustado casarte con algo así? Siempre vistes este tipo de vestimenta—preguntó Thor, divertido.

Run resopló disgustada como una niña pequeña.

—Tonto—dijo Run.

Thor rompió a reír más fuerte. En aquel instante, Run estiró por su rostro una sonrisa maliciosa.

—¿Hacemos una apuesta?—preguntó Run.

—¿Una apuesta? ¿Y qué hay en juego? ¿Mi martillo?—preguntó Thor, divertido.

Tras la pregunta de Thor, Run se sonrojó y luego murmuró:

—Tu otro martillo…

A raíz de aquel comentario de la vikinga, Thor se puso rojo de la vergüenza. Mientras que Thor seguía con la cara colorada, Run se dirigió hacia un montículo de cascotes que habían quedado a consecuencia de su aparatoso accidente. En aquel lugar recogió dos grandes piedras. Una para Thor y otra para ella.

—Quien tire el cascote más lejos que el otro, gana—dijo Run.

—¿Vamos a tirar piedras? ¿No tenías ya veintiocho años? Pensaba que los vampiros no envejecían físicamente pero que la madurez mental sí que seguía su proceso natural—dijo Thor en un tono de sorna.

Run frunció el ceño sintiéndose ridiculizada.

—Si hubiera sabido que te ibas a estar riendo de mí por ser como soy, no me hubiera casado contigo. Soy tu esposa—se quejó Run.

Thor soltó una carcajada.

—Perdona entonces no seas tan susceptible. Por cierto… ¿Vas a tirar el cascote con el martillo en tu poder? Ya te he dicho que multiplica tu poder—preguntó Thor.

—No cambies de tema. ¿Acaso tienes miedo?—dijo Run con una sonrisa maliciosa.

Thor soltó una nueva carcajada.

—Tengo que tener alguna ventaja ¿no?. Soy solo una chica. Indefensa y débil—dijo Run mostrándose divertida.

A causa del comentario de la vikinga, Thor rompió a reír jugueteando con el cascote que cargaba en la mano derecha. En medio de dichas carcajadas, Thor decidió probar suerte. Dio un paso hacia delante y tras coger impulso, lanzó el cascote con la mayor fuerza posible. Cuando el cascote salió de la mano del dios del trueno, se escuchó un silbido creado por la descomunal fuerza con la que fue lanzado.

En solo un par de segundos, el cascote atravesó los cielos de Asgard, llegando hasta las sierras limítrofes del reino, lugar donde acabó impactando.

—No está mal, ¿no?—preguntó Thor con una sonrisa divertida.

—Para ser un hombrecito no está mal. Aprende de una mujer de verdad…—le respondió Run, apartando a su esposo con un empujón.

Thor soltó una carcajada por la acción de la vikinga y luego se situó detrás de ella contemplando su hermosa figura.

—¿Estás segura de que podrás superarme? He luchado durante largas eras contra los gigantes de hielo—dijo Thor, esbozando una sonrisa.

Run se giró para dirigirse a su amado con un comentario que le hizo sonreír de nuevo:

—Yo también he luchado contra gigantes. ¿Tienes miedo de que te gane?

Dicho aquello, la vikinga volvió a dar la espalda a su esposo preparándose para lanzar el pedazo de roca bien lejos. Deseosa por hacer un gran lanzamiento, Run cogió impulso y a continuación, lanzó el cascote con todas sus fuerzas.

—¡Aaarrrg!—gritó Run desgañitándose por tanto esfuerzo.

El cascote tras ser lanzado por la vikinga, voló como un misil por encima de Asgard. Llevaba tantísima fuerza que rebasó el límite del reino de Asgard, pasando por encima de las montañas limítrofes. Atravesada la barrera, el cascote se quedó flotando en el universo que conformaban los nueve reinos.

De vuelta a lo que sucedía en el reino de Asgard, por aquel entonces, Run sonreía a diferencia de Thor.

—Creo que he ganado—dijo Run con una rebosante sonrisa,

—Sí, parece que sí—asintió Thor con una sonrisa.

—¿Y qué habíamos apostado?—preguntó Thor mostrándose divertido.

Run miró hacia el suelo reaccionando muy avergonzada:

—Ven…—dijo Run, tirando de Thor fuera del edificio en ruinas.

—¿A dónde me llevas?—preguntó Thor, intrigado.

—A otro reino. No quiero que mis padres me escuchen—respondió Run.

La respuesta de la vikinga dejó al dios del trueno con una sonrisa llena de incertidumbre.

CAPÍTULO 15: UN HOMBRE DESTRUÍDO

Un día después…

En una taberna de la ciudad de Flandes, una decena de jarras vacías se amontonaban delante de un solo cliente. Aquel cliente con tanta capacidad para bebida era Hakon. Con el cumplimiento del tercer día de que la vikinga lo hubiera abandonado, poco había cambiado en el guerrero. Seguía arrastrando una enorme tristeza y estaba sin ánimo para nada.

En aquel momento, estaba sin la compañía de su fiel amigo, el Gran Krig, debido a que los perros no eran recibidos en esa taberna.

"¿Por qué fui yo quien tuvo encontrarse con ella? Hubiera preferido mil veces que en mi camino se hubiera cruzado otra menos maravillosa. Pues su marcha no hubiera sido tan dolorosa como la de ella. Todo se ha ido al traste porque desde el mismo principio en el que nos conocimos, todo estuvo en nuestra contra. Fue una locura imposible de que llegara a buen fin. Yo, un humano y ella, una vampiresa. Yo, cristiano y ella, pagana". Pensó Hakon con una expresión abatida.

Mientras que Hakon permanecía inmiscuido en sus pensamientos sobre su ausente maestra, el tendero de la taberna regresó con una sonrisa amistosa hasta lugar de la barra donde estaba sentado el apenado guerrero.

—Hola amigo. Veo que todavía sigues muy deprimido. ¿Cómo dijiste que se llamaba la culpable de tu mal de amores?—preguntó el tendero, mostrando interés en ayudar a Hakon.

Pese a la pregunta realizada por el amistoso tendero, Hakon se quedó callado mirando fijamente a la jarra de cerveza que tenía entre los dedos. Sentado junto al guerrero, un anciano que había estado viendo lo que pasaba, se dirigió al tendero para responderle:

—Run Ljungberg. Ese es su nombre. Fue lo que dijo antes de que se bebiera la décima jarra de hidromiel.

—¿Run Ljungberg? Es un nombre muy poco común aunque el apellido me suena bastante—dijo el tendero rascándose la barbilla con un gesto pensativo.

—¿Ljungberg? Yo no lo había escuchado en mi vida. Debe de ser un apellido foráneo—comentó el anciano.

El tendero dibujó una sonrisa mientras negaba con la cabeza, y luego apoyó los codos sobre la barra, clavando su puño en su mejilla izquierda para estar más cómodo.

—¿Y de dónde es la muchacha? ¿No es de por aquí?—preguntó el tendero.

—No, es del este. De Rus de Kiev…—respondió Hakon.

El tendero con la respuesta del guerrero se alzó de su posición, mostrando una sonrisa de satisfacción.

—¡Bien! Ya hablas de nuevo.

Junto a Hakon, el anciano soltó una carcajada.

—Habla a ratos. Le van y le vienen momentos de cordura. Ahora debe de estar en uno de esos momentos de plenitud.

El tendero soltó una carcajada, agarrando una de las jarras vacías para empezar a limpiarlas con un paño mojado.

—Bien, entonces aprovechemos. Has dicho que es de Rus de Kiev. ¿Dónde carajos está eso? —preguntó el tendero.

—Rus de Kiev está en el este—dijo Hakon con su mirada puesta al frente.

E

l anciano de repente rió a carcajada limpia.

—Me encantan las mujeres del este. Todas son guapisímas. En el lupanar de la ciudad antes venían muchas de dichas tierras. Mi favorita era una tal Svetlana—comentó el anciano en un tono divertido.

Hakon, cortando al anciano a mitad de conversación, le respondió anciano:

—Run vivía en el este, pero no es eslava. Es de Dinamarca. Sus padres también lo eran. Al menos la madre—dijo Hakon, logrando con su comentario que la atención volviera a cernirse sobre él.

—Mhun, ¿De Dinamarca? No tengo ni puta idea de donde está eso. Y bien, ¿Qué tiene esa chica danesa para que su marcha haya traído tanta tristeza en vos?—preguntó el tendero.

En reacción a la pregunta, Hakon sonrió reaccionando incrédulo porque alguien pudiera hacer una pregunta como esa.

—Ella es simplemente perfecta…—respondió Hakon.

Motivado por la respuesta del guerrero, al anciano se le escapó una risotada.

—A todos los jóvenes les pasa lo mismo. Es cosa de la edad. Cuando sufren del mal de amores se creen miserables y llegan a pensar en que la vida no merece la pena, pero el tiempo cura rápido las heridas y tarde o temprano todos olvidan. ¿A cuántos hombres habré visto implorar por el cariño de una esposa y después a cuantos me habré encontrado de putas? Tengo sesenta y tres años pero habré visto por lo menos a tres cientos hombres de ese tipo—dijo el anciano mostrándose muy divertido mientras relataba su experiencia.

El tendero, asintiendo con el comentario del anciano, estiró una sonrisa por su rostro y luego se dirigió a Hakon.

—Amigo haz caso a las arrugas de este hombre. La edad no trae únicamente de regalo la calvicie y la ausencia de erecciones, también aporta sabíduria. Este hombre ha vivido mucho más que tú y por eso sabe que el tiempo cura las heridas. Quizá hoy te sientas abrumado pero pronto te olvidarás de ella y conocerás a otras mujeres. Créeme, a mí también me ha pasado lo mismo que a ti. Como a todos…

—No es lo mismo. Run es especial. Es única en este mundo—farfulló Hakon.

El tendero y el anciano al escuchar las palabras de Hakon, lo miraron con gesto sorprendido y entonces acabaron por reir a pierna suelta. Cuando las risas hallaron su fin, el anciano se dirigió de nuevo al guerrero cristiano:

—¿Qué tiene de especial esa chica? ¿Tiene algo más aparte de un coño y dos tetas?—preguntó el anciano en un tono jocoso.

—No seáis malo con el chico. Está enamorado. Solo es eso.—le respondió el tendero al anciano.

A consecuencia del comentario del tendero, Hakon estiró una leve sonrisa en su rostro, la cual mantuvo durante unos segundos.

—Si vosotros la hubierais conocido, dirías lo mismo que yo. Olvidad a toda mujer en el que estéis pensando y poned toda vuestra atención en mi descripción y quizá así lleguéis a entenderme en una décima parte cómo me siento. Run es una mujer tan inusual como ver a un bloque de hielo capaz de seguir intacto al ser lanzado al interior de las llamas. Con esto quiero decir que es imposible encontrar a alguien que se asemeje a ella aunque sea solo un poco—dijo Hakon, soltando una leve carcajada al final.

—No será para tanto. ¿Cómo es ella físicamente?—preguntó el anciano, intrigado.

—Sí, será por lo menos guapa, ¿no?—preguntó el tendero.

—¿Si es guapa? Imaginad a una muchacha de dieciséis años pero con un cuerpo tan desarrollado y sensual como el de una mujer de veinte. Cada centímetro de su cuerpo parece haber sido esculpido con el cincel de un artista. Sus piernas, culo, cintura y demás volverían loco al más casto de los monjes. Imaginad además un rostro hermoso de facciones absolutamente perfectas y una larga melena dorada cayendo a un lado de un cuello fino y blanquecino. Nariz perfecta, labios de fresa y unos ojos grandes de color hierba fresca que miran con severidad—respondió Hakon.

—Así es Run, físicamente…—añadió.

El anciano y el tendero en aquel instante respiraron hondo debido a la excitación que les había provocado la detallada descripción sobre el físico de la vikinga.

—Continúa hablando…—le pidió el tendero a Hakon mostrándose ansioso.

La petición del tendero hizo que Hakon extendiera una ancha sonrisa por su rostro mirando a los dos hombres.

—Bien, ¿habéis imaginado todo lo que os he dicho?—preguntó Hakon.

—¡Sí, si si!—.respondió el tendero y el anciano, hablando al unisono.

Hakon estiró una nueva sonrisa y entonces, sin más dilación, siguió describiendo su visión de la que hasta hace poco era su compañera de aventuras.

—Ahora que tenéis en mente como es ella físicamente, imaginadla vestida de vikinga y armada con una espada y un arco. Imaginadla entre rudos guerreros del norte con grandes músculos y rebosantes de testosterona. Lo divertido viene ahora. Aunque los guerreros que imaginéis tengan un aspecto temible, no la imaginéis en inferioridad en compañía de ellos. Tampoco como a una igual sino imaginadla como a un guerrero superior. No como uno de esos que son hábiles y destacan dentro de un ejército sino como alguien tan superior que llega a parecer inverosímil. Si lucha de verdad no existe un guerrero en la faz de la tierra que pueda ponerla en apuros. Diría que si le viniese en gana en una mañana podría arrasar ella sola a un ejército y por la tarde comerse a un dragón. Se ha enfrentado en multitud de ocasiones contra monstruos muy peligrosos pero ni siquiera han conseguido que su trenza se moviera del sitio. Ya lo he dicho. Run no es normal. Está al mismo nivel que el de los dioses—dijo Hakon.

De repente, el tendero y el anciano rompieron a reír inundando la taberna con el sonido de sus risas.

—¿Dices que esa tal Run puede arrasar a ejércitos enteros? ¿No crees que deberías dejar de beber un poco?—preguntó el anciano.

—¡Y tanto chico!. Si hubiera sabido que te afectaría tanto el alcohol, te hubiera cobrado el triple por cada jarra—comentó el tendero, provocando las risas en el anciano.

Las risas y la falta de credibilidad que despertaba en los dos hombres, llevó a Hakon a fruncir el ceño y a retirarse de la barra para ir a sentarse en una de las mesas en compañía de otros hombres.

Pasadas unas horas de que se produjera la conversación entre el guerrero y los dos hombres, Hakon siguió bebiendo en la misma taberna. De su borrachera se aprovechaban un grupo de hombres que se burlaban de él sin ningún reparo.

Mientras el guerrero observaba a su jarra con una expresión ausente, uno de los hombres que se sentaban a su lado, se pegó a él soltando una carcajada.

—Por favor, cuenta esa historia otra vez. ¿Dónde dijiste que estuviste? ¿En el reino de Elfheim?

La maliciosa pregunta hecha por el hombre, desató las risas en torno a Hakon.

—Fue en el reino de Alfheim. Puedo decir que he sido el único hombre que los ha visitado. Estuve en el reino del Alfheim, Vanaheim y Muspelheim—respondió Hakon mostrándose convencido de decir la verdad.

—¿Y cuándo visitastes esos lugares también estabas tan bebido como hoy? —preguntó otro de los hombres de la mesa.

—Yo creo que sí—añadió otro de los comensales en tono jocoso.

Aquellas palabras de burla provocaron que todos en la mesa rieran fuertemente excepto Hakon. Mientras sonaban las carcajadas, el guerrero cristiano se mantuvo absorto en sus recuerdos y con la mirada fija sobre la mesa. En cuanto las risas se hubieron calmado, otro hombre tomó la palabra para hacer burla de Hakon:

—Dice que estuvo en los nueve reinos y ni siquiera es pagano. Estos cristianos a cada cual más mentiroso.

—Yo creo que lo que vio este tipo es un barril bien cargado de hidromiel—añadió otro hombre entre carcajadas.

En la barra de la taberna, el tendero frunció el ceño debido a las multiples burlas que los clientes le estaban haciendo a Hakon.

—Dejad de una vez en paz al chico. Solo está borracho. Quien quiera hacer burla ya sabe dónde está la puerta—avisó el tendero con voz en alto.

La mayoría de los hombres a causa del toque de atención de parte del tendero, se pusieron en pie y entonces, poco a poco fueron andando para sentarse en otra mesa aunque mostrando cierto reproche con el dueño de la taberna:

—Aguafiestas…Con lo bien que nos lo estábamos pasando—se quejó un cliente, a medida que se alejaba del guerrero.

—Está bien. Tú ganas, pero un poco de risa tampoco hace daño a nadie—se quejó otro hombre dirigiéndose también al tendero.

Habiendo visto el tendero como los hombres le habían obedecido, se jactó de su autoridad y luego, regresó a sus menesteres dejando de preocuparse por Hakon.

Llegada la medianoche en la ciudad de Flandes, Hakon salió de la taberna encontrando ante sí la ciudad cubierta de blanco. En las horas que había pasado bebiendo, una fuerte nevada lo había dejado todo repleto de nieve.

Comprobado el nuevo estado de la ciudad, el guerrero se balanceó un par de veces estando a punto de caer. Por suerte para él, no terminó cayendo puesto que encontró apoyo en la fachada de una casa, que le valió para permanecer en pie. Su destino era un albergue en el que tenía reservada una habitación desde antes de que Run se marchara con Thor, aunque ni mucho menos estaba tomando la dirección correcta.

A medida que el guerrero cristiano fue avanzando abrazado a las fachadas, una serie de transeúntes se cruzaron con él, mirándolo con una cara de temor por lo que pudiera hacerles. Aquel temor respecto a su persona, no le importó a Hakon ya que estaba demasiado borracho para darse cuenta de las cosas que le sucedian.

Rebasado al grupo de transeúntes, el guerrero cristiano continuó caminando con rumbo recto. Llegado a un punto de su trayecto, Hakon decidió interrumpir la marcha para ponerse a orinar debido a sus grandiosas ganas. De ese modo, sin importarle quien pudiera verle, se bajó el calzón ante la fachada de una casa, y entonces, empezó a orinar mientras cantaba una canción inventada sin el menor sentido.

Sobaquín sobaquín hoy me he puesto a mear.
Mira bien porque estoy meando.
Ya no sé qué decir esta canción no da para más.
Quizá sea porque me la acabo de inventar…

A mitad de una de las estrofas de la canción, una inesperada daga se posó sobre el cuello de Hakon provocando que éste dejara de mear de inmediato:

—Tú, dame tu bolsa del oro. Sé que llevas una. Te hemos estado observando en la cantina así que no te atrevas a decirme que no tienes nada— le amenazó el bandido.

En reacción a la amenaza, Hakon sonrió feliz por verse metido en problemas:

—No tengo ni una moneda de oro y si la tuviera no te la daría jamás.— dijo Hakon, retando al hombre que tenía detrás de él.

A consecuencia de la provocación, el bandido golpeó por la espalda a Hakon haciéndole caer sobre la nieve. Después de que el guerrero cristiano cayera de bruces contra el suelo, otros dos hombres empezaron a patearle dándole una brutal paliza. En el suelo el guerrero cristiano estuvo soportando el dolor hasta que finalmente quedó inconsciente.

A la mañana siguiente, Hakon despertó con todo el cuerpo amoratado y sin su bolsa de dinero.

"Qué pena, podían haberme matado. Así habría terminado de una vez toda esta puta mierda. ¿Qué es lo peor que me puede pasar ya?...¿Que me caiga un trueno encima? Jeje. Pues con su nuevo novio no me extrañaría nada que me pasara algo así…" Pensó Hakon adoptando por unos instantes una sonrisa en los labios.

"¿Quién podría ser capaz de disputarse una mujer con un dios? Por lo más querido, nadie. Run es una mujer fuera de lo normal que solo está al alcance de los dioses. Alguien como yo, con miles de defectos no es digno ni de oler su aliento. Ella es pura bondad y entrega. Ella es una heroína que ahora ésta donde se merecía estar. Yo solo soy un tipo con mucha suerte que ha podido acompañarla durante un tiempo. Solo he sido un espectador de su grandeza, la cual siempre ocultaba en las sombras. Ahora que no está me siento como la persona más estúpida del mundo porque siento que he desperdiciado mi tiempo con ella. Daría todo el oro del mundo para volver atrás y haberle dicho antes que la quería, pero ahora ya es tarde. Ya es tarde para mí." Pensó Hakon mientras le brotaban unas lágrimas por sus mejillas.

En ese instante de llanto para el guerrero cristiano se presentó ante él su perro. El Gran Krig llegó moviendo la cola. Estaba muy contento debido a la perrita que había conocido y que ahora le seguía. La perra también de raza husky, de pelaje negro como la noche.

Hakon al ver a su mascota tan dichosa por haber encontrado a una novia, fue incapaz de seguir mostrando un gesto abatido.

—Ahora entiendo porque no te encontraba—dijo Hakon, esbozando una leve sonrisa.

Tras sonreír por ello, el guerrero cristiano marchó con rumbo lejos de Flandes siendo seguido por el Gran Krig y la perrita.

A millones de kilómetros de distancia, el reino de Jotunheim amaneció con varias montañas de hielo desquebrajadas debido a unos terremotos que se habían producido en las últimas horas.

En la cima de una de las montañas de hielo, estaban los responsables de los derrumbamientos. La pareja de dioses, Thor y Run, yacían ahora con sus cuerpos desnudos pegados el uno al otro. A ambos todavía se les podía escuchar como jadeaban a causa del reciente esfuerzo que les había conducido su apasionado sexo.

Pasados unos minutos, cuando la pareja estuvo más relajada, la vikinga se puso en pie dejando a su marido tendido en la nieve. De camino hacia el borde de la cima, se pudo ver el angelical cuerpo de la vikinga. Ella tenía un cuerpo prieto y trabajado.

Llegado al borde del abismo, Run se sentó con las piernas dobladas ocultando de aquel modo sus partes íntimas. Poco después de que la vikinga hubiera ido a sentarse en el borde, Thor se puso en pie para ir a reunirse con ella. Durante el acercamiento del dios del trueno hacia Run, el gran miembro del dios fue rebotando de lado a lado a medida que iba caminando. Una vez que Thor llegó al lado de Run, se sentó a su derecha donde permaneció en silencio observando la inmensidad que se abría ante ellos.

Desde el lugar en el que estaban se divisaba todo el reino de Jotunheim. La vista les alcanzaba a ver la ciudad de Utgard, gobernada por el gigante Thyrim, rey de los gigantes de hielo, y demás lugares del reino.

Trascurrido un tiempo en el que los dos estuvieron en silencio, finalmente, Thor tomó la palabra para dirigirse a Run:

—¿Te preocupas por él?—preguntó Thor en referencia a Hakon.

—Parece que puedas leerme la mente…—respondió Run.

Thor dibujó en su rostro una leve sonrisa.

—Hakon es fuerte. Se recuperará bien—dijo Thor.

—Lo sé. Solo espero que encuentre a alguien y que todo le vaya bien—sentenció Run, con su mirada puesta en el cielo blanquecino del reino de Jotunheim.

Al término del comentario de la vikinga, se dejó caer lentamente sobre las rodillas de Thor. Un lugar donde se quedó dormida mientras que el dios la acariciaba con dulzura.

CAPÍTULO 16: CAMBIO DE ERA

Viajando hasta el reino de Muspelheim, los tres mercenarios se detuvieron enfrente de un acantilado que desembocaba a un gran mar de lava. Aquel lugar al que habían llegado se trataba del mismo lugar donde los mercenarios encontraron a Surtur en su anterior viaje por el reino de Muspelheim. Detenidos enfrente del peligroso abismo, el grupo inició una conversación.

—¿Y decís que es aquí donde se esconde el demonio Surtur?— preguntó Olafur.

—Sí, así es. En el interior de este abismo lo hallareis. Solo tenéis que tener paciencia y él aparecerá—respondió Agazán.

—Bien, aquí acaba nuestro trato. Ya os hemos traído hasta el escondite de Surtur ahora quiero que nos entreguéis la cantidad que acordamos—dijo Raschid dirigiéndose a Olafur.

A consecuencia de dicha petición, Olafur arqueó una sonrisa llevando una mano hacia una bolsa que cargaba consigo. Una vez hubo cogido la bolsa, se la acabó entregando a Raschid para que él se hiciese cargo de repartir las monedas entre sus compañeros. El tirador de cuchillos después de que hubiera recibido la bolsa, adoptó una expresión de felicidad mientras la abría.

—Oro oro oro…—dijo Raschid, mirando hacia el interior de la bolsa con gesto ansioso.

Tras abrir la bolsa y ver qué había en su interior, la expresión de Raschid se torció en un ceño fruncido. Inmediatamente después, Raschid para mostrar lo visto a sus compañeros, volcó delante de ellos el interior de la bolsa permitiendo que de aquel modo se pudiera descubrir el motivo de su enfado. Al hacerlo, de la bolsa cayeron unas veinte monedas de cobre.

—¿Cobre?—preguntó Mohamed, observando las monedas con gesto sorprendido.

—¿Qué es esta porquería? No es lo que acordamos—dijo Raschid, lanzando la bolsa a los pies de los vikingos al fin de sus palabras.

—Esta es vuestra recompensa—respondió Olafur entre risas.

—¿Nuestra recompensa?—preguntó Raschid, furioso e incrédulo a la vez.

Rabiosos por la estafa que los vikingos les habían hecho, Agazán y Raschid dieron un paso al frente preparándose para combatir contra ellos.

—No te confundas con nosotros. No somos unos cualquiera, viejo— dijo Raschid, mientras que por su espalda cogía un cuchillo de la bandana que le cruzaba el torso.

—Agazán, Mohamed, enseñémosles a estos idiotas nuestra fuerza…—añadió Raschid dirigiéndose a sus dos compañeros.

—Sí—asintió Agazán, al mismo tiempo que creaba dos bolas de fuego entre sus manos.

—Sí—asintió Mohamed, mientras cogía una piedra del suelo.

Llegado a aquel punto en el que se encontraba la situación, Olafur y sus lacayos desenvainaron sus espadas y hachas para enfrentarse al trio de mercenarios al que habían estafado.

—¡Acabad con ellos, chicos!—ordenó Olafur dirigiéndose a sus tres lacayos.

—¡Sí!—gritaron los lacayos al unísono.

Cuando los vikingos todavía estaban gritando al lanzarse al ataque, una piedra voló entre Olafur y Thorlak acabando de chocar contra la cabeza de Aris. El golpe fue tan duro que Aris cayó muerto con una enorme hemorragia en la cabeza. El responsable de aquella pedrada había sido Mohamed "El mil lenguas". Un experto con el tiro de honda.

El profeta después de que hubiera abatido a uno de los vikingos, se agachó para coger otra piedra y así poder recargar su honda. Al mismo tiempo que sucedía eso, Olafur y sus lacayos se detuvieron para echar una mirada a su aliado sin vida. Ver a Aris yaciendo en el suelo con la cabeza abierta, provocó que los vikingos gruñeran de rabia mostrándose ansiosos por darle su merecido al profeta y a sus dos compañeros.

—¡Acabemos con ellos!—gritó Olafur mostrándose más enrabietado que nunca.

Esta vez, el vikingo lideró a sus lacayos en el ataque contra los mercenarios. Antes de que los vikingos llegaran a empuñar sus hachas y espadas, Olafur fue sorprendido por una llamarada lanzada por Agazán. Con respecto a Snorri y Thorlak, ambos fueron apuñalados con dos cuchillos lanzados por Raschid.

Habiéndose producido la muerte de los tres lacayos de Olafur, Raschid arqueó una sonrisa observando como el medio enano se revolcaba por el suelo intentando aplacar el furor de las llamas en él.

—Estúpido. Miradle como se revuelca—dijo Raschid entre risas.

Junto a Raschid, Agazán tomó la palabra dirigiéndose exclusivamente a los mercenarios:

—No perdamos más tiempo. Volvamos a la costa antes de que los arengans descubran el barco y lo desmenucen. Quiero dejar esta isla de una santa vez—dijo Raschid.

—Sí, que pena que de nuevo nuestra aventura al reino de Muspelheim haya sido en balde—se lamentó Mohamed.

—La próxima vez deberíamos averiguar más cosas sobre el cliente antes de aceptar un contrato—dijo Raschid.

Con el fin de aquella conversación entre los mercenarios, éstos empezaron a marchar de aquel lugar para iniciar el viaje de vuelta al navío que les habían traído. Mientras que eso sucedía, Olafur seguía retorciéndose de dolor a causa de las múltiples quemaduras que había sufrido con el encantamiento de fuego que le había lanzado "El mago bereber". Había sido tan elevado el daño sufrido que tras el fin de las llamas, de su cuerpo seguía despidiéndose el humo y el olor a carne cocinada. La razón por la que todavía seguía con vida, era por la espada que llevaba en el cinto que le cruzaba por la espalda, la espada "Fuego flagelante".

Como resultado de las llamas que habían estado abrasando el cuerpo del medio enano, estaba tan doliente que no podía ni hablar, sin embargo, sus pensamientos sí que representaban con exactitud toda la furia que acontecía en él.

"Malditos bastardos. Juro que esto no quedará así." Pensó Olafur.

En aquel momento de furia y odio desatado por parte del vikingo, de repente se escuchó un rugido que se extendió por los rincones del reino de Muspelheim. Tras escucharse aquel estruendo, todo el reino de fuego empezó a temblar como si fuera a consecuencia de un terremoto. En el lugar en el que por entonces se encontraban el trio de mercenarios, al sentir el repentino temblor, se miraron los unos a los otros con gesto temeroso.

—Surtur…—dijo Agazán.

—¿Estás seguro?—preguntó Raschid.

—¿Sí, que otra cosa puede ser?—preguntó Agazán.

—Será mejor que huyamos de aquí cuanto antes—dijo Mohamed, reaccionando aterrado por la noticia.

—¡Si, larguémonos!—asintió Raschid.

Acto seguido, el trio de mercenarios empezaron a correr en dirección contraria del lugar donde habían dejado al malherido vikingo. De regreso al punto en el que se hallaba Olafur, apenas pasados unos segundos de que se hubieran sucedido los inesperados temblores, se escuchó un ensordecedor rugido y con él vino acompañado algo mucho peor. De repente, en el mar de lava que se abría delante del acantilado donde se hallaba Olafur, se alzó el gigante Surtur haciendo acto de presencia. El vikingo al ver como finalmente había encontrado al dueño de la espada "Fuego flagelante", se quedó absorto mirándole con los ojos abiertos como platos.

—Trece años después te he encontrado...—farfulló Olafur con una voz inaudible.

—Humano, ¿quién te ha dado permiso para entrar en mi mundo?—preguntó Surtur con una voz tenebrosa.

El gigante después de haberse dirigido al vikingo levantó su mano derecha preparándose para aplastarlo, pero entonces Olafur habló dándole una noticia tan sorprendente que detuvo su mano de fuego sin llegar a tocarle.

—He venido para traeros algo que os fue robado...

—¿Qué?...¿A qué os referís?—preguntó Surtur con voz de ultratumba.

Haciendo un grandísimo esfuerzo, Olafur cogió la espada "Fuego flagelante" y a continuación se la enseñó a su verdadero dueño desde la distancia.

—Os devuelvo vuestra espada…—farfulló Olafur, mientras que sostenía la espada en el aire.

Surtur, en reacción al ofrecimiento del malherido vikingo, abrió los ojos al máximo mostrándose muy sorprendido y complacido a la vez.

—¡Rayos y centellas! ¡Es "Fuego flagelante"! ¡Mi vieja espada!—exclamó Surtur, sin quitar su gesto de asombro frente al vikingo.

—Exacto. Es "Fuego flagelante" —farfulló el medio enano, sosteniendo la espada sobre sus dos palmas.

De repente, Surtur enfureció su semblante hecho de llamas.

—¿Y por qué la tienes tú? ¿Acaso eres el sucio ladrón que me la robó? ¿Fuisteis vos?—preguntó Surtur con una voz que más bien pareció un rugido.

—No, claro que no. Vuestra espada fue robada por otro humano hará ya cientos de años. Yo solo la he traído de vuelta—respondió Olafur con gesto aterrado.

La respuesta a lo dicho por el vikingo, Surtur relajó su ceño fruncido y volvió a calmar las llamas que lo rodeaban.

—¿En serio habéis hecho todo este viaje para devolverme mi espada?—preguntó Surtur, intrigado.

—Sí…—respondió Olafur.

—¿Y qué queréis a cambio, humano?—preguntó Surtur.

—Todo. Loki me lo prometió…—respondió Olafur.

—Ya entiendo….Ha sido Loki—dijo Surtur para sí mismo, esbozando una sonrisa.

Finalizada aquella parte de la conversación, Surtur alargó su mano recogiendo la espada con dos de sus gigantescos dedos:

—Entonces que Loki os premie como es debido—dijo Surtur, mientras recogía "Fuego flagelante" de la mano del vikingo.

En cuanto la mágica espada fue cogida por la mano de Surtur, ésta se vio como una aguja en sus manos, pero a los pocos segundos de que entrara en contacto con su verdadero dueño, ésta creció hasta convertirse en una espada gigantesca siendo así acorde con el tamaño del demonio.

—¡Al fin! ¡Al fin!—gritó Surtur, mientras empuñaba la espada hacia el techo del reino de Muspelheim.

Acto seguido de que se hubiera desatado la magia alrededor de la espada, Surtur empezó a trepar rápidamente por los muros de roca que había a su alrededor. Llegado a un punto en lo alto, Surtur utilizó "Fuego flagelante" para romper el cráter que lo retenía del exterior. La colisión de la espada contra las paredes de roca, arrastró un mar de llamas hacia el exterior, el cual vino acompañado con la destrucción del volcán.

Sucedida la explosión llameante, Surtur sacó la cabeza al reino de Midgard, y a continuación, el resto de su cuerpo.

La aparición de Surtur en el reino de los humanos provocó que ríos de rocas y lava ardiente, se despeñaran montaña a bajo contra los bosques colindantes al volcán. Esos sucesos desataron incendios, la muerte de muchísimos animales y como no, la alerta en la aldea de Teide. Allí, los arengans salieron corriendo de lado a lado para tratar de escapar de los peligros que se les venían encima.

—¡Surtur ha escapado!—gritó un cachorro de arengan, invadido por el pánico.

—No es posible. El fin ha llegado. ¡Huid todos!—gritó otro arengan.

Al mismo tiempo que se seguía extendiendo el terror en el poblado de Teide, Arkan se quedó paralizado y en silencio, observando desde la lejanía todo aquel desastre. Surtur no vino solo. Al gigante le siguieron miles de dragones, los cuales escaparon del reino de Muspelheim en busca de tomar el nuevo reino. Después de que Arkan hubiera presenciado la asombrosa estampida de dragones, se giró encontrándose para su sorpresa con el dios Loki. Con solo verlo, el líder de los reptiles supo al instante que él no era un humano sino un ser mucho más poderoso.

El dios Loki, al estar enfrente del musculoso ser, guardó silencio desatando con ello, un ataque de pánico en el líder arengan.

—¿Quién eres? —preguntó Arkan con voz temblorosa.

—Soy el nuevo rey de los nueve mundos. La guerra ha comenzado ¿De qué bando estáis?

Ante la pregunta realizada por el rey del infierno, Arkan se quedó en silencio y finalmente se arrodilló siendo imitado acto seguido por el resto de individuos de la raza arengan. Estando arrodillado todo el pueblo de Teide enfrente del rey del infierno, Loki estiró una malévola sonrisa por su rostro y entonces dijo:

—Que comience el Ragnarök—sentenció Loki, alzando con su mano el frasco con la esencia oscura.

Sin más dilación, el rey del infierno bebió el contenido del frasco sucumbiendo en ese momento en una espectacular transformación.

CAPÍTULO 17: RAGNAROK

Lo que pasó después de que Surtur fuera liberado y se sumara al ejército de Loki, fue una tragedia para los nueve reinos. No solo había que tener en cuenta que el rey de los demonios tuviera un nuevo aliado de poder incalculable, sino que también al fin había hecho uso de la esencia oscura, el poder robado al elfo oscuro.

Teniendo todo aquello a su favor, Loki emprendió la conquista de los reinos de la luz. Después de que los reyes demonios de Jotunheim, Helheim, y Svartalfheim se postraran ante él, mandó un ejército hacia Alfheim, el primero en caer bajo su yugo de acero y huesos. Los elfos lucharon pero al encontrarse Glad Von Castle sin disposición de sus verdaderos poderes, los seres de la luz no tuvieron una mísera oportunidad para defender su tierra.

En cuanto a lo que sucedió en el mundo de los humanos, en el viejo continente se estuvieron sucediendo grandes cambios que afectaron a las diferentes dinastías que gobernaban el mundo civilizado. El culpable de la inestabilidad política fue el nacimiento de un imperio creado a través de la unión de diferentes pueblos cristianos. Su nombre, el Sacro Imperio Germánico Romano. Conocido más comúnmente para la gente de la época como el imperio.

El imperio simbolizaba la nueva era que se avecinaba. Era una nación tan enorme que su extensión territorial se expandía de arriba abajo en el centro de Europa. En el norte, era limítrofe con el sur de la península de la Jutlandia y por el sur, su dominio llegaba hasta el mar Mediterráneo ya que el reino de Italia también les pertenecía. El hombre coronado como emperador era Carlos III, un puritano que se había decidido por imponer la cristiandad a todos los habitantes del mundo aunque para conseguirlo tuviera que usar la fuerza.

El descomunal ejército del que era poseedor el imperio fue aprovechado por uno de sus aliados cristianos para su propia guerra contra los pueblos paganos. Ese aliado, era el rey cristiano del reino de Mercia, Alfredo "El grande". Su reino recibió ayuda militar del imperio para causar el temor en los vikingos, quienes empezaron a dudar sobre la conquista de la Britania. Y eso fue lo que consiguieron gracias al imperio.

Poco tiempo después el rey Karl Ljungberg, rey de Rus de Kiev y jefe vikingo de la Casa Rúrika, optó por retirar su apoyo de la Casa Ynglings por miedo de que la presencia de su ejército en las tierras cristianas de la Britania fuera vista como un desafío hacia la cristiandad y por ello, también hacia el imperio. De ese modo, la porción del ejército vikingo perteneciente a los varegos, regresaron a su pobre tierra dejando la protección de la Danelaw en exclusividad a la Casa Ynglings. Los hermanos Lodbrok.

Año 870 D.C, Jórvik, Danelaw. (Norte de la Britania).

Era una noche sin nubes en la que la luna mostraba sólo la mitad de su superficie iluminada. Por las almenas del castillo de Jórvik, los guardias permanecían relajados con motivo de la tranquilidad que se respiraba esa noche. Algunos de ellos estaban tan relajados que incluso dormían en sus puestos de vigilancia.

El hombre a quién debían proteger la vida, estaba por aquellas horas de la noche descansando en su cámara situada en la torre del homenaje. El rey de Danelaw, Ivar Lodbrok, bebía de su copa de hidromiel mientras observaba con gesto satisfecho y relajado el cielo negro que se abría a través de una ventana.

—Por Odín y los demás dioses. Oh si…—suspiró Ivar.

Su cara de tranquilidad y satisfacción se debía a la gustosa felación que le estaba haciendo una de las jovencitas que convivían con él en su castillo. La mujer que estaba con la cabeza metida entre las piernas del rey, era Freydis, la hija de dieciséis años de un guerrero de su ejército.

Mientras la joven jugaba con su lengua lamiendo el glande del horondo hombre de barba pelirroja, éste trataba de olvidar sus fracasos en el campo de batalla. Las últimas cinco batallas contra el rey Alfredo "El Grande" habían resultado ser un desastre tras otro. Tan solo había obtenido la pérdida de hombres y de territorio, por lo que temía que su poder sobre la Britania no se prolongara por mucho más tiempo.

Llegado a un punto de la felación, Ivar soltó una lágrima de semen que la joven se apresuró en lamer con su lengua para tragársela.

—Buena niña—le felicitó Ivar acariciándole a Freydis en una mejilla.

En aquel instante, una sombra se proyectó sobre una de las blancas paredes de la cámara, helando la sangre del rey. Ivar intuyó que aquella sombra pertenecía a algún intruso, así que por tal de encararse a él, empujó a la joven y luego se alzó de su trono.

Tal y como había intuido, un misterioso encapuchado se había introducido en su cámara sin ser descubierto, y ahora lo observaba con una espada en mano.

—¿Quién eres tú?—preguntó Ivar mostrándose desconcertado.

Sin que a Ivar le diera tiempo a defenderse, el encapuchado realizó un tajo con la espada en el pecho del rey. La herida surgida en el vikingo trazó líneas de color rojo vivo sobre las paredes de la cámara.

Después de que el encapuchado dejara herido de muerte a Ivar Lodbrok, realizó un segundo tajo con el que partió por la mitad el cuerpo del rey vikingo. Aquel tajo volvió a salpicar la sangre contra las paredes, y en esta ocasión, además manchó la mejilla derecha de la joven que permanecía allí presenciándolo todo.

La joven, atemorizada por lo que estaban viendo sus ojos, soltó un quejido y luego rompió a llorar suplicando por su vida. En aquel estado de pánico retrocedió alejándose del encapuchado con la torpeza que tiró un candelabro, provocando que se iniciara un fuego en la cámara. Estando cerca de la luz de las llamas, se pudo distinguir que el regicida tenía una complexión liviana propia de una mujer. La joven al presentir que se trataba de una mujer no dijo nada, solo la miró implorando porque la dejara con vida y que fueran las llamas, quienes se ocuparan de calmar su tormento.

Sucedido el cruce de miradas, los guardias de la corte irrumpieron en la cámara encontrando al asesino en pie junto al cadáver de su señor. Un hecho que propició que la asesina saliera corriendo hacia la ventana y que de un salto se precipitara a través de ella, cayendo desde lo más alto sobre un carro lleno de paja. El carro que alguien había dejado intencionadamente, amortiguó la caída, haciendo que la asesina de la capucha pudiera continuar su camino de huida sin el menor rasguño y a toda velocidad.

Mientras eso sucedía en la torre del homenaje, en el exterior del castillo, Halfdan Lodbrok, el segundo hijo de Ragnar Lodbrok, cabalgaba sobre su corcel dirigiéndose velozmente hacia el castillo. Traía nuevas informaciones acerca de los propósitos cristianos contra Danelaw. Era de máxima urgencia para él llegar cuanto antes frente a su hermano con el fin de informarle sobre ello. En medio de aquella rauda carrera a caballo, una flecha atravesó el ojo de Halfdan por sorpresa, provocándole la caída de su caballo y también una muerte instantánea. Los guardias que acompañaban a Halfdan, al ver caer al noble danés, detuvieron el avance de sus monturas, pero antes de que pudieran encontrar a un culpable de aquel atentado, fueron atravesados por flechas disparadas por el mismo arquero que había matado a Halfdan.

Aquel arquero también llevaba una capucha como el primer asesino aunque éste tenía una complexión diferente. Era alto y delgado.

No muy lejos de aquel punto de la ciudad, en una de las calles situada por la periferia de la ciudad, Hubbe Lodbrok caminaba dando traspiés y manteniéndose erguido de milagro. Se dirigía de vuelta a sus ocupaciones como duque de Danelaw, siendo evidente su lamentable estado de embriaguez.

—¿Quién de aquí es un Lodbrok? Yo os lo diré, ninguno de vosotros es un Lodbrok. Yo soy un Lodbrok.

En mitad de su marcha, un tercer encapuchado, éste de cuerpo enclenque y baja estatura se cruzó en su camino. Hubbe al ver a aquel misterioso hombre cortando su camino, se quedó quieto y lo miró detenidamente. Después de mirarlo bien, se echó a reír.

—¿Eres Orn? ¿El tipo de la taberna?—preguntó Hubbe mostrándose divertido por la presencia del pequeño encapuchado.

Pese a la pregunta realizada por el noble danés, el encapuchado permaneció en silencio. El silencio crispó los nervios en Hubbe al ver que no había ninguna broma detrás de todo esto. En busca de sus guardaespaldas, echó una ojeada alrededor suya. Sin embargo, al mirar hacia atrás se llevó la desagradable sorpresa de que los hombres que debían estar junto a él para protegerle, se hallaban sin vida tirados sobre el camino de nieve. Los cadáveres tenían en la piel unas manchas verdes, como si hubieran sido afectados por alguna substancia maligna.

El gesto de espanto reflejado en el rostro de Hubbe por verse sin ayuda, fue recibida por parte del misterioso encapuchado con el mismo silencio que había mostrado desde su aparición.

—Eres pequeño. ¡No te tengo miedo!—gritó Hubbe, cogiendo un hacha que llevaba en el cinto.

En respuesta a la acción del noble, el encapuchado se despojó de su caperuza y dejándola caer al suelo. Hubbe al ver quien era el encapuchado, se quedó estupefacto e incapaz de articular palabra alguna. Se trataba de la vikinga Erika Christensen, muerta hacía cinco años.

Conocía muy bien a esa mujer. Por un breve periodo de tiempo compartió algo más que amistad. Con intención de ir rodearla con sus brazos, Hubbe tiró la espada al suelo y entonces, fue caminando hacia ella hasta llegar a su posición. Allí el noble la ciñó fuertemente contra su pecho, niño dando gracias a los dioses por concederle ese dulce momento.

En medio del abrazo, Hubbe negó con la cabeza debido a un terrible dolor que se creó en su pecho. Para su incredulidad y tormento, Erika le había clavado una daga en el corazón, aprovechando la cercanía que le había proporcionado el abrazo. Además le había transmitido un virus mortal que había dejado su cuerpo cubierto de manchas verdes.

La valiente pirata que conoció Run, nada tenía que ver con lo que había pasado puesto que su presencia en la ciudad de Jórvik, era solo una ilusión producto de un alucinógeno que el enigmático encapuchado le había hecho inhalar a Hubbe Lodbrok.

Debido a los gritos de espanto que profirió una mujer que había visto el asesinato desde la ventana de su casa, una decena de vikingos llegaron a la zona donde pasaron de largo, ignorando al asesino. La inhalación de la misma droga de la que había respirado el noble, supuso que sólo vislumbraban a un gato en vez del encapuchado, así que éste pudo alejarse caminando ostentosamente.

En la llegada del alba de aquella sanguinaria noche, el rey Alfredo "El Grande" aguardaba junto a su ejército de veinte mil hombres y una pequeña representación del clero, a unos cien metros de la muralla de Jórvik. Ellos estaban esperando la llegada de los tres sicarios enviados para matar a los hermanos Lodbrok.

—¿Merece la pena aguardar? Eran sólo tres en una ciudad infectada de paganos—preguntó el rey Alfredo mostrándose poco confiado.

Respondiendo a las palabras del rey cristiano, un sacerdote le replicó:

—Majestad, permítame que os haga un reproche pero no podéis mostrar esa desconfianza. No olvidéis que esos tres son la élite de asesinos de la Iglesia Católica. Esos secuaces llevan años sirviendo al mismo Papa en el Vaticano. Dios los protege. Volverán habiendo cumplido su misión.

Desconcertado con el comentario, el rey Alfredo levantó una ceja y entonces, procedentes de la ciudad, tres sombras se agrandaron al ser iluminadas por las luces de las antorchas.

—Aquí los tenéis. Han vuelto—dijo el sacerdote, adoptando una cara de felicidad.

El rey Alfredo, al vislumbrar las tres sombras, reprimió un escalofrío, ya que sus capas negras estaban bañadas de un rojo color sangre.

CAPÍTULO 18: LA CULMINACIÓN DE UN PLAN PERFECTO

En el Alfheim se veían por entonces los destrozos que había dejado el ataque de los demonios. En el bosque de Alguejob el gigantesco árbol del amor, el cual había sido siempre el símbolo del amor verdadero en los nueve reinos, estaba ahora ardiendo junto a todo el bosque suponiendo así el final para la vida de los animales y las cientos de criaturas mágicas que habitaban en él. En cuanto a otros puntos del reino de Alfheim, las ciudades de Rivershine, Windfield o Middelgreen, también habían tenido un atroz final. Todas habían sido reducidas a los escombros y a la ceniza llevándolas a lucir un aspecto que nada tenía que ver con el que tuvieron.

En las maltrechas calles la capital del reino, Windfield, los prisioneros hechos por el ejército de la oscuridad se dedicaban en aquellos momentos a amontonar los cadáveres que había creado la guerra. Entre aquellos prisioneros estaba Lingolf y su esposa, Asmi, quienes sumidos en el desconsuelo seguían las órdenes de los demonios por temor a represalias.

No muy lejos de aquel espantoso panorama, la situación no era muy distinta en el reino de Vanaheim. Loki había llevado sus planes más allá traicionando al que se suponía que era su aliado contra los dioses de Asgard, el dios Frey. El dios Vanir por su error al confiar en el demonio estaba sufriendo ahora las consecuencias. El ejército que ansiaba tener para él, había llegado a Vanaheim para destruirle.

Mientras en el exterior, el ejército de la oscuridad estaba atacando al reino provocando la muerte a todo aquel que se antepusiera en su camino, en el interior del palacio, Loki pisaba la cabeza a Frey con una postura orgullosa de dominación.

—Idiota…Estabas tan cegado con tu vanidad que ni siquiera pudiste ver lo que era evidente. Jamás me consideré uno de tus súbditos ya que para mí eres un ser patético que ni siquiera consigue que sus súbditos le sigan. Siendo sinceros, pese mi rivalidad con los Aesirs, siempre he valorado a Odín y a Thor por encima de ti.

—¡Maldito traidor! ¡Jamás debí hacer tratos contigo! ¡Jamás!—le recriminó Frey, incrédulo y rabioso a la vez.

En reacción a las quejas de Frey, Loki adoptó por su semblante una expresión de maldad a la cual le siguió una terrible acción.

—¡Calla!

Ido por una desconocida ira, el dios del engaño pisó con toda su fuerza sobre la cabeza del dios Vanir dándole muerte en ese mismo momento.

Los hechos que estaban ocurriendo en el reino de Vanaheim, eran seguidos muy atentamente por los dioses Aesir a través de las aguas de Mimir. Las imágenes que les había mostrado la cascada, habían dejado sin palabras a los dioses que ocupaban aquella zona de los jardines del palacio de Gladsheim. De ellos, el primero en mostrar su reacción por lo sucedido fue el dios de la belleza, el dios Balder.

—Ese maldito Loki ha perdido la cordura por completo. Ya no distingue la realidad de su fantasía—se quejó Balder mostrándose sensiblemente irritado.

—Loki es un demente pero hay que reconocer que aun así es astuto. Su ambición siempre le ha hecho tomar la mejor decisión pese la enfermedad que lo ciega—dijo Odín con voz cavernosa y un tono cabizbajo.

En respuesta a la intervención del padre de todos los dioses, el dios de los arqueros y de la luz eterna, el dios Váli dijo:

—No es cuestión ahora de tenerle pena. Es cuestión de combatirlo. Si no hacemos nada pronto Asgard y Midgard verán el mismo final que Alfheim y Vanaheim.

Junto al dios Váli, el hijo menor del dios Odín, el dios Vidar tomó la palabra:

—Si Asgard cae será el fin para los reinos de la luz. Los humanos no tendrán ninguna opción en esta guerra si los dejamos solos.

—Te equivocas con eso, pequeño. Yahvé concedió a la tierra de los humanos un magnifico regalo que la humanidad ignora. El Midgard posee la atmosfera, una barrera de energía que prohíbe que ningún dios o demonio de poder suficiente para significar una amenaza, pueda permanecer en Midgard demasiado tiempo sin que eso no suponga poner en peligro su propia vida. Por eso, el demonio o dios que desee visitar el Midgard solo puede hacerlo en contadas ocasiones y cuando las condiciones son las idóneas.—dijo Odín dirigiéndose a Vidar.

—Claro, como Thor cuando fue a visitar a Run. Estuvo durante años sin usar el martillo mágico para guardar ese poder y así ser capaz de realizar el viaje al mundo de los humanos.—asintió Vidar.

Thor, mostrando una expresión contrariada por lo que se estaba diciendo, dio un paso adelante inmiscuyéndose en la conversación:

—¿Y cómo explicas los viajes que ha realizado Loki? ¿De dónde ha sacado tanto poder para cruzar de un reino a otro?

El dios Odín sonrió a causa de la pregunta, y entonces se giró usando su lanza como apoyo para dirigirse a su hijo:

—La atmosfera no ha actuado de diferente modo ni para Loki ni para el elfo oscuro. Aunque no lo mostraran, en cada una de sus visitas a Midgard, la atmosfera los estaba devorando haciéndoles pasar un terrible suplicio. Loki aguantaba por ambición y el elfo oscuro por amor.

—Por estar con Run…Ponía su vida en peligro por estar con Run aun cuando sabía que me amaba a mí.—farfulló Thor, desconcertado.

El regreso de la vikinga de los Ljungberg a la memoria del dios del trueno, le hizo callar dolido por los sentimientos que todavía le producía el hecho de recordarla. Run lo había abandonado a los pocos días de la boda sin razones claras. Simplemente le dijo que no estaba segura de lo que sentía por él.

Continuando con el debate que se había creado con respecto a la defensa de Midgard, el dios Hermodr se dirigió a Odín para volver a plantear la situación:

—¿Y entonces, gracias a esa barrera que dices que poseen los humanos, estarán totalmente a salvo en caso de ser atacados por el ejército de Loki?

—Me temo que no. Loki ha vuelto a demostrar que es más inteligente que nosotros. Ya tiene su propio caudillo en la tierra y como no, se trata de un humano.

Tyr, el dios de la guerra, estupefacto por la noticia, se giró con gesto iracundo hacia Odín y entonces, le preguntó ansioso por conocer el nombre:

—¿Y quién es ese hombre? ¿Quién?

En esos mimos momentos en el reino de Midgard, más concretamente en la ciudad del Vaticano, Roma. En una de las salas del palacio del Papa, se estaba celebrando la proclamación de un nuevo cardenal. El hombre que recibía de rodillas la bendición del Papa era Olafur Mortensen, un antiguo vikingo de la Casa Rúrika. Aquella maniobra política de situar a un pagano en un puesto tan elevado dentro de la iglesia católica, como era el cargo de cardenal, se vendía por parte del Papa como un instrumento propagandístico, pero en realidad, estaba lejos de ser una idea surgida del Sumo Pontífice. En una noche aciaga en la que el Pastor Universal sufría de pesadillas, el dios Loki se le apareció con el aspecto de Jesucristo y le susurró que lo correcto era otorgar el cargo de cardenal a un hombre pagano. Olafur. El Vicario de Cristo, siendo un títere del dios del engaño, cayó en la trampa y así finalizaba su misión.

Después de que Olafur fuera bautizado y hubiera ingerido el cuerpo de Cristo, le fue entregado una túnica púrpura y una cruz de plata, la cual le colocaron en una cadena en torno a su corto cuello.

—Olafur Mortensen, hijo del reino pagano Rus de Kiev. A partir de ahora te llamarás Odón "El Piadoso". Desde hoy la iglesia católica te abraza en su seno y te perdona todos tus pecados del pasado. Como nuevo hombre de Dios, lleva su mensaje en tu corazón y transmítelo a tus semejantes. Amén.—sentenció el Papa.

—Amén. —repitió Olafur mirando al Papa con una expresión de felicidad absoluta.

Finalizada la ceremonia, las puertas de la sala se abrieron dejando salir a los diferentes sacerdotes y cardenales que habían asistido al rito. De camino por los pasillos, un sacerdote de aspecto anciano iba deteniéndose a cada paso, atentamente prestando oídos a los diferentes cuchicheos que se producían en torno suyo de boca de sus compañeros. Todos ellos denostaban la decisión del Papa de nombrar a Olafur como nuevo cardenal y además calificaban al vikingo como un hombre malvado y cruel. Ya lejos de cualquier curioso, el sacerdote sonrió divertido y entonces, dibujando un círculo con su cabeza, adoptó su verdadera apariencia. La calvicie y las arrugas dieron paso a un cabello pelirrojo encrespado y a una piel tersa y joven. Era Loki. Una vez más se congratulaba por ver que una más de sus conspiraciones había tenido éxito.

CAPÍTULO 19: EN NOMBRE DE DIOS

Año 872. D.

En un punto al norte de la Jutlandia una larguísima caravana se extendía a lo largo de un campo nevado que permanecía casi en silencio. El único ruido que se escuchaba, era el que producían los caballos al pisar con sus cascos sobre la blanda nieve. Ellos eran la Orden de la Santa Fe. Un órgano militar de la Iglesia Católica que estaba respaldado por el Sacro Imperio Romano Germánico y que tenía como misión llegar hasta Copenhague para sellar la paz entre los pueblos vikingos y pueblos cristianos.

El medio para instaurar la paz entre ambos pueblos iba a ser la conversión al cristianismo de Sigurd Lodbrok, proclamado como rey de Dinamarca tras las muertes de sus hermanos. Sigurd había acordado por carta con Carlos III "El Gordo" que se convertiría al cristianismo junto a todo su pueblo si ello, suponía la paz de los reinos vikingos con los reinos cristianos.

El hombre que iba a ser el encargado de proceder con la misa de conversión de rey Sigurd, era también el líder de la Orden de la Santa Fe. Ese hombre no era otro que el cardenal Odón, más conocido como Odón "El Piadoso".

La caravana que circulaba por el campo nevado, estaba formada por un lujoso carruaje, custodiado por una centena de sacerdotes que se desplazaban a pie empuñando cruces y diferentes tipos de estandartes de la Iglesia

Católica. Por delante y por detrás de los clérigos, había una interminable hilera de templarios montados a caballo.

Mientras se producía el lento tránsito de la caravana, en el interior de su carruaje, Odón forcejeaba con una mujer de melena dorada, como consecuencia de que segundos antes se hubiera intentado sobrepasar con ella. Entre arañazos y aspavientos en el asiento del carruaje, la mujer consiguió apartar a Odón de sí misma.

—¡Apártese cardenal. ¡Esa actitud no es digna de un hombre de su categoría!—le reprochó la mujer mirándole con una expresión de incredulidad.

Acto seguido, la mujer salió a toda prisa del carruaje, dejando en él al cardenal con una sonrisa torcida en los labios debido a su intento fallido. La chica que Odón había intentado forzar, no era una chica cualquiera. Su nombre era el de Catherine Briand y ella pertenecía al trío de asesinos enviados por el Vaticano. Aunque en Catherine destacara su belleza, debido a que era poseedora de un rostro angelical y de una figura voluptuosa, no se la podía menospreciar. Era una fantástica guerrera, experta en el arte de la esgrima.

La asesina a sus treinta años de edad, había luchado en cientos de batallas e incluso había dirigido a ejercitos. En cuanto a la vestimenta que lucía por aquel momento, ésta se trataba de una túnica azul con capucha que tenía un escote pronunciado. De cintura para abajo, vestía unas largas botas cubiertas con placas de metal.

Fuera del vehículo tirado por caballos, la asesina se unió a los otros dos asesinos. Sus compañeros se llamaban Zibon y Friedrich. El primero, Zibon, se trataba de un hombre de unos treinta años de edad, de figura enjuta y alta, que cargaba con un arco y un carcaj repleto de flechas. El otro, Friedrich, era más joven. Tenía unos veintisiete años. Físicamente era menudo y arrastraba una terrible enfermedad cutánea que ocultaba tras el voluminoso vendaje que envolvía su piel. Por culpa de aquella miserable enfermedad que había actuado incluso en su laringe, estirando sus cuerdas vocales, tenía una voz muy aflautada para su edad, cercana a sonar infantil.

A esos dos hombres, Catherine los conocía desde la misión de la Britania, un encargo del que se ocuparon hacía tan solo unos meses.

En cuanto la asesina fue vista por Friedrich, la cara del asesino cambió por completo. Pasó del aburrimiento a la alegría.

—¡Ey, qué gusto estar de nuevo disfrutando de vuestra compañía, querida Catherine!—exclamó Friedrich en un tono amistoso.

—Hola chicos. ¿Cómo va todo?—saludó Catherine, sonando igual de amigable que Friedrich.

—Al fin has vuelto. El pequeño Friedrich te echaba de menos aquí fuera—comentó Zibon en un tono pícaro.

A razón de los malentendidos que pudiera despertar dicho comentario, Friedrich le dio un codazo al arquero y tras reír avergonzado, le recriminó en tono de broma.

—¡Zibon, diantres! No digáis esas cosas de mí que soy muy tímido.

Los tres asesinos rieron al unísono. En medio de las risas de los dos asesinos, Catherine miró hacia el carruaje con cara de disgusto y luego devolvió la mirada en Friedrich sonriéndole amigablemente.

—Desde luego que vos sois mucha mejor compañía de la que supone el cardenal Odón—dijo Catherine.

Friedrich, al oír tales palabras por parte de la guapa asesina, la miró asombrado al mismo tiempo que se ponía colorado bajo su capucha:

—¿De verdad os gusta mi compañía?—preguntó Friedrich.

—Claro que sí. Adoro estar contigo—le replicó Catherine, mostrando una feliz sonrisa en su angelical rostro.

En reacción al comentario de Catherine, el asesino de pequeña estatura se quedó abierto sintiendo como su corazón latía cada véz más deprisa.

"Que hermosa es Catherine. Ojalá fuera un hombre nomal. Si lo fuera le pediría la mano para casarme con ella". Pensó Friedrich.

Mientras Friedrich seguía envuelto por sus pensamientos, Zibon se carcajeó por el comportamiento de su compañero.

—Creo que está pensando de nuevo en casarse contigo—comentó Zibron.

Aquella nueva broma por parte del arquero, provocó que Friedrich recobrara la atención mientras que la joven soltaba una carcajada. Catherine sentía un gran cariño por Friedrich. Por ello, y debido a su enfermedad, no le molestaba que se hiciera broma con su relación con el asesino. Más bien, disfrutaba viendo a Friedrich feliz por recibir sus gestos de cariño.

Catherine, aumentando el contacto con el muchacho enfermo, le pasó el brazo por el encima del hombro, y luego le cogió de la cabeza con suavidad pegándola contra sus pechos. Aquella acción llevó a que Zibon esbozara una sonrisa, cómplice con la Catherine, debido al afecto que ambos sentían por su amigo enfermo.

—¿Qué haces Catherine?—preguntó Friedrich con la cara roja de la vergüenza.

—Y dime. ¿Cúando vamos a casarnos?—preguntó Catherine, al mismo tiempo que acariciaba la cabeza del asesino.

—¿Cuándo vamos a casarnos? ¿Me preguntas tú eso? ¿La chica más guapa del mundo quiere casarse conmigo?—dijo Friedrich con voz temblorosa.

Al lado de Friedrich, Zibon resopló en vistas del comportamiento enamorado de su compañero con la asesina francesa.

—¿Has visto eso, Zibon? Catherine quiere casarse conmigo. ¿Qué tienes que decir a eso?

—Ya te veo demasiado contento a ti, pequeño granuja—comentó Zibon en tono burlón.

La apreciación del arquero provocó las risas de la asesina. La carcajada de Catherine, al poco de iniciarse, fue seguida por Friedrich llenando el ambiente de júbilo.

—No me culpes de que me gusten las chicas bonitas como Catherine. Lo siento, pero yo la vi primero—dijo Friedrich dirigiéndose a Zibon, en tono de broma.

Catherine rió de nuevo ante cómo se desarrollaba la situación.

—Qué bueno sois. Eres encantador—sentenció Catherine dándole un beso a Friedrich en la frente.

Ese beso volvió loco de contento a Friedrich llevándole a estar cerca de bailar de alegría.

—¿Lo has visto? Me ha dado un beso. ¡Me lo ha dado a mí!—festejó Friedrich.

Mientras los asesinos enviados por el Vaticano seguían su andadura entre bromas y charlas amistosas, en uno de los puestos más avanzados de la caravana, el capitán de los templarios observaba emocionado el paisaje que estaba atravesando.

El capitán de los templarios era un noble de procedencia alemana llamado Joachim Muller. Físicamente, era un hombre con un bigote negro y el cabello corto peinado hacia atrás. En relación a su cuerpo, era alto y fuerte. Tenía unas espaldas que medían casi un metro de ancho.

A su lado le acompañaba su mano derecha en el ejército, el teniente Rafael Hens. Rafael era un noble francés. Él era un muchacho joven y con una melena rubia. Tenía un aspecto bello y afeminado.

—Las tierras de Dinamarca son un lugar precioso. ¿No crees, Rafael?— preguntó Joachim.

—Sí, jamás había visto cosa igual, pero no me gusta que haga tanto frío. Pensaba que las tierras del imperio eran álgidas, aunque esto lo supera con creces—respondió Rafael.

Con la respuesta de Rafael, el capitán rió divertido:

—Cómo sois, amigo mío. Siempre tan tiquismiquis con todo.

—Sí, supongo que lo soy.—comentó Rafael entre risas.

El capitán de los templarios, sintiéndose relajado por la calma que se respiraba, añadió con gesto complacido:

—Dios mío, ¿la vida no podría ser siempre así? Mira que calma. Está todo en orden. Como debe ser. Hay tanta paz que incluso me satisface esta gélida temperatura.

Solo un segundo después de que el capitán de los templarios hubiese hecho tal afirmación, sonó un cuerno procedente del punto más alto del campo que se extendía por delante de ellos.

—BOOOOOOOOOUUUUUUUUUUUUUUUUUUUU.

—BOOOOOOOOOOOOOOOOUUUUUUUUUUUUUUUUUUUU.

Habiendo sonado aquel sonido aterrador, Joachim Muller se giró para mirar a su segundo al mando y entonces lo tuvo claro.

—¡Los vikingos!…¡Nos atacan!….

Justo después, dos centenas de vikingos salieron de la cima, marchando a la carrera por el campo nevado. Los vikingos, súbditos todos ellos de la Casa Ynglings, llevaban en sus escudos dibujados los leones rojos característicos de la casa real danesa.

La aparición de los vikingos llevó en ese momento a que los templarios de la Orden de la Santa Fe, a desenvainaran sus espadas preparándose para entablar combate.

—¡Luchaaaaaaaaaaaaad por Dioooooooos, por Cristoooooooooooo!—gritó Joachim con su espada en alto dirigiéndose a toda su tropa.

A continuación de la proclama militar, Joachim salió al galope siendo seguido por todos los soldados, incluidos los asesinos de Roma.

Una horas después de que hubiera iniciado la contienda, Odón "El Piadoso" se hallaba contemplando con cara de jolgorio cómo había acabado todo. El pequeño ejército que les habían atacado había fallado en su intento y ahora los supervivientes les esperaban un agónico sufrimiento. En la línea que marcaba el horizonte, los templarios estaban hundiéndoles clavos en pies y manos a los supervivientes de la batalla para luego crucificarles en la cima de aquella colina.

No importaba que alguno de ellos fueran ancianos o mujeres o a veces simples niños, todos recibían el mismo castigo, y de ello, procuraba que se cumpliera el capitán de los templarios.

Joachim Muller supervisaba a sus soldados con una mirada atenta para que ninguno de sus hombres se compadeciera de un pagano y no le hiciera sufrir el castigo que se merecía por hereje.

—¡Martillead fuerte!. ¡Martillead sin descanso!. No dejéis ningún clavo suelto porque al soldado que vea sin martillear hasta que el hueso cruja, se le aplicará a él el mismo castigo. ¿Habéis oído?

—¡Sí, señor!—asintió todo el grupo, al mismo tiempo que martilleaban las muñecas y pies.

—No sintáis pena por ellos porque han decidido rechazar a nuestro señor Jesucristo en lugar de sus falsos dioses. Si hubieran optado por la Fe verdadera, ahora no se encontrarían en esta situación. Son culpables de su sufrimiento—sentenció Joachim desde su caballo.

Finalizadas las palabras del capitán, sus hombres empezaron a martillear más y más fuerte, haciendo que los clavos no sólo se hundieran bajo la piel sino que los huesos quedaran perforados. El aumento de la dureza de los martillazos produjo que los gritos de dolor de los cristianos fueran también en aumento, y que por tanto, alguno de los templarios todavía se sintiera más culpable del sufrimiento que le estaba otorgando a la persona que crucificaba.

Eso le sucedía a uno de ellos. Un templario estaba escondiendo unas lágrimas que brotaban con intensidad bajo su yelmo metálico:

—Dios todo poderoso, salvadlos de la oscuridad y del mal. Hágase tu voluntad tanto en el cielo como en la tierra…—susurraba el templario mientras martilleaba bajo su llanto de culpa.

En el sur de la península de la Jutlandia, Dinamarca, un sendero de huellas se extendía por un camino cubierto de nieve en mitad de un bosque de pinos. Allí solo se escuchaba el sonido del aire helado y las pisadas de un desconocido que caminaba oculto tras la niebla que tenía rodeada toda la isla. Aquel individuo que caminaba entre la niebla era Run. Ella vestía con su tradicional vestimenta de vikinga de la Casa Rúrika.

Por aquel entonces, en el gesto de la vikinga se veía la expresión de alguien abatido y perdido en la vida. Sus ojos ya no reflejaban la fuerza de antaño.

CAPÍTULO 20: PERDIDA

Unas semanas antes en un punto de Groenlandia.

En medio de unos bosques helados, un tigre de las nieves se movía en soledad, el fiero animal de ojos azules era una amenaza para todos los animales del lugar, por lo que se movía seguro por el campo nevado. El tigre, al fijar su atención en un alce, inició de repente su cacería saliendo a la carrera a toda prisa. Su objetivo como predador, era llevarse a la boca un trozo fresco de sangre, aunque una competencia inesperada se le sumó en mitad de la carrera. Aquella competencia vino por la vikinga Run Ljungberg. La vikinga, para quitar al tigre de la disputa por el alce, colisionó contra él haciendo que el animal fuera volteado a varios metros de distancia.

En cuanto el tigre se reincorporó del choque, miró a su adversario de cacería y finalmente desistió de un hipotético enfrentamiento. Mientras la fiera bestia se marchaba del lugar con una pata coja, el vencedor de aquella disputa olisqueó el aire y acto seguido, se marchó moviéndose a una velocidad casi imperceptible.

A unos veinte metros de aquel lugar, el alce cayó abatido fruto de un salvaje mordisco en la yugular. La cazadora era Run, quien había vuelto a su condición de vampiresa.

Mientras la vikinga degustaba la sangre de su caza, sus ojos iban tornándose de color dorado a verdoso. Esa era la prueba clara de que la sangre le anestesiaba sus más bajos impulsos animales. Aquella Run de nuevo vampira, era del todo distinta a la mujer de antaño. Era como si en el tiempo que había estado sola se hubiera asalvajado. Ahora llevaba el cabello peinado suelto con rastas. Esas rastas no habían sido un cambio de look elegido a propósito. Llevaba tanto tiempo sin pensar en su higiene que su pelo había creado los mechones de rastas de modo natural.

Los cambios en ella no solo estaban en su pelo. Además ahora llevaba el rostro marcado con pinturas de guerra. En la zona de los ojos y la nariz, tenía una cruz negra que destacaba notoriamente sobre su marmóreo color de piel. En referencia a su vestimenta, la vikinga iba con el torso desnudo y en la parte inferior vestía una especie de falda cortísima hecha con una tira de piel de animal.

Cuando Run se hubo saciado de la sangre del alce, cogió sus bártulos y tomó rumbo al sur. Creía que por allí la caza sería más abundante y que tendría menos presencia de humanos.

Mientras caminaba por el paisaje blanco de la Groenlandia, en su cabeza iban pasando diferentes momentos ocurridos a lo largo de su vida. Como si estuviera viendo una película compuesta con escenas del pasado, se vio así misma junto a Thor en una montaña del reino de Jotunheim.

La vikinga, deseosa por tomar al dios, lo empujó para tener espacio y poder arrancarle la armadura que le impedía disfrutar del cuerpo de su amado. De un tirón, Run desmontó el engranaje de la armadura haciendo que se mostrara en su lugar el torso musculado del dios. En reacción a la acción realizada por la vikinga, Thor le sonrió satisfecho al admirar la pasión que habitaba en sus ojos y a continuación, la agarró de los brazos tirándola hacia él con fuerza. La pasión hizo el resto.

En lo alto de aquel pico helado, Thor posó su cuerpo desnudo sobre el de Run a quien casi doblaba en peso, y entonces, la penetró. Run al sentir el robusto miembro estirando su apretada vagina para abrirse paso, dejó escapar un agudo gemido de dolor exento de placer. Thor, que intuía el dolor que le provocaba a la vikinga, cogió uno de sus senos y los chupó para darle placer. El gesto fue respondido por la vikinga, quien aprovechó el acercamiento para rodearlo con sus piernas y acariciar los mechones dorados del guerrero.

Después de proferir aquellas caricias, Thor alzó la barbilla y se quedó mirando el rostro de Run, manteniendo una mirada limpia y cómplice con ella. Aquel cruce de miradas siguió a que el dios diera inicio a las embestidas con su poderosa verga al interior de la húmeda vagina, y con ello, que Run gimiera de gusto y dolor a la vez. Con cada penetración, la vikinga sentía como si un martillo la golpeara en su corazón rompiéndolo todo y abriéndole un gran canal dentro de ella.

En aquellos momentos, Run pensaba que debía de estar disfrutando por estar haciendo el amor con el hombre del que siempre había estado enamorada, sin embargo, había algo que fallaba. Aunque por su vagina corriera un chorro de fluidos producido por el acto que estaba teniendo lugar, lo cierto, es que no sentía nada. Ya no amaba a Thor. Solo era sexo con alguien que había amado en el pasado, pero que ya no era así.

Mientras se sucedían todos aquellos pensamientos por la mente de la vikinga, Thor aumentó el ritmo de sus embestidas, clavando su verga con mayor fuerza. Run al ser tomada de este modo, cerró los ojos, y los abrió de nuevo, viendo ante sí a Hakon tomándola con auténtica pasión. Ver al guerrero cristiano con su falo dentro de ella, fue para Run como un resorte que le hizo encender de pasión. De golpe, Run pasó a dominar. Se irguió del suelo y luego se sentó sobre la polla de Thor empezando a contonearse con ella dentro a una gran velocidad. El dios, feliz por el cambio de papeles, se dejó hacer con la vikinga encima hasta acabar derramándose dentro de ella. El latigazo de semen que se escapó dentro de la vagina de la vikinga fue tal, que unos hilos de semen fueron cayendo a través del pene.

Ignorando la eyaculación del dios del trueno, Run continuó contoneándose parar alcanzar su propia eyaculación. En la cabeza de la vikinga, su deseo había convertido a Thor en Hakon, así que era el pene del guerrero cristiano el que en su imaginación llenaba su vagina. El hecho de pensar en Hakon justamente ahora, la hacía pensar que todo, en efecto, se había vuelto del revés. Sin haberlo previsto, se había encontrado con la sorpresa de que su cuento de hadas se había oscurecido en todos los sentidos convirtiéndola a ella en una mujer distinta. En la mala de la historia.

Lo peor de todo aquello era que ni siquiera se sentía culpable por estar pensando en Hakon.

Finalizado el acto sexual, la vikinga se recostó junto a Thor sobre la fría superficie de la cima. Run sabía que ya no era merecedora de pasar ni un minuto más en compañía del Dios del trueno, sin embargo, calló sobre sus pensamientos, y decidió actuar con normalidad durmiendo junto al poderoso Dios.

Volviendo al presente, llegado a un punto de la travesía, Run entró por un bosque sombrío. Al avanzar los primeros pasos por él, varios cuervos salieron volando sin asustarla lo más mínimo. En ella había otras cosas mucho más importantes que andar sintiendo miedo por nadie o nada. Seguía haciéndose una tras otra vez la misma pregunta. ¿Quién soy ahora?.

De repente, volvió a recordar su última conversación con Thor. La de la separación. Aquella charla se produjo tan solo un mes después de la boda. En los jardines del palacio de Gladsheim, Run se reunió con Thor donde le explicó lo que de verdad sentía. Con lágrimas en los ojos, Run le dijo a Thor:

—Desde que tengo uso de razón he deseado encontrar al hombre de mis sueños. Te busqué por todos los lugares donde pensé que podría encontrarte, incluidos los libros. Sin embargo ahora que te he encontrado y estoy contigo, tengo miedo de que tú no seas realmente lo que quiero —Debo marchar para encontrarme a mí misma. Solo así podré amarte como antes. Como te mereces…—añadió alzando su mirada para observar la expresión que había en el rostro de Thor. Cuando Run miró el rostro del dios del trueno encontró una mezcla de tristeza y comprensión.

—Lo entiendo y esperaré hasta que tomes tu decisión—respondió Thor.

Run sonrió levemente, y cabizbaja, pidió a Thor con una voz débil.

—¿Puedes abrazarme?—preguntó Run.

Atendiendo a dicha petición, Thor estiró una sonrisa y a continuación la apretó contra su cuerpo dándole un fuerte abrazo. En aquellos momentos en los que ambos estuvieron pegados, Run cerró los ojos, sintiéndose en paz con el universo.

—¿Cómo puedo no estar segura de que le amo si me siento tan a gusto entre sus brazos?—se preguntó.

Poco después de que acabara el recuerdo de la vikinga, llegó hasta un lago en el que se detuvo para relajarse.

Sentada junto al lago, observaba como el agua iba bajando desde la montaña creando formas irregulares que rápidamente cambiaban para adoptar otras distintas.

—El agua es como la vida misma. Cambia constantemente…Ayer algo te podía hacer feliz y hoy esa misma cosa puede entristecerte.

Run hundió su mano en el agua.

—¿Qué es lo que quiero? ¿Quién soy realmente? No lo sé…

CAPÍTULO 21: ENTRE DOS AGUAS

Tras largos minutos jugando con el agua que había en la superficie, Run miró fijamente el reflejo del lago. Para su sorpresa, las ondas producidas por la corriente se transformaron mostrando el rostro de Thor.

—Thor...—farfulló Run con incredulidad.

Acto seguido, el rostro del dios del trueno se deshizo para dibujar el rostro de Run. La vikinga, al verse a sí misma, se quedó en silencio pensando qué significado podía albergar.

—¿Yo?—se preguntó Run.

Justo después, la imagen en el agua volvió a deshacerse para mostrar a continuación el rostro de Hakon.

La visión del guerrero cristiano la encrespó haciéndola golpear el agua con violencia.

—¡Largo!—gritó.

El movimiento de las aguas producidas por el golpe volvió a mostrar las simples ondas de agua sobre el lago. En medio de una calma total, Run se quedó en silencio meditando sobre lo sucedido. Mientras eso sucedía, las ondas del lago empezaron a removerse para crear una nueva imagen. El incesante vaivén del agua terminó por mostrar a un hombre. Era Hakon. La reacción de la vikinga ante el reflejo fue instantánea.

—¡Te odio!...—gritó Run con voz rota y unas lágrimas incipientes.

Dolida por lo que significaba esa aparición, dio una sacudida al agua para romper la imagen.

—¡Ese no era el sueño! ¡Él no es el príncipe de Asgard!—gritó Run.

En aquel momento, Run rompió a llorar intensamente. Estar llorando le trajo a la memoria cómo habían sido estos últimos años en los que había estado sola. Se vio a ella misma derramando lágrimas sobre la rama de un árbol y cómo todo el rato repetía el mismo nombre.

—Hakon, Hakon, Hakon…

Después de largas horas de llanto junto al lago, Run se repuso y marchó a continuación hasta la costa desde donde se paró a contemplar la salida del alba.

"No sabes cómo te echo de menos. Te quiero Hakon…Más de lo que creía…". Pensó Run, como si el sol que se abría ante ella se tratara de Hakon.

Habiendo tomada la decisión, Run se dio media vuelta con intención de dar inicio a su viaje hacia la Selandia. El lugar donde pensaba que podría estar su antiguo compañero de aventuras.

"Sé que es tarde, pero aún tengo esperanza de que me quieras otra vez. Sé que no debo de tener muy contentos a los dioses, pero después de todo lo que he luchado, creo que me merezco un final feliz." Pensó Run, mientras caminaba.

Reino de Dinamarca. Copenhague.

En las afueras de la ciudad de Copenhague, un carruaje custodiado por una formación de cien templarios montados a caballo se dirigía hacia la entrada de la ciudad por los caminos colindantes. La caravana de la Orden de la Santa Fe estaba a solo unos minutos de entrar en la ciudad.

Durante el avance de la orden cristiana por los campos nevados, los cascos de los caballos chocaban contra la nieve cantando una amenazadora canción. De su llegada se percató en lo alto de una colina cercana, un mendigo acompañado por una jauría de ocho perros. Aquel que miraba desde la distancia con una expresión intrigada lo que estaba ocurriendo, era Hakon.

Por aquel entonces, se cumplían siete años desde que Run lo dejara por Thor. Era evidente que para el guerrero cristiano parecía que había transcurrido mucho más tiempo. A sus veintisiete años aparentaba tener mucho más. Su rostro estaba cubierto de mugre y la barba de tres días que solía llevar había dejado el lugar a una barba tupida y negra. Su melena también se veía mucho más desaliñada y sucia que de costumbre. En su vestimenta había dejado de vestir una coraza en lugar del típico atuendo de aldeano. El único detalle de su vestimenta que le hacía ver distinto a uno de ellos, era la piel de un oso negro que le cubría los hombros.

Los ocho perros que había con él se trataban de su viejo perro, el Gran Krig,y una perra llamada Dulce. El resto era los seis hijos de éstos dos: Guardián, Manchado, Mordiscos, Revoltosa, Feliz y Enojado. Los hijos del Gran Krig y Dulce eran perros adultos bastante grandes y fuertes.

En el punto de la colina donde se hallaba Hakon, tras haber visto la marcha de aquel misterioso ejército, se mantuvo inmóvil durante unos minutos preguntándose quienes eran ellos. Finalmente después de razonarlo profundamente acabó tomando rumbo a la ciudad para ver qué averiguaba.

Mientras sucedía eso por los alrededores de la ciudad, en el castillo de Copenhague, Sigurd Lodbrok se hallaba en una de las cámaras de su castillo leyendo con gesto temeroso el mensaje de una carta. En aquellos momentos de la vida de Sigurd Lodbrok tenía treintaiún años. Había cambiado bastante desde la vez que huyó de su castillo. Ahora llevaba el cabello más corto y lucía en su rostro una barba fina. Además había cambiado su estado civil. Desde hacía un año estaba casado con la hija del rey Harald del reino de Noruega. Su nombre era Thorey. Se trataba de una niña de ocho años de cabello rubio y bastante fea.

Después de leer y releer el contenido de la carta, Sigurd resopló disgustado volviéndose a continuación hacia su anciana madre.

—¿Hoy es el día?—preguntó la reina Tara.
—Sí, como decía la carta. Hoy es el día—respondió Sigurd.

Habiendo respondido a su madre, Sigurd rompió la carta que tenía en su mano.

—Madre, ¿Qué puedo hacer?. Esos cristianos son los mismos que mataron a mi padre y a nuestros hermanos. Están destruyendo nuestro reino y ahora nosotros les abrimos nuestras puertas para que se beban mi hidromiel y se coman mi trigo—dijo Sigurd con gesto iracundo.
—Hijo mío, llegados a esta situación en la que nos encontramos los reinos paganos, solo podemos hacer lo que nos dicen los hombres del sur. Si no nos convertimos al cristianismo, acabarán quemando nuestros castillos con nosotros dentro. No queda otra que asumir que los tiempos de Thor y Odín han llegado a su fin. Los dioses han muerto como también ha muerto

nuestra época de gloria. Ahora hay que abrazar al dios cristiano o morir. Yo prefiero vivir—sentenció la reina Tara.

Mientras la reina Tata daba aquel consejo al rey de Dinamarca, Sigurd se acercó hasta uno de los ventanales del castillo para ver qué hacían las gentes de su reino.

—Es el fin de los días. El Ragnarök ha ocurrido como avisaba la leyenda…—farfulló Sigurd al mismo tiempo que divisaba como la Orden de la Santa Fe avanzaba por las calles de Copenhague.

En las calles de Copenhague, como acababa de ver Sigurd desde el ventanal de su castillo, la orden cristiana ya estaba dentro de la ciudad. Ellos se dirigían hacia las puertas del castillo para hacer oficial la cristianización del reino de Dinamarca. Para culminar el proceso, se iba a realizar la celebración de una misa en la que el rey Sigurd Lodbrok tenía que ser bautizado.

Mientras se producía la marcha de la orden, las gentes de la ciudad observaban a los templarios con gesto temeroso debido a que sabían lo que habían estado haciendo con anterioridad en las otras tierras de la nación. Los templarios eran una fuerza muy poderosa de caballeros. Estaban equipados con una armadura de metal que para la época resultaba alta tecnología. El casco que vestían tenía una forma cuadrada y solo una estrecha fisura para los ojos y la nariz. Aquello impedía que el rostro de los templarios fuera visible así que daban un aspecto aún más aterrador. En sus cintos los caballeros guardaban unas espadas muy largas. Esas espadas tenían una doble función cuando no estaban luchando. La forma de cruz de la empuñadura les servía como cruz cuando veían necesario practicar la oración a dios. En un gesto de identificación por el bando en el que luchaban, los templarios empleaban por encima de la armadura un manto blanco con una cruz roja dibujada.

En el interior de una de las casas de la ciudad, dos hombres conversaban con respecto a la llegada de los cristianos.

—Los cristianos están aquí…—farfulló un hombre.

—Vienen a quemarlo todo…—añadió otro hombre entre susurros.

En aquellos momentos en el cual se sucedía el avance de la Orden de la Santa Fe, una mujer que sostenía a su bebé en brazos, se cruzó en mitad del camino obligando al cochero a detener a sus caballos.

—¿Qué haces ahí? ¡Apártate ahora mismo!—le ordenó el cochero dirigiéndose a la mujer.

La mujer, ignorando la orden, se dirigió a voz en grito y con lágrimas en las mejillas a los pasajeros que viajaban en el interior del carruaje:

—Por favor, denme un poco de comida. Me siento tan débil que mis pechos no generan la leche para que mi bebé pueda alimentarse.

En el interior del carruaje, la petición de la mujer dio su efecto y por ello, la puerta se abrió saliendo de su interior, Odón.

El cardenal lucía sobre su grueso cuello un collar de oro con joyas incrustadas. Su figura hinchada y sus ropas de telas brillantes denotaban una realidad totalmente diferente a la que vivían las gentes de la ciudad. Los ciudadanos eran muy delgados, y sus ropas estaban compuestas por telas viejas y de baja calidad.

Para atender a las suplicas de comida de la madre danesa, Odón cogió pan de un cesto que había en el interior del carruaje y luego se volvió hacia ella sosteniéndolo sobre sus manos. La acción del cardenal hizo que la mujer dibujara una emotiva sonrisa de agradecimiento al esperar el regalo por parte del hombre de fe.

—Gracias señor. Os doy las gracias. Alabado sea nuestro padre, Jesucristo—dijo la mujer, derramando mayores lágrimas.

Cuando todo apuntaba a que Olafur acabaría por entregar el pan a la mujer, finalmente se detuvo y tras negar con la cabeza, le dijo con gesto solemne:

—Qué más quisiera hija mía que ofrecerte este pedazo de pan solo a ti, pero tu hijo y tú habéis nacido de la perversión del paganismos. Si dios realmente quiere que te salves, te alimentará con su amor, y tu hijo y tú sobreviviréis…

La mujer al escuchar las palabras del cardenal cambió la expresión de esperanza por la de decepción y angustia. Al verse sin la ayuda del cardenal, rompió a llorar desesperada cayendo de rodillas en mitad del camino. El llanto roto que se estaba produciendo ante los ojos de Odón, no creó ningún atisbo de piedad en el cardenal. Él se quedó mirándola con una expresión de serenidad inhumana ante el sufrimiento ajeno pero entonces, una piedra lanzada desde el gentío golpeó su mano haciéndole que soltara el pan.

En cuanto el salió de la mano del cardenal, fue rodando por el suelo hasta detenerse por delante de la mujer que sostenía al bebé. La visión del pan abandonado atrajo a las gentes hambrientas que se agolpaban en torno a la Orden como la miel a las abejas. En un abrir y cerrar de ojos, se amontonó en aquel punto de la calle una multitud enloquecida que peleaba por llevarse a la boca aunque solo fuera una migaja. La locura desatada por el hambre propició a que la mujer que sostenía a su hijo fuera empujada violentamente a un lado, provocando que se le escapara el bebé de las manos.

Lo que sucedió después fue un acto abominable. Pues el bebé al estar caído en el suelo, acabó siendo aplastado por los pies de la multitud enloquecida por el hambre.

El trágico destino que divisó la madre para su propio hijo, la llenó de tanto odio y deseo de venganza que se levantó del suelo en busca de dar muerte al cardenal Odón. Sin embargo, su ataque solo quedó en un intento debido a que uno de los soldados cristianos, que había leído el pensamiento de la mujer, le paró los pies dándola un puñetazo que la dejó inconsciente. Mientras proseguía la pelea por las últimas migajas de pan, Odón echó una mirada de repugnancia a la mujer y luego se santiguó volviendo a su carruaje donde se encerró para seguir con la marcha hacia el castillo. Una vez que el cardenal estuvo de nuevo en el carruaje, el cochero tiró de los caballos dando la orden para que reiniciaran la marcha. Por su parte, los templarios les siguieron para seguir con el avance.

En aquel momento en el que el carruaje ya empezaba a moverse, las gentes se apartaron del camino para dejarles pasar y no ser aplastados por la Orden.

Una hora después de que pasara todo aquel en la ciudad, Hakon llegó con paso renqueante acompañado por sus perros a la zona donde se había producido la muerte del bebé. Por aquel entonces, una niebla se había propagado por toda la ciudad dándola un ambiente todavía de mayor tristeza de la que se vivía últimamente. El guerrero convertido a mendigo al llegar a dicho punto, se encontró la calle vacía ya que se había enfriado tanto el tiempo que nadie deseaba estar fuera de sus casas.

La única presencia era la de la mujer que había perdido a su hijo, la cual permanecía en el suelo con la cabeza abierta sobre un charco de sangre. No estaba muerta, pero estaba a punto de hacerlo, la herida que le había hecho el templario era de consideración y el hecho de que nadie de sus vecinos la hubiera ayudado había firmado su destino en una muerte segura.

Hakon al pasar por su lado ni siquiera la miró. Él siguió caminando con la mirada puesta en el castillo de Copenhague. Hakon ya no era aquel tipo que había sido estando junto a Run. Ya no era ese héroe. Ya no le importaba el sufrimiento de los demás. Simplemente había dejado de importarle el mundo.

De ese modo, sin un alma que le hiciera sentir empatía por el sufrimiento de los demás, siguió caminando por la neblina, divisando más adelante el cadáver del bebé.

Ver aquello lo trastocó haciendo que se detuviera en su marcha y que se girara para mirar a la mujer por un instante.

"¿Es que no es evidente que el infierno está en la tierra? ¿Qué cosa peor que ésta pueden ver mis ojos? Esto ya no puede ir a peor. Todo está podrido. No hay bondad por ninguna parte. Ni siquiera han tenido piedad con ese bebé. Supongo que la mujer que hay detrás de mí es su madre. Haré algo por calmar su pena y dar un final menos cruel a su hijo." Pensó Hakon.

Finalizado el pensamiento, el guerrero se acuclilló recogiendo el cadáver del suelo y a continuación, se dirigió de regreso junto a la mujer a quien le habló, sosteniendo al bebé con un brazo derecho y una daga en su mano izquierda:

—Daré a tu hijo un funeral pagano para guiar su alma al paraíso. Contigo haré lo mismo.

La mujer pestañeó en agradecimiento a las palabras del guerrero y luego, cerró los ojos para no ver cómo actuaba para cumplir lo prometido. Hakon se arrodilló y entonces, apuñaló a la mujer en la cabeza dándole final a su sufrimiento. Hecho aquello, se echó el cuerpo a un hombro y se fue caminando con sus perros en dirección a la salida de la ciudad.

CAPÍTULO 22: UNA ROSA CUBIERTA DE SANGRE

Hace unos años, un tendero de la ciudad de Flandes, le prometió a Hakon que olvidaría a Run y que volvería a ser feliz pero ni mucho menos acertó.

Un mes después de que se sucediera la llegada de la Orden de la Santa Fe a la ciudad de Copenhague, Hakon seguía igual. Seguía igual de perdido. Sin vida. Sin voz. Sin nada.

Después de que quemara los cadáveres de la madre y del bebé, regresó a la ciudad aún más atormentado y enloquecido. Llevaba varios días sentado en mitad de una de las calles como el mendigo en el que se había convertido. Durante el trascurso de los días lo único que hacía, era mirar el suelo con una expresión abatida y cargada de sufrimiento. Se movía tan poco, que muchos de los transeúntes que se cruzaban por su lado se preguntaban si en realidad él estaba muerto o no.

De vez en cuando Hakon estaba acompañado por sus perros pero no siempre era así. Los perros hacían su propia vida. Tanto el Gran Krig como los demás perros, solían dejarle solo para ir al bosque a cazar y conseguir algo de comida. Así que ellos comían mientras que su dueño, no. Por ello, si Hakon seguía con vida era de milagro. El guerrero no iba al bosque porque había llegado a un punto en el que solo esperaba a que todo terminase y que finalmente, se presentase ante sus ojos la luz cegadora que lo enviase a un mundo con menos sufrimiento e injusticias.

Un día en el que como de costumbre estaba sentado en mitad de la calle, dos muchachitas de la ciudad lo espiaban desde la distancia. Aquel par de curiosas se llamaban Anika y Birthe. Anika era una chica de trece años de cabello rubio y grandes ojos azules. Su cabello rubio lo llevaba recogido en dos trenzas con forma de rodete, las cuales estaban cubiertas por una red. En cuanto a su rostro, era una chica muy hermosa con una alegría capaz de contagiar a cualquiera. Su vestimenta consistía en el típico vestido de aldeana. Vestido largo de manga larga. La otra chica, Birthe, también tenía trece años. Ella era una chica de cabello pelirrojo y ojos de color marrón. Como peinado llevaba dos trenzas muy cortas, las cuales apenas medían un dedo de largo. Su vestimenta era la de chico. Vestía con pantalón largo y camisa larga.

Desde el lugar apartado en el que las dos muchachas miraban al abatido guerrero, Anika tomó la palabra para dirigirse a su amiga:

—El otro día mi padre me dijo que el mendigo se llama William y que se trata de un cristiano renegado procedente de la Britania…

—¿Un cristiano renegado?. No digas tonterías. Mi padre me dijo que se llama Hordi y que es un vikingo que perdió su mano en un combate—le replicó Birthe.

—¿Por qué dices que perdió su mano si ahora tiene dos?—preguntó Anika con el ceño fruncido.

—No sé quizá le haya crecido de nuevo. ¿Crees que estará muerto?. Lleva ahí más de un mes sin moverse. Si te acercas y le tocas con un palo te daré una manzana—dijo Birthe.

—¡No tienes una manzana y además aunque la tuvieras, no haría eso!— le replicó Anika con gesto enfadado.

En aquel instante, Birthe mostró una sonrisa maliciosa en su rostro y a continuación, sacó de su camisa una brillante manzana roja.

—Mira—dijo Birthe.

A consecuencia de la visión de la manzana, Anika reaccionó mostrándose muy exaltada.

—¿Pero qué has hecho? ¿De dónde has robado esa manzana?—preguntó Anika, sintiendo súbitamente un ataque de pánico.

Birthe sonrió de nuevo de forma maliciosa.

—La he robado de las provisiones de la maldita Orden de la Santa Fe—dijo Birthe.

—¿Estás loca? Esa gente mata por cualquier cosa. Si se enteran de lo que has hecho estarás acabada—dijo Anika mostrándose muy preocupada.

—Relájate, he descubierto un camino secreto para entrar al cobertizo donde guardan toda la comida que comen sus soldados. Es fácil robarles—dijo Birthe con una sonrisa divertida.

Al mismo tiempo que Birthe hablaba, a Anika le sonaron las tripas por culpa del hambre.

—¿Quieres que te lleve? Estas muy delgada, chica. Así nunca te crecerán las tetas—dijo Birthe en un tono amistoso.

—Oye, no te metas con mis pechos—le recriminó Anika, reaccionando muy molesta por el comentario de su amiga.

El enfado acontecido en Anika provocó las risas en Birthe, quien acto seguido se alzó mirando a su amiga con una expresión maliciosa.

—Ven, iremos a echar un vistazo.

—No, no quiero. Es muy peligroso—respondió Anika.

Birthe soltó una carcajada.

—No entraremos. Solo te enseñaré donde está.

Anika resopló no muy segura de las palabras de su amiga, y finalmente, asintió tomando rumbo hacia el cobertizo de los cristianos. Mientras las dos chicas se dirigían hacia el cobertizo, Hakon siguió estando en el mismo lugar. Por aquel entonces, todo seguía igual para él. Su única acción era mirar al vacío y preguntarse porque ya no estaba con Run.

Sumergido en aquella depresión que le tenía bloqueado, una niebla se fue desplazando lentamente cubriendo poco a poco las calles de Copenhague. Tras la aparición de la extraña niebla, sonaron unos pasos que trajeron con ellos a un hombre enjuto y de larga cabellera negra hasta la posición del guerrero. Él era Glad Von Castle, conocido en los nueve reinos como el elfo oscuro. El brujo al divisar la actitud derrotista del guerrero cristiano, estiró una sonrisa malévola por su rostro. Aunque en el pasado Hakon había sido un amigo del elfo oscuro, cuando el brujo apareció por aquel rincón de Copenhague enfrente de él ni siquiera se inmutó. Hakon continuó haciendo lo mismo, mirando hacia el frente sin decir palabra.

—Mírate cómo estás. Das pena muchacho. Aunque tuviste a alguien como Run como tu tutor, no has prosperado en nada en la vida. Que desperdicio…—dijo Glad, mirando a Hakon con cara de asco.

La pasividad que el guerrero mostraba en todo momento llevó al elfo oscuro a fruncir el ceño.

—Eres asquerosamente irritante….¿Sabes la cantidad de gente que sufre a diario? ¿Sabes cuanta gente muere injustamente? ¿Sabes cuanta gente viene al mundo solo para sufrir sin haber tenido ni siquiera una oportunidad?...Tú te compadeces a ti mismo creyendo que mereces más que los demás pero no tienes idea amigo de lo que es sufrir. Ni puta idea...—sentenció Glad, al mismo tiempo que apretaba con fuerza la cabeza de Hakon.

Pese a la dureza del mensaje del elfo oscuro y al dolor que le estaba aplicando, Hakon siguió inmóvil sin hacer el mínimo gesto con la cara que le delatara algún cambio de actitud o la intención de defenderse.

Pasados unos segundos, el brujo del reino de Alfheim desapareció del lado de Hakon, siendo sustituido en su lugar por una mujer de cabellos castaños y de una edad en torno a los veinte años. Hakon desconocía quién era ella pero en cambio la mujer lo miraba de una forma que sí parecía conocerle.

—Miguel, ¿Eres tú?...¿Eres tú Miguel?. Sí, debes ser tú. Una barba no engaña a una madre y tampoco lo hace el trascurso de los años. Eres igual que tu padre—dijo la mujer, observando el rostro del guerrero con una expresión de emoción y de sorpresa.

El fantasma de la madre de Hakon dio varios pasos hasta postrarse ante los pies de su hijo. Hablándole cara a cara, le dijo con lágrimas en los ojos:

—Miguel, di mi vida por ti y sé que lo que hice mereció la pena. Por favor, no me quites la razón. Te pido que te pongas en píe y que a pesar de todo tu sufrimiento sigas adelante. ¡Lucha Miguel, lucha! Por favor no malgastes tu vida ahí tirado. Haz que tu vida merezca la pena...—sentenció la mujer.

Con el fin de aquel discurso, la niebla desapareció restaurándose la normalidad en las calles de Copenhague. De nuevo, Hakon volvía a estar solo con la única compañía de sus perros.

—Que.... merez...ca..la...pena...—farfulló Hakon con la mirada clavada en el suelo y con una expresión de tristeza fija en su rostro.

En aquel preciso instante, corrió una brisa de aire y entonces justo después empezó a nevar sobre la aldea. Por motivo del inicio de la nevada, Hakon alzó su mirada quedando fascinado ante la belleza que le brindaba el cielo.

—Que…merezca…la pena...—farfulló Hakon con gesto confuso.

Mientras que el guerrero cristiano permanecía mirando al cielo con gesto confuso, una chica pasó corriendo por delante de él mostrando una evidente necesidad de auxilio. Ella era Anika. Llevaba consigo un par de manzanas robadas del cobertizo de la Orden de la Santa Fe. Unos minutos antes, el hambre le había inducido a robar para comer, pero por desgracia había sido descubierta y ahora la perseguían cuatro templarios para castigarla por su crimen.

Pese a que era obvio que la muchacha necesitaba ayuda, Hakon se quedó inmóvil viendo como los templarios pasaban por su lado a la carrera acechando a la joven Anika por la ciudad. En la huida de la muchacha por escapar de los templarios, por culpa del nerviosismo se le cayeron las manzanas haciendo en balde haberse puesto en peligro. Además las manzanas acabaron por echarse a perder ya que en el suelo fueron aplastadas por las botas de los templarios que la perseguían.

Anika, al rato de estar huyendo, se escondió bajo la nieve logrando por un momento que sus perseguidores pasaran de largo perdiéndole la vista. Habiéndoles dado esquinazo, Anika salió de nuevo huyendo en la dirección contraria donde se paró enfrente de una casa en la que en el exterior había un montón de paja y una serie de herramientas para la labranza. Anika, nerviosa por escuchar a los templarios volviendo hacia ella, se metió en el interior de la paja tratando de despistarles como lo había conseguido en la primera vez.

En aquel momento de alta tensión, el miedo se apoderó de la niña debido a la cercanía que tenía con ellos. Un trío de soldados estaba caminando hacia el pajar.

—¿Dónde está esa ladrona?—preguntó uno de los templarios.

—Está por aquí. Debe de haberse escondido otra vez—dijo otro de los templarios.

El tercer templario del grupo, de repente, alzó su guantelete derecho deteniendo a los otros dos frente al pajar. Para desgracia de la chica, su respiración nerviosa la había delatado y antes de que pudiera hacer nada la sacaron de allí arrastrándola por los brazos. Mientras se sucedían los forcejeos entre Anika y los templarios, Hakon seguía sumergido en una realidad paralela. Desconectado de todo, mantenía su mirada hacia el frente con total indiferencia. El hecho de que tuviera conocimiento sobre el peligro que corría aquella jovencita, no hacía que su ser se quebrara lo más mínimo.

"No me importa lo que pase. El mundo es así de cruel y yo no debo luchar para evitarlo, pues pasan tantas desgracias que es una lucha imposible. De todos modos, aunque me levante y logre salvarla, en otro lado estará ocurriendo otro crimen y nadie hará nada para evitarlo." Pensó Hakon.

Estando colmado en sí por aquel pensamiento, de repente, su tranquilidad fue turbada por un inesperado abrazo de unas manos que lo rodearon desde la espalda. En su espalda había aparecido Run y ahora lo abrazaba con la cabeza recostada en su hombro. Mientras la vikinga se seguía abrazando a su antiguo discípulo, éste se quedó atónito incapaz de responder ante aquella aparición.

"Es Run…No puede ser…Debo estar soñando". Pensó Hakon.

Durante unos largos segundos, ambos permanecieron en silencio en ese abrazo hasta que al final, Run acercó su boca al oído de Hakon y le susurró:

—Solo los que luchan merecen mi corazón. Levántate…

El conocido sonido de la voz de la vikinga se deslizó sutilmente por el oído de Hakon como una llave maestra introduciéndose por una cerradura y resonando en cada parte de su ser.

—Levántate Levántate Levántate.

—Ru...Run...—farfulló Hakon con una expresión descompuesta y manteniendo su mirada en todo momento hacia delante.

En ese mismo momento en el que Hakon estaba teniendo unas visiones sobre Run, los templarios arrancaron el vestido a la niña y la tendieron a la fuerza contra la fría nieve que se amontonaba en la calle. Agarrada de piernas y brazos, Anika lloraba desesperadamente implorando clemencia por parte de los templarios o quizá un milagro que la salvara:

—¡No!..¡.Nooo! ¡Por favor, no me hagáis daño!—gritó Anika entre sollozos.

—Has robado una manzana de nuestras provisiones. Has cometido un pecado atroz y además lo has hecho contra la propia iglesia. No hay salvación para ti—respondió un templario.

—¡Por favor, noooooo! ¡Dejadme, por favor!—gritó Anika.

—Créenos, esto nos duele más a nosotros que a ti. ¿Crees que nos gusta? No, no nos gusta pero es la labor que se nos ha encomendado. Somos hombres de Dios. Debemos castigar a todo aquel que peque y tú has pecado. Eres una ladrona—dijo otro templario, mientras agarraba a Anika.

A raíz del comentario del templario, otro de los hombres se dirigió al grupo para preguntarles:

—¿Quién va a ser el responsable de purificar el alma de esta pecadora?

En pie ante la muchacha, un templario envainó su espada ofreciéndose para violar a la joven.

—Yo mismo.

Bastante cerca del punto de donde los templarios retenían a Anika, un hombre iba dejando unas huellas sobre la nieve del camino. Ese era Hakon. Al fin se había levantado y ahora iba caminando con paso renqueante para rescatar a la chica. En su estado, jadeaba de esfuerzo con cada paso que daba. El exceso de tiempo en ayuno y la falta de ejercicio, lo habían deteriorado tanto que apenas podía mover su propio cuerpo pero pese a ello, se negaba a dejar de seguir a la Run de su imaginación. El fantasma de la vikinga que existía en su imaginación, lo animaba a salvar a la niña.

—Por aquí...Por aquí, mi amor. Tan solo unos pasos más—dijo Run con una sonrisa divertida.

Con las simples palabras de ánimo de la vikinga, Hakon asintió y siguió caminando sobre la espesa nieve recogiendo en su camino una espada pérdida por uno de los templarios. De vuelta al punto donde estaban los templarios y Anika, el templario que había perdido la espada se percató de que no llevaba su arma en el cinto.

—¿Y mi espada?

Al mismo tiempo que eso sucedía, el templario asignado para ajusticiar a Anika, empezó a levantar su espada preparándose para dar el golpe definitivo.

—Pater noster, qui es in caelis: santificétur nomen tuum; advéniat regnum tuum; fiat volúntas tua, sicut in caelo, et in terra…

Interrumpiendo la oración, uno de los templarios reaccionó desconcertado al darse cuenta que por detrás de ellos como venía un hombre portando una espada.

—¡¿Quién es ese?!

—¡Es el mendigo que vimos al llegar a la ciudad!—exclamó otro de los templarios.

—¿Y qué hará con una espada? ¿Acaso pretende enfrentarse a nosotros?—preguntó un tercer templario en un tono burlón.

Hakon en su llegada ante los templarios, no dijo ni una sola palabra. Se limitó a estar en silencio mientras sujetaba la espada que había encontrado tirada en el camino.

—Miradlo, el pobrecillo está tan delgado que parece un esqueleto. Da pena incluso verlo…—dijo uno de los tres templarios.

El comentario jocoso provocó las risas entre el resto de los templarios. En ese instante en el que los soldados reían a costa del delicado aspecto del discípulo de la vikinga, éste último dio un paso hacia delante alzando su espada contra ellos. El gesto desafiante de Hakon fue recibido por el templario líder del grupo con una expresión incrédula.

—Está demostrado que este hombre quiere morir y nosotros no podemos hacer nada para evitarlo. Así que démosle lo que desea…

—¿A qué esperáis? ¡A por él!—ordenó el templario, encabezando él mismo el ataque contra Hakon.

Acto seguido, todo el grupo templarios se lanzó a la carrera con intención de matar al guerrero. Mientras aquellos hombres corrían dejando en la nieve las huellas de sus pisadas, Run apareció de nuevo junto a Hakon hablándole entre susurros:

—Ahora demuéstrame porque debería elegirte a ti.

En respuesta de aquel comentario, Hakon adoptó una expresión cargada de furia y decisión en su rostro, y entonces, se impulsó contra el suelo saliendo disparado hacia los templarios.

—¡Así lo haré!—gritó Hakon, mientras corría.

En una fracción de segundo, Hakon pasó por en medio del grupo de templarios asestando tres tajos con los que fue dejando tras de sí unas líneas de sangre. Finalizado el veloz ataque, Hakon frenó fuertemente levantando una nube de nieve en polvo.

La maniobra realizada por Hakon, había sido tan veloz que los templarios no tuvieron ni tiempo para pensar sobre lo sucedido cuando sus cuerpos ya estaban cercenados y con sus miembros amputados.

—Jamás, jamás había visto nadie tan veloz...—farfulló un templario.

Justo después que el templario hubiera dicho aquello, cayó sin vida siendo acompañado por el resto de sus compañeros. Habiéndose producido la muerte de los templarios, la sangre de esos hombres mancilló con el rojo la pureza de la nieve.

"He vuelto a matar. Soy un asesino." Pensó Hakon, absorto por ver toda esa sangre esparcida por su culpa.

Permaneciendo en un estado de shock, Hakon acabó por levantar la mirada viendo ante de sí a la vikinga de los Ljungberg. Run lo miró fijamente y entonces le dijo:

—No, eres un superviviente.

Dicha aquella frase, el guerrero cristiano se desmayó frente la presencia de Anika.

Instantes después de que Hakon cayera rendido por el sobreesfuerzo realizado, Anika se acercó a él para tratar de reincorporarlo. Cuando la niña estaba tratando de reanimar al huesudo guerrero, un leñador que venía sentando en un carromato, se encontró con la escena quedando altamente sorprendido.

Su nombre era Puk. Se trataba de un hombre de mediana edad con el pelo rubio y la barba espesa. De cuerpo era robusto y vestía pieles de oso sobre una camisa. En cuanto el leñador vio a la niña rodeada de cadáveres, se bajó de su carromato y luego se acercó junto a ella para preguntarla sobre lo sucedido:

—¿Qué ha pasado? ¿Por qué toda esta sangre?

—Ha sido este hombre. Él la ha creado con su espada—respondió Anika con gesto nervioso.

Puk, asintiendo con lo dicho, miró hacia el hombre para examinarlo de más de cerca.

—¿El mendigo?

—No, no es un mendigo. Es un maestro de la espada. Eso es seguro—le replicó Anika.

Tras la respuesta de la niña, el leñador se quedó absorto pensando sobre qué podían hacer a continuación:

—Si quieres ayudarle, debemos moverlo de aquí antes de que vengan más templarios.

—Sí—asintió Anika, ayudando a Puk a subir el cuerpo de Hakon sobre el carromato.

Solo un minuto después de que Anika se encontrara con Puk, llegó una patrulla de templarios a la zona donde se había producido la batalla. Por aquel entonces, ya no había ni rastro de ninguno de ellos. Ahora los dos ciudadanos nórdicos y Hakon estaban circulando en el carromato aproximándose cada vez más a las puertas de la ciudad. A medida que el carromato seguía su curso para salir de Copenhague, los perros del guerrero cristiano se unieron a él atraídos por el aroma de su dueño.

CAPÍTULO 23: UN HOMBRE CURANDO SUS HERIDAS

Al día siguiente de que se sucediera el enfrentamiento entre Hakon y los templarios, el primero reabrió los ojos tras un profundo sueño de más de catorce horas. Cuando se despertó, tuvo una sensación extraña. Conocía la habitación donde estaba. Pertenecía al viejo caserón que compartió con Run hacía ya muchos años atrás, el cual estaba situado en un punto perdido del bosque de Copenhague.

Estar en aquel lugar le trajo a Hakon cierta melancolía y felicidad. Era como volver al pasado. Pasados unos minutos, el guerrero se bajó de la cama y empezó a caminar por el caserón. Deseoso por hallar una explicación a su nueva ubicación, fue caminando por los pasillos en busca de alcanzar algún tipo de pista.

—¿Hay alguien aquí?—preguntó Hakon.

Llegado a una zona de la casa, el guerrero salió a un huerto en el cual estaba Puk, Anika y sus siete perros. A consecuencia de verle de nuevo en pie, el leñador y a la niña se llevaron una gran alegría. También sus perros.

—¡El mendigo ha despertado!—exclamó Puk mostrándose muy alegre.

A horas del día, la tarde, Hakon se reunió en el huerto con Anika y Puk. En frente de ellos, un jabalí se estaba asando en una pequeña hoguera.

—El hombre del día por fin se ha despertado. Deberéis estar hambriento. ¿Por qué no coges un poco de jabalí—le instó Puk entregándole toda una pata para él solo.

Hakon al ver el montón de carne, se quedó mirando la pieza con una expresión incrédula.

—¿Todo para mí?—preguntó Hakon.

—Sí, os lo merecéis. Y además, nos interesa que volváis a estar fuerte—dijo Puk.

—¿Por qué?—preguntó Hakon.

—Para que nos ayudéis. La ciudad está ahora mismo controlada por los cristianos, así que necesito un hombre fuerte y hábil como tú para que ayude a alimentar a la gente—respondió Puk.

Hakon suspiró profundamente y acto seguido le preguntó:

—¿Y cómo puedo ayudar?

—Tranquilo, luego te lo explicaré…—respondió Puk.

Anika al escuchar la respuesta del mendigo, se sintió aliviada.

—Ves, te dije que nos ayudaría—dijo Anika, alzando los puños en gesto de victoria.

—Sí, es verdad. No, nos ha defraudado—asintió Puk.

En el silencio que se había creado, Hakon miró a los lados volviendo a tomar la palabra:

—¿Cómo he llegado hasta aquí? ¿Me trajisteis vosotros?—preguntó Hakon rascándose la barbilla con gesto pensativo.

—Eso es. Tuviste suerte de que por aquel entonces pasara con un carromato y pudiera llevarte con él sino Anika no habría podido cargar contigo ella sola—respondió Puk, lanzando una breve mirada a la niña.

Hakon asintió al conocer lo sucedido.

—Ahora supongo que me estarán buscando…—dijo Hakon.

—En efecto, puedes apostar por ello. Te estarán buscando como a ella—respondió Puk entre carcajadas.

—A mí…—añadió Anika con gesto apesadumbrado.

En ese instante, Hakon miró atentamente a la niña haciéndose una pregunta:

—¿Por qué te estaban persiguiendo cuando te ayudé?—preguntó Hakon, curioso.

—Robar unas manzanas—respondió Anika.

—Robar está mal…—dijo Hakon sin mirar a Anika a la cara.

El comentario del guerrero hizo que Anika apretara los dientes de la rabia:

—No importa que esté mal si te estás muriendo de hambre. Desde que han llegado los cristianos toda la comida va a parar a ellos. A nosotros no nos queda nada. Solo las migajas. Anoche murió el padre de una amiga mía por no comer nada durante días. ¿Acaso sabes lo que es eso?—preguntó Anika con sus pupilas humedecidas por el inicio de unas lágrimas.

Puk sonrió levemente y entonces dio media vuelta al jabalí que estaba cocinando.

—Por suerte nosotros hemos escapado al bosque y podemos disfrutar de manjares como éste. Yo antes lo odiaba pero después de estar sin probarlo durante un tiempo me he dado cuenta que añoraba el sabor del jabalí—dijo Puk mostrándose feliz.

Producto del olor que se desprendía de la carne, a Hakon se le hizo la boca agua y sin poderse retener por más tiempo, se dirigió a Puk y a Anika.

—Permitidme pero no aguanto más—dijo Hakon, alargando su brazo hacia el jabalí.

Con el feliz asentimiento de los daneses, empezó a devorar la carne con ansía.

—Jejejejeje. Eso es, come y vuelve a ser fuerte—le animó Puk con una sonrisa amplia.

Durante la ingiere de la carne por parte de Hakon, Anika y Puk se miraron el uno al otro con una sonrisa, y luego imitaron al primero, cogiendo un pedazo de carne para calmar también su atroz hambre. Mientras la niña y el leñador comían, Hakon paró de comer por un segundo para hacer una pregunta:

—Por cierto, todavía no sé vuestros nombres. ¿Cómo os llamáis?—preguntó Hakon.

Puk y Anika sonrieron levemente avergonzados por tener la boca llena de comida.

—Me llamo Puk…—se presentó el leñador.

—Yo soy Anika—se presentó la niña.

—¿Y vos?—preguntó Anika dirigiéndose al guerrero.

—Yo soy Hakon—respondió Hakon.

—Hakon, me gusta ese nombre—asintió Anika, estirando una sonrisa por su rostro.

Finalizada la ingesta, el leñador se alzó del suelo para guardar en un morral la parte sobrante que había quedado del jabalí.

—¿A dónde vas?—preguntó Hakon con gesto de sorpresa, al ver al leñador empezar a marchar.

—Vuelvo a la ciudad—respondió Puk.

—¿Y eso? Los templarios siguen allí—dijo Hakon.

—Mi familia también está en la ciudad. Esto que llevo es para ellos y algunos más—sentenció Puk.

Hakon asintió entendiéndolo.

—Es precisamente por eso por lo que necesito tu ayuda. Espero que siempre que vuelva tengas una buena caza preparada para mí. Soy de los pocos afortunados que no sufre los registros de los templarios y en la ciudad hay mucha gente que necesita el sustento que les traigo—dijo Puk a Hakon.

—Me parece bien. Te prometo que siempre que vuelvas, tendré algo preparado para que lo cargues en tu carromato—dijo Hakon, poniéndose de pie.

—Gracias Hakon. Nos vemos pronto—asintió Puk, estrechando su mano con la del guerrero cristiano.

Dicho eso, Puk giró su mirada hacia la niña para dirigirse a ella:

—Anika, siento que no pueda traerte de vuelta a la ciudad. Creo que será mejor que tanto tú como Hakon, permanezcáis escondidos en esta casa hasta que se les olvide lo de ayer.

—Sí, tranquilo. Estaremos atentos—asintió la niña con gesto cabizbajo.

Habiéndose dirigido a la niña, finalmente, Puk se dio media vuelta para marcharse del caserón. No demasiado lejos de allí, en el norte de la Selandia se levantaba un campo de refugiados en el cual se reunían los supervivientes de las escaramuzas llevadas a cabo por el ejército cristiano en tierras danesas. El lugar era un conjunto de cabañas y ruinas rodeado por el barro y la podredumbre. La población era de un ochenta por ciento a favor de los aldeanos daneses con respecto al veinte por ciento del ejército cristiano. Pese a que los paganos eran mayoría, nadie se atrevía a desobedecer las órdenes de los cristianos debido a los castigos que tenían que soportar quien se atrevía a transgredir la línea de lo que los cristianos veían aceptable, y ésta era muy fina.

En primer lugar de una larga cola, se hallaba un sacerdote junto a su guardia haciendo conteo del diezmo que debían pagar los paganos a la Orden de la Santa Fe. Aquel diezmo variaba en kilos de trigo o carne.

—Los siguientes. Familia Larsen—dijo el sacerdote, leyendo las letras escritas en un pergamino.

Con el nombramiento de apellido, un hombre huesudo y de cabello rubio dio un paso hacia delante tirando de un saco de trigo. El sacerdote bajó su mirada al saco y tras lanzar una mirada exhaustiva a la saca, apostilló:

—Es correcto...

El padre de familia de los Larsen, a causa de la aprobación del sacerdote, respiró aliviado y a continuación, regresó con su familia. Habiendo marchado aquel hombre, el sacerdote revisó la lista que tenía en sus manos para proseguir con la auditoría.

—Los siguientes. Familia Sorensen.

El nuevo llamamiento produjo la llegada de otro hombre de aspecto huesudo. El padre de la familia de los Sorensen cargaba consigo un saco de trigo, el cual estaba cerrado fuertemente con un cordón. En su cara se reflejaba un halo de temor y nerviosismo. De nuevo repitiendo la acción de la vez anterior, el sacerdote bajó su mirada al saco y tras una mirada exhaustiva, espetó:

—Es correcto...

Una vez que la carga de trigo fue aprobada, el soldado que se encargaba de ir cargando el carromato con provisiones, se agachó para cargar el trigo, con tan mala suerte para los Sorensen, que al posar sus manos alrededor de la saca, notó la dureza de unas piedras situadas al fondo. Esas piedras hacían de relleno a una carga que estaba casi vacía. Acto seguido de haberse dado cuenta, el templario clavó en ella una daga en un costado confirmando así sus sospechas.

—Piedras…—maldijo el templario con cara de asco.

Después de que el soldado hubiera confirmado el engaño, éste se puso en pie y con furia le dijo a los templarios que deambulaban cerca del sacerdote:

—¡Detened a esos malnacidos!. Han osado engañar a la Orden. Han rellenado la saca de piedras.

La orden provocó que seis templarios rodearan al padre de la familia Sorensen y al resto de su familia impidiéndoles la huída.

—¿Qué ocurre? ¿Qué vais a hacernos?—preguntó el padre de familia mostrándose muy asustado por la difícil situación que se acababa de crear.

A la pregunta, el sacerdote resopló molesto apretando su rosario con gran fuerza en el interior de su puño:

—¿Vos no sabéis que engañar a la Orden es tan grave como engañar a Dios? ¿Piedras en lugar de trigo? ¿Qué clase de cristiano haría algo así? ¡Sois un hereje! ¡Un maldito hereje y por tanto, vuestra familia también!

El sacerdote, después de sentenciar a los Sorensen, se giró hacia un grupo de templarios y les ordenó:

—¡Soldados! Este pagano ha demostrado que rechaza a Dios con su fechoría. Hacedle ver qué es lo que les pasa a los que rehúsan a Cristo. ¡Preparad las cruces!

A consecuencia de las órdenes del sacerdote, varios de los soldados que había alrededor de él sonrieron gustosos por poder cumplir con lo ordenado.

—¡Qué bien!, hacía ya unos días que no crucificábamos a uno de estos bastardos—se burló uno de los templarios.

—Sí, es aburrido cuando pasa mucho tiempo sin matemos a nadie— comentó otro de ellos.

Acto seguido, un grupo de templarios compuesto por ocho hombres rodearon a la familia Sorensen, dejando a todos sus miembros aterrados por el peligro que ahora acechaba sus vidas. Verse en aquella posición de indefensión, situó a la familia Sorensen muerta de miedo, y en especial, a la hija mayor. Ella temblaba de pánico mientras miraba los relucientes yelmos, y las sonrisas retorcidas de los cristianos.

"No, no puede ser...Es nuestro fin." Pensó la joven muchacha, sufriendo una crisis nerviosa producida por el pánico.

El sacerdote, al percatarse del espanto que reinaba en la joven, le preguntó con una sonrisa burlona:

—¿Estás asustada, niña? No temas el castigo de Cristo pues será purificador para tu alma. Empezad con ella. Ponedle el tenedor del hereje.—añadió.

—Sí, señor—asintieron los templarios.

Con intención de llevar a cabo la orden del sacerdote, tres de los templarios agarraron a la vez a la chica y luego la empujaron bruscamente hacia delante obligándola a hincar sus rodillas sobre el barrizal.

Mientras eso sucedía, la familia Sorensen gritaba horrorizada en vista del sufrimiento que le aguardaba a su hija:

—¡No, por favor no le hagáis daño! ¡Me cambiaré por ella! —Ella no es culpable de nada. ¡Castigadme a mí por piedad, os lo pido!— suplicó el padre de los Sorensen entre lágrimas, dirigiéndose a los templarios.

Las súplicas del padre danés fueron ignoradas por los soldados, quienes siguieron a lo suyo, colocando en la joven el artefacto llamado el tenedor del hereje. El tenedor del hereje consistía en un cinturón que iba ligado al cuello y que a través de un pincho entre el esternón y la papada forzaba a quien lo llevaba a no mover la cabeza para no clavárselo así mismo. Además, se incorporó al grupo un soldado armado con un látigo dispuesto a castigar a la joven.

—¿Ves? Si no hubieras pecado como lo has hecho, tu familia no estaría en peligro, pero no, tú tuviste que pecar. Por eso, Dios te castiga a los tuyos. Eres el mal personificado—le sermoneó el sacerdote dirigiéndose al padre de los Sonrensen, con una hipocresía descomunal.

Una vez estuvo puesto el artilugio de tortura en el cuello de la joven, un templario se puso por detrás de ella sosteniendo en su mano un látigo de acero con dos bolas de pinchos unidas.

—Miserables… ¿Y vuestro Dios os pide que hagáis eso? ¡No sois más que basura!—protestó la madre de los Sonrensen con gesto iracundo.

Uno de los templarios que estaba ocupándose de retener a la joven, molesto por lo dicho por la madre, soltó por un momento a la chica y luego se dirigió a la madre, a quien silenció dándole un tortazo. La bofetada provocó que ésta cayera al suelo con un hilo de sangre en los labios. Esa acción hizo explotar al padre, quien trató de luchar, pero su intento de pelea derivó en que él y su hijo también fueran golpeados violetamente hasta quedar inmovilizados por los templarios.

Habiendo sido los familiares sometidos a la brutalidad templaría, padre e hijo quedaron con la cabeza pegada contra el barro en contra de su voluntad. La joven viendo a sus parientes en tan difícil posición, le cayeron unas lágrimas, y entonces, se volteó para dirigirse al sacerdote:

—Soy culpable ya que mi padre ha pecado pero por favor, permitidme ser solo yo quien libere a mi familia de esta carga.

Las palabras de la muchacha lograron una dulce sonrisa en el sacerdote.

—Eso es hija mía. Eso es. Esa es la palabra de Cristo. Me llena de felicidad que estés viendo cual es el camino de Cristo—dijo el sacerdote mostrándose apasionado en demasía.

Finalizadas las palabras del sacerdote a la muchacha, éste hizo una señal al templario que sostenía el látigo. El templario dio dos latigazos al aire preparándose para golpear la piel tierna y blanquecina. En aquellos instantes, la muchacha estaba con los ojos medio cerrados, tratando de imaginarse que nada de eso estaba pasando. La situación que vivía por aquel entonces era de lo más desesperante. No solo tenía que soportar la amenaza del tenedor del hereje amenazándola con rajarle el cuello, sino que además escuchaba detrás de ella el chasquido del látigo a punto de cercenar su piel. ¡CHAS! ¡CHAS!

Al tercer latigazo contra el aire, el látigo cogió altura y esta vez el templario lo hizo chocar contra la espalda de la chica.

¡CHAS!

El golpe fue atroz. El látigo rajó la piel literalmente, creando así que brotara la sangre en la espalda de la joven. El dolor insoportable llevó a que comenzara a llorar intensamente.

—¡No llores por el dolor! ¡Sonríe, pues piensa que el cuerpo es solo carne! ¡El verdadero dolor es el que siente Cristo cuando ve como pecamos!—le aconsejó el sacerdote, hablando a la chica con una entonación muy teatral.

En reacción a lo manifestado por el sacerdote, una ingenua mujer danesa convertida en cristiana que estaba en el campamento observando el castigo, comentó a sus vecinos:

—Es verdad. El cuerpo es solo carne. Si tiene fe, Dios la ayudará.

—No digas estupideces. El dolor es dolor y esa muchacha está sufriendo a horrores—le recriminó un malhumorado anciano, hablando entre murmullos.

—Es cierto. Esa chica está sufriendo muchísimo—dijo un joven, alto y fornido.

El joven que había hablado se llamaba Drako y pertenecía a los Horsen, una familia noble de la Jutlandia con una vasta tradición guerrera. Recordar eso mismo, llevó a que una muchacha le preguntara al guerrero:

—¿Drako por qué no la ayudas? Tú eres fuerte y vuestra familia juró defender estas tierras.

Drako, ante la petición, se giró hacia la muchacha mirándola con una expresión molesta.

—¿Yo? ¿Por qué yo? Mi clan cayó por culpa de la invasión cristiana. Nuestro deber de salvaguardar estas tierras ya caducó al producirse la destrucción de nuestro ejército. Ahora la Jutlandia pertenece a los cristianos.

—¡Menudo cobarde!—le espetó la joven.

—¿Cobarde? ¿Acaso tú serías capaz de poner tu vida en peligro por salvar a esta chica?—le respondió Drako mostrándose iracundo.

Mientras se sucedía esa conversación en una zona a unos metros apartada, el templario le propinó a la hija de los Sorensen un nuevo latigazo.

¡CHAS!

Ese segundo golpe cortó la espalda de la chica haciendo una cruz en ella. Además, el acto reflejo provocado por el dolor había hecho que bajara la cabeza, y que con ello, se hubiera hecho una herida por debajo del mentón, del cual ahora brotaba un hilo de sangre con bastante mal aspecto.

—Por favor, no muevas la cabeza. ¡Aguanta los latigazos sin mover la cabeza o te desgarrarás la garganta!—gritó el padre desde su posición.

El templario que retenía al padre de los Sorensen con su cuerpo tendido sobre el barrizal, al escuchar las palabras de éste, soltó una carcajada y luego le comentó en un tono malvado:

—Eso es imposible. El dolor de los latigazos es demasiado fuerte para no mover la cabeza. Tu hija acabará matándose así misma antes de recibir el quinto latigazo. Créeme lo he visto ya cientos de veces.

—Bastardo…—respondió el padre en voz casi inaudible.

En aquellos momentos de crudeza absoluta y desesperación, el padre agachó la cabeza sintiendo en sus mejillas las lágrimas que corrían por ellas:

"Maldita sea, ojalá pudiera hacer algo para salvarla. ¿Pero qué puedo hacer? Solo soy un hombre y me tienen aquí inmovilizado de pies y manos. No puedo ni siquiera morir luchando. No puedo hacer nada. Solamente ver como muere mi hija. Menuda injusticia. Me siento como si no fuera nada. Esto no es justo. No es justo lo que está pasando. Los dioses no deberían dejar que cosas así pasaran. Ojalá bajara alguno de ellos y aniquilara a estos miserables. Si de verdad sois dioses benevolentes, os suplico venid ahora y salvadnos. Os lo suplico" Pensó el padre los Sorensen, estando postrado en el barro.

En medio del sufrimiento y falta de esperanza que había por la trágica situación, una ráfaga de aire se levantó haciendo que la mirada del padre se topara con una capa de color rojo apagado que ondeaba en alto. El hombre, sorprendido por ver el vuelo de aquella tela, reaccionó abriendo los ojos de par en par. Tenía el presentimiento que aquella capa solo podía pertenecer a un dios.

"No puede ser. Los dioses han oído mis plegarias. ¡Thor ha venido a salvarnos!". Pensó el padre, incrédulo por estar viendo tal cosa.

La curiosidad del hombre en conocer a quien pertenecía aquel manto, le llevó a bajar su mirada encontrando con unos ojos verdes fríos y desafiantes, los cuales la absorbieron por completo. Era Run. La vikinga se erguía en pie, mirando el panorama de la aldea danesa con una expresión de altivez y enfado.

—¿Una chica? No puede ser posible. Odín me está tomando el pelo— preguntó el padre a voz en grito, mostrándose atónito por conocer quien creía que sería el dios que había venido a salvarles.

Los templarios que por aquel entonces estaban reteniendo a los Sorensen, por motivo de la llegada de la vikinga, la miraron mostrándose muy sorprendidos por la extraña seguridad que había en ella. La llegada de Run había llevado a que todos en el campamento quedaran en silencio hipnotizados por su inquietante aura. Ella era chica con una mezcla maligna y angelical. Pasados unos segundos, el silencio fue roto por uno de los templarios, quien tomó la palabra para dirigirse en un tono burlón a Run:

—Pero bueno, ¿no me digáis que esta mujerzuela pretende retarnos? Es lo último que me faltaba por ver. ¡Jajajajaja!

El comentario del templario trajo como consecuencia que el resto de sus compañeros rompieran a reír para acompañarle, olvidando de repente la extraña sensación de incertidumbre que apenas unos segundos atrás les había helado la sangre.

Run sonrió maliciosamente y acto seguido, comentó dirigiéndose a los templarios que había osado burlarse de ella:

—Reíd, pero antes de que caiga la noche, seréis una montaña de huesos sobre la que me sentaré.

La amenaza de la vikinga provocó que los templarios callaran de nuevo, mirándola con una expresión nerviosa y rabiosa.

—¿Cómo te atreves? Por tu ofensa te pondremos el tenedor del hereje a ti también.

Run en vez de asustarse, estiró una sonrisa, mostrando unos ojos desorbitados al borde de la locura.

— ¿Crees que te dejaré que lo hagas?—preguntó Run.

—¿Qué?...—preguntó el templario, reaccionando incrédulo por la actitud desafiante de la mujer.

La vikinga al ver el gesto de sorpresa en el templario, sonrió y entonces, dijo mientras miraba el látigo de metal:

—Os despedazaré como ese látigo ha hecho con la piel de esa chica…

El desafío lanzado por la vikinga desató la indignación y la furia entre los templarios, llevándoles a revolverse con palabras de enfado y gestos contra ella:

—¡Hija de puta!, ¿cómo te atreves a hablar así? ¡Te juro que te voy a cortar la lengua!—exclamó un templario envalentándose entre el grupo.

—¿La habéis oído? Esta hereje ha cruzado cualquier límite por el que podamos perdonarla la vida. ¡Debe morir ya!—exclamó otro de ellos.

En medio de los gritos de furia por parte de los templarios, uno de ellos se dio cuenta de la existencia de la espada que portaba la vikinga en el cinto.

—¡Mirad, si lleva una espada! ¡La pecadora lleva una espada!

—¿Cómo es posible? ¿De dónde la habrá robado?—preguntó otro de los templarios, observando el arma con una expresión de incredulidad.

Aquel hecho sembró la perplejidad en el bando cristiano. La distracción que había causado Run alrededor de ella, facilitó a que la hija de los Sorensen se alejara de los templarios que la retenían y que llegaran hasta ella. La chica, muy debilitada, al llegar ante Run, se abalanzó sobre ella siendo recogida entre sus brazos. Al estar junto a la vikinga, la chica le suplicó:

—¡No seáis loca, marchaos! No sé quién sois pero esto no os incumbe. ¡Corred y salvad la vida!—le ordenó a Run.

Frente a la petición de la chica, Run no gesticuló. Permaneció inmóvil mirando hacia el frente:

—No temas. Yo me hago cargo.

—No, pero…te matarán. Son muchos….—le suplicó la chica, tratando de hacer que la forastera entrara en razón.

Pese a las buenas intenciones de la muchacha, Run la desoyó y se fue caminando con una mirada desafiante dirigida a los templarios. Con el acercamiento de la vikinga, uno de los templarios extendió su brazo para quitarle la espada pero entonces, Run se lo agarró, apretándolo con su fuerza sobrehumana. Aquel templario al sentir su brazo siendo oprimido tan fuertemente, miró a la vikinga con un gesto estupefacto. Los dedos de la vikinga se habían hundido sobre el metal, hurgando en la piel del hombre.

—¿Qué hacéis a mi brazo? ¡Soltadlo!—le exigió el templario mientras sufría un espantoso dolor.

Run, divertida por el miedo que observaba en el enemigo, esbozó una nueva sonrisa y a continuación tiró del brazo hasta arrancárselo de cuajo.

Producto de la acción realizada por la vikinga, todo el mundo que se encontraba por allí se quedó atónito preguntándose si lo que acababan de ver había sido real. Cuando todavía la gente seguía sin asumir lo visto, Run levantó el brazo del templario en el aire mostrándolo como un trofeo y finalmente, se lo devolvió a su dueño tirándoselo ante sus pies:

—Toma, aquí lo tienes. Tampoco voy a hacer nada con él.

El templario al verse sin su brazo, empezó a sufrir un shock que le hacía gritar enloquecido. Una reacción muy parecida la tuvo el sacerdote.

—¡El diablo... El diablo ha llegado!.—exclamó el sacerdote con voz temblorosa y una expresión aterrorizada.

Los templarios que acompañaban al sacerdote, en reacción a las palabras del clérigo, se miraron los unos a los otros sintiéndose aterrados.

—¡Es el diablo! ¡Debe de serlo! ¡No puede de ser otra cosa! ¡Debemos combatirlo! ¡Ese es el cometido de todo hombre de Cristo! ¡Dios nos protegerá!—gritó un templario, transmitiendo su valor a los otros.

A continuación, ese mismo hombre seguido por otros soldados, salió corriendo hacia Run empuñando su espada vehementemente.

—¡Muere diablo!—proclamó el templario.

Cuando llegó al lugar donde le esperaba la vikinga, ésta le alzó por el aire con una mano antes de que él pudiera llegar a blandir su espada, y entonces, usando sus dos manos tiró fuertemente del cuerpo, desgarrándolo en dos mitades sangrantes. Cuando todavía se esparcía la sangre del primer atacante, un grupo de tres templarios lanzaron contra la vikinga ataques por diferentes frentes. Eso no hizo más que provocarle a Run una macabra sonrisa. La vikinga, anticipándose velozmente a cada ataque enemigo, desenvainó su espada y luego hizo una demostración de su descomunal fuerza y velocidad.

Mientras las espadas de los templarios se lanzaban contra su cuerpo, su velocidad le permitía desplazarse de un lado a otro para asestar sus espadazos y matar a cada uno de ellos. En poco más de cinco segundos, Run se detuvo de sus acciones dejando su espada de nuevo envainada en su cinto y contemplar así su obra. Había acabado con todos. Ahora en torno a ella ahora yacían una multitud de templarios masacrados.

El único de los cristianos al que había dejado con vida, se trataba del sacerdote. Éste al ser consciente de que ya no contaba con unos soldados que le protegieran, empezó a suplicar por su vida mientras la vikinga se le acercaba mostrando una expresión pétrea.

—Tú…—dijo Run, mirando al clérigo con sus ojos verdes bien abiertos.

—Yo…¡Por favor, mi lady, no me matéis!. Apiadaos de mi vida, os lo suplico. Soy un hombre de Fe. Jamás he matado a nadie. Os lo juro.

—No has matado a nadie pero has ordenado a otros que lo hagan. A gente inocente…—respondió Run mirando al sacerdote con una mirada asesina.

—Por favor, sé que en el fondo tenéis buen corazón. Habéis actuado para salvar la vida de esa chica y como cristiano que soy no os culpo. Por favor, ahora sed una buena cristiana y salvad mi vida también. Perdonadme.

En reacción a la petición del sacerdote, Run detuvo sus pasos y entonces sacó sus colmillos:

—Yo no soy cristiana y mucho menos perdono.

La rotundidad de las palabras de la vikinga provocó que el sacerdote gritara aterrado cagándose en los pantalones. Mientras el sacerdote temblaba consumido por el miedo, Run le mordió la yugular empezando a sorberle la sangre.

El sacerdote recibió el mordisco de Run con terror, pero a medida que la sangre fue fluyendo desde su cuerpo a la garganta de la vikinga, empezó a jadear mostrándose complacido por recibir la dentellada, hasta el punto que se dibujó una sonrisa lasciva en su rostro.

—¿Así que tú eres una vampiresa? Pensaba que sería más doloroso pero ahora veo que me gusta que me chupen la sangre. Oye….¿Por qué no me chupas otra parte de mi cuerpo?—preguntó el sacerdote hablando a Run con una sonrisa fruncida y enferma.

Pese al comentario malintencionado del clérigo, la vikinga lo ignoró y siguió bebiendo hasta saciarse. Una vez hubo acabado, apartó sus colmillos del cuello respirando con una expresión de gozo por haberse alimentado de sangre humana y luego se alzó mirando hacia un lado.

—¿Ya te has saciado? ¿No vas a beber de donde te he dicho?—preguntó el sacerdote, mirando a la vikinga con una sonrisa pervertida.

Run resopló con una expresión de aburrimiento, y dijo:

— Qué pesado. Estás partido en dos y todavía sigues vivo…

El sacerdote mostrándose incapaz de creer a Run, se echó a reír a carcajadas.

—¿Partido en dos?—preguntó el sacerdote, examinando la expresión de la cara de la vikinga.

En ella había seriedad, así que le hizo dudar al sacerdote sobre su veredicto. Cuando todavía el hombre de fe estaba a espera de qué hiciera la vikinga, miró hacia abajo encontrándose con la sorpresa de que su cuerpo se había quedado solo en medio tronco. Sobre un charco de sangre, el hombre se quejó a la vikinga por haberle hecho tal atrocidad:

—¡Hija de puta, me has dejado en medio cuerpo!.

—Ese no es ni la mitad de sufrimiento que tú y los tuyos han infringido a los que no creen en vuestro Dios. Siéntete afortunado por seguir vivo— sentenció Run.

Habiendo dicho aquello, Run dio media vuelta y entonces empezó a caminar alejándose de los restos del sacerdote. En un principio, la gente de la aldea actuó de forma precavida permaneciendo en silencio ante el paso de la vikinga delante de ellos, pero a medida que la vikinga se fue alejando, empezaron a festejar sintiéndose triunfantes y felices. En especial, la hija de la familia Sorensen, quien se quedó boquiabierta mirando como la vikinga que le había salvado la vida se marchaba ondeando su capa maltrecha.

CAPÍTULO 24: LA SANTA BIBLIA

En la mañana del día siguiente a la batalla de Run en el campamento cristiano, en el caserón del bosque de Copenhague, Hakon caminaba por los pasillos de su nuevo hogar tras una jornada de caza en el bosque. Traía consigo tres conejos y varios salmones que había pescado en el río.

—Anika. ¿Estás en casa?—preguntó Hakon.

—¡Sí, estoy aquí!—gritó la niña llamándole desde el salón.

Siguiendo el sonido de la voz, Hakon llegó al salón donde estaba Anika sirviendo un cuenco con sopa de jabalí.

—Llegas justo a tiempo para comer. Ahora está en su punto.

—Qué bien. Qué hambre—asintió Hakon, caminando hasta sentarse en la mesa con el cuenco enfrente.

El guerrero cristiano inhaló el aroma que desprendía la comida y luego empezó devorar la comida. Mientras Hakon se dedicaba a llenar el vientre, Anika se sentó delante él donde se quedó observándolo con una sonrisa de satisfacción.

—Cuéntame un poco más de ti. ¿A qué dedicabas antes de vivir en la calle?—preguntó Anika.

Hakon respondió con la boca llena.

—Era algo así como un cazarrecompensas o mercenario. Tenía una compañera con la que me dedicaba a resolver problemas a cambio de dinero.

—¿Problemas? ¿Qué tipo de problemas?

—Bandidos, monstruos, etc…

Anika asintió mirando a Hakon con una expresión sorprendida.

—Caray, debes haber vivido muchas aventuras…

—Sí, no te equivocas—asintió Hakon dándola la razón.

—Y esa compañera de la que hablas que tenías…¿Quién era? ¿Era tu novia? No estoy diciendo que me importe ni nada por el estilo. Yo a mi edad soy demasiado joven para pensar en los hombres aunque tengo que reconocer que el año pasado el hijo del herrero me hacía tilín—dijo Anika.

Hakon dibujó una media sonrisa.

—Eh, ¿Por qué sonríes? ¿Eso qué quiere decir? ¿Eso es un sí o no? Oye, que te he hecho una pregunta—refunfuñó Anika.

Anika, viendo como Hakon no le daba respuesta a alguna de sus miles de preguntas, continuó hablando como una cotorra:

—¿Por qué no te afeitas esa barba y te cortas el pelo? Estoy segura de que estarías mucho más guapo con un aspecto un poco más cuidado. Yo sé valorar la belleza y los peinados, ¿me entiendes? Sé ver qué estética le sienta mejor a cada uno. Soy tan buena en eso que cuando sea mayor montaré una barbería y te prometo que será todo un éxito—dijo Anika, hablando a una gran velocidad.

A la vez que Anika hablaba y hablaba, Hakon estiró un poco más su sonrisa.

—Sé que tú eres bastante más guapo de lo que te hace ver esa fea barba, así que quiero que te afeites. Hazme caso, te verás mejor. Mis consejos no fallan. El año pasado a una vecina mía le dije que se peinara de un modo y cuando siguió mi consejo, se puso tan guapa que consiguió que siete pretendientes la rondaran. Lo mismo le pasó a mi prima y a la hermana de mi amiga Birthe—siguió hablando Anika.

En aquel instante, Hakon rompió a reír provocando con el sonido de su risa que Anika dejara de parlotear

—Jamás había conocido a nadie que hablara tanto—añadió Hakon, mostrando por fin una gran sonrisa en su rostro.

Aunque por aquel entonces, la niña debía de sentirse orgullosa por haber hecho reír a un hombre que durante largo tiempo había permanecido sumido en la tristeza, su reacción al escuchar las carcajadas fue la de enfadarse con él:

—¡Tonto, no te rías de mí! ¡Yo no hablo tanto!—se quejó Anika, poniendo morros de enfado.

Horas después de que se desarrollara la conversación entre el guerrero y la niña, en un punto de la Selandia, la vikinga de los Ljungberg se encontraba caminando en dirección a Copenhague. A cada paso que daba, iba dejando unas huellas tras su paso con la sangre que derramaban sus ropas. La devastadora matanza que había llevado a cabo, la había dejado cubierta de manchas rojizas de arriba abajo. En un tiempo pasado, de tan seguro que Run habría actuado por mantener en secreto su naturaleza. Es decir, se habría limpiado los restos de sangre para no llamar la atención de curiosos y malpensados, pero por aquel entonces, su manera de pensar había cambiado. Estaba cansada de ir ocultándose y disimulando su naturaleza. Por eso, optó por no tomar precaución alguna y seguir como si todo fuera normal.

De un camino por aquel sendero, llegó a un lugar macabro donde se balanceaban por la fuerza del viento una serie de jaulas que colgaban de árboles secos. En aquellas enrejadas prisiones solo quedaban los esqueletos de los hombres que una vez que habían sido encerrados en ellas, y algún que otro cuervo acabándose el último resto de carne. A Run, nada de lo que vio la abrumó. Estaba más que acostumbrada a ver muerte y espanto casi a diario. Con esa actitud pétrea e inmutable, siguió por dicho camino, lo que la llevó hasta una bifurcación por el que se abrían tres caminos a elegir.

En aquel punto de su viaje, un objeto llamó su atención. Tirado en mitad de la bifurcación, se encontró con un ejemplar de la Santa Biblia cubierto por la nieve y medio roto. Aquel libro había llegado hasta allí por casualidad. Antes de que fuera perdido, había pertenecido a un monje de la Orden de la Santa Fe a quien se le cayó cuando se dirigía a Copenhague con el resto de la expedición cristiana. En cuanto la vikinga lo vio, lo tomó en sus manos leyendo el título del libro. Reconocer de qué libro se trataba, provocó en ella que agriara la expresión de su cara. Esa fue su primera reacción, no obstante, terminó por guardárselo para echarle un vistazo más tarde.

Un rato después, llegó ese momento, Run detuvo su viaje hacia Copenhague y sentada en la falda de un roble, abrió la primera página de la Santa Biblia empezando a leer párrafos en diagonal. Esa curiosa habilidad para la lectura, no tenía nada que ver con un don vampírico. En realidad, siempre había leído así, era uno de los rasgos de su cociente intelectual de superdotada.

Gracias a la mecánica que tenía la vikinga para la lectura, en menos de treinta segundos, se leyó las cuatro primeras páginas. Lo que leyó en el primer tramo, le llamó la atención a Run. Le pareció un texto realmente interesante, así que siguió leyendo. Estando la vikinga inmiscuida de lleno en la lectura, un canuto sujeto por una mano mugrienta se asomó en el bosque. El canuto estaba cargado con un dardo envenenado y apuntaba a la vikinga, aprovechando que ahora andaba distraída. Un solo segundo después, el dardo fue disparado clavándose en el cuello de la vikinga. El veneno con el que se hallaba impregnado el dardo, obró para que Run perdiera el conocimiento con el libro entre sus manos y quedara a disposición de quien la estaba acechando.

En una posición del bosque no muy alejada de la vikinga, el cadáver de un cazarrecompensas llamado Leroy llevaba horas muerto clavado a un tronco y con la boca llena de hormigas que el propio dios le había hecho tragar a la fuerza. El responsable de tal fechoría había sido Loki. En aquellos instantes, el dios del engaño estaba suplantado a ese mismo hombre. En su mano derecha sostenía el canuto de madera con el cual había disparado el dardo envenenado. El veneno usado por el dios había sido zumo de ajo. Una sustancia de la que sabía ser muy peligrosa para la vida de los vampiros. La razón por la que el súper olfato de la vikinga no había podido percibir la presencia del dios Loki, se debía a que si los dioses así lo querían, no olían a nada ni desprendían ninguna clase de energía vital en el reino de Midgard. Una vez que Loki hubo capturado a la vikinga, cambió el timbre de su voz para hacerse pasar por Leroy.

—¡Venid chicos! ¡Venid y ved lo que he atrapado!—gritó Loki, reclamando la llegada de los hombres.

Tras el aviso del dios, un grupo de cazarrecompensas que se encontraba bastante cerca de la zona, salió corrieron para reunirse con quien creía que era su compañero. Mientras los hombres corrían hacia la posición desde donde se había efectuado el llamamiento, Loki sonrió una última vez y entonces transformó su apariencia adoptando el aspecto de Leroy. Sus compañeros al llegar a la zona donde les aguardaba el falso cazarrecompensas, se reunieron en torno al cuerpo de la vikinga para observarla con gran atención y cautela. El líder de los cazacompensas, Bruno, destacaba por tener un parche en su ojo derecho y por tener todo el cuerpo lleno de cicatrices.

Tras haber comprobado los colmillos y la piel marmórea de la vikinga, Bruno asintió con una sonrisa y entonces dijo:

—Bien hecho, Leroy. Es ella. No hay duda. Viste las mismas ropas que la descripción que hemos recibido—dijo Bruno.

—Gracias señor. La vi cuando salí a mear—contestó Leroy.

Bruno soltó una carcajada con el comentario del falso cazarrecompensas y entonces, se dirigió a los otros tres hombres que habían llegado con él:

—Cargadla y llevadla hasta la jaula.

—Sí—asintieron los tres cazarrecompensas.

Transcurridos unos minutos, Run pasó a estar metida dentro de una jaula de plata, la cual circulaba en un carromato perteneciente al grupo de cazarrecompensas. En aquella caravana los hombres que iban al frente eran Bruno y un aprendiz llamado Derek.

—¿Por qué vamos a Copenhague y no cogemos un barco para la capital del imperio? He oído que se están llenando de oro con esto de la cristiandad. Sacaríamos mucho más dinero si hacemos la entrega al rey Carlos que a los paganos—dijo Derek dirigiéndose a Bruno.

—No, olvídate de eso. Sería un peligro demasiado grande trasportar algo así por altamar. ¿Acaso no te han contado por qué perdí mi ojo derecho?

—No…—negó Derek.

—Fue precisamente por cometer la estupidez de transportar a un amiguito de estos por altamar—responder Bruno con una sonrisa divertida.

—¿Qué pasó exactamente? ¿No lo llevabais retenido con grilletes y cadenas?—preguntó Derek.

—Sí, lo llevábamos apresado como siempre. Pero en aquella ocasión alguien cometió un grave error. Durante la noche en el barco no dejó de quejarse por el dolor que le infringían las cadenas de plata, así que uno de mis antiguos empleados tuvo la genial idea de aflojarle las cadenas pensando que de ese modo dejaría de gritar. El muy estúpido…El vampiro se lo agradeció arrancándole la yugular de un mordisco.

—Oh, Dios. Debió de ser horrible lo que pasó—lamentó Derek.

—Sí, fue horrible. Después de matar a ese pobre infeliz, la bestia mató a otros tres de los míos. El vampiro era una asesino imposible de apaciguar, por lo que al final tuvimos que matarlo allí mismo. Todo fue un desastre. Perdí a cuatro de mis mejores hombres y además no cobré la recompensa.

—Una autentica desgracia—lamentó Derek.

Bruno suspiró mirando al frente y luego prosiguió con el dialogo:

—¿Ahora me entiendes? Por eso, vamos a Selandia. Con que más rápido hagamos la entrega del vampiro y hayamos cobrado mejor—dijo Bruno.

—Sí, jefe. Tiene toda la razón. Espero que a ese mimado de Sigurd Lodbrok le quede todavía algo de oro—comentó Derek con una animada sonrisa.

—No te preocupes. Algo les quedará—le replicó Bruno, adoptando una sonrisa confiada.

Acto seguido de aquel comentario, Bruno se inclinó hacia la parte del bolsón que cargaba en su caballo y entonces cogió un libro de su interior.

—¿Qué es esa cosa que has cogido?—preguntó Derek, intrigado.

—Se llama libro. Sirve para leer sobre cosas y entretenerte.—respondió Bruno.

—Libro…—repitió Derek mostrándose interesado.

—¿Sabéis leer?—preguntó Derek.

—No, claro que no. Tampoco sé escribir. Se le cayó al demonio que hemos capturado. Al parecer estaba tan distraído leyendo esto que no nos vio llegar—respondió Bruno con una expresión divertida.

—Qué raro. No pensaba que estas criaturas pudieran llegar a ser inteligentes…—respondió Derek, reaccionando sorprendido por las palabras de Bruno.

—Pues sí, hay de todo. Si sigues conmigo, de ahora en adelante verás que hay vampiros de todos los tipos. Precisamente el espécimen que llevábamos es bastante peculiar.—añadió Bruno.

—Ya lo he visto, ya. Cuando la he visto por primera vez me han dado ganas de cortejarla.—bromeó Derek.

Bruno rió de forma ruidosa producto de la broma de Derek.

—Tampoco hay que dejarse engatusar. Aunque algunos por su aspecto te puedan conmover, a fin de cuentas los vampiros no son más que monstruos sedientos de sangre…—añadió Bruno.

—Sí…—asintió Derek, soltando una sonora carcajada.

—Por cierto, Leroy…—empezó a decir Derek.

El aprendiz de cazarrecompensas para dirigirse a aquel compañero, se giró en su caballo mirando atrás en busca del susodicho pero para su sorpresa, el cazador de la vikinga ya no estaba con ellos. Su caballo estaba cabalgando sin nadie en la montura. Derek, al notar la ausencia de su compañero, rápidamente, dio el aviso al resto del grupo, llevando a que todos realizaran una parada obligada para buscar a Leroy.

CAPÍTULO 25: LA OLVIDADA RUS DE KIEV

En el año 865 d.C el rey Karl ascendió al trono tras la muerte de su tío el rey Rúrik. Su reino duró catorce años. En el año 879 d. C el rey Karl murió por culpa de una fiebre repentina en el invierno de ese mismo año. Entre sus acciones más recordadas como monarca, quedó la retirada de su apoyo al ejército de la Casa Ynglings y el regreso de los soldados desde Northumbria.

En torno a lo que se produjo después con la sucesión del trono de Rus de Kiev, se abrió un periodo de confusión ya que el rey Karl no dejó a ningún hijo. Eso llevó a que se buscara en los supervivientes la familia Ljungberg a su sucesor. De la familia sólo quedaban la hija mayor de Sineo Ljungberg, Ingibjorg y las hijas gemelas de Truvor Ljungberg, Helga y Lutas, lo que señalaba al hijo varón de Ingibjorg como el primero en la sucesión a la corona.

El hijo de Ingibjorg era un niño de doce años llamado Oleg. Oleg, bien pudo ascender al trono de Rus de Kiev, sin embargo, no se lo permitieron. En mitad del invierno del año 879 d. C, Oleg se vio obligado a huir con sus padres fuera de Kiev debido a que la ciudad cayó bajo el control de unos bandidos de procedencia eslava. El líder de dicha banda se llamaba Sergei Ivanov.

En los últimos días del invierno del 879 d. C

En las afueras de la ciudad de Kiev, en medio de la enorme estepa que abarca kilómetros a la redonda, un perro de raza husky se acercó para olisquear los restos óseos de lo que parecía haber sido algún animal. El nombre de aquel perro era Prif. A unos pocos metros de donde estaba el canido, le seguía su dueño cargando con un ternero destripado. El anciano iba vestido de pies a cabeza con ropas de abrigo. En su cabeza bestia un gorro de piel con orejeras. El resto del cuerpo lo llevaba cubierto por cinco pieles de animal.

Mientras el perro olisqueaba los huesos, el anciano le preguntó a éste:

—¿Qué es eso, Prif? ¿Es algo para comer? Déjame ver, pequeño—pidió el anciano.

El anciano, curioso por ver el aspecto del esqueleto, apartó a su perro y luego cogió uno de los huesos llevándoselo ante sus ojos para examinarlo de más de cerca.

—Era un lobo. Alguien debe haberle arrebatado su pelaje. Me pregunto quién habrá sido—comentó el anciano rascándose la barbilla con gesto pensativo.

En un lugar mucho más caliente que aquel, en el interior de la gran sala vikinga del castillo de Kiev, las jarras de hidromiel se vaciaban entre el sonido de las risas de los soldados del rey eslavo mientras que las mujeres iban cambiando de mano en mano.

Sergei Ivanoz era un hombre salvaje con un rostro medianamente atractivo. Su cabellera era una media melena morena y rizada. Su rostro de estructura marcada y cuadrada mostraba unos ojos verdes, una cicatriz cerca de su ojo derecho y una fina capa de barba de tres días. Su vestimenta se componía de una camisa abierta que dejaba a la luz su cuerpo musculado y peludo. De cintura para abajo vestía pantalón largo y botas.

A su lado Minrha estaba en pie. La hechicera lucía en aquellos instantes su aspecto humano. Ella era una hermosa mujer de melena morena y ojos azules. En cuanto a su vestimenta llevaba un vestido largo con un excelso escote y una raja en la falda que mostraba sus muslos.

En medio del ambiente de jolgorio y fornicación que se extendía por toda la sala vikinga, el líder eslavo se puso en pie para dirigirse a su tropa:

—Señores, os prometí un reino y yo os lo he entregado….

—¡Siiiiiii!—gritaron los soldados al unísono.

—Mirad cuantas mujeres hermosas. Con solo dar una vuelta se te alegra la vista y se empalma la polla. Esta ciudad se convertirá en el lupanar de Europa y nosotros seremos quienes recogeremos el oro. Bebed por vuestro oro. Bebed por vuestras esclavas. Bebed por mí—gritó Sergei, al mismo tiempo que alzaba su jarra frente a sus soldados.

—¡Siiiiiii! ¡Sergei! ¡Sergei!—gritaron los soldados al unísono.

Sergei, feliz por ver la alegría en sus soldados, se acomodó en el trono real sintiéndose como un dios. Instantes después de que se sentara en el asiento, Minrha tomó la palabra para dirigirse a él:

—Has conseguido lo que pedías. Deseabas la muerte del rey Karl y así se te fue concedida. Ahora tiene un imperio de miles de kilómetros solo para ti. ¿Estás contento?—preguntó Minrha, estirando una sonrisa por su rostro.

El nuevo rey ante las palabras de la hechicera arqueó una malévola sonrisa y luego se alzó de su trono para agarrarla de los pechos por detrás. Con la cara pegada a la de ella, Sergei dijo:

—Todavía no...

A continuación, Sergei metió sus callosas manos por el interior del vestido y con suma delicadeza las fue bajando hasta que Minrha quedó desnuda frente a los soldados eslavos. Minrha, al verse desnuda por obra del rey de los bandidos, estiró una media sonrisa en su rostro mostrándose medio aburrida como si el hecho que estuviera de aquel modo se tratara de una situación común para ella.

—¿Y qué pretendes hacer?—preguntó Minrha con su mirada fija a los soldados eslavos que practicaban el sexo con las esclavas.

Tras la pregunta de la hechicera, Sergei posó su mano sobre la espalda de ella empujándola para que se pusiera a cuatro patas. Una vez que estuvo en dicha posición, sacó su pene de sus pantalones para dar inicio a la fornicación. Sergei Ivanoz era famoso en los lupanares de medio Báltico como el "Rompecoños" o la "La trompa azul". Aquellos apodos venían porque su colosal verga tenía cierto parecido con la trompa de un elefante y tenía un color amoratado propio de una enfermedad. Cuando Sergei introdujo su carnoso aparato en la vagina de la hechicera se le escapó a ésta un quejido que vino acompañado por una sonrisa.

Llegado a aquel momento, Sergei agarró a Minrha de sus caderas y entonces empezó a empujarla repetidamente contra su falo. Sergei ponía todo su ímpetu en cada uno de sus embestidas. Se esforzaba tanto que empezó a sudar rápidamente. Minrha, con cada embestida del grotesco falo punteando sus entrañas, se mordía los labios en una demostración de placer muy controlada. A la de la fornicación que se desarrollaba entre Sergei y Minrha, no llamó la atención de los bandidos eslavos. Ellos estaban tan acostumbrados al sexo libre que ni los miraron a pesar de que estaban teniendo sexo en el área más visible del salón.

Bajo los jadeos de Minrha, fue cayendo la temprana noche y bajando de nuevo la temperatura en el reino de Rus de Kiev. Horas después de que el eslavo hubiera finalizado el acto sexual con la hechicera, el primero permanecía sentado en su trono chupando una teta a la mujer hibrida mientras ésta estaba sentada sobre sus rodillas. A lo largo de aquel día, la pareja había hecho el acto sexual unas seis veces. Esa quietud que ahora compartía la pareja, era solo un descanso para que el rey de los bandidos tomara de nuevo fuerzas.

—Chupad, son todo vuestras—farfulló Minrha, acariciando los cabellos del eslavo.

Sergei sonrió frente a la caricia y luego dio un sorbo en el seno engullendo el pezón. Esa acción provocó un quejido en la hechicera que la llevó a humedecer su vagina.

En ese momento de relajación, un bandido entró en el salón a la carrera con noticias para el lujurioso rey.

—¡Majestad nos están atacando!

La noticia llevó a que Sergei apartara su boca del seno desnudo de la hechicera. En cuanto, el bandido le contó todo lo sucedió, Sergei salió corriendo al patio de armas para hacerse cargo de la situación.

La llegada del rey eslavo también vino seguida por la llegada de Minrha y de la mayoría de los bandidos que estaban con él en la sala real. En el patio de armas, todos ellos se encontraron con dos de los bandidos yaciendo en el suelo sobre un charco de sangre. Delante de esos cadáveres estaba un hombre desconocido a quien se le acusaba por parte de los testigos de ser el culpable de esos asesinatos. Ese hombre llevaba cubierta la cabeza por un gorro de conejo y el resto de su cuerpo vestido con numerosas pieles que hacían que fuera difícil averiguar el grosor real de su cuerpo.

—¿Éste ha sido quien ha matado a mis hombres? ¡No puede ser!—exclamó Sergei, incrédulo por ver el aspecto del sospechoso.

Después de que Sergei hubiera realizado dicha pregunta, miró hacia un par de sus hombres que habían visto lo sucedido. Ellos estaban temblando, pero no por el frío que hacía en el exterior de los muros de roca, sino por el miedo que ahora reinaba en sus corazones por culpa del misterioso hombre.

—¿Qué pasa? ¿Tus soldados son demasiado blandos?—preguntó el desconocido en un tono de burla, dirigiéndose a Sergei.

La provocación del desconocido derivó a que Sergei se echara a reír, siendo coreado por Minrha.

—Jajajaja. No había conocido a nadie tan fanfarrón como tú. Me apuesto todo mi oro a que esta escandalosa matanza no ha sido obra tuya, sino que solo eres un tonto más que se las quiere dar de importante—replicó Sergei.

El comentario de Sergei llevó al desconocido a dibujar una maliciosa sonrisa en su cara.

—Tienes razón. Solo soy un tonto más que se las quiere dar de importante—dijo el desconocido, sacando a continuación un objeto del interior de su ropaje.

Para la sorpresa de Sergei y de todos los que le acompañaban en aquel patio de armas, el desconocido sacó de su inmenso abrigo la cabeza de uno de los bandidos asesinados.

Sergei, al ver la cabeza ensangrentada, reconoció en él a uno de sus hombres de confianza, lo que le dejó estupefacto e incrédulo.

—Dejan...—farfulló Sergei, llamando al cadáver por su nombre.

Haber visto tal atrocidad, cambió la expresión de la cara de Sergei, de la relajación al horror.

—¿De quién es esa cabeza?—preguntó Minrha a Sergei, intrigada.

—Era uno de mis guerreros más fieles—respondió Sergei, observando con indignación la cabeza.

Minrha echó una mirada a la cabeza otra vez, y a continuación, se apoyó contra la espalda de su amante.

—Ya sabes lo que debes de hacer—farfulló Minrha, instando a Sergei a que tomara venganza.

—Sí—asintió Sergei a Minrha. —¿Quién eres tú bastardo?—preguntó Sergei dirigiéndose al desconocido.

Tras la pregunta realizada por el rey de los ladrones, éste no obtuvo respuesta alguna por el desconocido que se limitó a callar y a sonreír. Minrha miró detenidamente al desconocido sin ser capaz de identificarlo.

—No dejes que se burle de ti. Solo es un asesino de poca monta. Obliga a tus hombres a que acaben con su vida. Ya hemos perdido suficiente tiempo con él—le susurró Minrha a Sergei.

Habiendo recibido la orden de la hechicera, Sergei compuso una malvada sonrisa y finalmente, se dirigió a todos sus hombres:

—¡¿Por qué sigue vivo todavía este bastardo?!¡Lo quiero muerto!—ordenó Sergei dirigiéndose a voz en grito a sus temblorosos bandidos.

Los bandidos, se mantuvieron en su posición mostrándose precavidos, pero finalmente tomaron el valor para salir al ataque contra el desconocido. Sin impedimento alguno por parte de aquel hombre, los bandidos consiguieron herirlo con gravedad en mitad del pecho. Los filos de las hachas y de las espadas traspasaron su vestimenta hasta diez veces. Ver a sus hombres realizando tal castigo sobre el pecho del desconocido, hizo que a Sergei se le escapara una risotada. Se sentía victorioso.

—¡Sí! ¡Jódete, hijo de puta!—exclamó Sergei mostrándose dichoso por el final que estaba encontrando el rebelde.

La carcajada del rey de los eslavos no duró mucho. Acto seguido, el desconocido sorprendió a todos, haciendo chocar brutalmente las cabezas de los tres eslavos que le estaban hiriendo. El golpe fue tan violento que los cerebros de los tres soldados quedaron aplastados dentro de sus yelmos de metal. Finalizada la atroz acción, los tres soldados cayeron muertos alrededor de los pies del desconocido. Por sorprendente que pudiera parecer, Minrha después de ver lo ocurrido, sonrió sintiéndose todavía más curiosa por saber quien era el hombre que se ocultaba tras aquel ropaje. La actitud mostrada por la mujer hibrida fue muy distinta a la que pasó a mostrar el rey de los eslavos. Sergei ahora temblaba de rabia y de miedo.

—¡No, no es posible!. Debo de estar soñando—exclamó Sergei con incredulidad.

Llegado a aquel momento de la carnicería iniciada en el patio de armas, el desconocido llevó su mano sobre su ropaje y entonces tiró de él descubriendo su aspecto ante la vista de todos. Cuando su rostro quedó al descubierto, algunos de los ciudadanos de Rus de Kiev le reconocieron de inmediato. Las gentes que le reconocieron, tornaron sus caras en gestos de sorpresa e incredulidad ya que el susodicho andaba desaparecido desde hacía más de veinte años y todavía seguía igual de joven que en el día en el que se dejó de saber de él.

Él era Axel Ulverk, un vikingo de la Casa Rúrika. Axel Ulverk era un hombre de cabello largo y rubio casi blanco. En todos esos años que había estado apartado del mundo, se había dejado crecer una larga melena que le llegaba hasta la altura de su trasero. En relación a su rostro era muy hermoso y varonil. Sus ojos eran azules, tan azules como el mar. Su altísimo cuerpo era fibroso, sus brazos bien torneados, y su espalda ancha. En su pecho de aspecto marmóreo llamaba la atención un pequeño tatuaje sobre el pectoral izquierdo. Aquel tatuaje era un sigil que brillaba cada vez con mayor rapidez.

—¿Es otro vampiro? ¿Por qué está brillando?—preguntó Sergei, mirando a Axel con gesto dubitativo.

—No, éste huele diferente. Necesito acercarme para saber qué es— respondió Minrha dirigiéndose a Sergei.

Cuando todavía la gente que había en el patio de armas estaba aguantando la respiración por lo sucedido entre Axel y los eslavos, Minrha dio un paso hacia delante para observar al vikingo con mayor cercanía. Él tenía algo que la atraía de una manera que no podía explicar. Simplemente quería estar cerca de él.

—¿Qué cojones?—se preguntó Sergei mostrándose molesto por la marcha de Minrha.

Cuando la hechicera estuvo finalmente encarada con el vikingo, lo miró atentamente deleitándose con cada detalle de su rostro. No era para menos.

Axel poseía una belleza que cautivaba a cualquier mujer que lo mirase, sin importar que ésta fuera humana o no.

—¿Quién sois?—preguntó Minrha.

A la pregunta de la hechicera, Axel siguió en silencio y con una actitud de enfado. Pese a la expresión poco amigable por parte del vikingo, Minrha decidió rebasar la línea del contacto, posando su mano derecha en la entrepierna de él, y luego la fue subiendo lentamente por todo su abdomen. Teniendo su mano a la altura del pecho, el movimiento de la mano continuó hasta situarla sobre un tatuaje con el símbolo de un sigil.

—Tu tatuaje es una maldición. Por eso sigues vivo. Alguien te condenó.

El comentario de Minrha causó sorpresa en Axel. Minrha estaba en lo cierto. Aquel tatuaje había brotado en la piel del vikingo fruto de una maldición.

—Dime vikingo, ¿Cuál fue la razón de esta maldición? ¿Tan malo has sido en el pasado?—preguntó Minrha estirando una sonrisa malévola por su rostro.

—¿Podrías quitármelo?—preguntó Axel con voz quebrada y débil.

Minrha, sonriente por la petición, acarició el rostro de Axel y entonces le dijo:

—Eres hermoso…

—Sí, podría quitártelo pero solo con la condición de que te unieras a mí. Quiero que seas mi juguete.—añadió Minrha con una sonrisa y sus mejillas sonrojadas.

La propuesta realizada por la hechicera, dejó en silencio a Axel durante unos largos segundos. No sabía qué responder a eso. Mientras el vikingo meditaba cuál sería su respuesta, Minrha cogió la mano de Axel y luego la posó sobre su cuerpo arrastrándola de arriba a abajo. En el desplazamiento de la mano, la condujo hasta uno de sus senos donde la dejó descansando y con la otra mano disponible la extendió hacia el vikingo.

—No seas tonto. Únete al bando ganador.

—Yo…—farfulló Axel, iniciando su respuesta.

En aquel instante en el que Axel iba a hablar, una llamarada apareció junto a Minrha llevándose toda la atención del momento. De aquella llamarada aparecieron dos seres, Loki y una niña de unos siete años de edad. Aquella niña era Hela, la hija de Loki y Minrha. Hela era bonita, con una melena morena y los ojos verdes. La hechicera tan pronto como vio a su hija en el reino de Midgard, cambió la expresión lujuriosa de su rostro por una de auténtica preocupación.

—¿Qué hace ella aquí? Dijimos que no saldría del Helheim hasta que fuera más poderosa.—le recriminó Minrha a Loki.

—Hemos estado observándote, esposa mía. Y tanto yo como tu hija, no estamos nada contentos con tu comportamiento últimamente.—dijo Loki, sonriendo.

—¿Qué pasa? ¿Estás celoso?—preguntó Minrha estirando una sonrisa malévola.

Se acercó al dios del engaño y entonces le dijo, mientras le acariciaba una mejilla con dulzura:

—Estos humanos no significan nada para mí. Son sólo juguetes—explicó Minrha, mientras miraba a su marido fijamente para tratar de convencerle.

Dicho aquello, Loki sonrió a Minrha, quien sintiéndose a salvo, también profirió una sonrisa.

—Tú eres mi rey. Tú eres el único hombre que amo—sentenció Minrha.

Cuando Minrha ya respiraba tranquila, segura de seguir viviendo, Loki miró a su hija Hela y entonces, le preguntó:

—¿Qué hacemos hija mía? ¿Perdonamos a mamá?

Antes de dar respuesta a la pregunta, la niña empezó a brillar convirtiendo la mitad de su cuerpo en un esqueleto. Una vez hubo adoptado su verdadera apariencia, sonrió a su madre y entonces dijo:

—Yo digo que no.

—Ya has oído a tu hija—sentenció Loki, dirigiendo una pérfida sonrisa a Minrha.

La hechicera, al oír la sentencia de muerte por parte de su propia hija, puso cara de espanto y empezó retroceder, temerosa de lo que pudiera sucederle. Entonces, de la pequeña espalda de Hela empezaron a crecer unos tentáculos negros, los cuales acabaron por atravesar a Minrha. Cuando los tentáculos se hubieron introducido en las entrañas de la hechicera, se expandieron hasta hacerla estallar en una lluvia de sangre. Habiendo acabado por siempre la vida de Minrha, Loki soltó una carcajada divertida y luego pasó una mano sobre la cabeza de su hija acariciándole los cabellos con ternura.

—Bien hecho, hija mía. Es hora de volver a casa. Este mundo sigue perteneciendo a los apestosos midgareños…por el momento.

—Sí, papá—asintió Hela.

Dicho eso, ambos demonios desaparecieron del Midgard, marchándose igual que habían llegado, en un fogonazo de color azul.

CAPÍTULO 26: EL BUSCADOR DE SÍMBOLOS

La muerte de la hechicera y la posterior marcha de los dos demonios, supuso que Sergei se quedara solo y sin protección en el patio de armas ya que sus hombres habían soltado sus espadas como gesto de rendición. Verse en aquella situación de indefensión, hizo que le entrara el pánico y que saliera corriendo con tal de escapar de Axel. En la huida desesperada, el eslavo no llegó lejos. En cuanto dio cuatro zancadas, una flecha se le clavó en la pierna haciéndole caer sobre la nieve. Mientras que Sergei se dolía en la nieve, Axel caminaba hacia a él con un paso tranquilo al mismo tiempo que silbaba.

—No lo sabía que tú eras de aquí. Por favor perdóname la vida—suplicó Sergei con cara de dolor.

—No. Has hecho mucho daño a Rus de Kiev y ahora debes pagar por ello—respondió Axel, a medida que iba caminando.

Llegado ante Sergei, el vikingo miró al eslavo. La flecha que le había clavado, le sobresalía por el muslo y le había abierto un agujero por el que salía mucha sangre. Eso más que crearle algún tipo de piedad, le llevó a mostrar una sonrisa divertida. Axel era un tipo depravado y así demostró a continuación. El vikingo, sabedor de todas las atrocidades que había hecho Sergei, posó su mano con fuerza en la entrepierna del eslavo estrujándole los testículos con fuerza. Que decir que el grito que soltó el eslavo mientras el vikingo realizaba tal acción, fue aterrador y de lo más esclarecedor.

—Desde hoy en adelante ya no volverás a necesitar esto—dijo Axel con una sonrisa retorcida.

—Arg…Hijo de puta—se quejó Sergei, retorciéndose de dolor, ya por entonces sin sus dos testículos.

Una vez que Sergei se quedó sin sus dos apreciados testículos, Axel repitió la acción pero en esta ocasión con una parte todavía más estimada por el eslavo. Le agarró el rollizo pene y luego, tiró fuertemente de él, arrancándoselo de cuajo. El desgarro provocado, condujo a que los gritos de Sergei inundaran el patio de armas, el reino de Rus de Kiev y más allá. Ahora, Sergei no solo sangraba por la pierna sino que también lo hacía por sus partes nobles. El grotesco falo que le había arrancado el vikingo, terminó siendo lanzando por éste a una decena de metros de distancia, yendo a parar cerca de los pies de una mujer oronda de unos cuarenta años de edad. La mujer, con la visión de aquel rollizo miembro ante sus pies, miró disimuladamente hacia los lados para asegurarse de que nadie la veía, y luego lo recogió del suelo echándolo al interior de un cesto lleno de salchichas que cargaba en su brazo derecho.

Regresada la paz en el patio de armas del castillo, las mujeres corrieron hacia Axel para felicitarlo y agradecerle lo que había hecho por ellas. Él era el liberador de Rus de Kiev.

—Salvador, sois nuestro salvador.—dijo una de las aldeanas.

—Estáis invitados a mi casa. Podréis beber y comer cuanto queráis.— dijo otra de las aldeanas.

—No, será el invitado de honor de mi casa. Comerá hasta hartarse y quizá haga otra cosa más—dijo otra de las aldeanas.

Axel ante tanto agradecimiento, sonrió divertido.

—Gracias. Es de agradecer esta actitud vuestra tan amable.

Entre agasajos y palabras de gratitud, pasaron varios minutos hasta que dos mujeres se hicieron presentes en el patio de armas.

—¡Vosotras, abrid paso!—gritó Lutas.

Aquellas dos mujeres gemelas eran Lutas y Helga, las hijas de Sineo Ljungberg. Ellas eran dos hermosas mujeres de melena rubia y ojos claros. Sus rostros se caracterizaban porque tenían una frente amplia, unos pómulos prominentes y unas miradas pícaras. Ambas iban vestidas con el típico vestido largo de aldeana.

En aquellos instantes, lo único que diferenciaba a las dos gemelas eran los objetos que sostenían en sus manos. Lutas empuñaba una espada y Helga sostenía un escudo. Con actitud altiva, iban caminando a través de las mujeres y los soldados eslavos que todavía quedaban con vida en el patio de armas. A medida que las gemelas avanzaban hacia Axel, iban lanzando miradas llenas de descaro a los hombres del fallecido Sergei Ivanoz.

—Vosotros dos me violasteis…—dijo Lutas. —Y me gustó—añadió, estirando por su rostro una sonrisa.

A raíz de las palabras de la hermosa mujer, los dos eslavos respiraron aliviados, pero entonces, cuando todo apuntaba a que habría perdón por parte de la joven, dio media vuelta girándose con una sonrisa malévola.

—Pero lo que tú me hiciste… No—sentenció Lutas. A continuación, Lutas hundió el filo de su espada en el segundo hombre, dándole muerte y provocando el estupor y la sorpresa entre las personas que la rodeaban.

A la acción realizada por su hermana, Helga soltó una carcajada y a voz en grito alzó su escudo dirigiéndose a las gentes. Por detrás de Helga, su hermana Lutas extrajo la espada del cadáver y luego, fue siguiéndola con una sonrisa retorcida.

—¡Apartaos, el forastero es nuestro invitado!. ¡Apartaos todas!

Siguiendo los avisos de las gemelas, las mujeres que había en torno al vikingo se dispersaron. Las gemelas, al atestiguar el atractivo del hombre, se miraron mutuamente con pensamientos obscenos.

—Umm, forastero...Por lo que veo habéis causado un gran revuelo en nuestra ciudad. ¿Cómo os llamáis?—preguntó Lutas.

—Me llamo Axel—respondió Axel.

—¿De dónde sois?—preguntó Lutas acercándose al vikingo a tan corta distancia, que él pudo sentir la respiración de ella chocando contra su piel.

—De aquí—respondió Axel.

Tras la respuesta, las hermanas dieron varias vueltas alrededor del vikingo, miraron detenidamente cada detalle de su físico.

—Pues no os recordamos—sentenció Helga con mezcla de decepción e incredulidad.

—Y es extraño porque nosotras somos muy atentas con los hombres como tú.—añadió Lutas, mientras acariciaba el rostro de Axel.

—Sí, no se nos pasa ni uno—añadió Helga, pícaramente.

—Entiendo—asintió Axel, siendo cómplice de las insinuaciones de las gemelas.

—¿Sabéis qué, querido Axel?, corre un rumor que dice que Sergei tenía la polla más grande de todo el este de Europa. Sin embargo, en mi opinión era torpe y blanda—comentó Lutas sin complejos ni vergüenza.

El soez comentario provocó que Axel arqueara una medio sonrisa.

—¿Qué opinión tenías tú de su polla?—preguntó Lutas dirigiéndose a Helga.

—Demasiado grande y amoratada. Parecía que estuviera plagada de enfermedades.—respondió Helga.

Aclarado ese tema entre hermanas, Lutas volvió a centrar la atención en el vikingo. Se giró para dirigirse a Axel con una sonrisa malévola.

—Seas bienvenido en esta tierra Axel. Ahora veremos qué tal se porta vuestra espada en la cama o si solo vale para la lucha—sentenció Lutas.

Llegada la noche en el frío Rus de Kiev, Axel se dejó arrastrar por las dos gemelas hasta el interior de una rústica pero amplia casa. La estancia se dividía en dos partes, una primera con un fuego en el centro, y una segunda con una habitación cerrada con el suelo cubierto de piedras y varios bidones llenos de agua. Aquel habitáculo hacía la función de cuarto de baño y lavadero. Las dos sensuales gemelas habían llevado a Axel hasta dicho lugar donde por aquel entonces frotaban su cuerpo desnudo con jabón y agua. Como era de esperar, ellas también se habían desnudado para dar más placer a su huésped.

—Me siento muy honrado por estar recibiendo este trato de dos nobles como vosotras—dijo Axel.

—La familia Ljungberg cuida a sus guerreros. Desde siempre ha sido así—dijo Lutas.

—¿A vos os satisface este baño?—preguntó Helga dirigiéndose a Axel.

Mientras Helga esperaba la respuesta del vikingo, ésta frotaba con un paño de tela su fibroso cuerpo a la vez que con su mano izquierda le masturbaba lentamente.

—Sí...asintió Axel con una respiración entrecortada.

—¿Qué hay mejor que ser frotado por dos bellas mujeres?

—Si no me equivoco sois un guerrero que luchó para el difunto rey Rúrik. ¿No es así?—preguntó Lutas, mientras enjabonaba a los pezones de su hermana.

—Así es. Serví al rey Rúrik—respondió Axel, envuelto en un estado de relajación total.

—¿Y por qué habéis estado tanto tiempo fuera?—preguntó Lutas centrando su lavado en la espalda del guerrero.

—Decidí tomar mi propio camino…

—Tu propio camino… Me gustan los hombres que prefieren labrar su destino—comentó Helga, al mismo tiempo que observaba el pene de Axel.

Llegado a aquel punto de la conversación, Lutas sonrió con una expresión picara a su hermana y acto seguido, se acercó a ella para besarla lascivamente. Axel, ante las acciones iniciadas por las gemelas, se quedó observando con una sonrisa de agrado. Cuando ambas terminaron de besarse, el vikingo se metió en medio de las dos llevando su lengua al interior de un baile de lametones y besos húmedos.

Poco tiempo después de que se iniciaran los besos a tres, Helga y Lutas se agacharon frente la verga del vikingo disputándose quién sería la primera en probarla. Helga fue quien tuvo ese honor. La hija del difunto Truvor Ljungberg, iniciando la felación, abrió la boca metiéndosela toda dentro hasta que el glande le rozó su garganta. Por su parte, Lutas se hallaba a un lado masturbándose delante de su hermana y el vikingo. Una par de minutos después, Helga se aburrió de la felación. Eso llevó al inicio de una nueva práctica sexual en la que las dos hermanas decidieron que podrían actuar de manera conjunta. Helga y Lutas se tumbaron en el suelo de piedra, la una contra la otra. Estando las gemelas en dicha posición, sus pechos se aplastaban mutuamente, y sus vaginas se rozaban provocándoles placer antes de que el vikingo hubiera introducido su pene. Las dos gemelas, al verse en tal postura, soltaron una risotada y empezaron a besarse de forma sensual y lasciva.

Mientras Lutas y Helga estaban dándose placer mutuamente, Axel se agachó para deleitarse con el paisaje que les mostraban los cuerpos desnudos de las hermanas. Desde la posición del vikingo se veía todo. Podía ver cómo las vaginas de las hermanas se apretaban la una contra la otra creando una boca con dos agujeros de los cuales rezumaba un líquido transparente que parecía no tener fin.

La visión de las gemelas, totalmente dispuestas para recibir la polla del vikingo, aumentó la erección de éste.

—¿Qué tal es la vista desde ahí?—preguntó Lutas mostrándose divertida.

Helga rió divertida.

—¿A qué estáis esperando para clavarnos vuestra espada punzante?—preguntó Helga.

Axel sonrió y luego farfulló a la vez que se acercaba las dos vaginas.

—Esto es el paraíso…

El vikingo, extasiado por la visión de las dos vulvas y el líquido que brotaba de ellas, acercó su boca lentamente hacia las gemelas hasta meter su lengua en el interior de uno de los orificios. En cuanto la lengua entró en contacto con la piel del clítoris, a Helga se le escapó una salpicadura de fluido que cayó en la cara de Axel. Aquello provocó que el vikingo cerrara un ojo, pero no le detuvo en su afán por seguir degustando los salados efluvios de las hermanas. Saciado del néctar que procedía de las gemelas, Axel cambió su serpentina lengua por su afilada verga, clavándola en medio de las dos vaginas. Tal acción inició un vertiginoso ritmo de penetraciones inalcanzables para un hombre común. Aunque no las penetraba directamente, el roce de su pene sobre los clítoris, provocaba en las dos mujeres que jadearan de placer.

A los pocos segundos de que diera inicio la fornicación, a Helga se le escapó un sonoro grito al mismo tiempo que se arqueaba de puro placer al llegar al clímax. El acto sexual en aquella posición se prolongó durante más de una hora.

Cuando todo terminó, Axel y las dos gemelas se quedaron dormidos con sus cuerpos desnudos cerca del calor de la hoguera. Junto al fuego de la sala de estar, una piel de oso se secaba, completamente empapada por los fluidos corporales. Helga y Lutas abrazaban al vikingo celosas por cada centímetro de su piel. Mientras las dos dormían con unas expresiones en sus rostros de satisfacción absoluta, Axel aprovechó para marcharse. Una vez se hubo vestido, salió de la casa donde tomó rumbo fuera del castillo, adentrándose en la inmensidad de la estepa siberiana.

Mientras caminaba hacia ningún lugar, el sigil que había en su pecho empezó a brillar rápidamente.

CAPÍTULO 27: LAS MISAS

Todo estaba en silencio. No se escuchaba nada ni a nadie en las solitarias calles de Copenhague. Sólo un suave golpeteo rompía la quietud del momento. Un traqueteo, como de madera contra una pared, resonaba como un eco entre las rendijas de la casa destinada al descanso de los templarios. Dentro de la habitación del teniente Rafael Hens, dos figuras masculinas se distinguían a contraluz, chocando los cuerpos entre sí, moviéndose rítmicamente, con una cadencia in crescendo. Eran el mismo Rafael Hens y el capitán de los templarios, Joachim Müller, quienes estaban manteniendo un encuentro sexual, como ya venía siendo frecuente en ellos.

El cuerpo sudoroso de Rafael estaba colocado delante, agarrado al cabecero de la cama con ambos brazos, lo que causaba el extraño ruidito, al chocar los barrotes de madera contra la pared con cada embestida de su compañero de cama. Joachim, enorme y peludo, estaba colocado detrás de Rafael, sus manos apoyadas en las nalgas del teniente, y su pelvis contoneándose hacia delante y atrás, entrando y saliendo de su amante, entre quedos gemidos de placer. Ambos disfrutaban al máximo de su amor secreto, de su inadecuada relación y de la aberración, a ojos de los demás, que sabían estaban cometiendo.

—¡Más rápido, Joachim!, quiero que me entre toda tu polla hasta dentro del todo.

—¿Quieres más?, ¿y qué vas a hacer con esto?—preguntó el capitán, agarrándole el pene con una mano y frotándoselo arriba y abajo, al tiempo que se contoneaba restregándose contra el trasero del otro.

—¡Si, Si, Si!—contestó el teniente, totalmente excitado.—Haz que me corra en tu mano, ¡sigue!, ¡dale fuerte!

Joachim prosiguió con las maniobras desde detrás de él, acercándose a su espalda con cada movimiento de vaivén, acompasando caderas y mano.

—Te voy a traspasar con mi lanza, quiero que me des placer mientras yo te lo doy a ti, prepárate a tener el mejor sexo que puedas imaginar—le anticipó, clavando su falo hasta el fondo, lo que hizo que Rafael mordiera la almohada que tenía debajo de su cabeza, para acallar el bramido que pugnaba por salir de su garganta.

Aumentando la velocidad de sus acometidas, palmeó con una mano el duro trasero de su compañero, lo que hizo que él mismo se procurara un orgasmo. Ambos se corrieron al unísono. Con la llegada del orgasmo de ambos, entre gritos de uno acallados con la mano del otro, cayeron exhaustos en el catre militar, cubiertos de sudor y otros efluvios masculinos, entre bocanadas de aire provocadas por el intenso ejercicio sexual.

Joachim apartó uno de los rizos mojados de su amante y preguntó:

—¿Todo bien, mi ángel?

—Magnífico, como siempre. Tienes la mejor verga de toda la guardia de los Templarios—comentó el teniente con una sonrisa de satisfacción.

—¿De toda la guardia?, ¿acaso has probado todas antes que la mía?—cuestionó el capitán, un poco molesto.

—¡No!, sólo alguna que otra, pero hay algunos hombretones que no estaría mal tenerlos aquí. Por ejemplo, Zibon. Me imagino ese cuerpo delgado y huesudo. Seguro que tiene un pollón. Los hombres que son así suelen tenerla—respondió Rafael, hablando a su amante con una sonrisa pícara.

Joachim frunció el ceño, y respondió a Rafael:

—¡Calla, afeminado! ¡No sabes lo que dices! Eres como esas meretrices de baja estofa que parecen mujeres y van detrás de todos los hombres, procurando sus favores. ¡Sólo te falta maquillarte como una ramera!—le insultó.

—¿Estás celoso, mi capitán?— le insinuó, acariciándole el hirsuto torso con dulzura.—¡Sabes que tú eres mi amante! Yo no estaría con nadie más si te tuviera todo para mí, pero tú tienes esposa, esa horrible mujer que vive en el pueblo y que te ha dado cinco hijos, ¿cómo puedo competir con eso?—dijo Rafael mostrándose sonriente pese a su desdicha.

—¡Qué dices!, sabes que ninguno de esos críos es mío, yo no fornico con esa mujer, me da asco. Lo que tenemos entre nosotros es apariencia, ella va engendrando hijos con unos y otros, mientras yo…bueno, ya sabes—susurró.

—No. No sé, ¿tú qué?

—Yo te amo secretamente. Ojalá lo nuestro no fuese tan sucio como para poder hacerlo público. Ojalá las cosas fuesen distintas—suspiró Joachim, con pesar.

Se abrazaron, consolándose mutuamente, dedicándose tiernas miradas.

—Ojalá Dios aceptara nuestro amor. Ojalá…—susurró Joachim.

Al día siguiente, toda la ciudad se cubrió de celebración y ambiente de fiesta. Era el día en el que se procedería con la ceremonia de conversión del rey Sigurd al cristianismo. Después de siglos y siglos abrazando la fe pagana, la familia Lodbrok junto a las gentes que vivían en sus reinos de Suecia y Dinamarca, se iba a convertir al cristianismo.

En las calles, ese día los templarios tenían una actitud muy distinta con los ciudadanos. Eran amables y amistosos. Como si se hubieran vuelto locos, sonreían a todo el mundo, y repartían comida a los ciudadanos. Aquella comida procedía de los graneros que habían ido acumulando la Iglesia Católica de los pagos que las gentes del norte estaban obligados a afrontar para no ser acusados de herejía. La gente de Copenhague no era tonta, y pese a conocer la procedencia de la comida, la aceptaban muy alegres de poder callar el hambre que les azotaba a diario. Muchos de ellos habían trabajado días enteros en el nuevo edificio que ahora se alzaba delante de la plaza. El pueblo danés había aunado esfuerzos para conseguir en tiempo record la construcción de una iglesia. La habían construido en honor del Sacro Imperio, como acto de Fe y devoción al que ahora se consideraba el único dios, Jesucristo.

A horas de la mañana, miembros del alto clero, de la Orden de la Santa Fe y nobleza danesa, se agrupaban en los primeros bancos, en los puestos de honor, para dar testimonio con su presencia a tan magno acontecimiento. Thorey iba ataviada con sus mejores galas, coronada con la diadema de oro y zafiros heredada de su abuela, la cual refulgía en la oscuridad del templo. Sigurd, enfundado en pieles de zorro, vestía su túnica de rey, adornada con las joyas legadas en su coronación, mostrando a los presentes el esplendor de la casa real, para regocijo de los habitantes de Copenhague. El cardenal Odón, oficiante del rito, sonreía satisfecho, mirando a su alrededor, apuntando con el dedo uno a uno a los importantes miembros que debían recibir el bautismo, e indicando a sus sacerdotes la tarea de conceder a la reacia plebe las aguas de la milagrosa conversión. Al fondo del tumulto de parroquianos, los tres asesinos divisaban la misa con una expresión atenta.

—Que ceremonia tan hermosa—dijo Friedrich, encantado por la misa.

—Bueno, esto significa que nuestro trabajo aquí ha acabado. Sigurd se ha convertido—añadió Zibon, mirando al rey con cara de disgusto.

Después de los festejos posteriores a la ceremonia, la noche cayó sobre la ciudad dando protección a todos los conversos retirados en sus casas. En el interior del castillo de Copenhague, un vasto número de templarios hacían guardia para vigilar que ningún intruso osara atentar contra los clérigos de la Orden de la Santa Fe. Aquella noche le tocaba dirigir la guardia al teniente Rafael Hens. El hermoso templario por aquel entonces no vestía su yelmo, por lo que lucía su melena suelta cayendo sobre sus fuertes espaldas.

—Mantened un grupo vigilante hasta las tres de la noche, luego llamad a los siguiente diez soldados para que ocupen vuestra posición—dijo Rafael dirigiéndose a uno de los templarios.

—Sí, señor. —asintió, haciendo la señal militar.

Recibida la orden, aquel templario se marchó caminando por un ala del castillo. Cuando ya hubo desaparecido entre la oscuridad de los pasillos, una puerta cercana la posición de Rafael se abrió inesperadamente. Aquella era la cámara de descanso de la asesina, así que no alertó para nada a Rafael el que después de que se abriera la puerta saliera Catherine Briand de allí dentro. La asesina lucía en aquellos momentos una túnica blanca y llevaba su melena suelta.

Rafael Hens, en cuanto vio a la asesina, se limitó a saludarla.

—Buenas noches, señorita Catherine—dijo Rafael de forma cortés.

Pese al saludo del teniente, Catherine le ignoró y continuó con lo suyo. Ante la mirada atónita del templario, Catherine empezó a caminar por aquel pasillo hasta perderse entre la misma oscuridad por la que se había marchado el templario a quien Rafael había dado órdenes. Mientras la asesina seguía caminando bajo la oscuridad, Rafael se quedó inmóvil preguntándose el porqué de ese comportamiento.

—¿Por qué no me habrá respondido? ¿Estará enfadada conmigo?

Pasados unos segundos de que Catherine desapareciera bajo la oscuridad del pasillo, Rafael, curioso por saber a dónde iba, decidió seguirla. De ese modo, ambos fueron deambulando por los estrechos pasillos del castillo.

Llegado a cierto punto del castillo, la asesina se introdujo a través de las dependencias de los criados y llegó a la escalera que terminaba en las mazmorras. De allí salían unos desgarradores alaridos, amortiguados al exterior por las gruesas paredes de madera y piedra. Pero la asesina no parecía afectada por ninguno de esos aullidos, Se encontraba en un misterioso trance, que la llevaba al interior de las salas de tortura. El trance que sufría, era fruto de una droga que el cardenal Odón le había hecho tomar en el momento en el que la asesina recibía el cuerpo de Cristo durante el bautizo de Sigurd Lodbrok.

Catherine, al llegar al fondo de las mazmorras, se quedó detenida ante una puerta esperando a que ésta se abriera. A unos diez metros detrás de donde se hallaba la asesina, Rafael se detuvo mostrando un gesto trastornado.

—¿Por qué diantres habrá venido hasta aquí? No entiendo nada…—se preguntó Rafael a sí mismo.

Acto seguido, la puerta se abrió y sin más dilación entró por ella. Rafael al ver como la asesina había retomado la marcha, dio un paso al frente para seguir espiándola pero entonces un guantelete se posó sobre su hombro. Aquel guantelete pertenecía a la mano de Joachim Muller, capitán de los templarios.

—No puedes entrar ahí, son órdenes del cardenal—dijo Joachim.

—¿Pero la asesina del Vaticano? ¿Qué pinta ahí?—preguntó Rafael mostrándose confuso.

El capitán de los templarios, a sabiendas de que aquella situación era cuanto menos perturbadora, se mostró firme ante la curiosidad del teniente.

—Son órdenes.—sentenció Joachim con una expresión seria.

—Órdenes…—farfulló Rafael con gesto intrigado.

Aunque Joachim no le hubiera desvelado nada concreto, Rafael se percató al fijarse en los ojos de su superior, que si continuaba siguiendo a la asesina por aquellas mazmorras seguramente no saldría con vida, así que optó por no forzar la situación y volverse por donde había venido. Siguiendo los pasos de la asesina, dentro de la sala, miró con ojos vidriosos a unos hombres que estaban tan afanados que no le prestaban atención. A lo largo de la sala se repartían una decena de hombres y mujeres que estaban siendo torturados. Algunos estaban colocados alrededor de una rueda de madera, a la que estaba amarrado un hombre cubierto de sudor, lágrimas y sangre. Le golpeaban con postes de madera los brazos, piernas y pies, estos últimos anclados con cadenas al suelo, para romperle las articulaciones. Luego procedían a accionar la rueda, que al girar estiraba los miembros fracturados del pobre diablo, que gritaba de dolor al abrirse paso las astillas de los huesos rotos entre los músculos ya de por si mancillados.

Los verdugos sonreían de satisfacción al ver cómo el hombre mostraba su debilidad, acercándose más a la conversión conforme crecía su sufrimiento.

La muchacha fue caminando por allí, con la misma expresión en su cara que si no hubiera contemplado nada de esto, y se dirigió a la siguiente sala.

En medio de la habitación había una enorme viga apoyada en dos caballetes. La viga estaba girada de tal forma que una de las aristas quedaba arriba del todo. Al mirar la arista, se podía apreciar que estaba chapada con un metal, creando un filo cortante. Una mujer desnuda estaba sentada a horcajadas sobre la viga, inconsciente, con la cabeza echada hacia delante, oculto su rostro por el cabello. De sus pies pendían dos cadenas atadas a dos grandes pesas de hierro, y de sus muslos corrían varios regueros de sangre. Uno de los muslos estaba prácticamente seccionado, lo que explicaba el tremendo charco de sangre que se acumulaba en el suelo. La mujer pronto moriría desangrada por la pérdida de toda esa sangre.

Los que conocían las técnicas de tortura de la Inquisición lo llamaban la cuna de Judas. Una terrible pirámide sustentada por un poste apuntaba al cielo. Un aldeano totalmente desnudo, amarrado con cuerdas de manos y pies que lo sujetaban al techo, era izado y violentamente descendido sobre la pirámide, provocándole graves laceraciones sobre sus testículos y ano. Los bramidos del hombre, suplicando por su vida, eran desoídos por los miembros ejecutores de la Inquisición allí presentes. Sólo la palabra "abjuro" era la adecuada para poner freno al calvario del pobre diablo.

La chica, ignorando todo aquello, siguió caminando sin encontrar lo que buscaba, encaminándose hacia el final de la sala, donde una puerta cerrada le impedía el paso. Miró hacia abajo y descubrió una trampilla, la cual se abrió, dejando ver a un encapuchado vestido de negro que le hizo un gesto para que bajara. Ella asintió y comenzó a bajar los escalones. Al ver que finalmente había descendido la muchacha por aquel tenebroso lugar, uno de los verdugos rio a carcajadas, divertido por el destino que le aguardaba a la joven.

En el subsuelo de la sala de castigos, se encontraba una estancia de dimensiones astronómicas, totalmente en penumbra de la que sonaba una proclama en latín en un tono de voz monótono y a la vez aterrador.

—A Deo rex, a rege lex…. A Deo rex, a rege lex… A Deo rex, a rege lex…. A Deo rex, a rege lex…. A Deo rex, a rege lex…. A Deo rex, a rege lex…. A Deo rex, a rege lex…. A Deo rex, a rege lex…. A Deo rex, a rege lex…. A Deo rex, a rege lex…. A Deo rex, a rege lex…. A Deo rex, a rege lex….

Entonces, de repente, de entre la oscuridad, aparecieron unos encapuchados rodeando a la joven. Ellos no eran asesinos sino clérigos falsos que en realidad adoraban al diablo. De esos clérigos procedía la proclama infernal que se repetía sin descanso siendo parte de la misa satánica. Catherine había sido elegida para ser el sacrificio de aquella misa. Su vida, la de una virgen, iba a ser entregada al diablo para invocarlo.

Por aquel entonces, la asesina los miraba con la misma expresión vacua que delataba su grado de sumisión inducida por alguna droga desconocida.

Iniciada la misa negra, el suelo de tochos sobre el cual se erguía la asesina se iluminó, dibujando un pentagrama con la cabeza de una cabra en el centro.

—¡Es hora del sacrificio! ¡Es hora del sacrificio! ¡Es hora del sacrificio!—empezaron a gritar los clérigos.

De repente, el pentagrama se iluminó con mayor fuerza creando un agujero negro en torno a Catherine. Viendo lo que sucedía, uno de los clérigos encapuchados se quitó la capucha para ver mejor. El clérigo que había descubierto su rostro, era el cardenal Odón.

—¡A ti te invocamos, oh, señor de lo oscuro!— exclamó Odón con gran teatralidad, moviendo las manos hacia arriba, como rogando ser escuchado— ¡A ti te pedimos que nos acompañes en este rito oficiado en tu nombre!

—¡Acógenos como tus siervos y concédenos el grato honor de tu presencia!

—¡Admira esta virgen, que va a ser ofrecida como sacrificio de carne y de sangre para mayor gloria tuya, oh, Todopoderoso Loki, hijo de los gigantes Farbauti y Laufey caminante del cielo, cambia formas, dios del caos…!

—¡A ti te pedimos que nos concedas nuestro favor a cambio de la vida de esta joven, inmaculada en su virtud!

Acto seguido, agarró fuertemente el cabello de Catherine, forzando la cabeza hacia atrás, exponiendo su blanco y terso cuello, y, con una daga curva, trazó un profundo corte que hizo derramar sangre a borbotones sobre la nívea túnica de la chica, tiñéndola de brillante rojo, dejando escapar la vida de la inocente hasta dejarla exánime sobre el suelo.

No llegó a apoyar la cabeza sin vida de ella en el frio mármol, cuando una nube púrpura se creó de la nada encima del cadáver, girando a modo de espiral, haciéndose más y más extensa a medida que se alejaba del cuerpo. Ocupó todo el recinto, infiltrándose a través de los participantes en el ritual, rizando crestas en el líquido de las fuentes de la sala, haciendo tintinear las copas expuestas en las vitrinas.

De pronto, todo se sumió en la más absoluta oscuridad, solo dos luces pequeñas, como faros verdes minúsculos, brillaron en lo más alto de la bóveda.

—Decidme, pues, mi fiel Odón, la razón por la que el yo mismo ha sido convocado en esta ocasión a este lugar de culto pagano.—bramó una potente voz que estremeció a los asistentes.

Surgido de la oscuridad apareció Loki. El rey del infierno anduvo varios pasos hasta detenerse enfrente del cardenal. Olafur al tener al dios delante de él, cayó de rodillas uniendo las manos con gesto suplicante.

—Mi amado Loki, Dios de dioses. Rey de reyes. Necesito que me concedas aquello que me prometiste. Aquello que más ansío.—dijo Odón, con un hilo de voz.

—¿Acaso no te prometí oro y riquezas? ¿No te las concedí en extremo, tal y como tú y yo convinimos?—preguntó Loki, dándole la espalda con desprecio y hablando en un tono con creciente ira.

—¡Oh, sí, mi señor de la mentira!, ¡Por supuesto! No obstante, obviasteis algo muy importante para mí.—apremió a aclarar el cardenal.

—¿Y qué es cerdo codicioso? —preguntó Loki, dando la espalda al cardenal.

—Run…—culminó Olafur con sus ojos bien abiertos.

El nombre pronunciado por el cardenal causó una expresión furiosa en el rey del infierno.

—La hija de Rúrik es lo que te pedí para mí. Quiero ser su dueño, es mi capricho personal. Con ella mi codicia será saciada…

—¿Tu codicia será saciada?—bramó de nuevo la voz de Loki.—Run es demasiado valiosa para una escoria como tú, sin embargo, el yo mismo cumple con lo que promete así que la tendrás.—farfulló, misterioso.—Y muy pronto.—sentenció el dios.

Con todo el séquito de hombres de negro, Odón se dispuso a dirigir un ritual de agradecimiento para Loki, mientras éste se retiraba tal y como había aparecido, entre una bruma de color púrpura, y una extraña y maléfica sonrisa torcida en su boca.

CAPÍTULO 28: MIENTRAS TANTO EN EL CASERÓN

De repente, Hakon abrió los ojos en su dormitorio. Estaba en el viejo caserón del bosque de la Copenhague. En el exterior era de día y el brillaba el sol.

—¿Qué habrá cocinado hoy Anika? Voy a ver qué hay...—preguntó Hakon mostrándose curioso, desde su cama.

Se bajó de la cama, y se fue caminando para pasarse por la sala de estar. Cuando Hakon llegó a esa habitación, un hecho llamó mucho su atención. Sorprendentemente, allí estaba Run, preparando un estofado de alce en la cocina. A diferencia de como solía ser habitual en ella, por aquel entonces, estaba vestida con la típica vestimenta de una aldeana nórdica. Además llevaba su larga melena rubia envuelta por una red típica entre las mujeres casadas.

Hakon con la visión de la vikinga trabajando en la cocina, suspiró aliviado y luego se colocó junto a ella sonriéndola. Tenía la impresión de que todo lo ocurrido, había sido una pesadilla.

—Claro, era imposible que nos pasaran cosas tan malas. Era solo una pesadilla—comentó Hakon en un tono distendido.

Al comentario del guerrero, Run mostró una sonrisa, devolviendo su atención posteriormente a la comida.

Al cabo de unos minutos, cuando finalmente la comida estuvo hecha, Run la cogió con un trapo para no quemarse las yemas de las manos y a continuación, fue con ella hasta la sala de estar donde se reencontró con Hakon sentado ante la mesa. Hakon, en cuanto la vio aparecer, se dirigió a Run mostrándose muy sorprendido.

—Hum. ¡Qué bien huele!—dijo Hakon, feliz por ver a Run sirviéndole el plato.

—Gracias. Espero que te guste. He estado cocinando toda la mañana—le respondió Run, sonriendo amablemente.

—Run. ¿Por qué vistes así?—preguntó Hakon, al mismo tiempo que cogía un pedazo de carne del plato.

La vikinga soltó una carcajada a causa de la pregunta.

—¿Por qué visto así? ¿Ahora me lo preguntas? Llevamos más de diez años casados. ¿Es que acaso has bebido más hidromiel de la cuenta?

En reacción a la risa de la muchacha, Hakon se quedó observando fijamente a Run y entonces, esbozó una feliz sonrisa.

—Entonces todo ha sido una pesadilla. ¿No existió nuestra separación?—preguntó Hakon entre risas.

—¿De qué estás hablando? Siempre hemos estado juntos desde que te encontré cuando eras niño. Nos enamoramos y nos casamos. Eso es lo que pasó—contestó Run, hablando en un tono distendido.

Procedente del interior de una de las habitaciones del caserón sonó la voz de un niño:

—¿Mama está hecha la comida?

—¿Quién es?—preguntó Hakon, sorprendido.

—¿Quién va a ser? Nuestro hijo, Thorki.—respondió Run entre risas.

—Thorki...—repitió Hakon con gesto sorprendido.

Dicho eso, una misteriosa oscuridad se apoderó de todo. Durante unos segundos todo se mantuvo bajo silencio, haciendo que una pequeña luz brillara ante tanto vacío. En medio de la nada absoluta, se divisó a Hakon desnudo de cintura para arriba. En aquel páramo, el guerrero empezó a correr sobre un campo de piedras en el cual había cruces gigantes a los lados. En su recorrido por el perturbador lugar, una imagen quebró la cordura de Hakon. Una cruz se irguió ante sus ojos. En ella estaba Run crucificada y desnuda.

—Run...—farfulló Hakon, aterrado por verla en tal imagen.

Nada más verla, Hakon salió corriendo con urgencias hacia la vikinga para bajarla de la cruz, pero antes de que tan siquiera llegara a rozarla, la cruz se puso a arder con Run en ella. Ver a la vikinga siendo presa de las llamas, dejó incrédulo a Hakon, pero para su respiro, acto seguido, despertó en mitad de la noche dando gracias a dios porque todo se hubiese tratado de una pesadilla. Al despertar, Hakon estaba sufriendo de temblores de pánico, aunque a medida que fue asumiendo que todo había sido una pesadilla, acabó por relajarse.

El guerrero seguía llevando su pelo castaño en una melena desaliñada y una barba espesa, que lo hacía ver bastante más mayor de lo que en realidad era. Su cuerpo, al contrario, se había recuperado en gran parte gracias a las copiosas comidas que Anika le preparaba a diario.

Después de que Hakon se secara el sudor que corría por su frente, se acurrucó bajo las pesadas mantas de piel para tratar de recobrar el sueño. Al día siguiente en el caserón, a altas horas de la mañana, Anika ya andaba despierta. Estaba cocinando un estofado que daba sabor el hueso de la pata de un jabalí. Mientras la niña se ocupaba de terminar la comida para el mediodía, Hakon estaba dándose un relajante baño en una sala del caserón. Como consecuencia de la desnudez del guerrero, se divisaba a lo largo de su cuerpo el extenso número de cicatrices que se repartían por su piel. Detrás de cada cicatriz había una historia, una gesta que compartía con Run, y que la unía a ella de una manera que nadie podía imaginar.

En aquel momento de relajación para el guerrero, la niña irrumpió en el cuarto de baño sin avisar. Al entrar, vio a Hakon de espaldas y completamente desnudo, lo que la llevó a cerrar los ojos poniéndose roja de la vergüenza.

—Perdón…La comida ya está lista—se excusó la niña.

—¡Anika!—exclamó Hakon, reaccionando sorprendido y avergonzado a la vez.

Hakon, tratando de ocultar su pene a la niña, se tapó sus partes tendiéndose boca abajo en la bañera. El intento del guerrero por ocultarse hizo que con esa acción mostrara a la niña su trasero torneado y prieto, cuya visión la sonrojó de nuevo.

—¡Oh dios! Te dejo. ¡Date prisa o el caldo se enfriará!—gritó Anika.

A continuación, la niña se tapó los ojos y acto seguido, salió corriendo del baño con la torpeza de que al salir, se golpeó contra el marco de la puerta.

—¡Ay!—se quejó Anika doliéndose por el golpe.

Hakon, ante lo sucedido, soltó una risotada y a continuación, se dirigió a la niña para interesarse por ella:

—¿Estás bien?

—Sí, estoy bien. Ha sido solo un golpe—contestó Anika, saliendo finalmente de la habitación.

Pasados unos minutos del peculiar momento sucedido en el baño, Hakon se reunió en la sala de estar junto a la niña y sus ocho perros: El Gran Krig, Mordiscos, Guardián, Manchado, Revoltosa, Feliz, Enojado y Dulce. En la sala estar, ambos empezaron a comer la comida hecha por Anika mientras que a un lado, los ocho perros estaban devorando con ansia un cuervo cazado por ellos mismos. El perro que se mostraba más receloso de compartir la comida era Mordiscos, uno de los hijos de El Gran Krig y Dulce.

Volviendo a la comida hecha por Anika, su estofado de jabalí estaba aderezado con hierbas frescas del bosque por lo que desprendía un olor mentolado.

—¿Está bueno?—preguntó Anika a Hakon.

—Sí, mucho. Me encanta como cocinas—respondió Hakon.

La respuesta del guerrero cristiano, llenó de felicidad y orgullo a la niña danesa.

—Gracias. Procuro hacerlo lo mejor posible para ti. Todavía estás un poco delgado—dijo Anika con gesto avergonzado.

La preocupación de Anika en el estado del guerrero tenía razones más allá a la esperanza que las gentes danesas pudieran tener depositada en él. Aunque Anika sólo tuviera trece años y le distanciara catorce años de Hakon, empezaba a sentir algo más que admiración por él. Compartir el día a día con Hakon, era algo que le agradaba muchísimo y de lo que daba gracias a los dioses. Sin embargo, por muchas ilusiones que rondaran por la cabeza de la niña respecto al guerrero, él solo la veía como una niña de la que se estaba haciendo cargo y ni de lejos la veía como un objetivo romántico.

Mientras Hakon seguía comiendo, Anika estuvo mirando al guerrero atentamente, fijándose en la expresión atractiva de su cara y lo masculino que se veía con la barba. En un momento de la comida, Anika suspiró de alegría y luego, se llevó a la boca un cuenco con el caldo que ella misma había preparado. Tras haber dado un ligero sorbo, se limpió la boca con una mano y entonces, se dirigió a Hakon:

—No quiero que pienses que soy una cotilla, pero me gustaría que hoy te abrieras un poco más conmigo. Llevamos escondidos en este caserón más de tres semanas y apenas sé nada de ti todavía.

Hakon levantó una ceja sorprendido por el comentario de la niña.

—¿De dónde eres?—preguntó Anika.

Hakon se limpió la boca y respondió:

—Soy hispano. Nací en Hispania hace veintisiete años.

—¿Hispania?

—Son unas tierras del sur dominada por cristianos. Son aliados de los templarios que se han asentado en estas tierras.

—¿Tú también eres cristiano?—preguntó Anika, desconcertada.

—Sí, lo soy. Pero que sea creyente de la religión cristiana, no quiere decir que sea un radical que vaya matando a otros porque crean diferente a mí. Yo no soy un templario. Yo no lucho por Dios. Yo lucho por mí, por quien considero que debo proteger y por nadie más.

Anika sonrió abiertamente frente a la respuesta de su amigo.

—Así deberían de ser todos los guerreros. Tú eres un buen hombre. Me gustas.

—Gracias, me alegra que digas es—agradeció Hakon mostrándole una sonrisa.

Anika, al ver la sonrisa en el guerrero, se sonrojó y agachó la mirada. Tras unos segundos en los que la niña permaneció callada, finalmente, retomó la palabra:

—¿Quién es Run?

La sola pronunciación del nombre produjo que el guerrero reaccionara sorprendido y que se la quedara mirando sin dar crédito.

—¿Qué? ¿De dónde has sacado ese nombre?—preguntó Hakon, sorprendido y deseoso por saber.

—Es el nombre que gritas cuando tienes pesadillas. Te he oído gritarlo en más de una ocasión a altas horas de la noche—respondió Anika, tornando su cara en una expresión de cautela.

—¿De verdad hago eso?—preguntó Hakon, sorprendido.

—Sí. Lo has hecho por lo menos cuatro veces en el tiempo que llevamos aquí…—¿Quién es Run?—preguntó Anika.

Antes de responder a la pregunta, Hakon adoptó un semblante melancólico, apartando sus ojos de la mirada de la niña:

—Es una chica.

Al oír aquello, Anika se levantó de su asiento como si tuviera un resorte dirigiéndose a Hakon en un tono exaltado:

—¡Lo sabía! Aunque su nombre no deja claro si se trata de un chico o una chica, intuía que en tu vida había una mujer. ¿Cómo es ella? ¿Es muy hermosa? ¿Estáis casados? ¿Qué pasó?

Hakon miró a un lado con una expresión de dolor.

—Ella me rompió el corazón. Eligió a otro.

De repente, Anika mostró sorpresa e incredulidad por su rostro. Para nada esperaba algo así.

—Oh, lo siento. No debí preguntarte—se disculpó Anika, sintiéndose culpable por haber hecho recordar ese dolor al guerrero.

—No pasa nada. La vida es así—respondió Hakon, estirando una sonrisa.

Cuando la niña todavía seguía mostrando cara de culpa, Hakon se puso en pie dando por finalizada la comida.

—¿Te vas? ¿Te has ofendido por lo que te he dicho?—preguntó Anika en un tono nervioso.

Hakon soltó una carcajada y luego pasó por el lado de la niña acariciándole sus cabellos rubios.

—No, claro que no. Me voy al bosque a ver qué me encuentro. Es preferible que sea yo quien sorprenda a los templarios, a que sean ellos los que nos sorprendan a nosotros.

Dicho eso, Hakon besó a Anika en la mejilla, haciendo que ella se pusiera roja de la vergüenza, y tras ello, continuó su camino siendo seguido por sus ocho perros. Mientras el guerrero se alejaba, Anika se puso en pie para despedirse.

—¡Mucha suerte, Hakon! ¡Acaba con ellos! ¡Te tendré la cena lista para cuando regreses!—gritó Anika, mostrando un halo de vergüenza por su rostro.

CAPÍTULO 29: EN BUSCA Y CAPTURA

Horas después, una patrulla de dos templarios montados a caballo, merodeaban por una zona del bosque de Copenhague. Como era normal por ser tiempo de la época invernal, abetos que los rodeaban tenían sus ramas cargadas de nieve.

Aquellos templarios estaban ahí por un propósito muy claro. Estaban buscando alguna pista que les guiara hasta el escondite de quien a ellos habían apodado como "El Mendigo". Desde que el Hakon hubiera asesinado a los cuatro templarios que intentaron violar a Anika en la ciudad, había sido puesta sobre su cabeza una orden de busca y captura. La Orden de la Santa Fe ofrecía quinientas monedas de oro a la persona que fuera capaz de atraparlo o que trajera su cabeza como prueba de su muerte.

Bajo las rendijas de su yelmo metálico, el templario más joven de los dos, Francisco, tomó la palabra para dirigirse a su compañero, Juan, sobre un asunto que le tenía la mente muy ocupada.

—Otra vez a buscar a ese fantasma asesino. ¿De verdad crees que ese mendigo existe y que es tan peligroso como se rumorea? Quizá esos templarios fueron atacados por un grupo de insurgentes y no por un solo hombre—comentó Francisco.

—A mí también me cuesta creer que un mendigo moribundo hubiera acabado con la vida de cuatro de nosotros, pero todos los testigos concuerdan en que solo había un hombre—respondió Juan.

—¿Y si las gentes de Copenhague se han puesto de acuerdo para engañarnos? No podemos olvidar que no somos queridos aquí y que los estamos obligando a cambiar su fe. Podrían estar tramando algo—dijo Francisco, acariciando su yelmo con gesto pensativo.

—No podemos lanzar acusaciones sin pruebas. Lo primero es seguir con las órdenes que tenemos. Según el cardenal Odón, ese hombre existe y es alguien al que por el bien de la gente, se debe aniquilar cuanto antes. Ha osado levantar armas contra los defensores de nuestro señor Jesucristo y eso es imperdonable—respondió Juan.

—Ya, es imperdonable atentar contra la fe cristiana—se quejó Francisco.

—Sí. Nosotros sólo queremos propagar la palabra de nuestro señor Jesucristo...—asintió Juan. —Y además los estamos salvando del infierno. Eso es lo que tendrán aquellos que en vida fueran paganos—añadió.

—El infierno...infernal es lo que les hizo el mendigo a nuestros compañeros—dijo Francisco, adoptando una voz nerviosa.

Juan, advertido el temblor que había cogido la voz de su compañero, detuvo la marcha de su caballo y con un tono relajado, le preguntó:

—¿Qué te preocupa? Desembuchad.

—Si se supone que todo es cierto y que de verdad él existe, significa que cabe la posibilidad que ese pagano haya sido elegido para ser poseedor de alguna clase de magia o fuerza superior. Ningún hombre es tan fuerte como lo que se comenta sobre él...—comentó Francisco.

—¿Qué insinúas?—preguntó Juan, frunciendo el ceño.

—Insinúo que quizá tenga algún tipo de dios de su lado—respondió Francisco.

—Paparruchas...El único dios que existe es nuestro señor Jesucristo, y si de verdad existiera otra clase de dios, sería un dios oscuro. Sería el demonio—sentenció Juan.

En medio de la conversación, sonó una voz masculina que quebró la tranquilidad.

—Él tiene razón. Tengo a un dios de mi lado. Concretamente a una diosa. Run…—dijo Hakon.

Habiendo hablado, Hakon se dejó ver de detrás de un árbol. A raíz de la inesperada aparición, los dos templarios se quedaron helados, mirando al guerrero desde sus caballos con gestos de incredulidad y sorpresa.

—¿Qué? ¡Pero si es él! ¡Le falta la barba pero las descripciones son muy precisas al respecto del aspecto de este hombre!—gritó Juan, alertado.

—¿Hablas en serio?—preguntó Francisco con una expresión de incredulidad.

Francisco, al ver al supuesto mendigo parado delante de él, se mostró desconcertado.

—Pero si es solo un hombre corriente. No puede ser el que buscamos. Ni siquiera trasmite maldad—contradijo Francisco.

Mientras que los templarios acababan de asumir que estaban delante del hombre que buscaban, Hakon estiró una sonrisa por su rostro, empezando a tocar una pequeña flauta de la que no salía sonido alguno. Los templarios con la inesperada acción del guerrero, se miraron de nuevo con caras de incertidumbre.

—¿Una flauta? ¿Para qué será eso?—preguntó Francisco dirigiéndose a Juan.

—¡Olvida la flauta y ataquémosle antes de que escape!—le contestó Juan a su compañero.

Dicho y hecho, los templarios devolvieron la mirada hacia delante, pero Hakon ya no estaba. Hakon había aprovechado la distracción de los dos jinetes para desaparecer y planear un ataque contra ellos. La desaparición del guerrero acentuó el nerviosismo en el templario de menor edad:

—¿Dónde se ha metido ahora?—preguntó Francisco, mirando de lado a lado desde su caballo.

Juan, a causa de la desaparición de Hakon, gruñó enrabietado y acto seguido, desmontó de su caballo para ir a buscarlo a pie.

—¡Cobarde!, ¿por qué te escondes? Sal de donde estés. No necesito ir a caballo para dar muerte a un fantoche como tú. ¡Sal de tu escondite, cobarde!

A un lado de aquel templario, su compañero observaba muy atento a cualquier movimiento extraño que pudiera producirse entre los arbustos. La situación que estaban viviendo ambos templarios, no estaba ni de lejos de ser una situación calmada. Se respiraba la tensión.

—Está aquí—dijo Francisco, temeroso.

—Ten mucho cuidado. Es muy listo el hijo de puta—farfulló Juan, exhalando vaho desde el interior de su yelmo.

De repente, un perro saltó de un matorral lanzándose sobre Francisco, el cual cayó derribado de su caballo. Nada más caer el templario en el suelo, aparecieron otros seis perros, marchando unos a morder a Francisco, y los otros a rodear a Juan. El templario que todavía seguía en pie, ante la visión de los perros mordiendo a su compañero hasta la muerte, se quedó paralizado sin capacidad para reaccionar.

—¿Qué hago?—se preguntó.

Regresando a lo que sucedía en torno a Juan, los perros de raza husky le ladraban y babeaban con un aspecto feroz, amenazándole de matarle si hacía el mínimo movimiento. Esa situación de inferioridad frente a los perros, la desesperación y la locura le provocó que se decidiera por enfrentar a los perros. Completamente loco, se sacó el casco y a continuación, lo lanzó contra uno de los perros dándole en el lomo.

—¡Tomad malditos chuchos!—exclamó Juan, enfurecido.

A consecuencia del lanzamiento del yelmo contra uno de los perros, éstos intensificaron sus ladridos y finalmente se acabaron por abalanzar sobre él para devorarlo. Mientras los perros se ocupaban de devorar a los dos templarios, Hakon se deslizó de una rama cayendo al suelo. Allí marchó a coger las riendas de los dos caballos que habían venido con los templarios, y después tomó rumbo hacia el caserón. Pasadas unas horas de lo sucedido, Hakon se encontraba fuera del caserón acompañado por Anika y Puk, y por los restos de uno de los caballos que habían sido robados a los templarios.

Uno sólo de los dos caballos había sido sacrificado por el leñador para que sirviera de alimento para las gentes de la ciudad, tal y como habían acordado entre Hakon y Puk. Respecto al otro caballo, Hakon había decidido quedárselo para sí mismo, por si se veía obligado a tener que huir del caserón con Anika. Mientras Puk seguía cortando la carne a hachazos, se dirigió a Hakon mostrándose admirado por todo lo que había conseguido hasta el momento:

—¡Increíble! Me gustaría saber cómo te lo haces para vencer siempre a tus enemigos. Tienes una habilidad en el combate que ni Thor posee.

—No sé si tanto…pero lo cierto es tuve un grandísimo maestro—dijo Hakon. —El mejor…—añadió.

La expresión de Hakon a la hora de referirse a su maestro, llamó la atención de Puk, quien pese a intuir que la añoranza amorosa que se divisaba en el fondo, decidió callar para no turbar el ánimo del guerrero. Anika, aprovechando el silencio que se había creado por la referencia a Run, se sumó a la conversación.

—Hablando de otras cosas, ¿Se sabe algo de mis padres?—preguntó Anika al leñador.

Al oír la pregunta de la niña, Puk se detuvo en su trabajo para secarse el sudor de la frente.

—Tus padres están bien. Nadie en la ciudad les ha acusado de nada.

—¿Y le has contado que todo está bien conmigo?—preguntó Anika.

—Claro, le conté todo lo que me dijiste—sonrió Puk.

—Me alegro por ello. Ojalá se vayan los templarios pronto y pueda regresar para verles—asintió Anika, soltando una carcajada al final.

Hakon, con las carcajadas de la niña, se alegró de verla feliz. Tras a mirar a la niña, Hakon devolvió su mirada al leñador.

—Eso está bien. Por favor, Puk cuéntanos más cosas. Desde que nos fuimos no sabemos nada de lo que está pasando en la ciudad—le pidió Hakon.

Puk asintió con una expresión seria.

—Como bien sabes, la Orden la Santa Fe ha puesto precio a tu cabeza. Te llaman "El Mendigo" y todos creen que eres un demonio que ha sido invocado por los herejes para vengarse de sus muertos.

—¿En serio creen eso? ¿Creen que soy un demonio?—preguntó Hakon, reaccionando con gesto atónito.

—Sí. Se están diciendo muchas cosas sobre ti. Todas malas y algunas de lo más descabelladas.

Trasladándose la atención al castillo de Copenhague, en la fuente del extenso patio de su humilde morada, Egbert, uno de los clérigos de la Orden de la Santa Fe se afanaba tratando las heridas del maltrecho cuerpo del asesino de Roma, Friedrich. El sacerdote lavaba sus manos y una suerte de vendas confeccionadas con algodón egipcio de excelente calidad, compradas por el abad Jeremías, del Monasterio de Beuren, en Alemania, para realizar las curas de la extraña afección de su nuevo paciente.

Egbert era un médico erudito, escritor del Liber de medicina ad Almansoren, especializado en la curación de la lepra, por esta razón le habían confiado el cuidado del enfermo.

Pero lo que padecía este misterioso hombre no era lepra. Eso pensaba Egbert mientras higienizaba los vendajes con agua y esencia de romero.

Friedrich había llegado a su cámara del castillo, tapado como una momia, cubierto por sábanas oscuras que supuraban un líquido verdoso maloliente. Egbert advirtió a los criados de la Casa Ynglings que no respirasen los efluvios que se nebulizarían al destaparlo, ya que podrían provocarles tremendas alucinaciones que podrían incluso acabar con su vida.

Preparó entonces su traje especial para las plagas, un extraño atuendo que constaba de un alargado bozal, en forma de pico, como de cuervo, hecho de metal, sujeto por una máscara negra, con discos de cristal opacificado en el lugar que ocupaban los ojos. Dentro del pico introdujo toallas empapadas en esencias que evitaban el paso de los malos humores. Todo esto coronado por un peculiar sombrero negro, de ala ancha. El cuerpo quedaba oculto por una larga túnica de basto paño, también negro.

Se acercó a la puerta de la cámara de aislamiento de pacientes, tocó con los nudillos y entró. Friedrich se encontraba de espaldas, totalmente desnudo. Egbert tuvo que reprimir las náuseas que le provocaba el hecho de contemplar aquella piel de color violáceo, o lo que quedaba de ella. Grandes áreas de su dorso se extendían en carne viva, dejando ver un tejido de células rojizas, con una apariencia como de negras escamas formándose para sustituir a la piel marchita. En algunas zonas surgían grandes ampollas llenas de líquido purulento, en otras, esas ampollas se habían roto, levantando la piel como si se tratase de un guante. En una mano no tenía más que dos dedos, el resto en diferentes grados de amputación. La otra mano parecía que llevaba colocado un mitón, ya que los dedos estaban desprovistos de piel, de un rojo vivo, y la palma de la mano aún la conservaba, aunque de un color amoratado y una consistencia viscosa.

—Buenos días, Maestre Egbert—levantó la voz el enfermo, quien había percibido la presencia de su sanador en la estancia.

—Eh… buenos días, señor Friedrich, ¿qué tal se encuentra esta mañana?— preguntó en un tono profesional, pero amable.

—Bueno, los dolores han remitido gracias a sus cuidados, pero esta maldita piel no deja de caerse, y ha aparecido otra úlcera nueva en mi entrepierna.—se quejó mientras se deshacía de una larga tira de piel de su brazo.

El galeno cogió una palangana, humedeció una sábana en la sustancia que contenía y procedió a untar con mimo cada una de las llagas de su paciente.

—¿Otra vez os habéis tocado?

—No…bueno, solo un poquito.—respondió Friedrich, avergonzado.

—La masturbación es algo que Dios ve con malos ojos. Por eso te ha castigado con esta nueva ulcera—le reprochó Egbert mirando al asesino con cara de decepción.

Friedrich agachó la cabeza mostrándose avergonzado por su actitud. En realidad no lo estaba, aunque trataba de aparentar estarlo para vender una imagen culpabilidad por sus pensamientos impuros. Por mucho que le doliera la piel, cada noche se hacía una paja pensando en Catherine. En sus fantasias, él siempre estaba sano y la asesina no se tomaba la relación que tenían, con el tono de broma y la falta de seriedad que sí hacía en la realidad. Le gustaba imaginar que la asesina después de varios coqueteos, acababa siempre por quitarse el corset debido a sus encantos irresistibles para las mujeres. Cuando Catherine se quedaba mostrando sus senos, luego él se acercaba a ella, aprovechando que a ésta le encantaba que lamiera sus pezones rozados. Después solían haber alguna que otra felación, y finalmente, acababa montándola lo que suponía el mayor de los placeres para ambos. En especial para la asesina, porque en las fantasías de Friedrich, éste tenía un colosal pene con que la asesina se relamía de gusto.

Como consecuencia de los pensamientos del asesino, éste se dirigió al maestre en relación a Catherine.

—Por cierto, señor, ¿habéis visto a Catherine?—preguntó Friedrich. —Ando buscándola por todas partes y no la hallo por ningún lado.

Egbert, quien por entonces observaba minuciosamente una costra que estaba adquiriendo tintes verdosos, no oyó lo que había preguntado Friedrich.

—¿Decíais algo, querido Friedrich?

—Os preguntaba si habíais tenido noticias de la asesina de Roma. No sé nada de ella desde el día de la ceremonia de conversión—repitió Friedrich.

—¡Ah!, disculpadme. No, no sé nada. ¿Por qué os interesa ella?

—Catherine y yo somos muy buenos amigos. Desde que la conocí en la Britania me cayó en gracia. Bueno, hay que reconocer que la muchacha es agraciada, además de tener una conversación agradable, y una risa de lo más alegre. Me gusta— respondió Friedrich, con gesto apenado.

—Entonces, si la chica os gusta, ¿por qué esa cara de tristeza?—se extrañó el clérigo. —Cortejadla si os complace.—añadió.

—Maestre, ¿vos creéis que yo puedo ser del agrado de alguien alguna vez?

—¿Por qué no? ¿No se dice aquello de que todos tenemos nuestra media naranja?

Friedrich soltó una carcajada.

—Es verdad eso dicen. Aun así…Yo….

—¿Qué ocurre?

—¿Cuánto?...¿cuánto me queda de vida?—preguntó Friedrich, adoptando por su rostro una expresión seria.

—No sé qué deciros, ni yo mismo conozco el desenlace de vuestra enfermedad, aunque por la evolución que van adquiriendo estas lesiones, mucho temo pronosticar un final rápido para vos. Siento ser tan franco, pero es lo justo—diagnosticó con voz grave.

—Al contrario, agradezco vuestra franqueza. Al fin y al cabo, por eso soy el perfecto asesino, ¿no? Me entrego a mi misión como si fuese mi último día, a sabiendas de que probablemente si no muero a manos de mis enemigos lo haré a manos de mi dolencia. Sólo espero que mis amos se hagan cargo del sepelio…—rió lastimosamente.

—A propósito de eso, si la misión que os encomendó el Vaticano era acabar con Sigurd en caso de no convertirse, cosa que ha realizado, ¿ahora qué haréis?

—Tengo nuevas órdenes. Ahora mi objetivo es asesinar "al Mendigo"—anunció Friedrich.

—¿"El Mendigo"? Dicen que es un demonio que vaga con ocho perros fantasmas en busca de venganza por la muerte de los pecadores paganos—dijo Egbert.

—Eso dicen sobre él pero yo no creo que sea un demonio o un fantasma. Es un hombre muy habilidoso con la espada y ya está. Ha estado matando a demasiados templarios, lo que no agrada a mis benefactores. Por desgracia para él me debo a aquellos que me dieron asilo cuando el resto del mundo me desahució, incluidos mis padres. Así que si me cruzo con él será su fin.

Egbert esbozó una sonrisa, contento por el pensamiento decidido del asesino, y luego empezó a aplicar nuevas curas en las heridas supurantes.

—Sois un gran hombre. Vuestros amos deben de estar orgulloso por el hombre en el que os habéis convertido.

—Si no llega a ser por ellos, hubiera acabado en un charco de mis propios detritos, solo, pobre y tratado como un apestado. Gracias a ellos, soy un poderoso sicario que es tratado como un rico, comiendo y bebiendo en las mejores posadas y siendo atendido por los mejores médicos—comentó Friedrich.

El maestre sonrió de nuevo.

—Sabéis que os he cogido afecto, Friedrich, por eso y porque os conozco no creo que seáis capaz de matar a alguien que, por vuestra forma de hablar, apreciáis.—sentenció el clérigo. —Para vos es tan fácil acabar con la vida de alguien como permitir que inhale el vapor de vuestras úlceras, no tenéis que realizar ninguna acción—replicó el galeno.

Friedrich soltó una carcajada a pesar de que dolían las heridas de su piel.

—Es por lo que mis dueños se fijaron en mí. Al fin y al cabo, mi enfermedad es también mi fuerza. Una fuerza que pone en peligro a personas como usted sin yo desearlo—se disculpó, avergonzado por su incapacidad.

—No os importe, amigo. Los médicos arriesgamos nuestras vidas gustosamente para curar a los enfermos o para dar alivio en sus últimos días a los que no tienen solución—dijo sonriendo Edgert.

—Sabias palabras de un buen hombre, maestre. Se nota lo sabio que es.

—Gracias. Tú también eres un joven muy inteligente, Friedrich—agradeció Egbert.

Ambos se miraron en silencio, mientras unos ojos les espiaban a través de la rendija de la puerta, escuchando la conversación y reteniéndola en su memoria para repetirla al mejor postor. Finalizada la conversación, el enfermo salió de la estancia, acompañado del clérigo. Ambos hombres se despidieron educadamente, estableciendo una próxima cita para las curas. Egbert se quedó en el quicio de las puertas, mirando cómo Friedrich se alejaba por los pasillos. Cuando se hubo asegurado de que no había nadie, hizo una seña a alguien, indicándole que entrara a la cámara. Detrás del clérigo entró un niño de unos seis años, rubio y de unos ojos de un azul increíble, escuálido hasta asomar sus huesos debajo de su piel.

Una vez que ambos entraron en la estancia, el médico le dio al niño una moneda de un oro como pago por su presencia. Habiendo guardado la moneda en un lugar seguro, el niño empezó a desprenderse de sus harapientas ropas al mismo tiempo que Egbert se bajaba los pantalones.

Mientras eso sucedía en la ciudad, en los bosques de Copenhague, Anika estaba volviendo al caserón con un cubo lleno de agua. En un traspié con una rama que brotaba del suelo nevado, dejó caer el cubo derramando el líquido ante sus pies.

—¡Jolines! Ahora tendré que volver a por más—se quejó Anika por su infortunio.

En ese momento en el que Anika se lamentaba por su mala suerte, de repente sonaron los cascos de unos caballos que se acercaban hacia ella. El sonido de aquellos cascos aterró a la niña, haciéndola temer que aquello le trajera un inesperado encuentro con la Orden de la Santa Fe. En su miedo, salió corriendo hacia el tronco de un árbol para esconderse. Tan solo unos segundos después, el repicar de los cascos de los caballos contra el suelo se hizo más intenso debido a su paso cercano a su posición. Atemorizada porque pudiera ser descubierta, Anika respiró hondamente a la espera de que aquellos jinetes acabaran de pasar por su lado.

—¿Qué haces ahí, niña?

—No vamos a hacerte daño. No somos hombres malos—dijo un hombre que apareció de repente junto a ella.

Al verse sorprendida por la presencia del desconocido, salió corriendo tratando de huir, pero para su desgracia, instantes después cayó al suelo.

—¿Por qué huyes?—preguntó el hombre mirando a la niña en el suelo.

—¡No me hagáis daño!—suplicó Anika desde el suelo, mostrando unos ojos lacrimosos.

—Te he dicho que no somos hombres malos. No somos ninguno de esos cristianos, solo somos una cuadrilla de simples cazarrecompensas.

Aquellos jinetes se trataban del mismo grupo de cazarrecompensas que había atrapado a Run. Por detrás de los últimos jinetes, un carromato cargaba una jaula de plata en la cual se hallaba encerrada la vikinga Run Ljungberg.

—¿Si no sois malvados, por qué lleváis a una mujer ahí atrás?—preguntó Anika con voz nerviosa.

—No es una mujer. Es una vampiresa.—dijo Derek.

CAPÍTULO 30: LA HISTORIA DE ODÓN Y RUN

Veinte años atrás, la Britania.

Tan pronto como terminó la batalla en la pradera, Olafur contó varias veces los enemigos que había matado, soñando con ser el vencedor de la promesa. El rey Rúrik había prometido días antes de la batalla, que daría la mano de su hija al guerrero de la Casa Rúrika que diera muerte a más enemigos.

—Doce, trece, catorce y quince...

—Sí, he matado a quince. Ahora solo me falta saber cuántos se han llevado los otros—añadió Olafur, rascándose la barba con gesto pensativo.

Tratando de averiguar el resultado de sus compañeros de tropa, Olafur lanzó una mirada furtiva a los vikingos que permanecían situados más cerca de su posición.

—Un momento, estoy seguro que soy el que tiene más cadáveres a su alrededor. Eso solo quiere decir una cosa.

—¡He ganado! ¡He ganado!—exclamó Olafur, dando botes de alegría.

El vikingo Flosi Rodalh, que estaba situado cerca del medio enano, cuando lo vio festejar de esa manera, se quedó mirándole con una expresión divertida.

—¿Qué mosca te ha picado, enano? ¿Por qué festejas delante de los cadáveres?

—Nada que os importe, vómito de cabra. Vos sois de la Casa de Ynglings, así que marchad a otro lugar donde os reclamen.

Habiendo respondido a Flosi Rodalh, Olafur se dio media vuelta y entonces empezó a caminar por la pradera en busca de su trofeo. Con una mirada de loco y la mandíbula desencajada, el medio enano fue dando tumbos, mientras gritaba a los cuatro vientos:

—¡¿Dónde estás fierecilla?!. ¡He ganado!. ¡Eres mi trofeo!.

—¡Ven aquí ahora mismo, fierecilla y deja que mi poderoso sable de carne te atraviese!—gritó Olafur con voz poderosa.

Aquel fue un acto de plena inconciencia por parte de Olafur. Sus perturbados gritos acabaron llegando hasta los oídos del jefe Rúrik, quien al oírle no pudo contener su furia. Decidido a hacer callar al enano, Rúrik se abalanzó sobre él, propinándole una severa paliza ante la mirada atónita de un gran número de vikingos. Los golpes del señor de Rus de Kiev, terminaron con el cuerpo de su vikingo tendido sobre la pradera con la cara ensangrentada.

Sumergido en una ira descontrolada, el ataque de Rúrik contra su guerrero fue más allá. Acto seguido, desenvainó su espada agonía, y entonces, la blandió contra una de las piernas del enano. De un golpe seco, el acero de Agonía, amputó la pierna derecha del enano, provocando que a éste se le escapara un aterrador grito de dolor.

De repente, Odón despertó en su cámara privada. Todo había sido una pesadilla. Había vuelto a vivir una parte de su pasado. En el habitáculo donde había despertado el cardenal había una lujosa decoración con muebles de alto valor

En su cama, Odón tenía la mitad inferior de su cuerpo envuelto entre unas rudas mantas de piel de oso y la otra mitad al descubierto mostrando su voluminosa barriga.

Después de que se palpara la pierna para comprobar que todavía seguía ahí, respiró aliviado y entonces se echó de nuevo sobre la cama. En ese momento entró por la puerta el capitán Joachim Muller trayendo noticias para él:

—Cardenal.

—¿Cómo demonios te atreves a molestar mi descanso?

—Discúlpeme santidad, en las mazmorras, unos cazarrecompensas han venido, de seguro le llamará la atención lo que quieren mostrarle.

Las palabras de Joachim dejaron a Odón con la boca abierta y con una enorme curiosidad.

Pasados unos minutos, en la zona de las mazmorras, Odón entró acompañado por Joachim Muller. En aquel lugar había un grupo bastante extenso entre los que se encontraban los cazarrecompensas, el teniente Rafael Hens y a los dos asesinos, Zibon y Friedrich. En cuanto Odón echó un vistazo, a ver qué sorpresa le esperaba, su cara de asombro fue total. Aunque Run lucía un aspecto muy desmejorado, la reconoció al instante.

—¡Dios es justo!—celebró Odón con gesto lleno de gozo.

—¿Conocéis a esta vampiresa, señor?—preguntó el cazarrecompensas, reaccionando con sorpresa frente al comportamiento con el que había actuado el cardenal.

—¿Sí la conozco dices?. Su nombre es Run Ljungberg. Es el demonio más peligroso que habita por las tierras del norte—respondió Odón.

Ante las mentiras del cardenal, Run no reaccionó. Se quedó callada sin levantar la cabeza del suelo, manteniendo su mirada perdida. Entre los hombres que habían asistido a conocer a la vampiresa, Friedrich reaccionó sorprendido al conocer que aquella joven era una vampira.

"¿Ella es una vampiresa? Es tan hermosa como Catherine." Pensó Friedrich.

—¿Dónde la habéis encontrado?—preguntó Odón dirigiéndose a los cazarrecompensas.

—La encontramos en el sur de la Selandia, mientras andaba distraída leyendo un libro.

—Bien hecho. No sabéis lo agradecido que estoy de que la hayáis atrapado—dijo Odón con una sonrisa de oreja a oreja.

El líder de los cazarrecompensas, Bruno, complacido por el agradecimiento del cardenal, realizó una fina reverencia, y luego dijo:

—Me parece excelente, señor. Ahora nos gustaría cobrar por nuestro trabajo si os viene a bien.

Ante la petición, Odón esbozó una sonrisa y entonces, se dirigió al capitán de los templarios para darle los órdenes a seguir:

—Joachim, encárgate de darle a estos hombres mil monedas de oro. Se lo han ganado por su captura.

—Está bien, Santidad—asintió Joachim.

—Acompañadme por aquí, señores—ordenó Joachim dirigiéndose a los cazarrecompensas.

Los hombres siguieron a Joachim hasta fuera de la sala, lo que supuso que el cardenal se quedara en compañía del teniente y de los asesinos.

—Vosotros marchaos también. Deseo quedarme a solas con la vampiresa—dijo Odón, señalando al resto.

—Sí, santidad—asintió Rafael Hens.

Tras el asentimiento del teniente, el resto de ocupantes abandonaron la sala, dejando a solas a Odón con la valiosa presa. Mientras el grupo acababa de salir de aquella zona del castillo, algo cayó por detrás de ellos haciendo un ruido seco. Entre el grupo nadie se giró para saber qué había caído excepto Friedrich. El asesino, al girarse para ver a qué se debía aquel ruido, comprendió el horror del que podía existir en este mundo.

Divisó a Catherine en un estado cadavérico asomando medio cuerpo por una puerta. La asesina tenía la cara amoratada y las pupilas en blanco. Alguien estaba arrastrando su cadáver hacia el interior de otra cámara del área de castigo.

Antes de que Friedrich pudiera salir de su asombro, un verdugo acabó de tirar del cuerpo escondiéndolo dentro de la sala y finalmente cerró la puerta, echándole la llave.

Rafael, al ver como el asesino se había retrasado del grupo, se detuvo para dirigirse a él:

—¿Te encuentras bien? Parece que has visto algo espantoso…

—Sí, no es nada. Creo que he sufrido una alucinación porque he visto a Catherine muerta—respondió Friedrich llevándose una mano a la cabeza con cara de confusión.

Rafael, con el comentario del asesino, arqueó una ceja con cara de nerviosismo, sabedor de que Catherine realmente estaba muerta. Ese instante de silencio, lo aprovechó Zibon para hacer su comentario al respecto.

—¿Catherine muerta? Eso es imposible, hombre. Es la mejor espadachína de Europa. Ningún guerrero podría vencerla en combate. Debes haberte producido la alucinación a ti mismo. Es eso, seguro.

Friedrich soltó una carcajada.

—Es verdad. Habrá sido eso. Que bobo soy—respondió el enfermo rascándose la cabeza con una expresión risueña.

—Anda, que te produzcas las alucinaciones a ti mismo… Eso sí que es peligroso—dijo Zibon en tono burlón.

—Sí—asintió Friedrich entre carcajadas.

—Sí, será mejor que pases por enfermería a que te coloquen un nuevo vendaje—dijo Rafael, tratando de disimular que no sabía nada.

Regresando a la sala ocupada por Odón y Run, el cardenal por aquel entonces estaba disfrutando de cada segundo desde que se había iniciado aquella situación. Tener a Run encerrada como un pajarito en una jaula era el éxtasis para él. Al fin tenía su trofeo por tantas maldades hechas a lo largo del tiempo.

—Run Ljungberg, princesa de Rus de Kiev. Eres tú, la hija de Rúrik. Sé que aunque haya pasado el tiempo tú también me reconoces a mí.

Run, al oír el comentario del cardenal, lo miró con gesto de indiferencia y luego le respondió:

—Te equivocas. ¿Quién eres tú?

La contestación de la vikinga crispó los nervios de Odón hasta hacerlo pegarse contra los barrotes de la jaula de Run con una expresión de rabia.

—¡¿Me estás tomando el pelo?! Soy Odón "El Medio Enano". Luché para la Casa Rúrika. ¡Diez años!—gritó Odón, exacerbado.

Pese a los gritos del cardenal exigiendo ser reconocido, Run no varió la expresión de su cara.

—Ah, puede ser... No conocía las caras de todos los súbditos que había en Rus de Kiev—respondió Run con altivez.

La respuesta de la vikinga provocó que Odón apretara los puños y gruñera de rabia.

—Esa prepotencia…Esa prepotencia. La detesto—gritó Odón, enloquecido.

—Está bien, sigue diciendo que no me conoces pero estoy seguro de que mañana empezarás a recordarme cuando te enfrentes a lo que te espera.

Run lo miró con curiosidad por saber qué iba a decir el cardenal.

—Mañana noche serás quemada en la plaza. Y al fin tendrás tu castigo por haberme ignorado todo este tiempo.

Horas después de que se produjera aquella conversación, los gritos retumbaban en la sala de las torturas. En esta ocasión los gritos no pertenecían a los herejes sino a los propios verdugos. Ellos se estaban torturando mutuamente utilizando cada una de las espeluznantes máquinas de muerte.

Al fondo de la sala se hallaba Friedrich llorando con el cadáver de Catherine entre sus brazos. La razón por la que los verdugos se estaban destripando entre ellos se debía a que el asesino estaba enfermando sus mentes con la toxina que segregaba su piel. Ese era el castigo que les imponía a los verdugos por haber encontrado el cadáver de la asesina en aquel espantoso lugar donde pasaban la mayor parte del día, ignorando que el verdadero culpable de la muerte de Catherine era alguien de quien seguía órdenes. El cardenal Odón.

—¿Por qué?—sollozó Friedrich.

CAPÍTULO 31: LA NOTICIA

Pasadas unas horas del encuentro sucedido entre Anika y los cazarrecompensas, la primera se reencontró con el guerrero cristiano en el interior del caserón. Para la cena de esa noche, la niña había preparado un jugoso jabalí en salazón. Hakon, en cuanto lo vio sobre la mesa, no pudo reprimirse y empezó a comer como si no existiera el mañana. Mientras Hakon comía, Anika tomó la palabra como era costumbre en ella:

—¿Está bueno?

—Sí, mucho. Está delicioso—respondió Hakon, hablando con la boca llena de comida.

—Me alegro—sonrió Anika poniéndose roja de la vergüenza.

—Cambiando de tema...¿Qué tal el día ahí fuera?

—He conseguido terminar con otros dos de ellos.

—Eso es muy buena noticia—festejó Anika, dando palmadas de alegría.

—Lo es pero todavía no estamos a salvo. Hay que seguir luchando.

—Sí...

—¿Sabes a quienes he visto esta noche?

—¿A quiénes?

—A un grupo de cazarrecompensas que estaban llevando a una vampiresa a la ciudad.

—¿Una vampiresa? ¿Estás segura?—preguntó Hakon levantándose de repente de su asiento con una actitud totalmente sobresaltada.

Anika, debido a la inesperada reacción que había acontecido en el guerrero, lo miró sin entender nada.

—Sí, ¿qué pasa con eso?

—Dime, ¿es cierto que transportaban a una vampiresa?.

—Sí, ¿qué ocurre? ¿Qué tiene eso de importante?

—¿Cómo era esa vampiresa? ¡Descríbemela!—le ordenó Hakon a voz en grito.

Asustada por la actitud agresiva adoptada por el guerrero, Anika se quedó unos segundos en silencio observando como el ceño de éste, se iba frunciendo más y más a medida que pasaban los segundos. Mostrándose insegura, la niña empezó a describir a la vampiresa:

—Era una mujer rubia de cuerpo esbelto. No debía de tener más de dieciocho años…

—¡Es Run!—sentenció Hakon con una expresión estupefacta.

Sin decir ni una palabra más, acto seguido, Hakon salió corriendo de la estancia para dirigirse al exterior del caserón, dejando a Anika atrás observándolo con cara de sorpresa.

—¿Qué ocurre? ¿A dónde vas ahora?

—¡Me voy! ¡No tengo tiempo!.—le contestó Hakon mientras corría apresuradamente.

La falta de información y la brusquedad con la que se despidió Hakon, fue recibida por Anika con tristeza debido a sus sentimientos hacia él. Fuera ya del caserón, Hakon pasó a la carrera por delante de sus ocho perros entre los cuales también estaba su perro más viejo, el Gran Krig. De un salto se montó en el caballo que se había guardado por si tenía que huir del caserón, y entonces se dirigió a sus perros:

—¡Venid, hay que salvar a Run!—les ordenó Hakon.

Los perros, que por aquel entonces estaban devorando el cadáver de un cervatillo, cuando oyeron la voz de su amo dejaron lo que estaban haciendo para seguirle. Por supuesto, también fue el Gran Krig, aunque Hakon no estuvo de acuerdo con que éste le siguiera. Desde lo alto del caballo, Hakon le dijo a su anciano perro:

—Tú no, Gran Krig.

El viejo perro mostrándose en desacuerdo con la negativa de su amo, aulló dos veces y luego dio varios pasos hacia delante. Pese a la insistencia del animal por formar parte del grupo de rescate, Hakon permaneció tajante.

—No, tú ya has luchado suficiente. Puedes quedarte aquí. Te lo has ganado. Es tu descanso del guerrero—sentenció Hakon.

Afianzando su decisión, arreó a su caballo para salir corriendo en dirección a la ciudadela, mientras era observado por el Gran Krig. No muy lejos del caserón, en la ciudad de Copenhague, la gente se había reunido en la plaza atraída por el anuncio del castigo a una vampiresa. Eran solo las cinco de la tarde, pero en Copenhague ya había anochecido. En la plaza de la ciudad, una enorme muchedumbre se apretaba luchando a fin de ver qué ocurría en el cadalso que se encontraba al fondo de la misma. En el lateral derecho de la explanada había una tribuna custodiada por una fila de templarios.

En aquel entablado estaban colocados por orden de importancia los personajes notables del reino. Sigurd Lodbrok, rey de Dinamarca y también hijo menor de Ragnar Lodbrok, se exhibía por primera vez tras su conversión al cristianismo. Sigurd estaba sentado en un trono situado en una posición central de la grada. A la derecha del príncipe Sigurd estaba en pie el jefe de la guardia de la Casa Ynglings, el vikingo Hrafnkell. Él vestía una coraza con el emblema de la Casa Ynglings.

En el lado opuesto del campeón de la ciudadela, se sentaba la reina Tara en otro trono y en otro, la reina Thorey. Para aquella noche, Sigurd había escogido un jubón rojo con detalles de los leones de la Casa Ynglings, y pantalón largo de color naranja. En su vestimenta destacaba un crucifijo de oro que colgaba de su cuello. Aquella cruz había sido un regalo del cardenal Odón.

La reina Tara, por su parte, iba ataviada con un vestido largo y dorado con los detalles de los leones de la Casa Ynglings. Además, llevaba sobre su recogido de cabellos blancos, la corona del reino. Dicha corona se trataba de una pieza simple de oro macizo sin ninguna clase de joya engarzada. La reina también lucía un crucifijo colgado del cuello.

Repartidos por los diferentes asientos del improvisado anfiteatro, había otros personajes como el cardenal Odón, el capitán de los templarios y una prole de sacerdotes. El cardenal Odón se había engalanado con su vestimenta más ostentosa y colorida. Iba vestido de pies a cabeza con una túnica roja cubierta de collares y crucifijos de oro.

En la posición del centro de la tribuna, Sigurd se mostraba feliz por primera vez en mucho tiempo.

—Hay mucha gente en la plaza y parecen menos disgustados que de costumbre.—dijo Sigurd.

—Es normal. Se va a llevar a la hoguera a un vampiro. Eso no se ve todos los días. Hoy es una buena oportunidad para que hagas las paces con tu pueblo.

—¿Quién la trajo? ¿Los templarios?

—No, fue cosa de unos cazarrecompensas—respondió Tara.

—Parece que ya no me entero de nada de lo que ocurre en mi reino....—se lamentó Sigurd.

Sigurd giró su cabeza a un lado percibiendo la presencia de unos desconocidos entre los ocupantes de la tribuna.

—¿Quién son esos dos?—preguntó Sigurd refiriéndose a un hombre pelirrojo y a una niña que estaban sentados tres filas por debajo de él. Aquellos dos eran Loki y su hija Hela. Se habían mezclado entre las gentes vestidos con ropas de la época simulando ser terratenientes.

Tara ante la pregunta de su hijo, miró a los demonios siendo presa del hechizo que le estaba lanzando Loki sin ni siquiera mirarla.

—Oh, son unos terratenientes de la Jutlandia. Son gente muy rica—respondió Tara con total naturalidad.

—Ah. Pues no les conocía—asintió Sigurd creyéndose las mentiras.

En la muchedumbre que ocupaba la plaza, la cara de los que se agolpaban allí era de aburrimiento. Desde hacía ya dos horas se había iniciado una misa oficiada por un nutrido grupo de sacerdotes. La homilía era tan extensa y prolija que la gente se estaba cansando de escuchar algo que no quería oír, algo que no querían saber. Por suerte, la misa llegó a su fin y con el descenso de los sacerdotes, se dio término a los tediosos discursos. Asintiendo con la cabeza a los soldados que se encontraban detrás del entarimado, el cardenal Odón dio la señal para que trajeran a Run hasta el cadalso. La vikinga iba custodiada por cinco enormes templarios cargados con armas de todo tipo. Para garantizar que no huyese, la llevaban con las manos atadas a la espalda, fuertemente sujetas con cadenas de plata, lo que provocaba dolorosas quemaduras alrededor de sus muñecas. Le habían despojado de su atuendo de guerrera, sustituyéndolo por una harapienta túnica grisácea que le llegaba hasta los tobillos. La larga trenza que solía llevar fue deshecha, dejando que su abundante cabellera colgara en mechones, ocultando su rostro al público.

Mientras la llevaban de camino al lugar de ejecución, Run miraba a los campesinos, intentando descubrir a su querido Hakon, no sabía dónde podría hallarse, y le causaba inquietud el pensar que le hubieran capturado.

—Mi buen amigo Hakon, ¿dónde estás?—pensó apenada. —Voy a morir quemada en una hoguera y no he podido despedirme de ti. Tantas aventuras vividas, tantas horas de conversaciones prolongadas hasta el amanecer, mi leal amigo, mi compañero de andanzas…habría deseado decirte lo que siento por ti, revelarte mi amor, mis ansias por ser tuya y que tú fueras mío…nada de esto podrá ser. Moriré y tú nunca sabrás que Run te amaba con verdadera pasión, con mi auténtico corazón de vikinga.

Lentamente, la subieron por las escaleras hasta llegar a la tarima, donde habían colocado una enorme cruz de madera, revestida de placas de plata. A los pies de la misma, dos aldeanos colocaban ramas secas de coníferas resinosas formando una nutrida fogata.

De un empujón, colocaron a la joven de cara al público, y uno de los templarios, agarrándola del escote de la mugrienta túnica, desgarró por la mitad la tela, dejando expuesta su pálida desnudez a la vista de todo el gentío, quien aclamaba con gritos la ejecución de la vampiresa, como quien pide que comience un espectáculo sangriento, con sed de violencia.

Soltaron las cadenas que aprisionaban sus brazos y las colocaron sujetándola a los brazos del crucifijo, el argénteo metal apretado contra su espalda, abrasándole la piel al contacto. Run no quería llorar, no quería mostrar dolor ni sufrimiento ante aquella plebe que gritaba por contemplar su muerte a manos del fuego, no se merecían ni siquiera eso.

Se fijó en algunas caras, sobre todo en aquellas que no seguían la corriente de los demás, y evitaban mirarla, o la miraban con lástima, obligados a presenciar la tortura a cambio de conservar sus vidas. Se concentró en ellos, en sus sentimientos piadosos, a fin de soportar la vejación, la cruel muerte que le aguardaba, y deseó ver la cara de Hakon entre ellos, para susurrarle palabras de despedida.

En el reino de Asgard las puertas del Valhala se abrieron con una gran estampida, acarreando consigo una corriente helada hacia el interior del salón. Segundos después de que corriera el viento frío, Loki entró al salón, levitando a unos tres centímetros encima del suelo. A su entrada, le siguieron varios de sus guardaespaldas. Dos demonios fornidos y con un tamaño superior a los dos metros. En el fondo del salón, los dioses de Asgard estaban aguardando para recibir al rey del infierno.

Cuando Loki contempló a los dioses que durante un tiempo habían sido su familia, estiró en su rostro una expresión sonriente y luego, se dirigió a ellos:

—Vaya, vaya, ¿Por qué no me sorprende que me estéis esperando? ¿Madre, qué, ha preparado algo para la cena? ¿Freya con guarnición?

En el lado de la sala donde estaban los dioses Aesir, Odín dio un paso adelante para dirigirse a su hijo:

—Loki, lo que has hecho no puedo perdonarlo—dijo Odín.

—Sabías que sucedería, ¿verdad?—dijo Loki, estirando una sonrisa malévola.

CAPÍTULO 32: DEVOLVER EL FAVOR

Mientras el guerrero se desplazaba velozmente por aquel campo helado siendo seguido por sus siete perros, se le vino a la cabeza un recuerdo de su niñez. En él estaban Run, el elfo oscuro y por supuesto, el propio Hakon junto a su inseparable mascota el Gran Krig. En aquellos momentos estaban regresando al caserón después de la batalla que había acontecido entre la vikinga y Minrha.

—Dime Run. ¿De verdad pretendes viajar a Hispania?—preguntó Hakon.

—No, no era verdad—respondió Run con una expresión de culpa.

—¿Entonces por qué me dijiste eso?—preguntó Hakon, desconcertado.

—Yo…—farfulló Run.

El elfo oscuro al ver los problemas de la vikinga para explicarse, intervino en la conversación:

—Verás pequeño, la intención de tu maestra fue la de protegerte. Teme que si permaneces mucho tiempo con ella, en el futuro tú puedas pagar las consecuencias de conocerla—dijo Glad.

—Entiendo…—asintió Hakon con cara apenada.

—¿Esto viene por lo que pasó ayer en Copenhague? ¿Crees que algún día pueden atraparte?—añadió.

Run calló por un segundo y luego respondió:

—Espero que no pero si eso ocurre, quiero que me prometas que te mantendrás al margen y que en ningún momento pondrás tu vida en peligro para intentar salvarme.

La petición dejó al Hakon niño estupefacto. Tardó unos segundos en asimilarlo y responder:

—Sí, te lo prometo—asintió Hakon adoptando una expresión seria.

La seriedad adoptada por el niño provocó a continuación que tanto Run como Glad rompieran a reír.

Finalizado el recuerdo los ojos del guerrero se tornaron vidriosos producto de la emoción. Por mucho que en el pasado le hubiera prometido tal cosa a su maestra, estaba claro que iba a romper la promesa. Para él, Run bien valía sacrificar su propia vida. Regresando a la situación que vivía el guerrero, por aquel entonces, todavía estaba a una distancia considerable de la ciudad, aunque ya podía ver desde lo lejos los muros de la muralla.

Ocupándonos de lo que sucedía en la almena más cercana a la puerta principal de la ciudad, dos guardias de la Casa Ynglings caminaban tranquilamente en lo alto de una almena cuando de repente tres flechas se clavaron muy cerca de ellos.

—¿Pero qué pasa aquí?—preguntó uno de los guardias, sorprendido por ver las flechas clavadas tan cerca suyo.

En respuesta de la queja, Zibon rió divertido.

—Perdonad, esas flechas no iban para vosotros. Iban para unas moscas que me estaban molestando.

—¿Moscas?—preguntó el guardia con cara de sorpresa.

Miró a las flechas y vio como en la puntas había clavadas unas moscas. Ver a los insectos atravesados dejó a los dos guardias todavía más asombrados, lo que provocó que Zibon riera divertido, jactándose de su extraordinaria puntería. Mientras el asesino se jactaba de su habilidad, uno de los centinelas que estaban haciendo guardia sobre la almena, se percató de que un jinete se dirigía hacia Copenhague.

—¡Mirad, por ahí viene uno!—avisó un centinela.

—¡Que no pase con vida!. Ya oíste las órdenes. Nadie puede entrar ni salir de la ciudad hasta que no se haya quemado al vampiro—comentó otro centinela.

—No hay problema. Yo me encargo de derribarlo—asintió Zibon con una sonrisa malévola.

El asesino, acto seguido, cogió su arco, y con ciertos aires de suficiencia, colocó sobre él tres flechas. Mientras Zibon fijaba su objetivo en el jinete, a su lado un centinela le recriminó por el hecho de tratar de disparar a un objetivo tan lejano.

—Es imposible que le des. Está demasiado lejos para darle.

—¿Imposible?—le respondió Zibon en un tono burlón.

Justo después de que el asesino sonriera de manera prepotente, soltó la cuerda que tensaban las fechas mostrándose seguro de que indudablemente alguna de ellas acertaría con el objetivo. El rumbo que tomaron las tres flechas fue el siguiente. Subieron bien alto llegando a desaparecer entre la oscuridad de la noche y luego, cayeron en picado, encontrando cada una de ellas un distinto final. De repente, fruto de aquellas flechas, el caballo en el que galopaba Hakon se detuvo entre relinches de dolor por haber sido alcanzado y entonces, se alzó en sus patas traseras lanzando a su jinete contra la nieve del campo.

Como consecuencia del derribo del guerrero cristiano, Zibon fue felicitado por uno de los centinelas de la almena.

—¡Ey, le has dado!—exclamó el centinela mostrándose eufórico.

—Con que era imposible, ¿eh? No hay nadie que sea tan buen arquero como yo—se jactó Zibon.

—Siento haber dudado de tu puntería. ¡Qué gran arquero eres, Zibon! ¡Qué suerte tenerte con nosotros!—se disculpó el centinela.

Mientras en la almena de la muralla los centinelas alababan al vanidoso arquero, Hakon abrió los ojos, viéndolo todo blanco y sintiendo la cara totalmente congelada por tenerla apoyada contra la nieve. Habían buenas noticias para él. Respiraba, así que todavía seguía vivo.

—Respiro. Eso quiero decir que sigo vivo. Solo ha sido un golpe. ¿Qué habrá provocado esta caída?—se comentó así mismo.

Se pasó la mano por delante de la cara para quitarse la nieve y siguiendo con ello, dirigió la mirada hacia su caballo, el cual vio relinchando agónicamente por culpa de dos flechas que le habían perforado el abdomen. La muerte del corcel era totalmente inevitable.

Hakon, tras haber visto a su montura en tal estado, maldijo su mala suerte mil veces y finalmente, se levantó de la nieve ayudándose de los brazos. Estando de pie de nuevo, los aullidos de sus perros le dieron cuenta de una nueva desgracia. En medio de la jauría de perros, uno de ellos, Mordiscos, se hallaba moribundo por culpa de otra flecha.

La flecha en cuestión se le había clavado en el lomo, por lo que había quedado sobresaliendo por la zona delantera del pecho. La visión del perro sufriendo por solo respirar, quebró si cabe todavía más el espíritu del guerrero, llevándole a sentir el mismo dolor que sentía el perro.

Postrado ante el animal, Hakon lo cogió entre sus brazos agarrándolo como si fuera un bebé. Teniéndolo bien cerca de él, rompió a llorar, apoyando su rostro contra el pelo de Mordiscos. A medida que el guerrero iba llorando, la respiración del perro se fue volviendo cada vez más trabajosa, debido a la asfixia que le producía su amo. Hakon no tenía tiempo que perder y tampoco quería que el sufrimiento del animal se prolongara, así que lo asfixió dándole un rápido final a "Mordisco".

—Gracias amigo. Descansa en paz—susurró Hakon al cadáver del perro.

Habiéndole dado a Mordiscos su último mensaje, lo depositó sobre la nieve para que el perro yaciera en paz. Una vez hecho eso, el guerrero alzó su mirada a lo lejos y durante unos largos segundos estuvo fijándola con una expresión de rabia sobre los centinelas de la almena. Después, Hakon agachó la cabeza y con las manos en forma de plegaria se puso rezar en latín:

Pater noster, qui es in caelis: santificétur nomen tuum; advéniat regnum tuum; fiat volúntas tua, sicut in caelo, et in terra. Panem nostrum cotidiánum da nobis hódie; et dimitte nobis débita nostra, sicut et nos dimíttimus debitóribus nostris; et ne nos indúcas in tentatiónem; sed líbera nos a malo. Amen

En la almena, el hecho de que el intruso volviera a estar en pie causó toda clase de comentarios:

—Vaya, resulta que no tenéis tan buena puntería—le recriminó un centinela al asesino dirigiéndose a él en un tono burlesco.

—¡Calla tú! ¿Tú que podrás decir de mi puntería?—le contestó Zibon, molesto.

A unos metros de donde discutía el asesino con los centinelas, a otro de ellos le llamó la atención que el intruso se hubiera quedado quieto.

—Eh, ¿qué estará haciendo ahora? Quizá si que esté herido.

—No tendrá valor de dar un paso más, por miedo de que le dispare otra de mis flechas. Seguro que…—sentenció Zibon, confiado. Cuando el asesino todavía tenía la palabra en la boca, Hakon le quitó la razón, ya que salió corriendo hacia delante, y con él los seis perros que todavía seguían con vida.

—¡Miles de demonios!. ¡No desiste en su intento!—gritó un centinela, reaccionando asombrado.

Por el motivo de la alerta, el centinela se giró con urgencias dirigiéndose a todos sus compañeros de guardia en la almena:

—¡Alguien se dirige a las puertas de la ciudad! ¡Todos a vuestros puestos!

—Tanto jaleo por un solo hombre. Estos paganos son demasiado cobardes—añadió Zibon con los brazos cruzados y una expresión de despreocupación.

Pese a la falta de temor por parte del asesino, el estado de alerta levantado, llevó a que una decena de arqueros se repartieran por toda la almena para ocupar sus respectivos puestos. De vuelta a lo que sucedía en la periferia de la muralla, Hakon corría incansablemente hacia la entrada de la ciudad seguido por la jauría de perros. Estaba cada vez más cerca de las puertas de la ciudad.

—¡Guardián, Manchado, Revoltosa, Feliz, Enojado y Dulce!, ¡si os disparan flechas ya sabéis que debéis hacer! ¡No os estéis quietos!—les gritó Hakon, mientras corría siendo seguido por los perros.

Para responder a su amo, los perros ladraron al unísono sin parar de correr en todo momento. En relación a los arqueros, éstos aguardaban en la almena, la orden de ataque contra el intruso.

—¡Soltad!—gritó Zibon.

En respuesta a la orden, una decena de flechas salieron despedidas desde la muralla hacia el campo nevado. El guerrero, al descubrir que unas flechas iban volando hacia ellos, se quedó atónito y luego gritó a sus perros:

—¡Flechas…!

Acto seguido, alzó su escudo, anteponiéndolo por delante de su pecho al mismo tiempo que les gritaba a sus perros: Guardián, Manchado, Revoltosa, Feliz, Enojado y Dulce.

—¡Flechas!

Los perros, tomando nota del aviso, de repente empezaron a brincar y a desplazarse en zigzag cruzándose los unos con los otros. Aquellos gráciles movimientos les permitieron zafarse de las saetas, las cuales fueron quedando clavadas en la nieve sin acertar en ninguno de ellos o bien, acertando en el escudo de Hakon.

De regreso a lo que ocurría en la muralla, los centinelas, tras haber presenciado el nulo daño que habían provocado sus disparos, se miraron entre sí tratando de hallar una solución:

—¿Qué podemos hacer? Los perros son un objetivo demasiado difícil. Son muy pequeños y además no paran de moverse. Es una diana imposible— se lamentó un arquero.

—¡Menuda panda de inútiles! ¡No daríais ni a un elefante si tuvierais justo enfrente!—les recriminó Zibon al grupo de arqueros.

A raíz de la prepotencia mostrada por el asesino, uno de los arqueros, haciéndose portavoz del grupo, se dirigió a su superior en un tono molesto:

—¡Calla tú! Si tan buena puntería tienes, ¿por qué no te ocupas tú de matarlo desde la almena mientras nosotros le atacamos directamente por la puerta..?.—replicó uno de los arqueros a Zibon.

—¿Retas a Zibon? Eso es pan comido para mí—respondió el asesino, sonriendo divertido. —¡Ahora largo!—ordenó el arquero, asintiendo a ello, parte de la decena de arqueros que había por la almena.

Siguiendo con el plan, el asesino volvió a coger su arco mientras que los guardias corrían escaleras abajo hacia la zona de engranajes de la puerta, la cual hicieron ponerse en marcha para abrirla y poderse enfrentar al intruso.

En aquellos momentos en los que la puerta que protegía la ciudad se iba levantando lentamente, otros cinco guardias se armaron con espadas y escudos antes de salir de la ciudad. Hakon, que por aquel momento seguía corriendo, al contemplar cómo se alzaba la puerta de entrada a la ciudad, se le iluminaron los ojos de la alegría, a pesar de que del interior le llegara una compañía poco agradable. Estaban saliendo ocho guardias dispuestos a hacerles frente, a él y a sus perros.

—Es mi responsabilidad. No puedo fallar…—farfulló Hakon para sí mismo, con la mirada puesta en sus enemigos.

Sin parar de correr ni un momento, Hakon se dirigió a sus perros:

—¡Dispersaos! —Dos de vosotros por cada templario. El resto son para mí—sentenció, al mismo tiempo que desenvainaba su espada de su cinto.

CAPÍTULO 33: ANSIEDAD POR LLEGAR AL CADALSO

Después de que Hakon diera la orden a los perros, éstos corrieron alrededor suyo dispersándose frente a la zona de la puerta. Como había ordenado el guerrero, los perros se fueron lanzando en pareja a atacar a los guardias. Los primeros guardias que recibieron la llegada de los perros, no supieron cómo defenderse debido a que los perros eran rapidísimos y tan pequeños, que no les acertaban a dar con sus espadas y hachas. Por ello, rápidamente, los perros provocaron las primeras bajas entre los guardias.

Mientras se proseguían los ataques por parte de los perros, a un lado de la entrada, Hakon siendo un guerrero aterrador, luchaba con frenesí por abrirse camino. En su mirada había una convicción que provocaba pavor a aquellos con quienes cruzaba su mirada. Esos ojos no eran los ojos comunes del guerrero, era como si sus ojos hubieran cambiado para ser los de otra persona. Esos ojos eran como los de Run. Fríos y altivos. Aquella poderosa actitud que instauraba el miedo en sus adversarios, hizo que Hakon recibiera a combate a tres guardias, temerosos por enfrentarle.

—¡Vamos chicos! ¡Es sólo uno!—gritó el guardia, inculcando valor a sus compañeros.

—¡Sí!—asintieron sus compañeros.

En respuesta a la orden, el trío de guardias corrieron hacia Hakon, atacándole con sus espadas y hachas en tiempos distintos. Aprovechándose de la oportunidad que le brindaron los guardias, fue parando un ataque tras otro hasta detenerlos todos. Cuando la espada del último de los guardias en atacarle todavía estaba rebotando en el aire por la defensa del guerrero, éste le rebanó un brazo y justo después, se agachó esquivando un nuevo ataque por parte de los otros dos guardias. La espada que el guardia empuñaba pasó por encima de Hakon, clavándose en el pecho del mismo guardia al que apenas hacia un segundo, el guerrero había dejado sin brazo. Esa inesperada acción creada por la velocidad del combate, dejó a los dos guardias estupefactos y tratando de comprender lo sucedido. Esa breve distracción le valió a Hakon para erguirse de nuevo y asesinar a uno de los hombres con una daga y al último, para decapitarle con un tajo seco de su espada.

Matar a aquellos hombres no le dio un segundo de respiro a Hakon. A continuación, Zibon disparó una flecha contra él pero para su fortuna, ésta quedó clavada en la espalda de otro guardia que pretendía atacarle. Sin perder ni un segundo, el asesino volvió a coger una flecha de su carcaj y a dispararla contra Hakon. Para su asombro, de nuevo otro guardia se cruzó por delante del guerrero recibiendo la flecha por él.

—¡Mierda, que suerte tiene este tipo!.—se quejó Zibon, mientras cogía otra flecha de su carcaj.

—¿Y si?…—farfulló Zibon, retorciendo una expresión malévola.

Desde lo alto de la puerta, uno de los centinelas observaba con gesto de preocupación lo que estaba sucediendo con sus compañeros. Aquello era un desastre para los guardias que se apostaban en la puerta. La gran habilidad de Hakon como espadachín le había permitido acabar con la vida de hasta seis de los centinelas, mientras que los perros, quienes no paraban de correr y saltar de lado a lado, habían logrado matar a cuatro.

—Están acabando con los hombres de la puerta…—se lamentó el arquero.

El arquero, reaccionando ante aquella catastrófica situación, se marchó del lugar para ir a avisar a los templarios que custodiaban la ciudad.

—¡Traed refuerzos! ¡Avisad a los templarios!—gritó desgañitándose la voz.

De vuelta a lo que sucedía en la entrada a la ciudad, el perro llamado Dulce fue alcanzado por una flecha disparada por Zibon desde la almena. La muerte de otro perro, provocó que Hakon se girara hacia él con un gesto iracundo y que en su deseo de venganza recogiera un hacha de uno de los centinelas abatidos, y posteriormente la lanzara contra la almena.

El hacha lanzada por el guerrero, voló violentamente por los aires hasta impactar en la cabeza de Zibon, quien cayó desde lo alto de la almena a la nieve, con el hacha clavada en la cabeza y con una expresión de incredulidad en su semblante cadavérico. Después de que Hakon hubiera matado al asesino, dirigió una mirada de furia al resto de combatientes y entonces, profirió un grito aterrador. El grito causó que dos de los guardias soltaran sus espadas y que salieran corriendo con rumbo al bosque. En relación al resto, éstos permanecieron frente a la puerta manteniendo la resistencia. Hakon, viendo ahora como solo quedaban siete guardias, silbó llamando al orden a sus perros para que se detuvieran de lo que estuvieran haciendo y regresaran con él. Una vez los perros se hubieron reagrupado con su dueño, éste los mandó a atacar a los guardias y a continuación, se apresuró a entrar en la ciudad aprovechándose de que por aquel entonces, los únicos guardias que quedaban, estaban ocupados luchando con sus perros.

"Gracias. Vuestro sacrificio no será en vano". Pensó en referencia a sus perros.

Unos segundos después de que el guerrero se desvaneciera por una de las calles de la ciudad, llegaron a la zona de la entrada una nueva hornada de refuerzos para luchar contra los intrusos. Esos refuerzos se trataban de unos arqueros que al llegar a la almena, dejaron caer aceite ardiendo contra los feroces perros.

Regresando a lo que acontecía en torno a Hakon, la muerte de sus perros no pasó desapercibida para él aunque no se encontrara presente. En medio de los gritos de caos, pudo escuchar los aullidos de sus perros sufriendo por las quemaduras de muerte. Sabedor de lo que significaban aquellos aullidos, sonrió enloquecido y continuó con su carrera hacia el cadalso. Ya lo único que le importaba era llegar al cadalso cuanto antes.

Tenía los ojos bien abiertos y respiraba nerviosamente fruto de su insoportable sensación de urgencia. En aquellos momentos, deseaba poder volar para marchar mucho más rápido de lo que podía hacer solo corriendo. Lamentablemente, tenía que conformarse con mover las piernas, las cuales a pesar de que eran las de un atleta, todavía le parecían lentas con respecto a sus necesidades urgentes. La obligación que tenía era demasiado grande para fracasar. Él era un humano, pero por una vez debía de convertirse en un dios, precisamente, para salvar a quien él consideraba una diosa, Run.

Pasado poco más de un minuto, Hakon llegó a un punto de la ciudad en el que se encontró con cinco jinetes de la Orden de la Santa Fe. Aquellos jinetes estaban dirigidos por el teniente Rafael Hens, quien al verlo lo reconoció inmediatamente.

—¡Tú, bastardo!—exclamó Rafael.

—¡Mirad, "el Mendigo"!—gritó un templario que lo acompañaba.

—¡Hijo del diablo! ¿Cómo te has atrevido a volver a la ciudad?—exclamó Rafael, enfurecido.

—¡Atrapadle! ¿A qué esperáis?—exclamó Rafael, lanzando la orden a sus hombres.

Con la orden, los cinco jinetes con Rafael incluido, salieron a la carga empuñando sus espadas. Obligado a luchar para continuar, Hakon desenvainó su espada y su hacha, y a continuación, se dirigió a la carrera hacia ellos entonando un grito de guerra. En el cruce de los caballeros montados a caballo con Hakon, el segundo tiró su hacha mientras corría y luego giró sobre sí mismo realizando un tajo horizontal con su espada. De aquel par de movimientos, el hacha terminó impactando en el casco de un templario provocándole una muerte instantánea, mientras que el tajo de la espada rebanó la pata de un caballo, provocando que el jinete que lo montaba cayera sufriendo una grave caída. En cuanto a Hakon, él quedó herido con un corte en el hombro.

Aquella herida le había surgido a raíz de la estocada que Rafael le había producido en el cruce. Tratando de recomponerse a la laceración del hombro, Hakon miró por un segundo hacia delante, viendo como los tres jinetes restantes volvían a la carga para acabar de rematarlo.

—Mierda...—se lamentó.

—No tienes nada que hacer, "Mendigo". ¡Nada!—gritó Rafael, mientras galopaba seguido por sus soldados.

Hakon, con tal de no morir aplastado por los cascos de los caballos, mientras ellos se dirigían hacia él, puso las manos en el suelo para tratar de ponerse en pie.

—¡Vamos, coño! ¡Me tengo que levantar como sea!—se dijo así mismo.

En el esfuerzo por levantarse del suelo, la herida que tenía Hakon en el costado derecho de su espalda le tocó un nervio del brazo, haciendo que le fallara el brazo derecho y que volviera a caer. Eso lo dejó tendido en el suelo, y entregado frente al inminente ataque. Hakon se lamentó de su mala fortuna por una milésima de segundo, y rápidamente, se revolvió por el suelo justo antes de que los cascos de los caballos lo pisotearan. La acción del guerrero produjo que parte del camino nevado quedara cubierto por un hilo de su sangre, y que por tanto, sus ropas arrastraran parte de la nieve.

Pese a los esfuerzos de Hakon por seguir con vida, el peligro no había acabado para él. Los jinetes cuando llegaron al final de la calle, se detuvieron para dar media vuelta y realizar una nueva carga. En aquellos momentos en el que los templarios montados estaban haciendo girar a sus caballos, una espada y luego otra más, volaron de forma violenta contra el pecho de dos de los jinetes. Las espadas impactaron con tal brutalidad que después de que los caballeros se vieran despedidos de sus caballos, quedaron ensartados contra la pared de un edificio.

Sucedida las dos muertes, el último caballero que quedaba con vida, el teniente Rafael Hens, miró a Hakon con gesto desconcertado. No podía creerse que se hubiera alzado mostrando tal espíritu combatido aún estando herido.

"No puede ser humano. ¿Qué fuerza le empuja a no darse por vencido?!". Se preguntó Rafael en sus pensamientos.

En medio de los cadáveres de un caballo y de dos caballeros, el guerrero se hallaba de pie con la cabeza agachada y respiración jadeante.

—Ah ah ah. Por favor....dejame pasar. Te lo suplico.

—¿Cómo es que sigues luchando? ¿Qué hace que no te rindas?— preguntó Rafael, incrédulo.

Viendo como el jinete ignoraba a su petición, Hakon alzó su mirada hacia él mirándolo con una expresión enloquecida.

—Lo siento pero no tengo tiempo para explicartelo—farfulló Hakon en voz baja.

Tras aquella breve conversación, el teniente de los templarios negó con la cabeza y a continuación, inició una nueva carga, decidido por que fuera la última.

—¡Dios está de mi lado!—gritó Rafael, mientras galopaba hacia el combate.

A medida que el templario se acercaba montado en su poderoso corcel, se fue sintiendo más asustado de ver como Hakon seguía en pie sin ni siquiera ponerse en guardia frente a su pronto ataque.

"No se mueve el cabrón. Eso es, que siga ahí. ¡Voy a aplastarle!". Pensó Rafael, tremendamente violentado por el momento de tensión.

Entonces, cuando tan solo faltaba un metro para que la espada del templario contactara con el cuerpo de Hakon, éste último se apartó y con un grácil salto se montó en el caballo, sentándose detrás del jinete. Situado en la espalda de Rafael, Hakon le colocó una daga en la garganta provocándole el mayor de los miedos.

—Te dije que me dejaras pasar—dijo Hakon con una voz fría

Acto seguido de aquel comentario, le rebanó el cuello al teniente y luego expulsó su cadáver de la montura para ocuparla únicamente él. Habiendo conseguido un caballo, Hakon clavó las espuelas en los costados para hacerle girar, cuando de repente, un relámpago cayó a una decena de metros por delante de él y su caballo.

En cuanto el efecto de la electricidad se desvaneció del lugar, apareció él, Thor, portando su mágico martillo Mjolnir en su mano derecha. Al ver la cara que mostraba el dios, se notaba que la sola presencia de Hakon le desagradaba por completo.

—Lo siento pero no puedo dejarte pasar. Yo salvaré a Run—sentenció Thor.

Después de haber hecho tal sentencia, el dios saltó hacia delante recorriendo la distancia de diez metros que los separaba, y entonces golpeó con Mjolnir justo delante de los cascos del caballo que montaba Hakon. La onda expansiva del golpe provocó que tanto Hakon como el animal, salieran despedidos hacia atrás y que colisionaran contra una pared que estaba situada tras ellos, rompiendo los ventanales de una casa.

CAPÍTULO 34: LUCHA DE PRETENDIENTES

De vuelta a lo que sucedía en la plaza de la ciudad, Run, la vikinga de los Ljungberg, se había convertido hacía minutos para su desgracia en el centro de atención de todas las miradas de las gentes que ocupaban la plaza. Su muerte estaba planeada para servir a la Orden de la Santa Fe como prueba de fe de que el dios verdadero estaba de su lado y que ellos traían la luz para combatir las fuerzas de la oscuridad, las cuales se representaban en la figura de Run.

A la espera de que se produjera alguna acción hacia la vampiresa, los nobles de la Casa Ynglings observaban con atención los actos que se desarrollaban por parte de un sacerdote en lo alto del cadalso. Junto a la vikinga, un anciano sacerdote estaba leyendo una misa en latín, para aburrimiento de todos los que estaban allí, quienes como era lógico no entendían ni una palabra.

—Mamá, ¿cuándo van a quemar a la golfa?—preguntó un niño a su madre.

—Debes esperar, hijo mío. El sacerdote está hablando...—contestó la madre.

En la tribuna, un templario llegó a la carrera frente a la posición que ocupaba el capitán de los templarios. Al templario se le notaba ostensiblemente preocupado por lo que Joachim al verle se esperó lo peor.

—¿Qué sucede?

—Capitán, "El Mendigo" ha entrado en la ciudad. Viene hacia aquí.

—¿Qué?—preguntó Joachim con gesto de sorpresa.

—Dad aviso a los asesinos y al teniente Rafael para que acaben con él—ordenó.

—Pero mi capitán…—farfulló el templario mostrándose miedoso.

Joachim, que se había percatado del temor de su soldado por hablarle con claridad, torció la expresión de su rostro en un enfado.

—¿Qué ocurre?

—Capitán, siento decirle que el teniente ya está muerto y que Zibon el asesino también lo está. El mendigo es tan fuerte como dicen.

Joachim gruñó enrabietado.

—Quiero a todos los soldados peinando toda la ciudad y que ese tal Friedrich se encargue de matar al "Mendigo". A ver si de verdad vale para algo un enfermo como él…

—Sí, capitán. Extenderé el mensaje ahora mismo—asintió el templario, saliendo a la carrera instantes después.

Al mismo tiempo que el templario corría fuera de la tribuna, el cardenal Odón cogió la antorcha de manos del verdugo, y se dirigió de modo ufano a la vikinga, retándola con la mirada. Luego se giró hacia la plebe y gritó, solemnemente:

—¡Ciudadanos!¡Aquí tenemos a la temible vampiresa que ha sembrado el terror por todo el reinado de nuestro bien amado rey Sigurd! ¡Una impía que ha profanado la divina ley, ha cometido herejía, ha pisoteado el nombre de Dios nuestro Señor!— exclamó, dejando una pausa para que la gente pudiera vitorear sus palabras.

—¡Hoy, en este glorioso día, ante nuestros queridos reyes, vamos a permitir que el largo brazo de la justicia llegue hasta ella y, a través de nosotros, se cumplan los designios de Dios, que no es otro que quemarla en la hoguera hasta que no queden de ella otra cosa que cenizas!—aulló al final de la frase, entre las ovaciones de la caterva de aldeanos.

Run alzó la cabeza, fijó la mirada en la cabeza con forma de huevo de Odón, compuso una cara de desprecio y le espetó:

—Espero que estés orgulloso de lo que has conseguido, lagarto con piel de zorro.

Odón giró el cuello para mirarla, y, sonriendo, le replicó:

—¡Vaya! La maldita osa dirigirme la palabra, y además me insulta, ¡qué atrevida! Una condenada que está a punto de morir no debería enfadar a su juez...—dijo en voz alta ante los presentes. Luego se acercó a ella, susurrándole con desprecio:

—Vas a pagar con tu vida el haberte reído de mí, me has menospreciado, y así es como Odón, el Cardenal de Jórvik, castiga a los que se atreven a molestarle, con la más cruel de las muertes, con el sufrimiento extremo. Te diré cómo va a ser: Tu piel va a levantarse íntegra en ampollas, que se oscurecerán hasta quedar negras como brea y adquirirán la consistencia del carbón, para luego desprenderse de tu carne. Eso dejará expuestos tus músculos al fuego, que se consumirán por efecto del calor, contrayéndose y tirando de los tendones, que a su vez harán que los huesos se fracturen, lo que te causará mucho dolor, porque esta fogata no te matará rápido, sino lentamente. El humo no será tan alto como para asfixiarte, me he encargado personalmente de que esta madera no lo produzca en exceso, a fin de que notes tu cuerpo arder entre terribles dolores y espasmos antes de que se pare tu corazón. Cada espasmo, cada grito tuyo, me hará sentir más triunfador y más satisfecho, piensa en eso cada segundo. Mientras puedas pensar—concluyó Odón con expresión de orgullo.

De repente, Run le respondió al cardenal, dirigiéndose a él con voz furiosa:

—¡Yo te maldigo, y maldigo a tus seguidores!—Exclamó con las últimas fuerzas que le quedaban a la vikinga en su humillado y expuesto ser. —¡Volveré para acabar con todos vosotros, fariseos, mentirosos que pisoteáis y sometéis a degradaciones a todos los que no os siguen como perritos en vuestras locuras y vuestro fanatismo!—terminó de maldecir con la voz rota por el esfuerzo.

El público se sumió en el más absoluto silencio, fijando todos ellos su mirada en el cardenal, quien, alzando la tea encendida, con la mano temblorosa, prendió la hoguera, y se echó hacia atrás, gritando:

—¡Que se cumplan los designios del Señor!

Regresando a la situación de Hakon, el guerrero cristiano se hallaba tendido en el suelo. El dios del trueno le había estampado contra uno de los edificios usando su fuerza sobrehumana. Por suerte para él, el choque contra la piedra de la casa, pese a que había sido muy doloroso, no le había mermado ningún órgano vital, aunque sí que le había creado un traumatismo en la zona de la espina dorsal.

Mientras Hakon se dolía en el suelo, Thor fue caminando hacia él mostrando su hermosa sonrisa blanquecina.

—¿Ya está? ¿tan rápido? —se dirigió Thor con una irónica decepción.

Sin decir una sola palabra, Hakon se puso en pie para deleite del dios.

—¿Otra vez? Muy bien. Tú lo has querido—dijo Thor, estirando una sonrisa divertida.

Animado por la resistencia de su oponente, Thor se preparó para realizar un nuevo ataque y entonces, se desvaneció en el aire dejando tras de sí una corriente eléctrica. Antes de que Hakon le diera tiempo a reaccionar, el martillo le pegó en la cara con una suma violencia. El ataque del dios provocó que de la boca del guerrero cristiano salieran despedidos una hilera de dientes de la mandíbula y que cayera desplomado sobre el suelo.

En el suelo, Hakon se puso acto seguido a escupir sangre para mayor regocijo del dios. Thor, al ver que su ataque había dejado al guerrero sin parte de sus dientes, se agachó a recoger un diente del suelo y en un tono de sorna le dijo:

—¿Después de esto sigues con esperanzas de que Run te de un beso si la salvas?

Ignorando el hiriente comentario, Hakon levantó la mirada sacando fuerzas para levantarse del suelo pese a su extanuación, pero entonces, Thor lo aplastó de nuevo contra el suelo al sentar sus posaderas sobre él. En aquella posición de humillante superioridad, Thor le dijo en un tono altivo a Hakon:

—Miguel, ¿no? Porque Miguel es tu verdadero nombre ¿no? Pues bien, te mentiría si te dijera lo contrario pero me moría de ganas por pegarte esta paliza. No quiero ser abusón pero ya sabes, uno se puede enfadar mucho si alguien va detrás de su mujer con intenciones poco claras. Yo la vi primero….—¡Era mi mujer!—gritó Thor, tornando su expresión en pura rabia.

Thor resopló profundamente hasta mostrarse un poco más clamado. Luciendo de nuevo su hermosa sonrisa, el dios le dijo a Hakon:

—Hablemos claro, pongamos las cosas buenas que tenemos cada uno para ofrecerle a Run, y luego elegiremos quien debe ir a salvarla.

Thor miró a su lado y al ver como Hakon tenía la cara contra la nieve, siguió hablando:

—Veo que no dices nada. Permíteme que sea yo quien exponga los méritos de cada uno. Primero de todo. Yo soy un dios. Tú un humano. Segundo. Soy poderoso. Tú sufres combatiendo contra humanos, yo venzo a gigantes de hielo con facilidad. Tercero. Yo soy inmortal así que podría vivir toda la vida con Run, tú eres mortal y en ese estado, no durarás más de una semana. Cuarto. Yo soy rico. Puedo darle las riquezas que poseo como príncipe de Asgard. En cambio tú no tienes ni para llevarte algo a la boca. Y quinto y último. Soy más hermoso que tú.

Por debajo del trasero del dios, Hakon hizo un esfuerzo por levantarse doblando sus brazos contra el suelo.

—Pues ve a salvarla. ¡Vamos!—farfulló Hakon, mostrando dificultad para hablar.

La petición del guerrero fue recibida por parte del dios como una ofensa.

—Estúpido. Recuerda que soy un dios. Si quiero puedo volar hasta la plaza y salvar a Run en el último segundo.

—No esperes. Hazlo ya.

—Ni lo sueñes. Antes quiero disfrutar de mi victoria, haciéndote sufrir un poco más…

—¡No, hazlo ya!—gritó Hakon, al mismo tiempo que doblaba sus brazos para levantarse del suelo.

El alzamiento del cuerpo del dios del trueno sobre la espalda de Hakon, provocó que el primero reaccionara sorprendido y que se apartara dejando al guerrero acabar de reincorporarse. Habiéndose puesto en pie, Hakon se llevó una mano a la sangrante herida que había en su hombro y entonces dijo:

—¡Ve a salvarla! ¡Vamos! ¡Ha llegado el momento de que vayas a salvarla! ¡Mátame!

Las palabras del guerrero cristiano dejaron en el dios una expresión de desconcierto. La sorpresa en Thor, acto seguido, derivó en un ceño fruncido:

—¡Deja de quererla! ¡Run no te ama! ¡No te ama!

—Me da igual. Yo al menos si la amo a ella y por eso nada que me digas cambiará lo que sienta por ella. Ahora…mátame—sentenció Hakon mostrándose decidido.

Ante la petición del guerrero por hallar el toque de gracia que diera fin a su vida, Thor asintió con una fría sonrisa y luego dio un paso hacia al frente cargando su martillo de electricidad.

—Tienes razón. Quizá sea hora de acabar con esto. Run tendrá ganas de ver a su príncipe azul—dijo Thor, mientras alzaba su martillo preparándose para asestar el golpe definitivo a la vida de Hakon.

Mientras el dios se acercaba a él, Hakon se quedó inmóvil mirando hacia el frente. De ese modo lo estuvo esperando cuando de repente algo empezó a afectar su capacidad sensorial. Fue como un despertar tras consumir una sustancia alucinógena. Empezó a sentirse fuertemente mareado y a sentir su visión cada vez más borrosa. Entonces, un destello lo dejó ciego. Pasados unos segundos del fogonazo, parpadeó un par de veces y poco a poco fue recuperando la visión.

—¿Qué me está pasando? ¿Por qué veo así?—se preguntó así mismo.

Después de que Hakon recobrara la vista, miró ante sí y entonces vio como ahora ya no estaba Thor y como en su lugar había aparecido un pequeño hombre de piel violácea. Friedrich. Thor no había desaparecido porque en realidad nunca había estado allí. Todo había sido una alucinación producida por la sustancia alucinógena que segregaba la piel del asesino del Vaticano. Aquella era la realidad y no otra. Hakon se había estado autolesionando él mismo sin que Friedrich tuviera que mover un solo dedo.

Tratando de encontrar respuestas a las miles de preguntas que ahora rondaban por la cabeza de Hakon, miró detenidamente al pequeño hombre que había aparecido. Para su asombro, vio que el hombre tenía clavado una daga en el pecho.

—¿Qué?—se sorprendió Hakon, ante el suicidio del hombre.

—Me lo han ordenado pero no puedo…No puedo matar a un hombre como tú—dijo Friedrich con rostro cabizbajo.

Acto seguido de pronunciar aquellas palabras, Friedrich cayó al suelo. Rápidamente, Hakon salió corriendo a socorrerlo pero ya fue muy tarde. La sangre que brotaba del pecho del asesino era muy cuantiosa y bañaba todo su vientre.

Hakon lo miró mostrándose muy confuso.

—¿Por qué lo has hecho?—preguntó Hakon.

—Porque es la única forma de que te salves. Mientras yo viva, el virus te provocará alucinaciones. Quiero que la salves. Salva a Run. Como yo debí haber hecho con Catherine.

Fruto de la petición realizada por el asesino, Hakon se lo quedó mirando con una expresión seria y solemne:

—Juro por todos los dioses que lo haré. La salvaré por Catherine.

Friedrich miró a Hakon y luego arqueó una sonrisa.

—Gracias…

Un segundo después se escapó el último aliento de Friedrich, muriendo así entre los brazos del guerrero. Tras dejar el cadáver posado en el suelo, Hakon se puso en pie y entonces retomó su marcha para rescatar a Run. Ya estaba muy cerca.

CAPÍTULO 35: CUENTA ATRÁS

Al cabo de un minuto de haber presenciado la muerte del asesino, Hakon llegó a la periferia de la plaza donde fue recibido por una gran aglomeración que le obligó a ponerse a sortear personas para continuar acercándose a la plaza. Había tanta gente delante que no podía ver nada de lo que pasaba en el cadalso, sobre todo porque los ciudadanos de la ciudad, como buenos nórdicos, eran personas altas y fornidas. Lo único que podía ver eran personas cruzándose a su paso y dificultándole la visión.

—¡Abrid paso, necesito llegar al cadalso!—gritó Hakon, mientras se metía a empujones hacia el interior.

A medida que avanzaba, la actitud ruda del guerrero fue perturbando a la gente y provocando las quejas de ellos.

—¡Qué grosero!, ¿cómo se le ocurre entrar empujando de ese modo? Yo llevo esperando aquí toda la mañana para ver la ejecución—se quejó un anciano bigotudo.

Ignorando todos los comentarios que iba despertando su brusquedad, Hakon continuó avanzando hacia el cadalso ansioso por ver a Run sobre él. Llegado a un punto bastante centrado de la plaza, empujó a un hombre de gran estatura, cuando de pronto, una llama iluminó sus ojos, deparándole a continuación la imagen que jamás hubiera deseado ver. Sobre el cadalso, Run estaba ardiendo crucificada en una cruz de plata.

Mientras Run era quemada, gritaba de dolor por ser devorada por el fuego sin piedad alguna. En su tormento por seguir viviendo, miró a Hakon una última vez descubriéndolo entre la multitud. Esa fue su última acción, porque murió dos segundos más tarde ante los ojos de su discípulo. La vikinga se había convertido en un esqueleto carbonizado.

La muerte de Run fue un shock para Hakon. Run había muerto definitivamente y aunque era una vampiresa, ya no iba a poder regresar a la vida. La aventura de la vikinga había terminado aquí por siempre y eso era imposible de darle marcha atrás.

La macabra visión de aquel esqueleto carbonizado en el lugar que unos segundos había estado Run, provocó que al guerrero cristiano se le saltaran las lágrimas y que un escalofrío recorriera todo su cuerpo, dejándole paralizado. Esa parálisis era la consecuencia de un dolor infinito que no podía explicar. Sentía que por su culpa, la criatura más maravillosa del mundo había muerto entre terribles sufrimientos sin haber hecho nada para merecerlo. Después de todo lo que había hecho por él, a la hora de la verdad, no le había podido devolver el favor a la vikinga. Había fracasado. Era el fin para Hakon.

—¡Noooooooooooooooooooooooooooooooo!—gritó Hakon desgañitándose la garganta a razón de su desgarradora pena.

Fruto del desolador grito del guerrero, la gente que le rodeaba se apartó de él con cara de sorpresa y miedo. El escándalo que había formado, llamó la atención de un grupo de templarios que había reunidos en una esquina de la plaza, a los cuales llevó a que se adentraran entre la muchedumbre para ir a detenerlo cuanto antes. Los templarios, en su objetivo por atrapar a Hakon, fueron empujando con brusquedad a los ocupantes de la plaza con peores modales de los que había mostrado el guerrero anteriormente.

—¡Abrid paso escoria! ¡ Abrid paso!.

A base de malas maneras, los templarios llegaron hasta el mismo punto donde estaba Hakon, pasivo e inmóvil. Ya no tenía nada por lo que luchar ni que le importara. Por eso, cuando Hakon sintió el duro guantelete apretando su brazo, no hizo nada al respecto. Simplemente, se dejó atrapar.

—Lo tenemos. ¡Que no escape!—ordenó un soldado que sujetaba a Hakon.

Siguiendo la orden, cuatro templarios se abalanzaron sobre él, dejándolo totalmente retentado contra el suelo de piedra. Teniéndolo en aquella postura, uno de los hombres aprovechó para escupirle y patear a Hakon en el estómago.

—Se acabó el juego, mendigo. ¿Esperabas ver a tu Run con vida? Pues no, está muerta.—añadió el templario, escupiéndole al final de sus palabras.

El comentario de aquel soldado volvió loco de rabia a Hakon, quien intentó levantarse para vengarse por tal ofensa. La fuerza sobrehumana del guerrero le permitió levantarse unos cinco centímetros del suelo, pero no fue suficiente para zafarse de la opresión. Al final solo logró que los templarios lo molieran a patadas en el suelo.

En la grada que había situada para los nobles y el clero, mientras que Hakon estaba siendo apaleado por el grupo de templarios, se hicieron participes de lo que estaba pasando.

—¿Qué ha ocurrido? ¿Qué están haciendo esos hombres?—preguntó Sigurd dirigiéndose a uno de sus consejeros.

—"El Mendigo" ha sido capturado, majestad. Dicen los guardias que había entrado por la fuerza en la ciudad para desatar el caos—contestó el consejero hablándole en voz baja para que no le escucharan otros ocupantes de la grada.

—"El Mendigo"…—farfulló Sigurd, reaccionando atónito.

En aquel instante, el cardenal Odón rompió a reír haciendo sonar una ruidosa carcajada.

—Dios no perdona a los que están en contra de él. ¿Verdad?

—Así es, mi señor. Ese mendigo ha obtenido solo lo que andaba buscando—asintió la reina Tara, mostrando una sonrisa cómplice.

Ante las palabras de la reina madre, el rey Sigurd se giró hacia ella mirándole con una expresión de incredulidad.

—Esto es definitivo. Ya no somos quien fuimos…—pensó Sigurd, mientras volvía su mirada hacia la plaza observando así como los templarios se llevaban a Hakon de allí.

A medida que el guerrero abandonaba la plaza acompañado por la guardia, Odón le siguió con la mirada mostrando una sonrisa radiante.

"Lo he conseguido. Al final vencí". Pensó Odón.

De vuelta a la zona de la tribuna, Loki suspiró relajado y poco después, se marchó junto a la compañía de su hija. Mientras Loki bajaba por las escaleras para salir de la grada, le comentó a su hija Hela:

—Ha sido un bonito espectáculo. Hemos pasado una hora esperando, pero al final ha merecido la pena. Lo que hemos visto hoy es maravilloso. En esta plaza se han cruzado una centena de sentimientos encontrados. Rabia, amor, envidia, desesperanza, tristeza…Todos juntos aquí.

—Sí, gracias por llevarme a ver este momento tan importante, papá— asintió Hela.

—No hay de qué…. Querida hija, con el paso de los siglos, te darás cuenta de que no existe ningún placer mayor que ver la caída de un grande.

CAPÍTULO 36: EL JUICIO DEL HEREJE

Una semana después de la detención de Hakon, a altas horas de la noche en la zona de torturas del castillo, el guerrero estaba amarrado con correajes a una máquina de castigo. La rueda.

En la sala del dolor estaba únicamente él y su torturador, el mismísimo Joachim Muller, quien por entonces, se hallaba completamente desnudo y con la cara maquillada como una mujer. Aquel aspecto era un guiño que llegaba tarde, pero que consideraba que sería del agrado de su amante fallecido, Rafael. El capitán de los templarios había suplicado a Odón porque le dejara a él la labor de torturar al prisionero como venganza del asesinato de Rafael. Esa petición le fue rechazada en un principio por el cardenal, pero ante su insistencia, Odón cedió y le dejó a cargo de la tortura, ya que en el fondo no tenía demasiado interés en Hakon, ahora que Run estaba muerta y no le podía hacer más daño a ella.

En aquellos momentos de la noche, el hombre paseaba por la sala pensando qué podría hacerle a su víctima. Ya le había cortado unos cuantos dedos, y le había estado estirando un rato los huesos, así que tenía que pensar un poco si quería resultar innovador con su tortura. En cuanto Joachim tuvo claro qué iba a hacer para castigar a Hakon, dejó de pasear por la sala y se centró en las herramientas que se repartían por el ancho de la sala. Miró a un lado, más concretamente, a la chimenea donde un metal llevaba desde hacía treinta minutos sobre un intenso fuego. Joachim, al ver aquel metal al rojo vivo, se relamió de ganas, y cogió el metal por el lado templado, imaginándose de ante mano el dolor que le podría hacer con algo como eso.

—Mira lo que te ha traído matar a quién yo amaba—dijo Joachim dirigiéndose a Hakon con metal ardiente—Esto es por ti, Rafael—añadió.

Hakon estaba tan cansado que no pudo ni responderle. Solo observó como el metal se acercaba amenazantemente a su cuerpo. Joachim en busca de producir el mayor dolor posible, bajó el metal caliente hasta la zona del trasero del guerrero y luego lo introdujo con fuerza por el ano de éste.

—Toma, hijo de puta. Quién a hierro mata, a hierro muere.

El solo contacto del metal sobre la carne produjo un zumbido de la carne al quemarse resultando increíblemente doloroso para Hakon. Él fue incapaz de aguantarse, y empezó a gritar por recibir tal tormento.

—Sufre asesino. Sufre…—farfulló Joachim, mirando a Hakon con cara de satisfacción mientras éste se dolía implorando la muerte.

Debido al insoportable dolor que estaba padeciendo el guerrero, a los pocos segundos de que se le fuera introducido el metal, se desmayó para decepción de su torturador. En esos mismos instantes en otra cámara del castillo, la reina madre y su hijo Sigurd se reunieron en secreto. Madre e hijo estaban allí para hablar de todo lo que rodeaba a la detención del guerrero y de lo que podía suponer su muerte para la imagen de la Casa Ynglings ante el pueblo danés.

—¿Todo sigue adelante?—preguntó Sigurd mostrándose nervioso.

—Sí, será mañana. He hablado esta mañana con su Santidad el cardenal y me lo ha confirmado.

Sigurd, rabioso por oír la noticia, le dio un puñetazo a un mueble haciéndole un agujero en la madera.

—¡Joder, ¿por qué tan rápido?

La furia con la que dio el puñetazo le provocó un corte en la mano, que empezó a sangrar de manera llamativa. Ver la elevada cantidad de sangre brotando de la mano de su hijo horrorizó a la reina Tara.

—¡Os habéis herido!. Hay que llamar a alguien de servicio para que os cure.

—¡No me importa una mierda está herida! ¡Me importa mi reino!—le contestó Sigurd mostrándose furioso.

Los gritos del rey danés dejaron sin habla a la reina madre, quien se quedó observándole fijamente con una expresión comprensiva.

—Entiendo lo que sentís. En el fondo tienes mucho de tu padre, pero los tiempos que vivimos son diferentes…—dijo Tara.

—Padre nunca hubiera dejado morir a uno de los suyos. Ese al que llaman mendigo ha estado luchando contra los templarios y trayendo carros de carne para la gente. ¡Y yo, Sigurd, su rey, se lo he ofrecido en bandeja a nuestros enemigos!—gritó Sigurd.

—¿Y qué vais a hacer?. No se puede hacer nada para transformar esta situación en otra.

En reacción al comentario de la anciana, Sigurd estiró una sonrisa por su rostro y a continuación desenvainó una pequeña daga.

—¿Qué vais a hacer con eso?—preguntó Tara entre la sorpresa y el estupor.

Con la expresión de terror que se comenzaba a instaurar en su madre, Sigurd estiró aún más su sonrisa.

—Voy a hacer lo que hace un hombre con honor en una situación así. Voy a hacer lo que habría hecho mi padre.—dijo Sigurd acercándose a un palmo la daga a su jubón de hilos de oro.

—¿Os habéis vuelto loco? ¿Creéis que así arreglareis Dinamarca? Así solo perderéis la vida y a mí me hundiréis en la más profunda pena.—le recriminó Tara alzando la voz con el enfado.

—Deberéis sufrir entonces…—dijo Sigurd acercando un poco la daga.

En aquel momento el vikingo Hrafnkell, jefe de la guardia real de la casa Ynglings, apareció por sorpresa noqueando a Sigurd con un golpe en la nuca con el mango de su hacha. A causa del impacto, Sigurd cayó ipso facto totalmente inconsciente. La reina, al visionar a su hijo con su cuerpo tendido ante sus pies, lo miró con una expresión preocupada y luego miró a Hrafnkell esperando su respuesta.

—¿Lo habéis matado?

—No, solo se ha desmayado.

—Está bien. Llevadlo a la mazmorra. Pasará allí un tiempo hasta que se le pase—ordenó la reina Tara.

—Como ordenéis, mi señora—asintió Hrafnkell.

Acto seguido, el guardia se agachó para recoger a Sigurd y entonces se dio media vuelta cargando con él hacia la mazmorra. En el día siguiente de aquel suceso, los guardias hicieron sonar las campanas de la iglesia despertando a toda la ciudad. Había llegado el día que los cristianos habían elegido para ajusticiar a Hakon. A las pocas horas de la mañana, las gentes de Copenhague fueron poco a poco ocupando la plaza. En esta ocasión se trataba de Hakon el que se encontraba en una soga a tan solo unos minutos de morir. Los crímenes que se le imputaban eran los asesinatos a templarios.

El ambiente que se respiraba en la plaza, era muy distinto al acontecido en la muerte de Run. Si para el pueblo de Copenhague, la vikinga era una aberración de la naturaleza a quien se le acusaba de ser una vampiresa, a Hakon se le consideraba un héroe ya que había luchado en las sombras por el bien de Dinamarca. Por ello, toda la plaza guardaba un solemne silencio, sólo roto por las carcajadas de las cortesanas y por el vozarrón irritante del cardenal Odón.

A Odón, ese silencio respetuoso que guardaba la gente incomodaba en demasía. El cardenal no soportaba que las gentes estuvieran tristes, justo cuando el condenado a muerte era uno de sus más grandes enemigos. Tratando de no saltar de su trono por culpa de su malestar, Odón permaneció durante unos largos minutos mordiéndose la lengua, hasta finalmente estalló invadido por la cólera. De pie frente a todos, les gritó en un tono acusativo:

—¡Reíd, reíd, malnacidos!

La voz ronca del cardenal encontró tanto silencio como respuesta, que su voz repicó en el aire haciendo eco. En relación a la reina madre, ella siguió impasible en su asiento, jugando como si nada con un cachorrillo de husky que sujetaba sobre su vestido de seda de color coral.

Odón, rabioso por el silencio, volvió a insistir en el comportamiento que divisaba en las gentes:

—¡Dios no se apiadará de vosotros sino reís! ¿Me oís? ¡Dios está de mi lado!—gritó Odón con voz aún más ronca, acusando a todos los ciudadanos con gesto de desafío.

De nuevo, las palabras del cardenal se extendieron por el silencio del pueblo sin que eso significara ninguna reacción para ellos. Odón, en su obsesión por encontrar alguna respuesta de la gente, se movió por la grada para ver con más cercanía las caras de las gentes, viendo la tristeza en ellos. Niños, mujeres, hombres y ancianos. Todos mostraban la misma expresión. Todos estaban tristes.

—Bastardos…—farfulló Odón, molesto por ver tanta tristeza.

—¡Bastardos!—gritó Odón, enloquecido por la rabia.

—¡Haced traer al acusado!—ordenó Odón volviéndose a sentar en su trono.

Dada dicha orden, Hrafnkell el jefe de la guardia real, asintió con la cabeza y a continuación, hizo un gesto a los dos guardias de la Casa Ynglings que estaban custodiando a Hakon. De ese modo, los dos guardias tiraron de Hakon para empezar a desfilar hacia el cadalso. El guerrero cristiano iba esposado de pies y manos arrastrando unas cadenas que apenas le permitían caminar.

Las gentes, al producirse el paso del condenado por delante de ellos, lo miraban con una expresión llena de pena. El aspecto que lucía Hakon en aquellos momentos era terrible. La semana entera la había pasado en una sala de torturas donde de nuevo había una terrible hambruna. Torturado de pies a cabeza, no había un centímetro de su piel sin fustigar. Sin embargo, en su rostro no había ni un halo de frustración. Solo gratitud por sentir próxima la hora de la muerte.

En medio del camino hacia el patíbulo, Hakon se quedó sin fuerzas y cayó lastimosamente al suelo. La caída causó las risas entre varios de los ocupantes de la sala real y pena entre la gente.

Tendido en el suelo, Hakon cerró los ojos viajando por unos instantes muy lejos de allí. Su mente le llevó al pasado, a revivir un feliz momento vivido con su amada vikinga. Era un niño y estaba con Run, jugando al escondite. De repente, Hakon abrió los ojos de nuevo en suelo de la plaza de Copenhague, y escuchó una voz. Era la de Run.

—Vamos dormilón. Levántate. Todos están esperándote.

El guerrero, reaccionando incrédulo ante lo que había oído, levantó la barbilla alzando su mirada hacia delante y allí tuvo la certeza. Era verdad que era Run. Ella estaba vestida con su típico atuendo de vikinga, situada en pie, en la plaza.

—Vamos. Levántate. Todos están esperando a que lo hagas....

El guerrero cristiano, con el objetivo de contentarla, se levantó por sí mismo. La realidad era lejos de lo que imaginaba, había sido levantado por los guardias que le custodiaban.

Finalizado el indecoroso espectáculo del condenado, éste fue arrastrado por los dos guardias hasta lo alto del estrado, mientras que por su cabeza creía ir caminando por su propio pie siguiendo la capa roja que vestía la vikinga de los Ljungberg.

Una vez que Hakon llegó sobre el cadalso, uno de los guardias de la Casa Ynglings se despidió de él con el siguiente comentario:

—Que encuentres la paz en Asgard. Seguro que serás bien recibido.

El comentario del guardia fue ignorado por Hakon totalmente. Él se hallaba absorto, engullido en una locura la cual le había estado protegiendo de un sufrimiento sin límites en los días en que había sido torturado.

Dirigiéndonos a la ubicación de la grada, por aquel entonces, el cardenal ya no estaba en pie. Se había acomodado en su trono, situado junto al de la reina madre.

—¿Estáis disfrutando de esta ejecución?—preguntó Tara.

—Así es mi reina.—comentó Odón, incapaz de esconder su alegría.

—¿Y vuestro hijo?—preguntó Odón, percatándose de que el trono real estaba ocupado únicamente por la reina Thorey.

—El rey se encontraba indispuesto hoy. Tendréis que perdonarle pero esta mañana se ha despertado con un catarro espantoso. Espero que el maestre se esté ocupando bien de su salud—le contestó Tara.

—Un constipado ¿eh? Pues que se mejore y que nada malo le ocurra a su majestad—añadió Odón, tratando de esconder su enfado por la ausencia del rey de Dinamarca.

—Gracias—agradeció Tara con cierto halo de temor.

De vuelta a lo que sucedía en el cadalso, el hombre que ocupaba el cargo de verdugo para la ciudadela de Copenhague, Alf Anderberg, el hermano pequeño de la reina, se dio una pequeña vuelta sobre el cadalso asustando a todos los asistentes. Alf Anderberg tenía cuarenta y siete años de edad, y era retrasado mental. Tenía un rostro deforme, pero como siempre que subía al cadalso, llevaba su rostro oculto por una máscara de cuero negro.

Mientras en la plataforma el verdugo arrastraba a Hakon, el cardenal Odón volvió a levantarse de su sillón, pero esta vez para dirigirse a la gente en un tono de mejor humor. Iniciando el juicio, Odón se dirigió al público haciendo sonar fuertemente su voz ronca:

—Pueblo de Copenhague, esta mañana estamos aquí reunidos para juzgar a un hombre, Hakon, mejor conocido para vosotros como el "Mendigo". Se le acusa de los delitos del asesinato de cuarenta y dos templarios más tres hombres del Vaticano.

—¡Esos hombres eran buenas personas pero éste hombre los mató!—exclamó Odón, tratando de poner a la gente en su contra.

Tal como pretendía el cardenal, sonaron abucheos en contra del guerrero, e incluso se llegó a tirar alguna que otra manzana podrida.

—Oídme condenado. Por lo investigado anteriormente, dicen que vuestro nombre es Hakon aunque no es ese vuestro nombre real. ¿Cuál es? ¡Hablad!

Tras la pregunta, Odón calló a la espera de que el acusado respondiera, sin embargo, debido a que Hakon seguía inconsciente, no pudo dar respuesta alguna. A razón de la falta de dialogo entre el acusado y el cardenal, los nobles que ocupaban la grada real cuchichearon al respecto.

—¿Y esperan que este hombre que está medio muerto vaya a hablar?...Mírale si no puede mantenerse en pie—dijo una cortesana a otra.

Pasados unos segundos de que el clérigo realizara la primera pregunta, prosiguió con el juicio falso.

—Bien, como veo que no vais a decir nada. Así entiendo que admitís todos vuestros delitos, y que por tanto os consideráis como justo merecedor de la muerte por horca.

Mientras el cardenal hablaba, los rayos del sol despertaron a Hakon, quien con sumo esfuerzo levantó la mirada. Odón al percatarse de que el guerrero se había despertado, sonrió.

—Bien, ya veo que Dios os ha abierto los ojos para que veáis el castigo con el que termina vuestra despreciable existencia—vociferó Odón dándole teatralidad a sus palabras.

En aquel momento, Hakon se puso a reír pillando por sorpresa a Odón.

—¿Por qué ríes, loco?—preguntó Odón, desconcertado.

—¿Crees que Dios está en todo esto?

—Dios ha muerto quemado pero volverá...—sentenció Hakon.

La amenaza del guerrero profetizando el regreso de Run, hizo que el cardenal rechinara los dientes de la rabia.

—Miserable. En el cielo no hay lugar para hombres como tú.—farfulló Odón entre dientes. —¡Ahorcadle!, es culpable de herejía. Es culpable de todo—ordenó Odón con expresión furiosa.

Hakon en reacción a la furia acontecida en el cardenal, continuó sonriendo mientras que a su lado el verdugo preparaba la soga.

CAPÍTULO 37: EL DÉCIMO REINO

En ese mismo momento, en el subsuelo del décimo reino, entre las raíces del fresno Yggdrasil, se encontraba una cabaña con nueve puertas, cada una de las cuales, tallada de una forma artesanal distinta, no era sino un pasadizo a cada uno de los reinos visibles. Dentro de la casa, tres figuras femeninas se movían entre los telares y vetustas ruecas, rodeadas de tapices e hilos de longitud y textura variable. Tenían la apariencia de marchitas ancianas, vestidas con largas faldas, y largos delantales raídos, el pelo gris les caía en sucios mechones sobre la cara arrugada. Las cuencas de los ojos, vacías, y la boca con bastantes carencias dentales.

Una descarga de energía sacudió el conjunto de troncos que formaban la vivienda con un estruendo, y algo se desplomó desde lo alto hasta el suelo de madera de arce, atravesando el techo de paja. Las mujeres seguían afanadas, como si no hubieran percibido nada de esto, o como si ya supieran de antemano que iba a suceder.

En un rincón de la cabaña, donde había caído el extraño proyectil, una guerrera rubia abría los ojos poco a poco, desorientada, intentando enfocar la mirada. De pronto, comprendió que no estaba en la hoguera, ardiendo, entre humo y chispas, y se levantó de golpe, sacudiéndose las ropas y comprobando que no había ni rastro de quemaduras en su piel. Paseó la mirada a su alrededor, sin dar crédito a lo que le estaba sucediendo, aquellas mujeres no parecían darse cuenta de su presencia. Las miró más detenidamente, y descubrió qué les pasaba: "Son ciegas"— pensó, aliviada.—"no pueden verme".

—Pero podemos leer tu mente, querida, y créenos, haces mucho ruido, con todo eso de Hakon por aquí, Hakon por allá…—dijo la más alejada de ellas, ante el asombro de Run.

—¿Me conocéis, ancianas? ¿Quiénes sois?— preguntó

—Somos las tres Nornas, princesa Run, no temáis por nuestra apariencia, pues aunque no parecemos más que viejas hilanderas, somos diosas, las tejedoras del destino de los hombres.

— Hemos escuchado como no dejabas de preguntar en tus pensamientos por Hakon, llevas días en los que tu mente no piensa en nada más ¿Por qué estás tan preocupada por ese hombre?, ¿Acaso temes por su vida más que por la tuya?—Inquirió Verdandi, aun sabiendo que era así.

—Claro que sí, es mi compañero de batalla, el amor de mi vida, sin él no soy nada. Quiero que lo salvéis, quiero que venga a mí.—exigió Run.

—Esto no funciona así, pequeña—le advirtió Skuld, la norna encargada de tejer lo que debe suceder.— nosotras somos las diosas que deciden el destino de cada persona, eso son estos hilos; cada hilo, una persona, y tanto tu amigo como tú habéis terminado vuestra existencia. No hay posibilidad de cambiar el destino.

—¡No me habéis entendido!— gritó, enfadada. —¡Hakon y yo estaremos juntos!¡Voy a acudir a rescatarlo, digáis lo que digáis!

Las tres tejedoras se miraron entre sí y se dirigieron hacia ella, transformándose sus apacibles caras en monstruosas facciones, al tiempo que un agudo aullido brotaba de sus gargantas, provocando fuertes dolores de cabeza a la vikinga. Intentaban acallar y subyugar a la chica.

—¡Nadie debe oponerse al destino!—dijo Urd, acercándose mientras enormes uñas afiladas brotaban de sus huesudos dedos— desde nuestro nacimiento estamos atados a nuestros designios como estos hilos, no puedes modificar la ventura. O lo aceptas en este momento, o acabaremos contigo ahora mismo, debes estar muerta, los hilos no mienten…

—¡Malditas viejas!¡ No es verdad, veremos qué hacéis sin vuestro precioso destino!—replicó, preparándose para atacar.

Mientras bramaba con todas sus fuerzas, apartó las finas cuerdas de las manos de las tres diosas e intentó romperlos con sus manos, haciéndolas sangrar, ya que los hilos estaban hechos de un material tremendamente resistente. Probó una y otra vez, forzando al máximo los músculos de sus doloridos brazos, siendo incapaz de provocar ni un pequeño desgarro. Las Nornas se burlaban de ella:

—¿Y esta es la poderosa Run Ljungberg?, ¿la princesa de Rus de Kiev?¿la vampiresa más temida del Midgard?,¿ la novia de Thor?—exclamaban mientras se carcajeaban.

La chica, frustrada y con las manos en carne viva, miró a su alrededor, y descubrió, para su asombro, que en una esquina descansaba Mjolnir, el martillo de Thor, quien, a propósito lo había dejado allí en una de sus visitas a las ancianas en busca de respuestas a sus desesperadas preguntas sobre su futuro amoroso.

Run se lanzó a por él, blandiéndolo encima de su cabeza y convirtiéndose en la diosa que era, generando una enorme ola de poder que irradiaba la sala. Con fuerzas renovadas y aumentadas con la nueva posesión, se hizo con los hilos mágicos inalterables y los golpeó con todas sus fuerzas, haciéndolos estallar en diminutos fragmentos de apariencia de cristal, al tiempo que las tres Nornas, entre alaridos de terror y sorpresa, explotaban del mismo modo, desapareciendo entre brumas de polvo vidriado.

Run apretó aún más la mano ciñendo el extraordinario martillo y arremetió contra las puertas, las nueve, destrozándolas y dejando que se filtrara un tremendo viento por cada una de ellas. Este caos provocó un remolino de polvo y negrura, que fue acrecentándose hasta ocupar toda la vivienda, lo que arrastró a la joven hacia el epicentro, engulléndola por completo y haciéndola desaparecer, dejando la habitación en un absoluto desastre, hilos rotos, telares destrozados, los tres cadáveres de las Nornas y un silencio tenebroso.

En la plaza de la ejecución, un verdugo ataviado con capucha negra se disponía a colocar alrededor del cuello de Hakon, bajo la mirada complacida y casi eufórica del cardenal, quien comprobaba cómo sus enemigos caían bajo su yugo.

Hakon, destrozado por las múltiples heridas y la muerte de Run, no levantaba la cabeza del suelo. Sentía su pecho arder de rabia y dolor, como si el fuego que quemó a Run le ascendiera a través del cuerpo para acabar con su vida también. Y eso era lo que estaba a punto de acaecer. Al guerrero ya no le importaba absolutamente, sólo quería estar con su diosa, lo demás era un mero trámite para seguirla hacia la eternidad.

La gente del pueblo se arremolinaba hacia la horca, empujando a los soldados y otros espectadores, entre miles de protestas y gritos, ya que Hakon era conocido por todos como un hombre de gran corazón, que les ayudaba cuando escaseaba la comida y les defendía de los abusos de los soldados del cardenal cuando nadie más lo hacía.

—¡Suelten a ese hombre!¡es un aldeano honrado!¡ahorcad al cardenal Odón!¡ Ése sí que está llenando sus arcas y su barriga a nuestra costa!—eran algunas de las lindezas que le dedicaban.

El cardenal se estaba encontrando algo incómodo con esta pequeña rebelión, no se esperaba que después del aclamado ajusticiamiento de la vampiresa se le torciera la venganza.

Odón fijó la vista en un punto negro que estaba colocado justo ante sus ojos. Le dio un manotazo, creyendo que era una mosca, pero pronto se dio cuenta de que no era nada del mundo convencional. Intentó apartarse de él, pero el punto, que crecía hasta convertirse en una nube del tamaño de una manzana, lo seguía, fijándose en el punto exacto en medio de su frente.

Mientras el remolino crecía, ya ocupando todo el volumen de una persona, fue visible para el resto de la multitud, quien se dio cuenta de que algo realmente extraño estaba ocurriendo. Aquello no paraba de aumentar de tamaño, y la velocidad con la que se movía provocaba fuertes corrientes de aire que arrastraban todo por el suelo, alejándolo de su vórtice.

Del núcleo del torbellino se desgarró una columna de humo negro y apareció una mano pálida, avanzando con fuerza, detrás de otra mano, seguidas de sendos brazos. Cuando la figura acabó de salir del ciclón, no era otra sino Run la que había aprovechado la confusión originada por el fenómeno de la naturaleza. Antes de que Hakon pudiera pestañear, Run se situó sobre el cadalso mostrando una expresión furiosa.

—Estoy cansada de tantas injusticias—dijo Run. —¡Ya basta!— sentenció Run con voz rotunda mientras se alzaba en un vuelo por el aire, enarbolando a Mjolnir, quien emitía los destellos que anunciaban su eminente actuación.

La vikinga ascendió lo suficiente para ser divisada por todo el gentío, y dirigiéndose a la muchedumbre, abrió los brazos y los destellos del martillo del dios del trueno se propagaron por el cuerpo de la chica, llenándola de una luz intensa, que palpitaba aumentando la potencia, acompañándose de un zumbido de intensidad también creciente.

Mientras esto ocurría a nivel aéreo, a nivel del suelo todos los congregados empezaron a sentir una especie de sensación inquietante, bien porque ellos mismos la padecían o porque su vecino comenzaba a experimentar temblores y extraños espasmos. Estas convulsiones iban en crescendo en caso de aquellos quienes poseían maldad en sus corazones y no habían mostrado piedad alguna por los condenados, como los templarios fanáticos, sacerdotes que habían asesinado u ordenado asesinar, violadores de niñas y maltratadores de huérfanos, esclavistas y demás.

Cuando el ruido llegó a su cénit, Run emitió una luz aún más potente y estalló en una potente deflagración, llenando de luz refulgente la plaza. Todos los que convulsionaban con los ojos en blanco estallaron también en llamas y desaparecieron con la diosa, quedando un atónito público, entre el que se encontraba Hakon, estupefacto con el desenlace de tamaña aventura.

Los que quedaron en la plaza y no fueron aniquilados eran todos aquellos que habían mostrado respeto y piedad en su vida, y no habían cometido ni injusticias ni depravaciones, con lo que la pequeña población quedó sumida en un estado de tolerancia y armonía durante décadas.

Cuarenta años después, un anciano pastoreaba su rebaño de cabras en la cima del monte Erceo. Su largo cabello, de un color níveo, estaba recogido en una cola. La ropa, descuidada y desgastada por el uso, parecía quedarle enorme, como si los músculos que en otro tiempo poseyera se hubieran tornado en piel huesuda. Los ojos, opacificados por las cataratas, le lloriqueaban continuamente por efecto de la luz cegadora del sol. Sus manos, ahora temblorosas, pero que otrora blandieron importantes espadas, intentaban sacar una manzana del zurrón que portaba al hombro. Él mismo se había preparado el almuerzo, pues no había habido ninguna mujer en su vida desde que ella desapareció en la plaza, dejándole solo, como un humano que era, cuando lo que él habría deseado es seguir a su diosa Run.

Hakon abrió la boca y antes de que la manzana llegase a rozar sus labios, cayó pesadamente en el suelo, en el momento que la vida del español llegaba a su fi

EPÍLOGO

—¿Sigo vivo? Al final no morí. ¿Es esto real?—pensó Hakon en medio de la oscuridad más absoluta.

En el lugar donde había ido a parar tras su muerte le rodeaba una penumbra que lo envolvía todo.

—¿Qué es este lugar? ¿Por qué está todo tan oscuro?

—¿Estará Run?

En aquel instante, el lugar donde estaba fue iluminado por una potente luz. Al hacerse la luz, el guerrero cristiano se vio aseado y elegante vestido con un jubón azul y un pantalón largo. Sin saber cómo ni porqué había llegado a un lujoso salón ocupado por cientos de personas.

—¿Dónde estoy? ¿Quién es toda esta gente?—preguntó Hakon con una expresión desconcertada.

Tras la pregunta, nadie le respondió, hasta que pasados unos segundos, entonces una sombra le cubrió siendo acompañada por la voz de un anciano. A su lado acababa de aparecer el dios Odín.

—Estás en Asgard, querido amigo. Este es el salón del Valhala.

—¿Valhala?, ¿y qué hago yo aquí?—preguntó Hakon reaccionando incrédulo.

—Espera y verás. No quiero chafarte la sorpresa—dijo Odín con una sonrisa.

—¿Esperar? ¿A qué—preguntó Hakon.

Acto seguido del comentario de Odín, las puertas del Valhala se abrieron de par en par dejando pasar a una Run vestida de novia. El hecho de ver a Run provocó que el corazón de Hakon empezara a latir velozmente.

—Dios mío. ¿Qué está pasando?—preguntó Hakon desconcertado por ver a Run y además vestida.

—Está vestida de novia. ¿No lo ves?—dijo Odín, divertido por el gesto de asombro de Hakon.

—¿Novia? ¿Y yo soy el novio?

—Claro, ¿quién sino?—preguntó Odín entre risas y dándole una palmada a Hakon en la espalda.

Aquellas palabras ya fueron el detonante para que Hakon se quedara con incapacidad para articular palabra. Estaba alucinando con lo que estaba viendo delante de sus ojos. Le resultaba demasiado bonito para ser real. Ver a Run vestida de novia y además dirigiéndose hacia él era como un sueño hecho realidad.

Después de que la novia entrara, le brindó una radiante sonrisa a Hakon desde la puerta, y entonces continuó con su avance. Por detrás de ella la seguían las vikingas que Run conoció en su viaje a la Britania. Allí estaban Erika, Diane, Liv y Lena. Ellas eran sus damas de honor.

El desfile de Run por aquel salón, como era natural, desató el entusiasmo y el fervor de todos los asistentes a la ceremonia. A cada lado del pasillo, los invitados a la boda entre cuales se contaban a los respectivos familiares de la pareja, dioses de Asgard y los vikingos de las diferentes casas, se mostraban eufóricos por ver a la vikinga de los Ljungberg tan hermosa como lucía.

A los pocos pasos de que Run caminara por el pasillo para dirigirse a Hakon fue recibida por su padre. Rúrik vestía con un elegante jubón rojo y con pantalón largo negro.

El robusto vikingo, tras detenerse ante su hija, sin decir ni una palabra, le sonrió y luego la tomó del brazo para continuar avanzando por el pasillo. De vuelta a lo que sucedía en el centro del salón, Hakon rompió a llorar de repente al darse cuenta de que no se despertaba y que por tanto, lo que estaba pasando era real. Emocionado por ello, puso sus manos delante de su cara derramando sendas lágrimas de felicidad. El llanto del guerrero cristiano fue calmado por el dios Odín, quien con cariño le dio palmaditas en el hombro.

—Disfruta de ella. Sin duda, es una gran mujer.

—Sí, lo es—farfulló Hakon, mientras se secaba las lágrimas.

Run bromeó con el guerrero con la mirada por haber llorado al verla. Esos juegos de miradas duraron hasta que la pareja finalmente se encontró. En el momento en el que ambos estuvieron de nuevo juntos, Run se soltó de su padre y directamente abrazó a Hakon, uniéndose a él en un romántico beso. El beso provocó que los gritos de júbilo y celebración retumbaran en el salón y que en el cielo de Asgard se dispararan fuegos artificiales. A medida que Run y Hakon se besaban, ambos no podían parar de sonreír con los ojos. Finalizado el beso, Run miró a Hakon con una reluciente sonrisa.

—¿Quieres casarte conmigo?—preguntó Run.

La pregunta de la vikinga hizo reír a Hakon y apartó su mirada de ella con una expresión incrédula. Tras unos segundos en los que Hakon trató de recuperar la compostura, le respondió con una sonrisa:

—¿De verdad es necesario darte una respuesta?...

—Eres la criatura más increíble que ha existido jamás. Ni siquiera los dioses están a tu altura, así que...—sentenció Hakon mirando a Run a los ojos.

La respuesta de Hakon condujo a que apareciera una feliz sonrisa en Run, y que lo besara de nuevo.

—Tú...eres mi príncipe de Asgard.—farfulló Run mientras que con gesto emocionado besaba a Hakon.

Lejos de las celebraciones de palacio, el dios Thor se hallaba en soledad en los jardines. Por motivo de su malestar con la ceremonia entre Run y Hakon, había decidido no asistir para sobrellevar su desamor de la mejor manera. Aun así, en su rostro se veía una expresión de melancolía y de enfado porque sabía lo que estaría pasando.

Manteniendo una cara de poco amigos, Thor fue paseando por los jardines concentrado en las hermosas flores que había su alrededor. A lo largo del jardín se divisaban flores de todos los tipos e incluso había algunas que no existían en el Midgard. Thor, interesado en una en concreto, se adentró entre los rosales y a continuación la cogió entre sus fuertes manos.

—¿Dónde estará la mía?..

En ese momento el dios Thor se quedó durante largos segundos observando la belleza de aquella flor y luego la apretó en su mano.

—Fue muy bonito lo que hiciste por Run.—dijo Freya, sorprendiendo al dios por la espalda.

—Eh...—se giró Thor.

—Fue muy bonito lo de prestarle tu martillo para que se enfrentara a las nornas—añadió Freya.

—Sí...al menos que pierda con elegancia. ¿No?—farfulló Thor con una cara de resignación.

Freya tenía el aspecto de una joven muchacha de diecisiete años de edad. Su melena era frondosa de cabellos rosados y ondulados, y por entonces llevaba un llamativo peinado. Su rostro era hermoso. Era de forma triangular. Tenía unos ojos grandes y alegres de color gris con gotas de oro en el iris, una nariz muy respingona, unos pómulos grandes y unos labios gruesos. En relación a su vestimenta, había elegido un vestido dorado con un llamativo escote, correspondiéndose como era su personalidad. Freya sonrió en vistas de la actitud del dios Thor y luego caminó por el jardín hasta pegar su cuerpo en la espalda de él. La diosa Vanir se puso tan pegada a Thor que sus senos quedaron apretados contra la capa.

—No estáis solo—le susurró Freya.

Freya pasó una mano a Thor por la barbilla y a continuación, le giró la cara a un lado para que sus bocas se encontraran en un beso. Pese a que Thor inicio el beso con fuerza, rápidamente se detuvo dejando a Freya con cara de incredulidad.

—¿Qué haces? ¿Por qué te detienes? Tómame ahora mismo—le suplico Freya.

—No, esto no lo quiero.

—¿Y qué es lo que quieres? Run es imposible para ti—le recriminó Freya.

Tras el comentario de la diosa, Thor se quedó mirándola con una expresión cargada de felicidad. Freya se acababa de dar cuenta que Thor estaba escondiéndola algo.

Quinientos años después...

En el año 1453 d. C del reino de Midgard, una guerrera de cabellera morena galopaba a lomos de un majestuoso corcel que se dirigía hacia una batalla. Ella se llamaba Siv Gjertsen. Era sobrina de uno de los señores de Noruega.

La guerrera, después de llegar a la zona donde se estaba desarrollando la batalla, se bajó de su caballo y empezó a luchar bravamente en un campo repleto de barro. Mientras eso ocurría, en las aguas de Mimir, Thor y el resto de los dioses a los que se habían incorporado Run y Hakon además de sus hijos, Ulk y Stella, observaban atentamente la lucha de la guerrera noruega contra sus enemigos cristianos. Con cada enemigo que la guerrera llamada Siv conseguía batir, los dioses se miraban los unos a los otros con una sonrisa nerviosa. Ellos estaban esperando por algo. Aquel algo llegó cuando un guerrero cristiano sorprendió a la joven por detrás y le clavó una espada por la espalda. Herida mortalmente, la guerrera noruega se desplomó en el suelo creando un gran charco de sangre bajo ella.

Tras producirse aquella imagen, Thor arqueó una feliz sonrisa al mismo tiempo que sus ojos se quedaban presos de la mujer que reflejaban las aguas. Siv era la elegida a ser la nueva princesa de Asgard y por tanto, esposa del dios Thor.

10 años después…

En una explanada del reino de Asgard, un ejército compuesto por dioses y héroes aguardaba el inicio de la batalla que marcaría el futuro de los nueve reinos. Las tropas de Loki habían alcanzado la tierra celestial y ahora se acercaban a ellos para tomar Asgard junto a todo lo demás. Dirigiendo el bando del bien estaba Run. La vikinga vestía una espectacular armadura de oro y estaba montada a lomos de su antigua yegua Ventisca. Hakon estaba en una línea posterior acompañado de Thor, Sif y otros dioses. Por detrás de aquella línea, estaban héroes como Aquiles, el Rey Arturo, Leónidas, etc…

En los prolegómenos de la batalla, Run se hizo un paso al frente y con una mirada decidida se dirigió a su ejército:

—¡Guerreros! –¡Miradme, sí, miradme!—gritó Run desde su yegua de pelaje grisáceo.

Con las voces de la vikinga, todos los guerreros de aquel poderoso ejército callaron para escuchar qué tenía que decir.

—Soy Run Ljungberg, capitana del Ejército de la Luz por elección de todos los dioses. En este ejército hay guerreros que sé que creen que merecen, más que yo, ocupar el puesto de capitán pero les digo una cosa. Les digo que yo, tras la batalla, persistiré en pie. Pese lo que pase, siempre persistiré. Nada, repito, nada, puede conmigo. Ni siquiera todos vosotros, aunque os enfrentarais a mí, tendríais una mísera posibilidad de vencerme—dijo Run en un tono desafiante.

Entre los guerreros de aquel ejército, Aquiles estiró una sonrisa divertida ante tal discurso:

—Esta guerrera los tiene bien cuadrados…

Siguiendo con el discurso de Run:

—Pues donde otros poderosos caen y se pierden en el olvido, ¡yo siempre vuelvo más fuerte! Así que os pregunto, ¿quién estará a mi lado?

—¡En la victoria final!—sentenció Run, alzando su espada en alto.

—¡Nosotroooooooooooooooooooooooooos!—gritó el ejército preparado para el combate.

En la primera línea del ejército, Hakon y Thor se sonrieron por la braveza mostrada por Run. La vikinga satisfecha por su discurso se volvió en su caballo y entonces se dirigió a Hakon con una sonrisa torcida:

—Y tú Hakon. ¿Estarás conmigo en la victoria final?

La pregunta realizada por la vikinga causó una sonrisa divertida en el guerrero cristiano, quien inmediatamente le contestó:

—Yo estaré siempre contigo. Pase lo que pase. Siempre.

—La respuesta correcta era: Sí, estoy contigo. Te amo Run o algo así, pero en fin, también me vale.—bromeó Run.

El comentario de la vikinga hizo sonreír a Hakon, a Thor y a su esposa Siv, quien también se encontraba allí.

Llegada la hora, Run dirigió sus palabras a los guerreros por última vez y entonces dio la orden de ataque.

—¡Seguidme! Hagamos esto por los que vendrán.

Dicho aquello, la vikinga clavó las espuelas en los costados de Ventisca y ésta empezó a galopar velozmente, adelantándose a todos los guerreros con su ágil carrera. Con Ventisca situada por delante de todos, un millar de guerreros la seguían, montados en caballos u otros animales. En la avanzadilla del ejército, Hakon iba observando por delante de su caballo la capa roja de Run ondeando por la carrera. En aquellos momentos se sentía eufórico. Estaba casi hipnotizado por la grandeza que despedía cada costado de su esposa, y es que Run no dejaba de sorprenderle. Cuando pensaba que su valor era alto, todavía le sorprendía mostrándole más grandeza. Emocionado por sentirse tan afortunado, apretó el ritmo de su caballo hasta situarlo al lado de Ventisca. Run al recibir la compañía de su esposo en la carrera le dedicó una sonrisa y entonces a continuación volvió su mirada hacia al frente completamente decidida a conseguir su victoria.

—¡Vamos!—gritó Run.

NOTA DEL AUTOR

Ya está, Run se terminó. Me da pena decir esto pero ya no habrá más aventuras protagonizadas por la vikinga, y dudo mucho que vuelva a escribir una nueva novela de lo que sea. Cierro el chiringuito. Fin. La vida de escritor es muy ingrata y ves como tus esfuerzos no valen para nada, mientras que la biografía de Belén Esteban es Bestseller en España.

En fin, paro de llorar. Espero para que vosotros haya sido una grata experiencia haberme leído. Saber que hay gente que pese saber que no soy famoso me reconoce mi creatividad me hace muy feliz. Os doy las gracias a aquellos que han leído la saga de principio a fin, y a los que no, que se animen a hacerlo porque si la gente lee la saga "Run, la leyenda de los nueve mundos", Run y el resto de personajes volverán a vivir su aventura renaciendo en la imaginación de los nuevos lectores.

Terminando con este sentimentalismo que me supone decir adiós al mundo de Run y a todos vosotros. Mis guerrero/as. Me gustaría despedirme de vosotros con una buena noticia. Este 2014 saqué un libro del que soy parte junto a la escritora Nina Gustafsson. "El buscador de símbolos". Es una novela dotada de una alta carga sexual, con el vikingo Axel Ulverk como protagonista y en el que aparece Run con un papel muy secundario. Si os gustan las novelas ligeras y eróticas ésta es la vuestra.

Un último consejo: No os rindáis. Nunca. Y el que lo haga que no diga que se leyó "Run, la leyenda de los nueve mundos"….

Hasta siempre.